W0345426

Wenige Tage vor Weihnachten entdeckt Kathy, dass ihr Mann Robert eine Affaire mit Stephanie hat. Drei Tage vor dem Fest macht Robert seiner Geliebten einen Heiratsantrag. Und am 24. Dezember steht Kathy plötzlich vor Stephanies Wohnungstür.
Kathy: »Ich habe ihm vertraut. Ich habe ihn geliebt. Aber als ich die Wahrheit herausfand, habe ich ihn gehasst.«
Robert: »Ich hatte nicht vor, mich auf eine Affaire einzulassen. Es ist einfach passiert. Aber dann habe ich mich in sie verliebt.«
Stephanie: »Natürlich wusste ich, dass er verheiratet ist. Aber ich habe ihn geliebt. Jedenfalls habe ich geglaubt, ich würde ihn lieben.«

Anna Dillon lebt in Dublin. ›Die Affaire‹ wird mit dem Roman ›Tage der Wahrheit‹ fortgesetzt.

Unsere Adresse im Internet: www.fischerverlage.de

Anna Dillon

Die Affaire

Roman

Aus dem Englischen von Theresia Übelhör

Fischer Taschenbuch Verlag

Veröffentlicht im Fischer Taschenbuch Verlag,
einem Unternehmen der S.Fischer Verlag GmbH
Frankfurt am Main, November 2008

Die Originalausgabe erschien
unter dem Titel *The Affair* bei Poolbeg Press Ltd., Dublin
© 2004 Anna Dillon
Für die deutsche Ausgabe:
© S.Fischer Verlag GmbH,
Frankfurt am Main 2007
Satz: Buch-Werkstatt GmbH, Bad Aibling
Druck und Bindung: CPI – Clausen & Bosse, Leck
Printed in Germany
ISBN 978-3-596-17109-5

Für Michael, ohne dessen Hilfe …

Buch I

Die Geschichte der Ehefrau

Habe ich etwas geahnt?

Diese Frage habe ich mir immer wieder gestellt, aber wenn ich wirklich ehrlich bin, nein, ich habe es nicht geahnt.

Na gut … ich habe ihm vertraut. Ich habe ihn geliebt. Handelt es sich dabei um ein und dasselbe Gefühl? Vertrauen und Liebe? Ja, es ist dasselbe … davon bin ich jedenfalls überzeugt.

Aber sobald mir erste Zweifel gekommen waren, war alles, was er tat, verdächtig. Von da an konnte ich ihm kein Wort mehr glauben.

Und als ich die Wahrheit herausfand, habe ich ihn gehasst.

Donnerstag, 19. Dezember

KAPITEL 1

Kathy Walker unterschrieb die Weihnachtskarte schwungvoll.

Viele Grüße von Robert, Kathy, Brendan und Theresa.

Sie drehte die Karte um, schob sie in den roten Umschlag, leckte mit zwei kurzen Bewegungen die Klappe ab, verzog das Gesicht wegen des Geschmacks der Gummierung und griff dann wieder nach ihrem Stift. Und hielt inne. Wie lautete die Adresse? Sie blickte von dem Stapel an Umschlägen auf und runzelte die Stirn: die Hausnummer war 21, aber wie hieß noch mal die Straße?

Kathy trat vom Küchentisch zurück, presste sich die Hände ins Kreuz, drehte dann den Kopf von einer Seite zur anderen und hörte, dass ihre Muskeln Besorgnis erregend knirschten. Sie hatte fast zwei Stunden Karten geschrieben – eine Aufgabe, die sie hasste und immer bis zur letzten Minute hinausschob. Jetzt war sie steif und müde und ein klein wenig gereizt. Es war jedes Jahr das Gleiche: Sie schrieb die Karten, sie unterzeichnete für sie beide – und selbstverständlich gingen die meisten Karten an Roberts Freunde und Geschäftskollegen.

Nächstes Jahr würde das anders werden, nahm sie sich verbittert vor, während sie nach ihrem Adressbuch suchte. Dann lächelte sie, und einen Augenblick sah sie jünger – viel jünger – als ihre vierzig aus. Sie erinnerte sich daran, dass sie sich das schon im letzten Jahr geschworen hatte. Und wahrscheinlich auch bereits im Jahr davor.

Kathy entdeckte ihr Adressbuch unter einem Stapel unbenutzter Karten vom letzten Jahr. Sie kaufte die Weihnachtskarten immer in Schachteln von gleich zwanzig

Stück … und stets blieben drei oder vier übrig, die sie im nächsten Jahr verwenden wollte. Aber das tat sie nie.

Über den Tisch gebeugt blätterte sie das abgegriffene schwarze Büchlein auf der Suche nach der Adresse von Roberts Cousin durch. Sie hatte den Mann bei ihrer Hochzeit vor achtzehn Jahren kennen gelernt und bezweifelte, dass sie ihn heute wiedererkennen würde, sollte er plötzlich vor ihr stehen. Außerdem schickte er ihnen nie eine Weihnachtskarte. Das war jetzt das letzte Jahr, in dem sie ihm eine schrieb: Sie würde sich eine Liste mit den Namen jener Leute machen, die ihnen eine Karte schickten, und diese dann mit der Liste der von ihr versandten vergleichen. Nächstes Jahr würde sie nur noch den Leuten Karten schicken, die ihnen geschrieben hatten. Das war doch nur fair.

Wieder lächelte sie. Sie war sich sicher, dass sie auch diesen Vorsatz schon letztes Jahr gefasst hatte. Und sie war überzeugt, dass sie dieses Jahr doppelt so viele Karten verschickte wie im letzten.

Sie warf einen Blick auf die Uhr: Bald würden die Kinder aus der Schule kommen. Und zum Kochen hatte sie jetzt weder Lust noch Zeit. Sie würde also Essen kommen lassen: etwas Indisches für Robert und sich, etwas vom Chinesen für Brendan und Theresa. Das war zwar nicht gerade weihnachtlich, aber sie würden ja alle nächste Woche genug Truthahn und Schinken bekommen.

Nur noch vier Karten zu schreiben. Alle an Roberts Geschäftskollegen. Sie setzte sich wieder an den Tisch und drehte die Karten in den Händen. Die sollte er wirklich selbst schreiben. Sie schob sie in ihre Umschläge, ließ diese aber offen. Sie würde die Adressen darauf schreiben, damit er sich nicht herausreden konnte. Die erste Karte ging an den Chef der kleinen Multimedia-Firma, mit der Robert zusammenarbeitete. Die zweite an die Talent-Agentur, die ihm Komparsen für Massenszenen vermittelte. Sie schmunzelte, als sie die Adresse auf den Umschlag kritzelte. Es war noch gar nicht so lange her, da hatte sie diese Weihnachtskarten selbst ausgetragen, war durch ganz Dublin getrottet, um sie einzuwerfen, weil sie sich das Porto nicht leisten konnten.

Wie schnell sich die Dinge doch änderten.

Roberts unabhängige Fernsehproduktionsfirma, die damals ums Überleben kämpfte, hatte irgendwann den Auftrag bekommen, einen kleinen Beitrag zu einer Dokumentation über Rassismus zu produzieren. Dieser Dokumentarfilm gewann eine Goldene Palme, und Robert schwamm auf dieser Erfolgswelle mit. Er hatte sich neue Firmenbroschüren drucken lassen, die den Eindruck vermittelten, R&K-Productions habe selbst den Preis gewonnen. Natürlich machte sich niemand die Mühe, das zu überprüfen, und der kleine Schwindel wurde endlos fortgeführt. Kathy erinnerte sich an ein Abendessen, bei dem sie vorgestellt wurde als »die eine Hälfte der Firma, die die Goldene Palme für den wunderbaren Dokumentarfilm gewonnen hat«. Sie hatte einfach nicht den Mut aufgebracht, dem Redner zu widersprechen.

Von da an florierte das Geschäft und hatte damit im Laufe der Jahre von ihnen beiden seinen Tribut gefordert. Der Aufbau der Firma bedeutete, dass gewisse Dinge – Familie, Freizeit und Ferien – auf der Strecke blieben. R&K-Productions stellte noch immer ab und an Dokumentarfilme her, konzentrierte sich mittlerweile aber vorwiegend auf Firmenvideos, Trainingsvideos und hin und wieder einen Werbespot. Manchmal produzierten sie auch Szenen mit Lokalkolorit – Inserts – für größere Filmprojekte. Sie wusste, dass Robert sich inzwischen, wenn auch mit Bedauern, damit abgefunden hatte, dass er wohl nie anspruchsvolle Dokumentarfilme für National Geographic, Discovery Channel oder die BBC drehen würde. Kathy teilte sein Bedauern keineswegs: So, wie es jetzt lief, kam regelmäßig Geld herein, und mit Kindern im Teenageralter war ihr ein geregeltes Einkommen jederzeit wichtiger als künstlerischer Ehrgeiz.

Sie blickte auf den Umschlag in ihrer Hand. »Burst

Post-Production Services« las sie und war überrascht, wie laut ihre Stimme in der Stille der Küche klang. Post-Production – was war das eigentlich genau? Sie war jetzt seit achtzehn Jahren mit Robert verheiratet, und noch immer kannte sie sich mit den Feinheiten seiner Branche nicht richtig aus. Noch immer wusste sie nicht, wer bei ihnen der Hilfsbeleuchter und wer der Oberbeleuchter war, verwechselte den Tontechniker mit dem Regieassistenten.

Kathy blätterte ihr Adressbuch durch und suchte nach Burst, obwohl sie wusste, dass der Name nicht darin stand. Sie vermutete, dass es sich um eine der neuen Firmen handelte, mit denen Robert erst seit diesem Jahr zusammenarbeitete: Er notierte die neuen Adressen nie in dem alten Buch. Er zog es vor, sie in seinem schicken neuen Handy zu speichern.

Kathy schlenderte in die Diele hinaus. Dies war ihr zweites Haus, und obwohl sie nun schon bald ihr sechstes Weihnachtsfest hier feiern würden, hatte sie sich noch immer nicht an die Größe gewöhnt, insbesondere nicht an die riesige Diele. Ihr erstes Haus hatte einen schmalen, kurzen, dunklen Flur gehabt, der direkt in die Küche führte; diese Diele hier war groß und kreisrund, und sie hielt sie, ehrlich gesagt, ein wenig für Platzverschwendung. Ihr wären etwas größere Zimmer viel lieber gewesen. Außerdem war es hier kalt; der Marmorboden mit den Intarsien war zwar hübsch anzusehen, strahlte aber Kälte aus wie ein Kühlschrank.

»Robert!« Sie lehnte sich gegen das Treppengeländer aus hellem Holz und schaute hinauf. »Robert!« Als sie den Kopf zur Seite neigte, konnte sie schwach das Rauschen der Dusche neben dem Schlafzimmer hören.

Sie klopfte mit den Karten gegen das Treppengeländer, dann seufzte sie und stieg die Stufen hinauf. Oben auf dem Treppenabsatz sanken ihre Füße in den tiefen Flor des cremefarbenen Teppichs ein, der unmöglich sauber zu halten war. Ihr Schlafzimmer befand sich an dem einen Ende des Hauses, die Zimmer der Kinder am anderen.

Das bot ihnen allen ein gewisses Maß an Privatsphäre. Sie betrat das Schlafzimmer und betrachtete überrascht das Bild der zierlichen Frau mit dem herzförmigen Gesicht, das von den Spiegeltüren der Schränke reflektiert wurde. Einen kurzen Augenblick blieb sie stehen, um sich zu begutachten: Sie musste um die Taille herum mindestens zehn Zentimeter abspecken, und in ihrem kastanienbraunen Haar zeigten sich erste graue Fäden. Sie war froh, dass sie wie vierzig aussah – immerhin nicht wie fünfzig! Aber gleich nach Weihnachten würde sie wieder ins Fitnessstudio gehen. Sie würde sich einen Termin am Nachmittag geben lassen, wenn all die gepflegten, schlanken und durchtrainierten jungen Mütter, die die Vormittagskurse belegten, ihre Kleinen von der Schule abholten. Richtige Frauen mit echten Figuren kamen am Nachmittag, das hatte sie inzwischen herausgefunden.

Hier rauschte die Dusche lauter, und sie konnte die Dampfschwaden unter der Verbindungstür hervorkriechen sehen. Sicher war das Wasser wieder kochend heiß eingestellt; sie konnte sich nicht erklären, wie jemand so heiß duschen konnte. Robert summte etwas, was vage nach einem Weihnachtslied klang – »Do They Know It's Christmas«, meinte sie zu erkennen. Aber sie war sich nicht sicher, denn ihr Mann war leider vollkommen unmusikalisch.

Roberts Kleider lagen über das Bett verstreut. Automatisch bückte sie sich und hob die zerknitterte Seidenkrawatte vom Boden auf. Sie hatte sie ihm unter anderem im letzten Jahr zu Weihnachten geschenkt. Sie bekam leichte Gewissensbisse: Auch dieses Jahr hatte sie ihm eine Krawatte gekauft. Es war so schwer, ihm etwas zu schenken: Alles, was er haben wollte, kaufte er sich selbst. Mit Hemden und Krawatten war man immer auf der sicheren Seite.

Kathy setzte sich auf die Bettkante und blickte sich in dem weißen Schlafzimmer um – sie würde es demnächst umgestalten, das schwor sie sich. Weiß war zu kalt, zu hart, und die verspiegelten Schranktüren reflektierten das grelle Licht noch zusätzlich. Sie musste blinzeln, was die Falten auf ihrer Stirn und um den Mund verstärkte. Selbst die pfirsichfarbene Steppdecke sah fahl und verwaschen aus. Nach Weihnachten würde sie über eine neue Farbe nachdenken. »Farbskalen besorgen« setzte sie in Gedanken auf die Liste der zahlreichen Dinge, die sie »nach Weihnachten« tun würde. Aber sie wusste, dass diese guten Vorsätze die zweite Woche des neuen Jahres nicht überdauern würden.

Kathy legte die Karten auf die Tagesdecke, griff in die Tasche von Roberts Jackett, das er über das Bettende geworfen hatte, und zog sein Handy heraus. Dieses XDA2 war der letzte Schrei und für jeden Technikfreak einfach lebensnotwendig. Es war, obwohl nicht viel dicker als ein normales Handy, eine Kombination aus Handy und Taschencomputer mit einem großen rechteckigen Farbdisplay. Als er es sich gekauft hatte, hatte er in der Nacht neben ihr im Bett gesessen und ihr demonstriert, was es alles konnte, und erst aufgegeben, als sie einschlief.

Kathy zog den kleinen Stift aus seiner Halterung an der Seite und schaltete das Handy ein. Das Display blitzte blau, dann leuchteten winzige Farbsymbole auf. Sie tippte mit dem Stift auf das kleine Adresssymbol unten auf dem Bildschirm, und ein Verzeichnis von Namen und Anschriften erschien. Sie scrollte auf der Suche nach Burst Post-Production bis zum »B« hinunter.

Bryant, Edward.

Burford, Kenneth.

Burroughs, Stephanie.

Der Name ließ sie erstarren.

Burroughs, Stephanie.

Einen Augenblick, einen kurzen Augenblick, verschwammen die Konturen des Raums vor ihren Augen. Für den Zeitraum eines einzelnen kräftigen Herzschlags war ihre ganze Konzentration auf diesen Namen gerichtet, der auf dem Display weiß auf blau leuchtete.

Stephanie Burroughs.

Das war ein Name, dem sie lange nicht mehr begegnet war.

Neben dem Eintrag befand sich eine winzige rote Flagge.

Das Rauschen der Dusche verebbte, und Roberts falscher Gesang wurde lauter.

Hektisch schaltete sie das Handy aus und steckte den Stift zurück in seine Halterung. Sie schob das Telefon wieder in die Tasche von Roberts Jackett und hastete aus dem Zimmer.

»Kathy? Wolltest du was von mir?«

Roberts Stimme folgte ihr die Treppe hinunter. Aber sie konnte nichts anderes hören als das dröhnende Pochen ihres Bluts in den Ohren.

Stephanie Burroughs.

Kapitel 2

Kathys Herz hämmerte so stark in ihrer Brust, dass sie zu spüren meinte, wie das Fleisch unter der Haut zitterte. Sie hatte einen Kloß im Hals, der ihr das Atmen erschwerte, und sie rang nach Luft.

Sie stand mit vor der Brust verschränkten Armen in der Verandatür der Küche und atmete die eisige Dezemberluft ein. Vereinzelte Schneeflocken trudelten aus der Dunkelheit herab und landeten sanft auf ihren Wangen und der Stirn. Sie blinzelte heftig, aber sie würde nicht weinen. Noch nicht. Nicht jetzt.

Stephanie Burroughs.

Mit einer kleinen roten Flagge neben ihrem Namen.

Der funktionierende Teil ihres Gehirns sagte ihr, dass es vielleicht gar nichts zu bedeuten habe. Stephanie Burroughs arbeitete beim Fernsehen, wenn sie sich recht erinnerte, und Robert hatte gewiss die Namen von so gut wie allen in dieser Branche Tätigen in seinem Handy gespeichert. Doch ihr Instinkt und ihr Gefühl führten sie immer wieder zu der kleinen roten Flagge neben dem Namen zurück. Man setzte die Flagge doch nur neben etwas, was einem wichtig war, oder? Trotzdem konnte das natürlich auch ganz harmlos sein.

Aber sie wusste, dass es nicht harmlos war.

Kathy schüttelte heftig den Kopf. Sie fuhr sich mit der rechten Hand über die Augen, um die Tränen zurückzuhalten, die hervorzuströmen drohten. Sie konnte sich täuschen. Sie konnte sich vielleicht wirklich täuschen. Sie wollte sich täuschen.

Aber das tat sie nicht.

Nicht dieses Mal. Nicht jetzt.

Stephanie Burroughs war zurück.

Vor sechs Jahren, etwa zu der Zeit, als sie in dieses Haus eingezogen waren, hatte Robert eine Affäre mit Stephanie Burroughs gehabt. Das wusste Kathy ganz genau. Stephanies Beziehung zu ihrem Mann hatte sie immer schon ein bisschen nervös gemacht, und dann, als eine Freundin – die inzwischen keine Freundin mehr war – die beiden zusammen in einem Konzert gesehen und es ihr brühwarm erzählt hatte, sah sie ihre schlimmsten Befürchtungen bestätigt. Mit einem Mal ergaben die vielen schlechten Ausreden, die vielen Abende, an denen er immer später nach Hause kam, die vielen Geschäftsreisen und die vielen Wochenenden, an denen er nicht da war, einen Sinn. Alles führte unausweichlich zu einem Schluss: Ihr Mann hatte eine Affäre.

Eines schrecklichen Abends im August, als die Sonne tief und rot am Himmel stand, hatte sie ihn zur Rede gestellt. Er hatte hinten im Garten am Grill gestanden, im Rauch der Holzkohle, während das Fleisch über dem Feuer brutzelte. Ohne lange Vorrede hatte sie ihn gefragt, ob er eine Affäre mit seiner Mitarbeiterin habe. In diesem Moment, als er ihrem Blick auswich, bevor er log und alles abstritt, wusste sie Bescheid. Er stritt es glattweg ab, und zwar mit so viel Wut und Empörung, dass er sie verunsicherte. Sie hatte ihm all ihre Verdachtsmomente vorgetragen, und er hatte es geschafft, jedes einzelne mit einer vernünftigen Erklärung zu widerlegen. Es war ihr nie gelungen, es zu beweisen, und Wochen der Beschuldigungen und der Angst folgten. Dann hatte Stephanie die Firma verlassen und war weggezogen, und mit ihrer Abreise hatte die Lage begonnen, sich zu entspannen, bis sie und Robert irgendwann wieder in ihren alten Trott verfielen.

Kathy hatte die Sache mit der anderen Frau beinahe, aber nicht ganz vergessen. Es war lange her, dass Stephanies Name in ihrem Bewusstsein aufgeblitzt war. Allerdings spürte sie noch immer diesen leichten Anflug von

Nervosität, wenn sie beobachtete, wie ihr Mann bei einer Party oder auf der Straße eine hübsche Frau anschaute.

Und jetzt das: Stephanie Burroughs' Name in seinem neuen Handy, mit einer kleinen roten Flagge daneben.

»He, was ist los? Es zieht ja eiskalt durchs Haus!« Robert trat hinter sie, schlang die Arme um ihre Schultern und legte das Kinn auf ihren Kopf. Er roch frisch und sauber, nach Seife und Wasser und einem Aftershave, das sie nicht kannte.

Kathy befreite sich und ging in die Küche zurück. »Ich wollte bloß ein wenig lüften, es war so stickig hier.« Sie machte die Tür zu und drehte sich von ihm weg, um ihn nicht ansehen zu müssen. Sie fürchtete, er könnte ihr etwas vom Gesicht ablesen oder sie von seinem: Nach achtzehn Jahren Ehe war es schwierig, ein Geheimnis für sich zu behalten. Sie fing an, die letzten paar Karten vom Küchentisch wegzuräumen. »Ich hab ein paar Karten auf das Bett gelegt«, sagte sie.

»Ich hab sie gesehen …«

»Ich habe die Adressen nicht, und außerdem sind es persönliche Karten – es wäre besser, wenn du sie selbst schreiben würdest.«

»Was ist los?«, fragte er hastig.

Kathy sah ihn von der Seite an. »Nichts.«

Er war vierundzwanzig gewesen, als sie ihn heiratete, ein großer, schlaksiger junger Mann mit einem widerspenstigen Schopf schwarzer Haare. Er hatte noch mehr oder weniger das gleiche dichte Haar, und er war zwar ein wenig fülliger geworden, aber eigentlich hatte er sich gut gehalten. Im Gegensatz zu ihr, dachte sie verbittert. Er war gereift – sie war gealtert.

»Warum fragst du?«, fügte sie hinzu.

Robert lächelte, so dass sich um die Mundwinkel Fältchen bildeten, und er neigte den Kopf zur Seite, eine Masche, die sie einmal liebenswert gefunden hatte, die sie inzwischen aber nervte. »Weil du diesen Tonfall hast.«

»Welchen Tonfall?«

»Den eben.« Er lächelte noch breiter. »Der Tonfall, der mir sagt, dass du sauer auf mich bist.«

Kathy seufzte.

»Ach, und dein Seufzen ist ein weiteres sicheres Zeichen, dass du sauer auf mich bist.«

»Versteh doch, ich bin müde. Ich habe stundenlang Karten geschrieben. Größtenteils deine Karten, an deine Freunde und deine Kollegen. Das mache ich jedes Jahr. Und jedes Jahr auf den letzten Drücker, und ich muss jedes Mal nach den Adressen suchen. Du hilfst mir ja nie.«

Sie beobachtete, wie ihm das Lächeln auf den Lippen gefror. »Ich bin gerade nach einem langen Tag nach Hause gekommen«, sagte er, und seine Stimme klang noch immer heiter und vernünftig. »Der Verkehr war höllisch, und morgen früh habe ich eine wichtige Präsentation. Lass mich eine Tasse Tee trinken, dann gehe ich mein Adressbuch durch und gebe dir sämtliche Adressen, die du brauchst.«

»Ich hab die Karten alle geschrieben«, sagte Kathy angespannt und war sich bewusst, dass sie diesen Kampf verlor, bevor er richtig begonnen hatte. »Du brauchst nur noch die vier auf dem Bett zu schreiben.«

»Wir streiten uns hier wegen vier Karten?«, fragte er.

»Nein, wir streiten uns nicht wegen vier Karten«, schnauzte sie. »Wir streiten uns wegen der über einhundertzwanzig, die ich geschrieben habe. Und zwar ohne deine Hilfe.«

Robert nickte und zuckte die Achseln. »Ich hätte ein paar mit zur Arbeit nehmen sollen.« Dann warf er einen Blick auf die Uhr. »Ich gehe und hole die Kinder ab.«

Bevor sie noch etwas sagen konnte, drehte er sich um und ging aus der Küche, durch das Esszimmer und in die Diele hinaus. Sie konnte sehen, wie er seine Lederjacke von dem Haken hinter der Tür nahm und dann hinausging, wobei er die Haustür leise hinter sich zuzog.

Kathy lehnte sich gegen den Küchentisch und hörte,

wie der Motor angelassen wurde und das Auto langsam davonfuhr. Er hatte es wieder getan. Wieder hatte er es geschafft, ihr die Worte im Mund herumzudrehen, bis sie auf einmal das Gefühl hatte, sie sei im Unrecht, sie breche wegen einer Kleinigkeit einen Streit vom Zaun. Und dann drehte er sich um und spazierte davon. Darin war er gut. All die Jahre, die sie ihn nun kannte, war er stets vor jedem Streit davongelaufen.

Sie an seiner Stelle hätte die Haustür ins Schloss geknallt und wäre mit hohem Tempo davongebraust, so dass es Kiesel gespritzt hätte. Er war einfach immer dermaßen beherrscht, verdammt.

Sie packte die Weihnachtskarten in eine Plastiktüte – sie würde sie morgen zur Post bringen. Weihnachten war schließlich erst nächsten Mittwoch, bis dahin würde die Post locker ankommen. Die leeren Karten stapelte sie aufeinander und steckte sie unsanft in ihre Schachteln. Sie würde sie nächstes Jahr aussortieren.

Kathy wandte sich vom Tisch ab und schaltete den Wasserkocher an. Sie hatte bereits zwei Löffel Nescafé in eine Tasse getan, als ihr einfiel, dass sie sich zurzeit bemühte, ihren Koffeinkonsum einzuschränken. Na ja, der Boden der Tasse war feucht: Sie konnte das Pulver nicht ins Glas zurück schütten. Es war ihr auf Grund der verschiedenen Weihnachtspartys, zu denen sie eingeladen gewesen waren, nicht gelungen, abzunehmen – und sie hatte leichte Gewissensbisse, weil sie es vermieden hatte, zu ein paar der geschäftlichen Veranstaltungen zu gehen, weil diese, wie sie wusste, von schönen jungen Dingern, dünn wie Bohnenstangen und mit Designerkleider kunstvoll über ihre Knochengestelle drapiert, bevölkert sein würden. Robert hatte allein an diesen Partys teilgenommen; ihm schien das nichts auszumachen.

Der Wasserkocher pfiff, und das Geräusch schreckte sie auf.

Er hatte sein Handy dagelassen.

Kathy erstarrte. Er hatte sein Handy dagelassen. Sie

schaltete den Kocher aus, rannte in die Diele und riss die Haustür auf. Das Auto war fort. Sie machte kehrt und rannte die Treppe hinauf. So weit sie sich erinnern konnte, hatte er das Handy nicht in der Hand gehabt, als er in die Küche kam. Sie wusste, dass er es nur sehr ungern in seiner Hosentasche mit sich herumtrug: Es war gerade ein kleines bisschen zu groß, und gewöhnlich befestigte er es am Gürtel, wie ein Kind seine Spielzeugpistole, oder er steckte es wie eine Brieftasche in die Innentasche seines Jacketts. Sie stürzte ins Schlafzimmer.

Sein Jackett lag noch an der gleichen Stelle, an der sie es hatte liegen lassen, und der silberne Rand des Telefons lugte ein wenig heraus.

Tief in ihrem Inneren wusste sie auf einmal, dass sie an einem Wendepunkt stand. Urplötzlich war sie sich bewusst, dass die Entscheidung, die sie in den nächsten Sekunden traf, Auswirkungen auf den Rest ihres Lebens haben würde.

Und plötzlich konnte sie die Stimme ihrer Mutter hören, klar und deutlich, und der bittere, giftige Tonfall nervte sie, obwohl die Frau vor achtzehn Monaten gestorben war.

»Stell nie eine Frage, solange du nicht bereit bist, eine Antwort zu hören, die dir nicht gefällt.«

Kathy erinnerte sich vage, dass ihr Vater, der seit mehr als siebzehn Jahren tot war, eine ähnliche Redewendung gebraucht hatte, und sie vermutete, dass ihre Mutter sie ihm geklaut hatte.

War sie auf eine Antwort gefasst, die sie nicht hören wollte?

Kathy Walker setzte sich auf die Bettkante und zog das XDA2 heraus. Irgendwo tief in ihrem Innersten kannte sie die Antwort bereits. Jetzt suchte sie nur noch nach der Bestätigung.

Nach einem Beweis. Sie suchte nach einem Beweis. Sie würde nicht den gleichen Fehler machen wie das letzte Mal.

Kapitel 3

Stephanie Burroughs.

In dem Verzeichnis waren sämtliche Zeilen neben ihrem Namen ausgefüllt: eine Adresse in der Stadt, eine Telefonnummer, eine Handynummer, eine E-Mail-Adresse, ihr Geburtstag. Und eine kleine rote Flagge neben ihrem Namen.

Kathys Finger fühlten sich taub an, und ihre Hände zitterten ein wenig, als sie den kleinen silbernen Stift herauszog, um damit auf die Flagge auf dem Display zu tippen. Das Kalenderprogramm öffnete sich, eine Reihe kleiner Rechtecke, die jeweils einen Tag des Monats darstellten. Der letzte Freitag war mit einer kleinen Flagge versehen; die Flagge neben Stephanies Namen war damit verbunden. Kathy tippte auf das Display und öffnete damit den betreffenden Tag.

Der Freitag war für R&K-Productions ein sehr voller Tag gewesen – jedenfalls für den R-Teil. Um 8.00 Uhr morgens hatte ein Frühstück mit einem Kunden stattgefunden, dann um 10.00 Uhr ein Meeting, gefolgt von einer Studiosession um 11.30 Uhr. Für 15.00 Uhr war eine Besprechung mit dem Grafiker eingetragen, danach nichts mehr.

Mit Ausnahme einer roten Flagge um 17.00 Uhr. Keine weitere Anmerkung.

Kathy runzelte die Stirn. Am letzten Freitag … am letzten Freitag war Robert spät nach Hause gekommen; er habe sich mit einem Kunden getroffen, hatte er ihr gesagt. Es war kurz vor Mitternacht gewesen, als er heimkam.

Im Bewusstsein, dass ihr nicht mehr viel Zeit blieb, klickte sie zur Monatsübersicht zurück und tippte auf den nächsten Tag mit roter Flagge. Es war der vergangene Dienstag. Wieder am späten Nachmittag, der letzte Termin des Tages. Die Flagge davor war jene vom vorangegangenen Freitag. Sie nickte kurz. An diesem Freitag war er spät gekommen, aber an den Dienstag konnte sie sich nicht erinnern. Robert kam häufig spät von der Arbeit nach Hause: genau genommen kam er fast immer spät nach Hause.

Jetzt klickte sie auf die Kalendervorschau. Die nächste rote Flagge markierte morgen Abend, Freitagabend. Eine rote Flagge um 16.00 Uhr, danach keinerlei Termine mehr.

Sie rief wieder die Adressen auf und scrollte hastig durch die Namen. Nur zwei weitere Namen waren mit roten Flaggen versehen – sie kannte beide als langjährige Kunden.

Mit unerklärlichen Schuldgefühlen kramte sie die übrigen Taschen des Jacketts durch ohne wirklich zu wissen, wonach sie eigentlich suchte. Er hatte seine Brieftasche mitgenommen, und sie fand nichts als ein paar Kassenbons von Pay & Display, die Reste einer Packung Pfefferminzdragees und eine Quittung von Kylemore im Einkaufszentrum von Blanchardstown. Über zwei Getränke. Sie strich die Quittung auf dem Bett glatt und versuchte, das Datum zu entziffern.

Letzten Dienstag, um 17.10 Uhr. Was hatte Robert am Dienstagnachmittag in Blanchardstown gemacht? Robert hasste das Einkaufen und insbesondere in Einkaufszentren. So kurz vor Weihnachten im Nachmittagsverkehr zu diesem Einkaufszentrum hinauszufahren, muss ein Alptraum gewesen sein; und die Rückfahrt sogar noch schlimmer. Wann immer Robert etwas einkaufen wollte, fuhr er mal schnell zu den Pavilions in Swords hinüber.

Plötzlich bog das Auto in die Einfahrt und Scheinwerfer leuchteten im Schlafzimmerfenster. Ganz gelassen steckte Kathy die Quittungen von Pay & Display und die Pfefferminzdragees in die Jacketttasche zurück. Die Quittung vom Kylemore ließ sie in ihrer eigenen Tasche verschwinden. Dann schaltete sie das Handy aus, schob den Stift in seinen Schlitz, steckte das Telefon wieder ins Jackett ihres Mannes und war gerade im Begriff, die Treppe hinunterzugehen, als die Haustür aufflog und Brendan und Theresa, gefolgt von Robert, geräuschvoll und mit einem Schwall eisiger Luft ins Haus gestürmt kamen.

»Wir haben das Essen mitgebracht«, rief Brendan und hielt die braunen Papiertüten hoch.

Kathy setzte automatisch ein Lächeln auf. »Prima. Ich hatte sowieso keine Lust zu kochen.« Sie blickte ihren Mann an, den Mann, den sie zu kennen glaubte und offenbar doch nicht kannte.

Robert bemerkte den fragenden Blick und neigte den Kopf. »Ist alles okay?«

»Ja«, log sie, »alles bestens.«

Kapitel 4

Ich habe nachgedacht«, sagte sie plötzlich.

»Das ist immer gefährlich …«, witzelte er.

Kathy konnte ihn durch die offene Badezimmertür sehen, wie er in einer dieser lächerlichen gestreiften Schlafanzughosen dastand, die sie absolut scheußlich fand, die er sich aber immer kaufte. Sie saß aufrecht im Bett, mit drei Kissen im Rücken, und hielt sich eine Zeitschrift vors Gesicht. Zwar hatte sie den Kopf gesenkt, als würde sie lesen, aber sie beobachtete ihn über den Rand des Magazins hinweg.

»Du hast in letzter Zeit so viel gearbeitet …«

Die elektrische Zahnbürste fing an zu brummen. Robert war ganz paranoid mit seinen Zähnen. Vor zwei Jahren, als sie es sich noch gar nicht hatten leisten können, hatte er an die 2 000 Euro ausgegeben und sie grundsanieren und bleichen lassen. Jetzt ging er alle drei Monate zum Zahnarzt, um sie noch weißer zu bekommen. Sie fand, dass sie mittlerweile schrecklich künstlich aussahen, wie ein falsches Gebiss. In letzter Zeit redete er auch davon, an seinen Augen eine Laserbehandlung vornehmen zu lassen, dabei brauchte er nur zum Lesen oder für die Arbeit am Bildschirm eine Brille.

Kathy wartete, bis das Brummen der Zahnbürste verstummte, dann hob sie von Neuem an. »Ich habe nachgedacht. Du hast in letzter Zeit so viel gearbeitet, dass wir uns kaum gesehen haben. Ich hab mir überlegt, dass wir mal gemeinsam ausgehen sollten.«

»Gute Idee.«

»Ich dachte an morgen Abend.«

Und daran, wie du wohl reagieren würdest. Sagst du ja und bringst mich dazu, dass ich mir dumm vorkomme, weil ich dich verdächtigt habe, jagst mir Gewissensbisse ein, weil ich dir nachspioniert und dir misstraut habe, oder …

»Ich kann nicht. Nicht morgen Abend. Ich gehe mit einem Geschäftsfreund aus. Ein Weihnachtsessen.« Er kam aus dem Badezimmer, wischte sich Zahnpasta vom Kinn und schaute sie lächelnd mit seinen großen braunen unschuldigen Augen an.

»Davon hast du mir gar nichts gesagt.«

»Doch, da bin ich mir sicher.« Er zog sich das Schlafanzugoberteil an.

»Daran würde ich mich erinnern.«

Er zuckte die Achseln, drehte sich um und warf das Handtuch ins Badezimmer. Es landete nicht auf der Stange, sondern fiel zu Boden. Sie würde es am nächsten Morgen aufheben. Sie ertappte ihn, wie er sich in den Spiegeln der Schranktüren betrachtete, nur ein kurzer, flüchtiger Blick, aber etwas an der Art und Weise, wie er hinsah und dann zustimmend nickte …

Sie hielt den Kopf noch immer gesenkt, blätterte die Seiten der Zeitschrift langsam um und tat, als würde sie lesen, aber sie blickte auf und schaute ihren Mann an. Schaute ihn richtig an. Man sagt, dass man jemanden nur bei der allerersten Begegnung richtig *ansehe,* danach nicht mehr. Das Bild, das das Gehirn anhand dieses ersten Blicks speichert, sei das, welches erhalten bleibt. Wie lange war es her, dass sie ihn angeschaut hatte, ihn als Mensch, als Individuum, als Mann gesehen hatte?

Bildete sie es sich nur ein, oder sah er wirklich gebräunter und muskulöser aus, als es ihm von der Natur gegeben war? Er hatte immer schon auf sein Gewicht geachtet und war von seinen Haaren richtiggehend besessen. Sie kniff die Augen ein wenig zusammen und starrte seine Haare an, und ihr wurde klar, dass sie weniger grau waren. Vor etwa einem Jahr hatte er an den Schläfen, direkt über den Ohren, die ersten grauen Haare bekommen – was ihrer Meinung nach distinguiert und gut aussah. Jetzt bemerkte sie, dass die grauen Haare weniger geworden, ja fast verschwunden waren. Seine Haare waren dicht und glänzend, und sie fragte sich, ob er sie nicht getönt oder gefärbt hatte. Außerdem sah es so aus, als habe er auch ein bisschen abgenommen; sein Bauch kam ihr flacher vor, und er hatte eine Andeutung – nur eine Andeutung – von Bauchmuskulatur. Und obwohl es mitten im Winter war und sie im Sommer nicht in Urlaub gewesen waren, war seine Haut gleichmäßig gebräunt. Sie konnte nicht einmal an seinem Handgelenk, wo er normalerweise die Armbanduhr trug, einen helleren Streifen entdecken. Die Bräune sah zu perfekt aus, um aus der Flasche zu kommen – es gab weder Streifen noch dunklere Stellen: Mein Gott, er geht ins Sonnenstudio, wurde ihr mit einem Mal klar.

Für wen ging er ins Sonnenstudio? Gewiss nicht für sie. Plötzlich machte sie dieser eine Gedanke – nicht für sie – traurig. Wann hatte er sein Bemühen eingestellt, ihr zu gefallen? Wann hatte sie aufgehört, sich von ihm beeindrucken zu lassen?

»Mit wem triffst du dich denn morgen?«, fragte sie beiläufig.

»Mit Jimmy Moran«, antwortete Robert wie aus der Pistole geschossen. »Wir gehen ins Shanahan's on the Green zum Abendessen.« Er schlug die Decke zurück und schlüpfte ins Bett, wodurch ein Schwall kalter Luft durch die Laken fuhr. »Du hast die Heizdecke ja nicht eingeschaltet«, stellte er fast vorwurfsvoll fest.

»Ich dachte nicht, dass es so kalt ist.« Von dem Moment an, als sie angefangen hatte, die Puzzleteile zusammenzusetzen, war ihr abwechselnd heiß und kalt gewesen. Sie warf die Zeitschrift auf den Boden, legte sich hin und zog sich die Decke bis zum Kinn hoch.

»Liest du nicht mehr weiter?«

»Nein, mir tränen die Augen; ich glaube, ich hab sie etwas überanstrengt.« Sie streckte den Arm nach oben und knipste das Licht auf ihrer Seite aus.

»Na ja, ich lese noch ein bisschen, wenn es dir nichts ausmacht.«

Sie wusste, dass er das Licht auch dann angelassen hätte, wenn es ihr etwas ausmachen würde. Er griff auf seiner Bettseite nach unten und nahm das Buch, das er derzeit las, nämlich »The Road Less Travelled«, zur Hand.

Sie schwieg und wartete eine Weile, dann hörte sie, wie er umblätterte. Er war ein unglaublich langsamer Leser. Sie konnte zwei Bücher in der Woche verschlingen; er las seines schon seit mindestens einem Monat, vielleicht länger. Ohne ihn anzusehen, fragte sie: »Wann meinst du, könnten wir wohl mal ausgehen? Noch vor Weihnachten?«

Er antwortete nicht gleich. Sie hörte, wie er umblätterte. »Ich fürchte, wir müssen bis nach Weihnachten warten. Man bekommt jetzt nirgendwo mehr einen Tisch, und einen Parkplatz zu finden, ist ein Alptraum.« Er versuchte zu lachen. »Sämtliche Restaurants sind voll mit Leuten wie ich, die Geschäftsfreunden wie Jimmy zu viel Wein spendieren.« Sie hörte, wie das Buch auf den Boden fiel, dann ging sein Licht aus. »Nach Weihnachten werden wir ein bisschen Zeit haben. Vielleicht können wir sogar übers Wochenende fortfahren. Was meinst du?«

»Das wäre nett«, antwortete Kathy. Sie erinnerte sich, dass er letztes Jahr etwa um diese Zeit das Gleiche gesagt hatte. Sie waren nicht fortgefahren; sie hatten nie die Zeit dazu gefunden.

Freitag, 20. Dezember

Kapitel 5

Rose King stützte die Ellenbogen auf den Küchentisch und griff nach den Händen ihrer Freundin. »Aber du bist dir nicht sicher.«

Kathy Walker schüttelte den Kopf. »Nein. Ja. Nein. Ich weiß nicht.«

»Du hast einen Verdacht.«

»Ja, ich habe einen Verdacht.«

»Und, hattest du früher schon mal einen?«

Kathy nickte. »Ja.«

»Ich wette, es gibt keine Frau in diesem Viertel, die ihren Mann nicht wenigstens ein Mal in Verdacht hatte.«

»Du auch? Ist dir das auch schon passiert?«

Rose gefror das Lächeln auf den Lippen. »Ja. Mehr als nur ein Mal.« Rose King war fünf Jahre älter als Kathy und sah mit ihrer Frisur, die wie eine schon in den Siebzigern aus der Mode gekommene Dauerwelle wirkte, aber immerhin ihre echten Haare waren, noch um weitere fünf Jahre älter aus. Egal, was sie damit anstellte – ob sie sie schneiden, färben oder glatt fönen ließ –, innerhalb weniger Wochen hatte sie wieder diesen widerspenstigen Mopp auf dem Kopf. Rose, eine kleine, stämmige Frau, hatte drei Kinder großgezogen, und das jüngste hatte gerade das Haus verlassen. Vor Kurzem hatte sie Kathy erzählt, dass das bevorstehende Weihnachtsfest das erste seit mehr als zwanzig Jahren sei, das sie und ihr Mann Tommy allein verbringen würden. Ihr graute davor.

Zwischen Rose und Kathy hatte sich eine höchst seltsame Freundschaft entwickelt, die vor zwölf Jahren begonnen hatte, als Brendan, Kathys Ältester, eingeschult wurde. Kathy ging vier Mal am Tag an dem etwas heruntergekommenen Vorgarten von Rose vorbei. Aus einem kurzen Hallo waren im Laufe der Wochen ein paar Worte geworden, aus denen sich nach und nach längere Plaudereien entwickelten. Bald schaute Kathy auf eine Tasse Tee vorbei, dann kam Rose ab und zu herüber. Oberflächlich betrachtet hatten die beiden, abgesehen davon, dass sie einmal Nachbarinnen gewesen waren, nicht viele Gemeinsamkeiten. Aber sie waren gute Freundinnen und hatten keine Geheimnisse voreinander. Selbst als Kathy das neue Haus gekauft hatte und von einem Ende von Swords ans andere umgezogen war, hielten die beiden Frauen Kontakt und blieben Freundinnen.

»Was für einen Verdacht hattest du denn bei deinem Tommy?« Schon allein der Gedanke, dass Tommy – dick, selbstgefällig und mit Vollglatze, wenn er nicht gerade seine lächerliche Perücke aufhatte – eine Affäre haben könnte, ließ sie schmunzeln.

Rose zuckte die Achseln. Dann lächelte sie. »Ich weiß, was du meinst. Du meinst, dass mein Tommy wohl keine großen Chancen bei Frauen hat.«

»Das habe ich nicht gesagt.«

»Das brauchst du gar nicht.« Rose griff nach ihrer Teetasse, führte sie an die Lippen und stellte sie dann wieder ab. »Mein Tommy. Der dicke, glatzköpfige Tommy. Aber er war nicht immer dick und glatzköpfig.« Sie schüttelte ungläubig den Kopf. »Ich bin mir ganz sicher, dass er ein Verhältnis hatte, das vier Jahre dauerte. Und es gab eindeutig noch zwei weitere, kürzere Affären.«

Kathy starrte sie verständnislos an. Sie war schockiert, aber sie wusste nicht genau, ob über die Tatsache, dass Tommy Affären hatte, oder über die gelassene, fast beiläufige Art und Weise, in der Rose ihr davon erzählte. Um ihre Fassungslosigkeit zu verbergen, stand sie auf und griff nach dem Wasserkocher. Sie drehte sich zur Spüle um und ließ Wasser hineinlaufen. »Ich hab gar nicht gewusst … du hast nie erzählt.«

»Das ist ja wohl etwas, was man nicht unbedingt anderen auf die Nase bindet, oder?«

»Wie lange ist es her … ich meine, wann hattest du den ersten Verdacht?« Kathy drehte sich schwungvoll um. »Tut mir Leid, ich hätte dich das nicht fragen sollen. Es geht mich ja gar nichts an.«

»Vor zehn Jahren das erste Mal«, fuhr Rose fort, als habe sie Kathy nicht gehört. »Ich kenne ihren Namen nicht. Ich habe mir nie die Mühe gemacht, ihn herauszufinden. Sie war eine alte Flamme, glaube ich, eine seiner zahlreichen früheren Freundinnen. Sie sind locker in Kontakt geblieben, dann haben sie angefangen, sich hin und wieder auf einen Drink zu treffen. Und aus den Drinks sind Abendessen geworden, aus den Abendessen … na ja, ich weiß nicht, was aus denen geworden ist, aber ich vermute, dass sie am Ende im Bett gelandet sind.« Rose machte diese Feststellung mit völlig ausdrucksloser Stimme.

Kathy schüttelte den Kopf. Sie konnte durch das Küchenfenster in den düster wirkenden winterlichen Garten hinausblicken, auf die kahlen Bäume, den Zierteich, den sie hasste und der jetzt mit einer braunen Schleimschicht bedeckt war. In der Glasscheibe spiegelte sich Roses Gesicht und schaute sie an.

Sie wandte sich von der Spüle ab und setzte sich wieder an den Küchentisch, unsicher, was sie tun oder wie sie reagieren sollte. Sie hatte abgewartet, bis Robert zur Arbeit gegangen war und die Kinder davonrannten, um den Bus noch zu erwischen, erst dann hatte sie ihre Freundin angerufen. Sie dachte, sie würde Rose ihre Geschichte erzählen und ein paar Ratschläge bekommen; jedenfalls hatte sie nicht damit gerechnet, so etwas zu hören. Sie ertappte sich dabei, dass sie schon wieder den Kopf schüttelte.

»Ich weiß«, sagte Rose. »Es geht um Tommy, nicht wahr? Der Gedanke, ihn nackt vor sich zu haben, ist völlig absurd. Und ich kann dir sagen, es ist auch so. Aber weißt du, er kann so charmant, so nett sein. Das habe ich an ihm ja so anziehend gefunden.« Sie lachte unsicher. »Er war kein Adonis, nicht einmal als er jung war, aber er hat mich zum Lachen gebracht. Irgendwo habe ich gelesen, dass Frauen darauf abfahren. Vergiss die Muskeln und das gute Aussehen: Die meisten Frauen stehen auf Charme und Lächeln. Deshalb kommen Lügner bei den Mädchen so gut an.«

Der Wasserkocher begann zu pfeifen, und Kathy ging wieder zur Spüle. »Das habe ich auch gelesen.«

»Ein paar Jahre später«, fuhr Rose fort, »hatte ich den Verdacht, dass er etwas mit der von Nummer 15 hatte.«

Kathy schnaubte und wunderte sich selbst über das Geräusch. »Die Große mit den …?«

Im Spiegelbild des Küchenfensters sah sie, dass Rose nickte. »Genau die. Er fing an, für sie die Buchhaltung zu machen, als das Geschäft Pleite ging. Du weißt ja, dass ihr Mann den kleinen Elektroladen gleich neben der Hauptstraße geführt hat. Er hatte den großen Ausverkauf, alles musste raus, sämtliche Geräte spottbillig. Na ja, an diesem Tag hat er ein Vermögen gemacht, dann hat er sich mit den Einnahmen, den Einlagen auf ihrem gemeinsamen Bankkonto und dieser dürren Kleinen, die immer an der Kasse stand, aus dem Staub gemacht.«

»Jetzt erinnere ich mich. Ich habe mir dort den Staubsauger gekauft.«

»Ich die Fritteuse. Na ja, mein Tommy fing an, ein Mal pro Woche hinüberzugehen. Dann zwei Mal. Und schließlich … ach, ich weiß nicht. Als sie umzog, war es vorbei.«

Kathy machte eine frische Kanne Tee und stellte sie auf den Tisch. »Du hast gesagt, es wären drei Affären gewesen …«, half sie Rose vorsichtig auf die Sprünge.

»Vor etwa zwei Jahren hatte ich den Verdacht, dass wieder etwas lief. Er begann, sich seltsam zu verhalten. Damals fing er an, sich um seine Haare wirklich Gedanken zu machen, und hat sich die Perücke gekauft.«

»Ich erinnere mich.« Die Perücke war im ganzen Viertel Gesprächsstoff gewesen. Sie schien irgendwie labil auf Tommys Kopf zu sitzen, aber sie verrutschte nie, nicht einmal bei Wind von Sturmstärke.

»Weißt du, er ist der Meinung, das mit der Perücke hätte niemand bemerkt«, erzählte Rose, »weil keiner ihn je darauf angesprochen hat.«

»Es ist ein bisschen schwierig, das Thema anzusprechen. ›Hübsche Perücke. Wo hast du sie denn gekauft? Wie geht es der Perücke?‹ Ich weiß genau, dass ich mich totlachen würde, wenn ich jemals mit ihm über das Ding sprechen sollte.«

Rose fing zu lachen an. Sie hatte eine tiefe, männliche Lache, und plötzlich lachte Kathy mit, die beiden Frauen kicherten zusammen, und für einen Augenblick war es wie an Hunderten anderer gemeinsam verbrachter Vormittage, als die Welt noch in Ordnung war. Mit einem Schlag war Kathy ernüchtert. Auch an diesen Vormittagen war nicht alles in Ordnung gewesen: Rose hatte mit der Tatsache gelebt, dass sie glaubte, ihr Mann habe ein Verhältnis.

»Hast du ihn nie danach gefragt?«

»Nach der Perücke?«

»Nach den Affären!«

Rose konzentrierte sich darauf, sich Tee einzuschenken und einen winzigen Schuss fettarme Milch hineinzugeben. Sie griff nach dem Zucker, dann fiel ihr wieder ein, dass sie zurzeit eigentlich versuchte, auf den Zucker zu verzichten, und sie schob die Dose von sich. »Als ich das erste Mal dahinterkam, dass er fremdging, habe ich es mir überlegt«, sagte sie schließlich. »Ich habe es mir lange und gründlich überlegt, und dann habe ich mich gefragt, was ich denn tun würde, wenn er es zugeben würde.«

Kathy nickte. Sie hatte sich die gleiche Frage gestellt.

»Du musst bedenken, dass das vor der Zeit war, als bei uns in Irland die gesetzliche Scheidung möglich wurde. Was würde ich tun, falls er es zugab? Ich hätte ihn auffordern können, auszuziehen, aber wir mussten das Haus noch acht Jahre abbezahlen. Was würde geschehen, falls er tatsächlich ginge? Wer würde es bezahlen?« Sie zuckte verlegen die Achseln. »Ich weiß, dass das unglaublich praktisch gedacht, vielleicht sogar zynisch klingt, aber diese Gedanken sind mir damals nun mal durch den Kopf gegangen. Und dann habe ich mich gefragt, was geschehen würde, wenn ich ihn zum Auszug auffordern und er sich weigern würde? Dann hätte ich nicht bei ihm bleiben können, oder? Dann hätte ich aus meinem Haus ausziehen müssen, und wohin, ja wohin hätte ich gehen sollen? Vor zehn Jahren war ich fünfunddreißig. Ich hatte keinerlei Ausbildung, und meine nächste Verwandte – eine Tante – wohnte in Cork, und sie hätte mich gewiss nicht aufnehmen wollen. Ich wollte sie auch nicht darum bitten. Und schließlich stellte sich natürlich die große Frage: Was würde aus den Kindern werden? Sie waren noch in der Schule, sie bereiteten sich auf ihre Prüfungen vor: Welche Auswirkungen würde dieses Trauma auf sie haben?«

Kathy holte tief Luft. Die gleichen Gedanken waren ihr in der Nacht die ganze Zeit durch den Kopf gegangen. Sie fragte sich, ob jede Frau, die sich vor diese Situation gestellt sah, wohl die gleichen Sorgen hatte. Sie glaubte schon.

»Und, was hast du am Ende unternommen?«

Rose schaute Kathy direkt in die Augen. »Ich habe nichts unternommen.«

»Nichts.« Das Wort hing platt und gefährlich zwischen ihnen.

»Nichts. Ich bin zu dem Schluss gekommen, dass er wohl eine Art von Midlife-Crisis durchmacht, und habe abgewartet. Ich habe nichts gesagt, nichts unternommen. Ich habe bloß gehofft, ihm würde klar werden, wie viel er verlieren würde, wenn er mich verlassen sollte. Ich habe darauf gesetzt, dass er zur Vernunft kommt. Und er ist zur Vernunft gekommen. Irgendwann.«

»Du hast nichts unternommen.«

»Manchmal tut man etwas, gerade wenn man nichts tut«, stellte Rose freundlich fest.

»Willst du mir damit sagen, dass ich nichts unternehmen sollte?«

»Nein, das sage ich nicht. Ich erzähle dir nur, was ich getan habe.«

»Ich glaube nicht, dass ich das könnte.«

»Bevor du irgendeine Entscheidung triffst, musst du dir ganz sicher sein, dass dein Verdacht stimmt. Bis jetzt weißt du es ja gar nicht mit Sicherheit.«

Kathy nickte. »Ich bin mir beinahe sicher.«

»Du warst dir schon früher einmal beinahe sicher.«

»Und ich hatte damals Recht. Ich weiß es. Ich hatte nur keine Beweise.«

»Aber du brauchst Beweise, bevor du ihn damit konfrontierst«, erklärte Rose entschieden. »Und selbst dann, selbst wenn du dir hundertprozentig sicher bist, musst du dir über die Konsequenzen einer Anschuldigung im Klaren sein.«

Kathy schüttelte den Kopf, und plötzlich standen ihr Tränen in den Augen, aber es waren zum ersten Mal, seit sich der scheußliche Verdacht in ihrem Kopf festgesetzt hatte, Tränen der Wut. »Wenn ich wüsste, dass er eine Affäre hat, und ich würde ihn nicht zur Rede stellen, dann könnte ich nicht mehr in den Spiegel schauen.«

Rose griff über den Tisch und nahm Kathys Hände. »Genau das habe ich am Anfang auch gedacht. Dann ist mir aber klar geworden, dass Tommy immer noch jeden Abend zu mir nach Hause zurückkam. Diese anderen Frauen waren nichts weiter als ein Zeitvertreib. Hätte ich ihn zur Rede gestellt, dann hätte ich unsere Ehe zerstört. Aber ich habe gewusst, dass ich am Ende gewinnen würde, wenn ich nur genug Geduld aufbrachte.«

»Das kann ich nicht.«

»Ich weiß, dass du das nicht kannst. Nicht jetzt. Aber denk darüber nach. Behalte es als eine Möglichkeit im Hinterkopf.«

Rose ließ Kathys Hände los und griff nach ihrer Teetasse. Ohne Kathy anzusehen, fragte sie: »Wie steht es im Bett – im Schlafzimmer? Ist da alles in Ordnung?«

Kathy machte den Mund auf, um schnell zu antworten, hielt dann aber inne. Im Schlafzimmer lief es … anders. Sie waren nie ein besonders leidenschaftliches Paar gewesen, und sobald sich die erste jugendliche Verliebtheit gelegt hatte, hatten sie nur noch sporadisch Sex gehabt. Als dann die Kinder gekommen waren, war es zur Routineübung geworden: hin und wieder am Samstag- oder Sonntagvormittag. Und selbst das hatte sich gelegt. Sie konnte sich nicht erinnern, wann sie das letzte Mal Sex gehabt hatten. Früher hatte sie das an Robert bewundert: Er hatte sich ihr nie aufgedrängt. Wenn er die Hand nach ihr ausstreckte und sie ihm einfach den Rücken zukehrte, hatte er sein Ziel nicht weiterverfolgt, hatte sie nicht weiter bedrängt, sondern ihr nur einen Kuss auf den Hinterkopf gedrückt und sich umgedreht. So war das nun schon seit Jahren.

Plötzlich hatte sie Gewissensbisse. War ihr geringes Interesse am Sex eine der Ursachen, die ihn von ihr fortgetrieben hatten?

Aber nein, in einer Ehe ging es nicht nur um Sex, in einer Ehe ging es um …

»Was ist?«, fragte Rose, als sie den Ausdruck im Gesicht ihrer Freundin sah.

»Mir ist gerade ein Gedanke gekommen. Ein wichtiger, etwas, worüber ich noch nie nachgedacht habe.« Plötzlich musste Kathy über ihre trockenen Lippen lecken. »Was ist eine Ehe? Was macht eine Ehe aus?« Rose öffnete den Mund, um ihr zu antworten, aber Kathy hob die Hand. »Geht es ums Zusammenleben, geht es um Hingabe, Sex, die gemeinsamen Erfahrungen, Vertrauen und Ehrlichkeit? Um Liebe? Was macht sie aus?«

»Als ich jünger war«, antwortete Rose ganz leise, »da hätte ich alle diese Dinge aufgezählt. Inzwischen«, sagte sie und zuckte die Achseln, »inzwischen glaube ich, es könnte nichts als Gewohnheit sein.«

Kapitel 6

Beim Abschied hatte Rose noch gesagt: »Triff keine Entscheidung, bevor du keinen Beweis hast. Dieses Mal musst du dir sicher sein, Kathy. Und wenn du dir sicher bist, dann bedenke die Konsequenzen. Nicht nur die unmittelbaren Konsequenzen, sondern auch die langfristigen.«

Kathy hatte in der Haustür gestanden und Rose nachgeschaut. Ihre Freundin war am Tor stehen geblieben, hatte die Hand gehoben und gelächelt, dann hatte sie sich nach rechts gewandt und war nach Hause gegangen. Es war wie an unzähligen anderen Vormittagen, und es wäre ganz einfach gewesen, so zu tun, als sei nichts geschehen … und doch war nichts mehr wie vorher.

Jetzt sah sie Rose mit anderen Augen. Etwas war anders, und sie wusste, dass es zwischen ihnen nie mehr sein würde wie früher, aber in diesem Moment war sie sich noch nicht sicher, warum eigentlich.

Wieder konnte sie ihre Mutter sagen hören: »*Stell nie eine Frage, solange du nicht bereit bist, eine Antwort zu hören, die dir nicht gefällt.*«

Fingen nicht genau so die meisten Affären an: Weil ein Partner die Fragen nie stellte? Wo warst du, warum kommst du so spät, mit wem warst du unterwegs? Aber das konnte man doch nicht. Schon das Stellen solcher Fragen würde eine Beziehung zerstören. Eine Beziehung baute auf Vertrauen auf; vertraute man dem anderen, dann brauchte man diese Fragen nicht zu stellen.

Kathy schloss die Tür und lehnte sich mit dem Rücken gegen das massive Holz. Sie schüttelte den Kopf. Und plötzlich wusste sie, warum es zwischen ihr und Rose nie mehr sein würde wie früher. Als Rose zugegeben hatte, dass sie über die Affäre – die Affären – ihres Mannes Bescheid gewusst und beschlossen hatte, nichts zu unternehmen, in diesem Augenblick hatte Kathy den Respekt vor ihr verloren.

Man musste etwas unternehmen.

Es wurde von einem erwartet, dass man etwas unternahm.

Sie wusste nur nicht, welche Schritte von einem erwartet wurden.

Kathy wanderte durchs Haus, ging von einem Zimmer ins nächste, schaute sich um und sah ihre Umgebung auf einmal mit ganz anderen Augen. Irgendwo in ihrem Hinterkopf fragte sie sich, was sie wohl mitnehmen würde, falls sie sich entschließen sollte, auszuziehen … oder was Robert mitnehmen würde, falls er ginge.

Würde er ausziehen?

Würde sie ihn dazu auffordern?

Die Walkers wohnten in einem großen, massiv gebauten Haus mit sechs Zimmern in einem alten Viertel des ehemals ländlichen Teils von Swords. Aber inzwischen war Swords praktisch ein Vorort von Dublin geworden. Als sie vor achtzehn Jahren hierher gezogen waren, hatte sie geglaubt, sie lebten mitten auf dem Land, aber dann waren in und um das North County Dublin riesige Wohnviertel aus dem Boden gestampft worden, die die ländliche Atmosphäre der Gegend zerstört hatten. Der Preis ihres ersten Hauses hatte absolut am Limit dessen gelegen, was sie sich damals – und noch einige Jahre später – leisten konnten. Es hatte Monate gegeben, in denen sie sich von Bohnen und Toast ernährt hatten, nur um sicherzustellen, dass genügend Geld übrig war, um die Hypothek abzubezahlen. Aber es war dennoch eine schöne Zeit gewesen. Damals hatten sie viel miteinander gelacht. Mehr als jetzt.

Vor sechs Jahren waren sie dann in dieses Haus gezogen. Es lag nur gute drei Kilometer von ihrem früheren Haus entfernt, aber es war größer und von viel Grün umgeben. Sie hatten das Haus genau für ein Viertel der Summe gekauft, die es jetzt wert war. Robert sagte, es sei eine fantastische Investition: Er hatte damals also Recht gehabt. Er hatte meistens Recht.

Früher hatte sie das an ihm geliebt: sein absolutes Selbstvertrauen und seine Selbstsicherheit. Sie glaubte nicht, dass sie ihn jemals irgendwelche Zweifel in Bezug auf sein Handeln und die Richtung, in die er ihr gemeinsames Leben lenkte, hatte äußern hören. Aber inzwischen wusste sie, dass das, was sie einmal für Selbstvertrauen gehalten hatte, nichts als Arroganz war.

Im Wohnzimmer fand sich nichts von ihm. Es wurde nur selten genutzt, das war eine Gewohnheit, die sie von ihrer Mutter übernommen hatte: ein Raum, der als »gute Stube« für Besucher reserviert war und in dem sich die Kinder nicht aufzuhalten hatten. Eine klobige Couchgarnitur aus schwarzem Leder dominierte den Raum und ließ ihn kleiner erscheinen, als er war. Ihr hatte die Garnitur nie gefallen, und sie hätte etwas Zierlicheres und Helleres vorgezogen. Aber als sie sie kauften, hatte Robert noch Gäste nach Hause eingeladen, und er war der Meinung gewesen, dass die Ledergarnitur den richtigen Eindruck vermittelte, nämlich den von Wohlstand und Erfolg. Das Büfett an einer der Wände stammte von ihrer Mutter und beherbergte ein Sammelsurium von Geschirr und Gläsern von Waterford, Cavan, Galway und Dublin Crystal. Sie hatte es nie geschafft, eines der Service zu komplettieren, und bezweifelte jetzt, dass sie es je tun würde. Im Wohnzimmer stand kein Fernseher – es war mit Ausnahme des Badezimmers der einzige Raum im Haus, in dem sich kein Fernseher befand.

Das Esszimmer, das einen direkten Durchgang zur Küche hatte, war der eigentliche Aufenthaltsraum der Familie. Links von dem schwarzen Marmorkamin stand in der Ecke ein riesiger Flachbildfernseher, daneben der DVD-Player, der Videorekorder und Brendans X-Box. Die Dolby-Surroundsystem-Lautsprecher standen in den Ecken. Videos und DVDs lagen um den Fernseher auf dem Boden verstreut. Robert würde einige davon haben wollen, obwohl er sich, da war sie sicher, noch keinen der Filme angeschaut hatte und es wahrscheinlich auch nie tun würde. Ständig kaufte er DVDs und Bücher »für Regentage« oder falls er einmal ein paar Stunden Freizeit haben sollte. In letzter Zeit hatte er keine Freizeit mehr gehabt, oder falls doch, dann war er zu beschäftigt, und jetzt fragte sie sich …

Sie schob diesen Gedanken beiseite. Sie wollte nicht wissen, womit er sich beschäftigte.

Oder mit wem.

Die Couchgarnitur hier war älter, die Sessel vom jahrelangen Gebrauch ein wenig durchgesessen, obwohl sie sie vor nicht allzu langer Zeit hatte aufpolstern lassen. Als sie sie abgeholt hatte, hatten sie etwa eine Woche lang wie neu ausgesehen. Jetzt hatte sie sich seit Monaten geschworen, die Garnitur bald hinauszuwerfen, und hatte eigentlich geplant, im Winterschlussverkauf nach einer neuen zu suchen.

Auf dem Kaminsims stand eine scheußliche Uhr aus den 1930er Jahren, die Robert von seinem Großvater geerbt hatte. Kathy hasste sie mit ihrem gelben, vom Nikotin verfärbten Papierzifferblatt und dem Mechanismus, der unmittelbar, bevor er die Stunde schlug, summte und klickte und sie immer an einen alten Mann erinnerte, der mit den Zähnen knirscht. Robert würde sie haben wollen, und falls er sie nicht wollte, würde er sie dennoch mitnehmen, weil sie sie in ihrem Haus nicht länger dulden würde.

Kathy blieb stehen und presste beide Hände flach gegen ihren Bauch, weil sich ihr plötzlich der Magen umdrehte.

Ihr Haus.

Ihr Zuhause.
Ihres.
Sie war diejenige, die ihre Zeit tagein, tagaus in diesem Haus verbrachte. Sie hielt es sauber, kümmerte sich darum, machte daraus für Robert und die Kinder ein schönes Zuhause. Manchmal verging eine ganze Woche, in der sie das Haus nur verließ, um kurz in den Laden zu gehen, um eine Tüte Milch zu kaufen, oder die Kinder zur Schule zu bringen und wieder abzuholen. Sie kannte alle Winkel und Ecken, jedes quietschende Dielenbrett, jede Stelle, an der sich die Tapete wellte; sie wusste, wo sich häufig Spinnweben fanden, welcher Wasserhahn tropfte und welches Fenster klemmte. Das war ihr Zuhause. Das würde sie nicht aufgeben. Wenn es so weit kommen sollte, würde sie darum kämpfen.

Plötzlich fröstelte sie, und es lief ihr kalt den Rücken hinunter: Diese Gedanken jagten ihr Angst ein. Aber da sie nun einmal angefangen hatte, die Vergangenheit Revue passieren zu lassen und zu versuchen, sich eine Zukunft vorzustellen, war sie gezwungen, sich mit Wörtern wie »Trennung« und »Scheidung« zu beschäftigen. Und das bedeutete, sich mit Begriffen wie »Sein« oder »Mein« zu befassen, Worte, über deren Bedeutung sie vorher nie nachgedacht hatte. Es hatte immer »Unser« geheißen, selbst in jener schrecklichen Zeit vor vielen Jahren, als sie ihn beschuldigt hatte, eine Affäre mit Stephanie zu haben. Damals hatte sie nicht ein einziges Mal an Scheidung gedacht.

Kathy holte tief Luft. Rose hatte Recht. Bevor sie damit anfing, sich mit diesen Dingen zu befassen, brauchte sie Beweise. Eindeutige, unwiderlegbare Beweise.

Der Esstisch mit den sechs Stühlen, von denen einer nicht dazu passte, weil Robert den passenden damals versehentlich durchgesägt hatte, nahm den Rest des Esszimmers ein. Hier aß die Familie bei besonderen Anlässen, aber die waren in letzter Zeit rar gewesen. Das letzte Mal war es voriges Jahr an Weihnachten genutzt worden, und sie würden am kommenden Mittwoch wieder hier essen. Jetzt lagen auf dem Tisch die Reste von Theresas selbstgebastelten Weihnachtskarten verstreut.

Kathy schlenderte in die Küche zurück und räumte ganz automatisch die Tassen vom Küchentisch. Sie ging zur Spüle und wusch sie unter fließendem Wasser aus, anstatt sie in die Spülmaschine zu stellen. Sie wollte – musste – etwas mit ihren Händen anfangen.

Sie warf einen Blick auf die Uhr und fragte sich, wann Robert heute Abend wohl nach Hause kommen würde. Dann fiel ihr ein, dass er spät dran sein würde: Er traf sich ja mit einem Geschäftsfreund. Zumindest hatte er ihr das gesagt. Sie hielt inne und runzelte die Stirn. Er hatte gesagt, dass er … wen? … eingeladen hätte. Ja, Jimmy. Jimmy Moran ins Shanahan's on the Green.

»Telefonauskunft.«

»Ja, Shanahan's on the Green bitte. Das ist ein Restaurant.« Sie war erstaunt über den Klang ihrer Stimme: fest und sicher und in der Stille der Küche laut. Ihr war nicht klar gewesen, dass sie tatsächlich anrufen würde, bis sie das Telefon in der Hand hatte und ihre Finger die Nummer der Auskunft eintippten.

Ist es nicht das, was argwöhnische Frauen auf der ganzen Welt tun?, dachte sie verbittert. Spionieren sie ihren Männern nicht hinterher?

»Ja, bitte verbinden Sie mich.«

Hatte seine Lüge nicht Auswirkungen auf das Leben aller? Freunde würden für ihn lügen, Kollegen würden lügen, und jetzt stand sie da und war im Begriff, das Netz aus Lügen, das seine Affäre umgab, noch zu vergrößern.

»Hallo, guten Tag. Ich rufe nur an, um eine Reservierung zu bestätigen. Robert Walker, heute Abend um halb acht.« Sie setzte auf ihre beste Sekretärinnenstimme, effizient, leicht blasiert. In den Anfängen, als Robert die Produktionsfirma aufbaute, hatte sie diese Rolle häufig gespielt und so getan, als sei sie seine Sekretärin, um die

Kunden zu überzeugen, dass es mehr war als ein Ein-Mann-Unternehmen.

»Ja, ich bin mir absolut sicher, dass es heute Abend ist.«

Ihre Lippen waren trocken, und ihr Mund fühlte sich ganz ausgedörrt an. In ihrem rechten Augenwinkel fing ein Muskel an, unkontrollierbar zu zucken. »Vielleicht läuft die Reservierung auf den Firmennamen: Schauen Sie unter R&K-Productions nach.« Sobald man hinter die erste Lüge kam, dachte sie bitter, folgte der Rest von ganz allein. »Na ja, vielen Dank, dass Sie nachgesehen haben. Ich werde kurz mit meinem Chef sprechen. Sicher gibt es eine ganz einfache Erklärung.«

Im Shanahan's on the Green war kein Tisch reserviert. Das hatte sie auch nicht erwartet. Es konnte ein schlichtes Versehen von Robert sein – aber Robert machte nur selten Fehler –, vielleicht wollte er doch in ein anderes Restaurant.

Oder er hatte sie angelogen.

Und er traf sich mit seiner Geliebten. Wie er es an allen anderen Tagen, die mit der roten Flagge gekennzeichnet waren, getan hatte.

Kapitel 7

Kathy Walker stand vor der Tür zum Arbeitszimmer ihres Mannes. Vorsichtig legte sie die Hand auf den Türknauf, zögerte aber, weil es ihr widerstrebte, den Knauf zu drehen und sein Reich zu betreten.

In den letzten Stunden war so viel passiert, dass ihr wenig Zeit zum Nachdenken geblieben war. Vor weniger als vierundzwanzig Stunden hatte sie die rote Flagge neben dem Namen dieser Frau im Handy ihres Mannes entdeckt und daraus ihre Schlüsse gezogen. Vielleicht täuschte sie sich. Ihr Verstand versuchte verzweifelt, sie davon zu überzeugen, dass das Ganze vielleicht völlig harmlos war.

Ihr Herz sagte ihr, dass es nicht so war.

Sie wusste es, weil sie schon lange vermutete, dass etwas nicht stimmte. Und war es, sobald man einen Verdacht schöpfte, nicht bereits der erste Hinweis, dass tatsächlich etwas nicht in Ordnung war? War es nicht das, was all die Kummerkastentanten einem immer rieten? Wusste man – wusste man wirklich, ohne Fragen, ohne Zögern, ohne Zweifel –, dass der Partner einen wirklich liebt, dann würde man niemals den Verdacht schöpfen, er könnte ein Verhältnis haben. Aber Kathy war nicht mehr überzeugt, dass Robert sie noch liebte. Wahrscheinlich mochte er sie, sicherlich war er an sie gewöhnt, aber ob er sie liebte … sie glaubte es nicht.

Als sie diese rote Flagge gesehen hatte, hatten sich viele Kleinigkeiten zu einer eigenen Wahrheit zusammengefügt. Und jetzt brauchte sie, um ihres Seelenfriedens, um ihrer geistigen Gesundheit willen, Beweise. Mehr Beweise, überzeugende, stichhaltige Beweise.

Aber wenn sie erst einmal sein Zimmer betrat, um nach Beweisen zu suchen, dann war die Situation mit einem Schlag für immer anders. Das war ein Schritt, den sie nicht mehr rückgängig machen konnte. Selbst wenn sie nichts finden sollte, selbst wenn sie Beweise entdeckte, die ihn völlig entlasteten, und selbst wenn er nie herausfinden sollte, dass sie hier herumgeschnüffelt hatte, würde es zwischen ihnen nie mehr so sein wie früher.

Er hatte sie schon einmal hintergangen.

Dieser Gedanke schlich sich, eisig und bitter, in ihren Hinterkopf. Mit derselben Frau betrogen. Das glaubte sie jedenfalls. Damals hatte sie keine Beweise gehabt, keine konkreten Beweise, nur Befürchtungen und Vermutungen.

Sie musste es wissen.

Kathy Walker schob die Tür auf und betrat das Arbeitszimmer ihres Mannes.

Es war das zweitgrößte Zimmer im Haus, und anfangs hatten sie vorgehabt, es Brendan zu überlassen, wenn er älter war. Bei ihrem Einzug hatte es Robert mit Beschlag belegt, seinen Computer aufgebaut, seine Aktenordner, seine Bücherregale und seine ganzen technischen Geräte aufgestellt, und schon damals hatte sie gewusst, dass Brendan dieses Zimmer nie bekommen würde.

Der Raum war genau quadratisch und hatte gegenüber der Tür ein großes Doppelfenster mit Blick auf den Garten. Das war ein weiterer Grund, warum er für Robert so geeignet war: Es war ruhig. Eine Reihe von Aktenschränken nahm die linke Wand ein, ein Zeichentisch stand direkt vor dem Fenster. Robert machte sich vor den Aufnahmen gerne Skizzen der Szenen seiner Skripts, egal, ob es sich um eine Dokumentation oder einen Werbespot handelte. Auf einem großen hellen Holztisch rechts vom Fenster befanden sich alle Geräte: Drucker, Faxgerät, Scanner, ein großer stationärer Computer und der Platz, an dem gewöhnlich der glänzende Laptop stand, daneben die digitale Bearbeitungseinheit, mit der er die Bilder, Dialoge und Musik zu den Werbespots zusammenfügte, die R&K in letzter Zeit das meiste Geld einbrachten. Als er vor so vielen Jahren die Firma aufgebaut hatte, da hatten sie alles zur Bearbeitung noch außer Haus geschickt. Inzwischen war es dank des technologischen Fortschritts möglich, das alles in den eigenen vier Wänden auf einem leistungsstarken Computer zu erledigen.

Sie kam nur selten in dieses Zimmer, es war Roberts Reich, aber sie war immer beeindruckt, wie unglaublich ordentlich es war. Das war ein Aspekt seiner Persönlichkeit, der, wie sie fand, in deutlichem Kontrast zu dem Mann als solchem stand. Robert war im Alltagsleben und in seinem Erscheinungsbild immer ein wenig zerstreut, stets ein wenig zerzaust. Früher hatte sie geglaubt, das gehöre zu seinem Charme. Er war mehr als einmal mit unterschiedlichen Socken zum Rendezvous erschienen, und er hatte aus der Kindheit die Gewohnheit beibehalten, sein Jackett falsch zuzuknöpfen. Doch in letzter Zeit – noch bevor sie Verdacht geschöpft hatte – hatte sie bemerkt, dass er anfing, mehr Wert auf sein Äußeres zu legen. Sie hatte ein paar neue auffallend gestreifte Hemden auf der Stange im Schrank entdeckt und auch ein paar neue Seidenkrawatten in leuchtenden Farben, die gut dazu passten. Hinten im Kleiderschrank hing auf einmal ein schicker dunkler italienischer Anzug aus einem Wolle-Seide-Gemisch. Und er hatte angefangen, regelmäßig zum Friseur zu gehen. Es war noch gar nicht so lange her, da hatte er auf dem Rand der Badewanne gesessen, während sie ihm mit ihrer Nähschere die Haare stutzte.

Aber sobald es ums Geschäft ging, war er unglaublich organisiert. Dann kam ein anderer Aspekt seines Wesens zum Vorschein – effizient, kalt und in vielerlei Hinsicht gnadenlos.

Kathy stand in der Mitte des Zimmers und schaute sich um. Sie suchte nach etwas. Sie wusste nur nicht, wonach. Aber sie würde es erkennen, sobald sie es sah: Es würde eine rote Flagge tragen.

Sie fing mit den Papieren auf seinem Schreibtisch an. Ein ordentlicher Stapel lag links von seinem Computer in einem Drahtkorb. Sie wusste aus Erfahrung, dass er es bemerken würde, falls sie irgendetwas in Unordnung bringen sollte, deshalb musste sie darauf achten, alles genau so zu hinterlassen, wie sie es vorgefunden hatte. Sie drehte den Korb um und kippte sämtliche Papiere mit der Vorderseite nach unten auf den Schreibtisch. Dann ging sie eines nach dem anderen durch und legte sie mit der Vorderseite nach oben wieder in den Drahtkorb.

Einladung zu einer Produktvorstellung ... Brief von einem Kunden ... ein Kunststudent, der einen Job sucht ... Kreditkarten-Abrechnung ... Rechnung von einer Arbeitsagentur für Sekretärinnen ... Strafzettel für zu schnelles Fahren ...

Kathy hielt inne. Robert hatte ihr nichts von einem Strafzettel erzählt. Es war ein automatisch ausgestellter Strafzettel, zwei Punkte auf seinem Konto, weil er in einer 30-Meilen-Zone am 31. Oktober um 23.12 Uhr in Ballymun mit 36 Meilen pro Stunde unterwegs gewesen war. Sie seufzte, als sie den Strafzettel in den Korb legte, und fragte sich, ob sich die zwei Punkte auf die Höhe ihrer Versicherungspolice auswirken würden. Sie wusste, warum er ihr nichts davon gesagt hatte. Wie die meisten Männer war er, was seine Fahrkünste anbelangte, unglaublich eitel, und wahrscheinlich war es ihm peinlich.

Das nächste Blatt war eine Beschwerde von Tony O'Connor. Sie erinnerte sich an Tony. Er war einer ihrer ersten Kunden gewesen. Er besaß über das ganze Land verstreut eine Reihe kleiner Teppich- und Fliesengeschäfte und hatte R&K beauftragt, seine bewusst geschmacklose Werbung zu machen. Er beschwerte sich ständig, selbst wenn er einen Werbespot abgesegnet und gutgeheißen hatte. Manche Dinge änderten sich nie. Kopfschüttelnd legte sie das Blatt auf den Strafzettel in den Korb.

Dann stockte ihr der Atem.

Plötzlich wurde ihr flau in der Magengrube.

Der 31. Oktober, das war Halloween. Sie erinnerte sich an den Tag, weil es im Viertel einigen Ärger gegeben hatte. Eine Gruppe von Jugendlichen war irgendwie an unglaublich starke Feuerwerkskörper gelangt, und sie hatten sie in den frühen Morgenstunden abgeschossen. Sie erinnerte sich genau, wie sie zwischen Brendan und Theresa auf dem Bett gesessen und dem bunten Feuerwerk jenseits des Gartens zugesehen hatte. Der Krach war unglaublich gewesen – eine Mischung aus Gewehrfeuer, Knacken, Zischen und gewaltigen Explosionen. In der Ferne loderte ein Freudenfeuer, und Funkenschwaden stiegen hoch in den Himmel hinauf, die Luft roch nach verbrannten Gummireifen. Irgendwann war eine ausgebrannte Feuerwerksrakete auf das Dach gefallen und klappernd die Ziegel herunter gerollt. Sie waren alle drei zusammengezuckt, weil sie glaubten, gleich würde das Dach einstürzen.

Robert war nicht da gewesen. Sie erinnerte sich, dass sie fast froh darüber gewesen war. Womöglich wäre er hinausgelaufen und hätte mit den Jungs herumgestritten, und weiß der Himmel, wie das dann ausgegangen wäre. An diesem Abend war er in Belfast gewesen und hatte sich zum Essen mit einem Kunden getroffen; er hatte dort übernachtet und war erst am nächsten Vormittag zurückgekommen.

Aber wie konnte er dann in Ballymun um 23.12 Uhr einen Strafzettel kassieren?

Weil er – *wie dumm* – nicht in Belfast war.

Weil er – *wie dumm* – durch Ballymun fuhr.

Hastig blätterte sie den Rest der Papiere durch. Noch etwas anderes war ihr aufgefallen. Ja. Diese Kreditkarten-Abrechnung. Wie war sie hier hingekommen? Sie kümmerte sich doch um die Rechnungen. In den ersten Ehejahren war das Roberts Aufgabe gewesen, und sie hatten mehr als einmal Mahngebühren bezahlen müssen, weil er vergessen hatte, rechtzeitig zu überweisen. Inzwischen kümmerte sie sich um die Rechnungen und Abbuchungen. Sie besaßen zwei Goldene Kreditkarten, eine von der

AIB, eine von der BOI. Sämtliche privaten Ausgaben bezahlten sie über die AIB, alles, was die Firma betraf, lief über das Konto bei der BOI.

Kathy nahm die Abrechnung noch einmal zur Hand. Sie bezog sich auf eine Platinkarte von der MBNA. Kathy runzelte die Stirn: Sie hatte gar nicht gewusst, dass sie ein Konto bei der MBNA hatten. Dann bemerkte sie, dass die Rechnung an die Mount Street geschickt worden war, die Büroadresse in der Innenstadt. Sie schien sich ausschließlich auf Internetbestellungen zu beziehen: Bücher, CDs, Computerzeug. Kathy wusste gar nicht, dass Robert, mit Ausnahme einer gelegentlichen Buchbestellung bei Amazon, überhaupt online einkaufte, und dabei ging es meist um Titel, die mit der Arbeit zu tun hatten. Daran war nichts Ungewöhnliches. Dann drehte sie das Blatt um. Auf der zweiten Seite der Rechnung waren drei Artikel aufgelistet. Die Bestellung bei einem Silberhändler über QVC – den Satelliten-Shopping-Kanal –, die sich auf 108 Euro belief. Bei Fleurop war online ein Blumenstrauß bestellt worden. Dieser hatte 70 Euro gekostet. Der letzte Eintrag stammte vom White-Orchid-Restaurant in der Innenstadt über 62 Euro. Dieser Betrag war genau vor zwei Wochen gebucht worden, am Dienstag, dem 3. Dezember. Genau der Dienstag, der mit einer roten Flagge markiert gewesen war.

Sie überlegte, welche Informationen ihre ziellose Suche ergeben hatte. Er besaß eine Kreditkarte, von der er ihr nichts gesagt hatte, er hatte am Dienstag vor zwei Wochen in einem chinesischen Restaurant gegessen, als er angeblich bei der Arbeit war, und – das war das Allerschlimmste – sie hatte herausgefunden, dass er letzten Oktober in Dublin gewesen war, obwohl er ihr gesagt hatte, er halte sich in Belfast auf. Außerdem wusste sie genau, dass er heute Abend nicht im Shanahan's zu Abend essen würde.

Welche Beweise brauchte sie denn noch, dass er eine Affäre hatte?

Hastig blätterte sie die übrigen Dokumente durch. Aber darin fand sich nichts von Interesse. Robert war von Natur aus ein vorsichtiger Mann, und sie war mehr als erstaunt, dass er die belastenden Papiere hier zu Hause liegen gelassen hatte. Kathy wurde allmählich wütend: Offenbar setzte er auf ihre Blödheit und Unbedarftheit, oder aber er hatte so wenig Respekt vor ihr, dass er meinte, selbst wenn sie in dieses Zimmer kommen sollte, würde sie nichts bemerken. Mit einem Mal war sie versucht, sämtliche Akten aus den Schränken zu ziehen, sie zu zerreißen und mitten im Zimmer auf einen Haufen zu werfen, so dass sich ihm bei seiner Rückkehr ein heilloses Durcheinander bieten würde. Sie hatte den Wunsch, den Strafzettel und die Kreditkarten-Abrechnung an das Notizbrett über dem Computer zu pinnen.

Sie wollte sofort zum Telefon greifen und ihn anschreien.

Aber nicht jetzt.

Noch nicht.

Sie würde ihn zur Rede stellen, aber zu einem für sie günstigen Zeitpunkt und auf ihre eigene Weise. Als sie das letzte Mal auf seine Beziehung mit Stephanie Burroughs zu sprechen gekommen war, da war es ihm gelungen, sie davon zu überzeugen, dass sie offenbar den Verstand verloren hatte. Das letzte Mal hatte sie keine eindeutigen Beweise gehabt, nur die weibliche Intuition, dass etwas nicht in Ordnung war. Diesen Fehler würde sie nicht noch einmal machen.

Es erfüllte sie mit einer gewissen Schadenfreude, den Fotokopierer – seinen Fotokopierer – zu benutzen, um Kopien seines Strafzettels und der Abrechnung zu machen. Wenn sie ihn dieses Mal zur Rede stellte, dann würde sie Beweise in den Händen haben.

Vorsichtig legte Kathy die Papiere in den Drahtkorb zurück und wandte sich dem Computer zu. Robert liebte seine technische Ausstattung. Falls er tatsächlich eine Beziehung mit einer anderen Frau unterhielt, dann würde sie in seinem Computer mit Sicherheit Beweise dafür finden. Das einzige Problem bestand darin, dass er mit einem Passwort geschützt war. »Für den Fall, dass er mal gestohlen wird«, hatte er ihr gesagt, »oder falls die Kinder daran herumspielen.« Jetzt wurde ihr klar, dass er ihr das Passwort nie verraten hatte.

Kathy erinnerte sich an das letzte Mal, als sie dabei gewesen war, wie Robert den Rechner einschaltete. Sie hatte beim Aktenschrank gestanden und nach einer Kopie des letzten Briefes gesucht, den sie an ihren Steuerberater geschickt hatten. Das Finanzamt hatte behauptet, keine Steuererklärung für das vorige Jahr erhalten zu haben. Robert hatte geschworen, dass er dem Steuerberater geschrieben habe, dann hatte er sich an seinen Schreibtisch gesetzt und seinen Computer gestartet.

Jetzt ging Kathy durch das Zimmer und stellte sich an den Aktenschrank, in genau die gleiche Position. Sie schloss die Augen und überlegte. Robert hatte direkt vor ihr gesessen und auf seinen Bildschirm geblickt. Die blaue Eingangsmaske war erschienen, und er hatte das Passwort eingetippt. Allerdings ... allerdings hatten sich nur die Finger seiner rechten Hand bewegt, und sie hatten nur ganz rechts auf die Tastatur getippt.

Kathy trat an den Computer und betrachtete die Tastatur. Er musste das numerische Tastenfeld benutzt haben.

Sie zog seinen Stuhl heran, setzte sich an den Schreibtisch und suchte nach einer Buchstaben- oder Zahlenkombination, nur für den Fall, dass er das Passwort auf ein Post-it oder sonst irgendwo aufgeschrieben hatte. Aber sie fand nichts.

Sie schloss die Augen und konzentrierte sich von neuem, versuchte sich zu erinnern. Damals hatte sie ihn gar nicht richtig angesehen ... aber sie hatte acht Anschläge gehört, hart und deutlich. Sie schlug die Augen auf und grinste. Bestimmt war es der gleiche Kode wie bei der Alarmanlage. Die meisten Leute verwendeten Buchstaben- oder Zahlenkombinationen, die ihnen sehr vertraut waren. Sie hätte um viel Geld gewettet, dass es Roberts Geburtsdatum war.

Kathy schaltete den Rechner ein und wartete ab, bis er summte, der Bildschirm aufflackerte und die Eingangsseite aufgebaut wurde.

Bitte geben Sie Ihr Passwort ein.

Sie zögerte und fragte sich, ob sich das Programm, falls sie sich täuschen sollte, schließen würde und Robert irgendwie herausfinden könnte, dass sie sich daran zu schaffen gemacht hatte. Dann stellte sie fest, dass es ihr eigentlich egal war, was er dachte.

Bitte geben Sie Ihr Passwort ein.

Robert war am 10. Oktober 1962 geboren. Vorsichtig gab sie die Ziffern ein – 10101962 – und zögerte einen Augenblick, bevor sie die Enter-Taste drückte. Kathy nickte. Sie hatte Recht, sie wusste es.

Vorn am Computer leuchtete ein kleines gelbes Licht auf, das anzeigte, dass die Festplatte arbeitete, dann summte der Rechner melodisch und öffnete das Desktop.

Sie war drin.

Kapitel 8

Nach zwei Stunden schaltete Kathy den Computer aus. Ihre Schultern waren völlig verspannt, und ihre Augen fühlten sich trocken an und waren müde. Sie war überzeugt – absolut überzeugt – gewesen, dass sie in Roberts Rechner Beweise für seine Affäre finden würde. Sie hatte nicht gefunden, wonach sie gesucht hatte, aber das, was sie entdeckte, beunruhigte sie. Es machte ihr Angst.

Zuerst hatte sie die »Eigenen Dateien« geöffnet und ganz systematisch jeden Ordner durchgesehen, hatte Briefe und Notizen gelesen, die alle geschäftlicher Natur waren. Das deprimierte sie und erfüllte sie mit leichten Gewissensbissen: Ihr war gar nicht richtig klar gewesen, wie schwer Robert arbeitete. Und sie hatte auch nicht gewusst, in welch kritischer Lage sich R&K befand. Er hatte ihr nie gesagt, wie es um die Firma stand, aber so weit sie das jetzt beurteilen konnte, war sie zwar im Moment nicht ernsthaft in Schwierigkeiten, aber in jedem Fall auf dem Weg dahin. Allem Anschein nach hatte er in letzter Zeit insgesamt weniger Aufträge, und die unabhängigen Produktionsfirmen unterboten sich ständig gegenseitig, um überhaupt Aufträge zu ergattern. Er übernahm immer mehr Werbeaufträge, von denen die meisten durch eine der großen Agenturen der Stadt vermittelt wurden. Sie stieß auf einen Brief an eine Plattenfirma, in dem Robert gezwungen wurde, fast 3 000 Euro herunterzugehen, um den Auftrag zu bekommen. Sie stellte fest, dass er die E-Mail um 2.00 Uhr nachts abgeschickt hatte. Auch andere E-Mails entdeckte sie, die um 2.30 Uhr, um 2.45 Uhr, ja sogar um 3.00 Uhr abgeschickt worden waren.

Robert arbeitete sowohl im Büro als auch zu Hause bis spät in die Nacht. Im Laufe der Jahre hatte sie sich daran gewöhnt. Er arbeitete deshalb noch spätabends, weil er, wie er behauptete, am besten arbeiten könne, wenn es im Haus ruhig sei und weder die Telefone noch das Faxgerät läuteten.

Letzte Nacht, als sie im Bett lag und diese rote Flagge noch immer im Takt zu der pochenden Migräne in ihrem Kopf aufleuchtete, malte sie sich aus, wie er sich spät in der Nacht per E-Mail und Telefon seiner Affäre widmete. Ihre Ängste hatten Traumfetzen heraufbeschworen, in denen sie vor Roberts Tür stand, das Ohr gegen das kühle Holz gepresst, und leise intime Gespräche belauschte, das gedämpfte Geflüster von Telefonsex und schließlich wildes Geklapper auf der Tastatur, das nach erotischen E-Mails klang. Es war nichts da; sie fand keinen einzigen Beweis, keinen einzigen verräterischen Brief.

Sie hatte sein Outlook-Programm durchgesehen. Sie hatte sämtliche E-Mails gelesen, die er erhalten und verschickt hatte. Sie hatte seine gelöschten Dateien und archivierten Ordner durchsucht. Und sie hatte absolut keine Beweise dafür gefunden, dass irgendetwas Verbotenes im Gange war. Im Gegenteil, alles deutete auf einen schwer arbeitenden und pflichtbewussten Mann hin. Falls er Stephanie Burroughs E-Mails schickte, dann benutzte er offenbar einen anderen E-Mail-Account, aber das konnte sie unmöglich überprüfen. Es sei denn, er hatte diese Daten auf seinem Laptop. Robert nahm den Laptop jeden Tag mit ins Büro und brachte ihn jeden Abend wieder mit nach Hause. Vielleicht würden sich die Beweise, nach denen sie suchte, ja darauf finden.

Vielleicht gab es gar keine Beweise, sagte ihr der vernünftige Teil ihres Gehirns hartnäckig. Vielleicht waren die wenigen Papierfetzen, die sie bislang entdeckt hatte, schon alles, was sie finden würde. Vielleicht gab es für jeden davon sogar eine stichhaltige Erklärung. Das waren zu viele Vielleicht.

Sie klickte in Outlook auf das Zeichen *Kontakte* und scrollte schnell hinunter, bis sie zu »B« gelangte, dann ging sie diese langsam durch.

Stephanie Burroughs.

Neben ihrem Namen befand sich eine kleine rote Flagge. Sie machte einen Doppelklick auf den Namen, und die Angaben zu Stephanie Burroughs wurden geöffnet. Ihr Name, Adresse, Telefonnummer, Handynummer, Faxnummer, E-Mail-Adresse ... und ein kleines Foto der Frau. Kathy starrte dieses Bild lange und aufmerksam an. Es war sechs Jahre her, dass sie Stephanie das letzte Mal zu Gesicht bekommen hatte, und falls das hier ein Foto jüngeren Datums war – und das vermutete sie –, dann waren diese Jahre fast spurlos an ihr vorübergegangen. Ein rundes Gesicht, beherrscht von großen dunklen Augen und umrahmt von dunkelbraunen, fast schwarzen Haaren. Kathy wusste, dass sie etwa fünfunddreißig war, fünf Jahre jünger als sie. Sie stellte sie sich noch immer schlank und elegant vor.

Was sie aber jetzt verblüffte – so wie es sie vor so vielen Jahren verblüfft hatte, als Robert sie miteinander bekannt gemacht hatte –, war, wie ähnlich sie sich sahen. Sie hätten gut und gerne Schwestern sein können. Sie war schon immer der Meinung gewesen, dass Stephanie Burroughs eine jüngere und hübschere Ausgabe von ihr war.

Sie klickte auf das Zeichen *Details.* Wieder handelte es sich um eine Seite mit Kontaktangaben, einschließlich des Datums von Stephanies Geburtstag. Der 6. November.

Kathy drückte auf »Drucken«, der kleine Laserdrucker fing zu summen an, und fast augenblicklich kam das Blatt mit Stephanies Angaben aus dem Apparat gezischt. Sie fügte es zu den anderen Beweisstücken.

Sie ging auf die Seite Kalender. Es war genau der gleiche Kalender, den sie in seinem Handy gesehen hatte, und ihr wurde klar, dass die Daten wahrscheinlich synchronisiert waren. Die gleichen Flaggen erschienen an den gleichen Tagen. Sie scrollte zum Monat November zurück und suchte nach dem 6., Stephanies Geburtstag. Der Tag war mit einer kleinen roten Flagge und einem einzigen Vermerk markiert: Galway.

Galway.

Jetzt erinnerte sich Kathy an den Tag: Robert war nach Galway gefahren, um sich mit einem potenziellen Kunden zu treffen. Eigentlich hätte er am Abend zurück sein sollen, aber er hatte spätabends angerufen und ihr gesagt, dass er ein paar Drinks intus habe und nicht riskieren wolle, noch über Land zu fahren. Am folgenden Tag, einem Donnerstag, hatte er angerufen, um mitzuteilen, dass er mit dem Kunden zum Golfen gehe und erst am Freitagvormittag zurückkehren würde. Schließlich war er am späten Freitagabend nach Hause gekommen.

Kathy lehnte sich auf dem knarrenden Stuhl zurück, starrte auf den Bildschirm und kramte in ihrer Erinnerung. Im Laufe der letzten Jahre hatte es jede Menge Besprechungen gegeben. Jede Menge Übernachtungen in unzähligen Städten. Sie hatte zwar vorher noch nie darüber nachgedacht, aber sie konnte sich nicht erinnern, ob irgendwelche dieser Treffen mit potenziellen Kunden je dazu geführt hatten, dass ein neuer Kunde einen Vertrag mit R&K-Productions unterzeichnete.

Was bedeutete das?

Das bedeutete, dass Robert entweder ein schlechter Geschäftsmann war oder dass diese Affäre schon viel länger lief, als sie vermutete. Das Letzte, was sie von Stephanie gehört hatte, war, dass sie weggezogen sei und in den Vereinigten Staaten arbeite. Wirklich? Kathy begriff, dass sie nicht einmal dies mehr glauben konnte. War Stephanie fortgezogen, oder hatte ihr Robert das einfach nur erzählt, um sie in Sicherheit zu wiegen? Hatte er sich all die Jahre mit ihr getroffen, war er mit ihr in kleinere und größere Städte in ganz Irland gefahren, um sich seiner miesen Affäre zu widmen, um seine Geliebte an Orten zu treffen, an denen die Gefahr, erkannt zu werden, am geringsten war? Oder war er einfach zu … sie suchte die Adresse auf dem Blatt Papier … zu einem Apartment am Grand Canal gefahren, wo die Burroughs wohnte?

Kathy schlang die Arme um sich, weil ihr kalt war und sie sich mies fühlte. Jetzt wurde ihr klar, dass sie keinem Wort, das ihr Mann ihr gesagt hatte, mehr Glauben schenken konnte. Und die Zweifel, die Fragen und die Verwirrung brachen ihr schier das Herz.

Kapitel 9

Das hättest du mir aber wirklich früher sagen können.«

Kathy holte tief Luft. Manchmal raubte ihr der schulmeisterliche Tonfall ihrer älteren Schwester wirklich den letzten Nerv. »Ich weiß, ich weiß. Hast du trotzdem Zeit?«

»Na ja, Brendan ist siebzehn und Theresa fünfzehn, ich glaube nicht, dass sie einen Babysitter brauchen«, hob Julia Taylor an.

»Gut«, antwortete Kathy ein bisschen schnippischer als geplant, »dann frage ich Sheila.« Sheila war die jüngere Schwester von Julia und Kathy, und Kathy wusste genau, dass Julia immer ein bisschen eifersüchtig war, weil Sheila so viel Zeit mit den Kindern verbrachte.

»Ich hab nicht gesagt, dass ich nicht komme«, erklärte Julia hastig. »Ich hab nur gesagt, dass ich der Meinung bin, sie sind inzwischen alt genug, um allein zu Hause zu bleiben.«

»Das weiß ich, aber wenn du da bist, werden die beiden wenigstens ihre Hausaufgaben machen und nicht den ganzen Abend vor dem Fernseher herumhängen.«

»Ich nehme an, dass Robert nicht da ist.«

»Ja, er trifft sich mit einem Geschäftsfreund«, antwortete Kathy leichthin, aber die Worte lagen ihr bitter und schwer im Mund.

»Und du darfst die ganzen Weihnachtseinkäufe erledigen, schätze ich.« Julia hatte noch nie einen Hehl daraus gemacht, dass sie Robert nicht leiden konnte.

»Kommst du nun oder nicht?« Kathy ließ es zu, dass ein wenig von der schrecklich brodelnden Wut, die in ihrer Magengrube tobte, an die Oberfläche kam. »Ja oder nein? Du brauchst mir keinen Vortrag zu halten.«

»Ja, ich komme.« Es entstand eine lange Pause, dann fügte Julia hinzu: »Ist bei dir alles in Ordnung? Du klingst so gereizt.«

»Ich bin bloß müde. Weihnachten steht vor der Tür, und ich habe noch fast nichts erledigt. Ich glaube, ich bin nur ein bisschen in Panik. Die Geschäfte haben alle bis spätabends geöffnet, und wenn ich erst einmal einiges eingekauft habe, wird es mir schon besser gehen.«

»Kein Problem. Um wie viel Uhr soll ich rüberkommen?«

»So früh du kannst.«

»Ach, Mam, nicht Julia!« Brendan war gerade im Begriff, ungefähr zwanzig Scheiben Brot mit Butter zu bestreichen. Er bereitete sich also einen kleinen Imbiss zu. »Ich bin siebzehn!«

Kathy räumte das Bügelzeug zusammen und warf es in den gesprungenen Plastikkorb. Brendan war eine jüngere Ausgabe seines Vaters, er sah ihm so ähnlich und klang so sehr wie er, dass es sie hin und wieder beunruhigte.

Theresa kam in die Küche gestürmt und brachte einen Schwall eisiger Luft herein. Auch sie geriet ganz nach ihrem Vater, war aber nicht so groß. »Der Bus hatte Verspätung«, verkündete sie und schnappte sich eine Scheibe Butterbrot von dem Stapel. Normalerweise hätte das gleich zu einem Streit geführt.

»Heute Abend kommt Julia zu uns zum Babysitten«, teilte Brendan seiner Schwester mit.

»Mam!« Theresa ließ dieses Wort wie eine richtige Anklage klingen.

»Ich weiß, ich weiß«, schnauzte Kathy zurück. »Du bist fünfzehn und dein Bruder siebzehn. Und ich bin diejenige, die enttäuscht ist, dass ich euch in eurem Alter noch immer einen Babysitter rufen muss.«

Die beiden Kinder erkannten die Warnsignale und hielten wohlweislich den Mund.

»Es wäre wunderbar, wenn ich fortgehen und mich darauf verlassen könnte, dass ihr eure Hausaufgaben macht und lernt. Aber das kann ich nicht. Deshalb muss ich eure Tante Julia rufen, damit sie auf euch aufpasst. Glaubt mir, mir gefällt das noch weniger als euch. Weil ich diejenige bin, die sich ihre Standpauke anhören muss.« Sie hielt den Korb mit der gebügelten Wäsche wie einen Schild vor sich und eilte aus der Küche, bevor ihr noch mehr herausrutschen konnte.

Kathy stapfte die Treppe hinauf und war auf sich selbst wütend, weil sie sich über die Kinder ärgerte. Die konnten ja nichts dafür. Sie hatte den ganzen Tag damit verbracht, sich auf das, was sie oben entdeckt hatte, einen Reim zu machen. Ihr gingen ständig all die Einzelheiten im Kopf herum, ein scheußliches Puzzle aus Unwahrheiten, Mutmaßungen und Lügen. Den ganzen Tag hatte sie üble Kopfschmerzen und das Gefühl, einen schweren sauren Klumpen im Magen zu haben, gehabt. Als Brendan seine Brote mit Butter bestrichen hatte, hatte es ihr allein vom Zusehen fast den Magen umgedreht.

Den Bügelkorb gegen die Hüfte gestemmt, zog sie die Tür zum Wäscheschrank auf und machte sich daran, die Wäschestücke einzuräumen, eine einfache, banale Arbeit, die sie ablenkte. Theresas Socken – alle verschieden stark ausgewaschen –, Brendans Schul-T-Shirts mit gelben Flecken unter den Armen und Roberts Boxershorts. Sie hielt inne und drehte sie in den Händen. Der Stoff war noch immer warm vom Bügeln. Wann hatte er angefangen, Boxershorts zu tragen?

Das war wieder so eine Frage. Auf einmal hatte sie nichts als Fragen. Sie war jetzt seit achtzehn Jahren mit Robert verheiratet und hatte ihn drei Jahre davor kennen gelernt. Einundzwanzig Jahre also. Sie wusste viel über ihn – sie hatte geglaubt, sie wüsste alles. Doch jetzt stellte sich heraus, dass sie verdammt wenig über diesen Mann wusste. Plötzlich schüttelte sie den Kopf, und die ruckartige Bewegung verstärkte den Schmerz hinter ihren Augen. Das war nicht mehr der Mann, den sie geheiratet hatte. Dieser Robert hätte sie nicht angelogen. Dieser Robert respektierte sie. Liebte sie.

Sie fragte sich, wann sich das geändert hatte.

Als sie ihn heiratete, trug er Jockey-Unterhosen. Immer der gleiche Schnitt, immer die gleiche weite Form, in schlichtem Weiß. Sie runzelte die Stirn und versuchte, sich zu erinnern, wann sich das geändert hatte. Vor einem Jahr, nein, vor zwei Jahren. Etwa zur gleichen Zeit, als er anfing, ins Fitnesscenter zu gehen.

Er war Mitglied in einem Fitnesscenter direkt an der M50 geworden. Er hatte ihr gesagt, dass er den Jahresbeitrag von einem Kunden geschenkt bekommen hätte. Dann war er eines Tages mit einer Packung Boxershorts nach Hause gekommen, die er sich im Dunnes in Blanchardstown gekauft hatte. Alle Männer im Fitnessstudio würden solche Unterhosen tragen, sagte er; er fühle sich in seinen Jockeys ein wenig fehl am Platze.

Sie knüllte die Boxershorts zusammen und warf sie ganz nach hinten in den Schrank. War das eine Lüge? Oder die Wahrheit? Nichts ergab mehr Sinn.

Kathy ging ins Schlafzimmer und tat etwas, was sie nur selten machte: Sie drehte den Schlüssel im Schloss herum. Sie lehnte sich mit dem Rücken gegen die Tür und starrte sich in den Schrankspiegeln an. Dunkle Ringe hatte sie unter den Augen, und ihre Haare brauchten dringend Farbe und einen Kamm, aber sie war nicht hässlich, war nicht zu dick, und wenn sie sich Mühe gab, konnte sie sogar richtig hübsch aussehen.

Sie stieß sich von der Tür ab und ging auf die Spiegel zu. Dort sah sie eine Frau von vierzig, die aber älter aussah. Falten hatten sich um die Augen und in die Mundwinkel eingegraben, und sie hatte winzige, senkrechte Fältchen an der Oberlippe. Die Tränensäcke sahen schlimm aus, und das Weiß ihrer Augen war vom Heulen mit geplatzten Äderchen durchzogen. Sie erblickte eine Frau, die wie ihre verstorbene Mutter aussah.

War das die Frau, die Robert sah?

Ihre Lippen bewegten sich und formulierten die nächste Frage: Was siehst du, wenn du mich anschaust? Sie wusste es nicht, weil er es ihr nie gesagt hatte. Sie runzelte die Stirn, die Falten gruben sich noch tiefer ein, und drei senkrechte Linien erschienen zwischen ihren Augenbrauen.

Wann hatte er ihr das letzte Mal gesagt, dass er sie liebte?

Wann hatte sie ihm das letzte Mal gesagt, dass sie ihn liebte? Die Frage überrumpelte sie, traf sie unvorbereitet.

»Ich sage es ihm ständig«, sagte sie laut. Im Spiegelbild konnte sie an ihren Augen sehen, dass sie log. Sie sagte es ihm nicht ständig.

»Er weiß, dass ich ihn liebe.« »Woher soll er das wissen?«, fragte die nagende Stimme.

»Ich mache alles für ihn, ich wasche, koche, putze, erziehe die Kinder.« »Und er arbeitet viel und hart, damit es dir an nichts fehlt. Damit seid ihr quitt.«

Kathy wandte sich vom Spiegel ab, weil ihr das, was sie da sah, nicht gefiel. Sie schob die Schranktür auf und suchte heraus, was sie anziehen wollte. Hatte es an ihr gelegen? Hatte sie ihn vertrieben, in die Arme und ins Bett einer anderen? Das war eine Frage, mit der sie sich nicht befassen wollte, weil sie sich vor der Antwort fürchtete.

Wann hatte er ihr das letzte Mal gesagt, dass er sie liebte … und hatte er es ernst gemeint? Es hatte eine Zeit gegeben, da hatte er es jeden Morgen gesagt, bevor er zur Arbeit aufbrach. »Ich liebe dich.« Und dann wieder kurz vor dem Einschlafen. In den ersten Ehejahren war sie eine richtige Leseratte gewesen. Häufig hatte sie die halbe Nacht gelesen. Wenn Robert ins Bett kam, kuschelte er sich neben sie, den Kopf fast unter der Bettdecke vergraben, den Arm über ihren Bauch gelegt. Hörte er, dass sie das Licht ausknipste, dann murmelte er »liebe dich«. Und dann wurde sein Atem gleichmäßig, und er schlief fast augenblicklich ein. Das letzte Wort am Abend und das erste am Morgen. Dieser einfache Satz war die Klammer gewesen, die ihren Tag zusammenhielt. Und die Quelle besonderer Freude.

Kathy zog sich eilig an, schlüpfte in eine dicke Wollhose und ihren schweren Aran-Pullover. Die Temperatur war stetig gefallen, und die Vorhersagen deuteten an, dass es eine weiße Weihnacht geben könnte. In den Wettbüros waren die Gewinnchancen von hundert zu eins auf zehn zu eins gefallen. Ganz hinten im Schrank fand sie ihre pelzgefütterten Stiefel. Robert hatte sie ihr unter anderem vor zwei Jahren zu Weihnachten geschenkt. Das war nicht unbedingt ein besonders romantisches Geschenk gewesen, aber sie waren praktisch. Sie schlüpfte mit dem linken Fuß in den Stiefel und versuchte sich zu erinnern, was er ihr letztes Jahr geschenkt hatte. Etwas sehr Banales, das wusste sie, etwas …

Kathy schüttelte den Kopf. Es fiel ihr nicht ein.

Letztes Jahr hatte sie ihm unter anderem eine Digitalkamera der neuesten Generation gekauft. Als er die Schachtel aufmachte, sagte er nur, dass er hoffe, dass sie die Quittung aufgehoben habe, damit sie die Umsatzsteuer absetzen konnten.

Was hatte er ihr letztes Jahr geschenkt? Die Frage würde sie den ganzen Abend plagen.

Kathy holte ihre Lederjacke aus dem Schrank, schob die Spiegeltür zu und begutachtete ihr Spiegelbild. So warm eingemummelt sah sie unattraktiv aus, fand sie.

»Ich bin in ein paar Stunden wieder da«, sagte sie zu Brendan und Theresa. Die beiden saßen in der Küche, in der es inzwischen nach verbranntem Toast stank.

Die beiden Kinder nickten. Sie stierten auf den kleinen Fernseher an der Wand. »Tschüs.«

Kathy zog die Küchentür zu und stieß sie dann wieder auf. »Kann sich einer von euch vielleicht erinnern, was euer Vater mir letztes Jahr zu Weihnachten geschenkt hat?«

»Das neueste Buch von Maeve Binchy und Parfum«, antwortete Theresa wie aus der Pistole geschossen, ohne den Blick von der Mattscheibe zu wenden.

»Genau. Bis später also. Seid nett zu eurer Tante Julia.« Sie schloss die Tür und steuerte auf die Garage zu. Ein Buch und Parfum. Jetzt erinnerte sie sich. Das Buch war toll, aber das Parfum nicht einmal ihr Duft gewesen. Jetzt erinnerte sie sich, dass er nicht einmal die Preisaufkleber entfernt hatte. Er hatte beides im Stephen's-Green-Einkaufszentrum besorgt. Wie viele Gedanken hatte er an diese Geschenke verschwendet?

Kathy fragte sich, was er wohl seiner Geliebten gekauft hatte.

Kapitel 10

Am Ende der Straße kam Kathy der Geländewagen ihrer Schwester entgegen. Julia bemerkte sie nicht: Sie hielt das Lenkrad des großen Fahrzeugs so fest umklammert, dass ihre Knöchel ganz weiß waren, und starrte geradeaus. Kathy wusste, dass ihre Schwester nur sehr ungern mit dem Geländewagen fuhr, weil er so groß war, aber sie benutzte ihn trotzdem, weil sie ihn als Statussymbol betrachtete. Sie war dermaßen oberflächlich.

Aber zumindest hatte ihr Mann keine Affäre.

Der Gedanke, so eisig wie die winterliche Kälte, schlich sich in ihr Bewusstsein. Julia und Ben waren jetzt seit siebenundzwanzig Jahren verheiratet, und es hatte nie irgendwelche Zweifel gegeben, dass sie sich liebten. Man brauchte sie nur zusammen anzuschauen, dann wusste man es. Kathy fragte sich, was jemand, der ihre Beziehung mit Robert betrachtete, wohl denken würde. Würde er glauben, dass zwischen ihnen nach achtzehn Jahren Ehe noch alles in bester Ordnung war, dass sie sich noch immer liebten, oder würde ihm klar sein, dass etwas absolut falsch lief? Welche Signale gab es, dass in einer Beziehung etwas nicht stimmte?

Kathy schaltete das Fernlicht ein. Die Scheinwerfer beleuchteten vereinzelte Eisplatten und Schneeflocken, die direkt auf sie zu wirbelten. Sie blendete die Scheinwerfer ab und drosselte die Geschwindigkeit.

Das war doch der helle Wahnsinn.

Nein, kein Wahnsinn. Eine Notwendigkeit.

Sie war in der Weihnachtswoche auf dem Weg nach Dublin, fuhr direkt in den Stoßverkehr hinein, und das, während ein Schneesturm aufzog. Einen Moment überlegte sie ernsthaft, ob sie zurückfahren solle. Aber sie wusste, dass sie, wenn sie umkehrte, eine einmalige Chance verpasste. Morgen wäre Weihnachten wieder einen Tag näher, und aus irgendeinem Grund bekam dieses Datum – dieses bedeutende Familienfest – eine immense Wichtigkeit. Sie musste vor Weihnachten Gewissheit haben. Vielleicht lag es einfach daran, dass sie das neue Jahr nicht in dem Wissen – oder Unwissen – beginnen wollte, dass ihr Leben eine Lüge war. Dass ihre Ehe, ihre Beziehung, ihre Liebe kaputt, dass ihre Zukunft ungewiss und ihre Vergangenheit eine ganz andere war, als sie gedacht hatte.

Sie drehte die Heizung des Skoda voll auf, aber die Temperatur stieg dennoch nicht spürbar an. Am Ende der Straße bog sie nach rechts ab und umging die Hauptstraße von Swords. Sie konnte sehen, dass sich dort die Autos stauten, die sicherlich alle auf dem Weg zum Einkaufszentrum waren. Sie fuhr durch eine schmale Nebenstraße und gelangte so direkt auf die Landstraße, die aus Swords hinausführte. Hier herrschte dichter Verkehr, aber noch weit mehr Fahrzeuge kamen ihr aus Dublin entgegen.

Kathy versuchte sich zu erinnern, wann sie das letzte Mal abends in die Stadt gefahren war. Wann immer sie abends ausgingen, saß Robert am Steuer. Falls er dann jedoch ein bisschen zu viel getrunken hatte, fuhr sie wieder nach Hause. Sie schmunzelte, als sie bemerkte, dass sie das Lenkrad genauso fest umklammerte wie ihre Schwester. Ihr Lächeln verschwand. Falls – und es war ja immer noch lediglich ein Falls – sich herausstellen sollte, dass Robert tatsächlich eine Affäre hatte, dann graute ihr davor, es ihren Schwestern beizubringen, vor allem aber Julia. Julia führte die perfekte Ehe, hatte die perfekte Familie, das perfekte Zuhause. Sie wusste, dass Julia Mitleid zeigen würde, allerdings vermutete sie, dass ihre Schwester insgeheim Schadenfreude empfinden würde. Ihre Meinung über Robert wäre bestätigt; sie würde sagen können: »Ich hab es dir ja gleich gesagt«, und würde es sich nicht nehmen lassen, ihr Ratschläge zu erteilen, ob sie darum gebeten wurde oder nicht. Sheila, ihre jüngere, unverheiratete Schwester, würde dagegen echtes Mitgefühl zeigen. Kathy beschloss, zuerst mit ihr zu sprechen.

Tief in den Falten ihres Mantels piepste ihr Handy. Den Blick auf die Straße gerichtet, kramte sie in der Tasche, zog das Handy heraus und drückte auf den Knopf, so dass sie über die Freisprechanlage reden konnte.

»Kathy?« Roberts Stimme klang schrill und blechern. »Wo bist du denn?«

»Im Auto«, sagte sie und wusste, dass das eine Antwort war, die ihm nicht behagte. Er wusste, dass sie im Auto war – er wollte herausfinden, wohin sie mit dem Auto fuhr.

»Ich hab gerade zu Hause angerufen; die Kinder haben mir gesagt, dass du zum Einkaufen in die Stadt fährst.«

Sie konnte an seiner Stimme hören, dass er das nicht recht glauben konnte.

»Ja«, antwortete sie und achtete darauf, mit neutraler Stimme zu sprechen.

»Ich glaube nicht, dass das eine gute Idee ist. Heute ist der letzte Freitag vor Weihnachten. Der Verkehr ist höllisch, und das Wetter verschlechtert sich. Für heute Abend ist Schneefall und vielleicht sogar Glatteis angesagt.«

»Ich muss ein paar Sachen besorgen. Ich dachte, ich fahre ins Stephen's Green.« Dann lächelte sie bitter. »Falls es mit dem Wetter schwierig werden sollte, kann ich ja zum Shanahan's kommen und wir treffen uns dort. Wir können in deinem Auto nach Hause fahren, und dann komme ich morgen früh mit dir und hole mein Auto ab.«

Es folgte ein langes Schweigen. Sie war fest entschlossen, es nicht zu brechen.

»Bist du noch da?«, fragte er schließlich.

»Ich bin noch dran«, antwortete sie knapp. Sie war gerade kurz vor dem Kreisverkehr beim Flughafen. Sollte sie die Schnellstraße nehmen oder über die alte Flughafenstraße und dann vielleicht über Ballymun fahren? Falls sie die Schnellstraße nahm, konnte sie am Ende womöglich bei der Tunnelbaustelle in Whitehall in einen Stau geraten. Die Ampel schaltete auf Grün, und sie blinkte nach rechts, um in den Kreisverkehr zu fahren, wo sie gleich wieder links abbog. Die alte Flughafenstraße war völlig frei. »Wo bist du?«, fragte sie schließlich.

»Ich bin noch im Büro. Jimmy kommt gegen sieben vorbei.« Eine atmosphärische Störung verursachte ein Zischen. »... ich glaube wirklich, dass es keine gute Idee ist, heute Abend in die Stadt zu fahren. Und falls ich mit Jimmy was trinke, muss ich das Auto vielleicht selbst stehen lassen. Dann haben wir zwei Autos in der Stadt. Ich hab mir sogar schon überlegt, dass ich vielleicht im Zentrum übernachte. Er sagt, dass ich mich in seinem Apartment aufs Ohr hauen kann. Er hat eine kleine Wohnung in Temple Bar.«

Wieder folgte eine lange Pause. Offenbar erwartete Robert, dass Kathy das Schweigen brach, aber sie sagte nichts. Sie bog nach rechts auf die Flughafenstraße ab und fuhr die lange Straße entlang, die parallel zur Startbahn verlief. Auf dem Seitenstreifen zu ihrer Linken waren Autos abgestellt, und die unermüdlichen Flugzeug-Beobachter standen – wegen der Kälte dick vermummt – neben ihren Fahrzeugen, das Fernglas gegen die Augen gepresst. Es parkten auch noch andere Autos im Dunkeln, in denen sich nichts zu rühren schien, deren Scheiben aber beschlagen waren. Bei ihren ersten Rendezvous mit Robert waren sie hierher gefahren, um zu knutschen und herumzumachen.

»Kathy ...?«

»Ich bin hinter dem Flughafen. Der Empfang ist schlecht.«

»Kannst du das, was du brauchst, nicht in den Pavilions in Swords kriegen?«

»Nein«, antwortete sie wahrheitsgetreu. »Wir sehen uns später im Shanahan's ...«

»Nein, nicht im Shanahan's …«

Kathy drosselte die Geschwindigkeit. Sie hielt den Blick fest auf die Straße gerichtet und verkniff es sich, auf das bernsteinfarbene Display des Handys zu schielen. Sie holte tief Luft, bevor sie antwortete, und achtete darauf, im richtigen Tonfall zu sprechen. »Ich dachte, du hättest gestern Abend gesagt, dass ihr ins Shanahan's geht …«

»Ich weiß, aber da ist etwas schief gelaufen. Ich habe vorhin angerufen, um die Reservierung zu bestätigen, und die hatten sie verschlampt.«

Kathy Walker runzelte die Stirn. Sie wusste, dass dies der Wahrheit entsprach. Deshalb konnte es vielleicht auch für alles andere eine vernünftige Erklärung geben. Sie schüttelte den Kopf: nein, die gab es nicht. »Und, wo geht ihr jetzt hin?«

»Ich weiß es noch nicht.«

»Na ja, ruf mich einfach an, wenn ihr dort seid, dann komme ich vorbei. Ich habe Jimmy seit einer Ewigkeit nicht mehr gesehen. Wie geht es Angela?«

»Ach, erwähne Angela lieber nicht. Sie haben sich getrennt. Er will die Scheidung. Sie stellt sich quer.«

Kathy bog nach links ab und fuhr eine schmale, zweispurige Straße entlang. Raureif glitzerte in den Grünstreifen. Die in der Ferne funkelnden Lichter von Ballymun wurden von den tief hängenden Wolken zurückgestrahlt. Die Hochhäuser waren dunkel und leer – einige waren bereits abgerissen, der Rest sollte in Kürze dem Erdboden gleichgemacht werden –, aber die sechs Kräne neben den Türmen waren alle mit festlichen Lichtern geschmückt. »Ich muss Schluss machen. Ich glaube, ich sehe da vorn eine Polizeikontrolle«, log sie und beendete das Gespräch.

Würde sie nein sagen, falls Robert die Scheidung wollte?

Kathy schüttelte den Kopf. Sie würde sagen: »Nur zu!«

Falls er sie nicht mehr haben wollte, falls er sie durch irgendeine Schnepfe ersetzt hatte, dann wollte sie ihn ganz bestimmt nicht mehr um sich haben. Aber falls er gehen sollte, dann würde sie dafür sorgen, dass sie alles behalten würde, was ihr von Rechts wegen zustand.

Sie brauchte vierzig Minuten, bis sie nach Christchurch kam, und noch einmal sechzig, bis sie in der Gegend vom Green war. Die riesigen LCD-Bildschirme des Parkleitsystems, die die verfügbaren Parkplätze rund um das Stadtzentrum anzeigten, wiesen darauf hin, dass alles belegt war, aber Kathy suchte nicht nach einem Parkplatz. Sie fuhr durch das Zentrum, die Nassau Street entlang in Richtung Merrion Square. Bei der Entbindungsklinik bog Kathy rechts ab, dann wieder nach links auf die Mount Street und fuhr direkt auf die Peppercannister Church zu. Dort begann sie, nach einem Parkplatz zu suchen, aber selbst so weit außerhalb des Stadtzentrums standen die Autos zu beiden Seiten der Straße Stoßstange an Stoßstange. Hier würde sie nicht parken können.

Jahrelang hatten Kathy und Robert R&K-Productions von zu Hause aus geführt. Vor etwa zehn Jahren, als die Firma anfing, ein wenig Geld abzuwerfen, hatten sie beschlossen, dass sie eine offizielle Geschäftsadresse brauchten. Das Büro musste nahe genug am Stadtzentrum liegen, um die Kunden zu beeindrucken, doch nicht zu nahe, damit es kein Vermögen kostete. Schließlich hatten sie einen Raum in der zweiten Etage etwas schäbiger, zu einem Wohnhaus umgebauter ehemaliger georgianischer Stallungen direkt gegenüber der Peppercannister Church angemietet. Als ein zweites Zimmer frei wurde, hatten sie auch das übernommen. Inzwischen belegten R&K-Productions vier Räume im Erdgeschoss, sie besaßen einen Empfangsraum, einen großen Konferenzraum, eine winzige Küche und ein Badezimmer. Kathy war immer der Meinung, dass es eine furchtbare Verschwendung sei; Robert behauptete, es sei gut fürs Geschäft.

Kathy fuhr um die Kirche herum. Sie konnte die Bürofenster sehen: Sie waren alle vollkommen dunkel. Kathy warf einen Blick auf die Uhr im Armaturenbrett. Die bernsteinfarbenen Zeiger sagten ihr, dass es 18.45 Uhr war. Sie fuhr noch einmal um die Kirche und reckte den Hals, um in die dunkle Einfahrt zu schauen. Von Roberts Auto keine Spur.

Sie war enttäuscht.

Was hatte sie denn erwartet? Roberts Auto vor dem Büro stehen zu sehen und dann zu beobachten, wie die Tür aufging und Robert Arm in Arm mit seiner Geliebten herauskam? Und falls sie sein Auto hier gesehen hätte, was hätte sie dann getan? Wäre sie hineingegangen oder hätte sie hier im Dunkeln herumgelungert und wie ein schäbiger Detektiv in einem schlechten Roman auf der Lauer gelegen?

Noch einmal fuhr Kathy um die Kirche herum und dann in Richtung Kanal davon. Sie hatte ein anderes Ziel.

Sie hatte keine Probleme, die Adresse von Stephanie Burroughs zu finden. Es handelte sich um einen neuen Wohnkomplex, der mit elektrischen Toren gesichert war. Mit dem Ausdruck in der Hand, den sie von Roberts Computer gemacht hatte, ging sie auf die Tore zu, spähte hindurch und versuchte, bei der Hausnummerierung durchzublicken.

»Kann ich Ihnen behilflich sein?« Die Stimme klang gereizt, argwöhnisch. Eine sehr kleine Gestalt tauchte aus dem Dunkel auf.

»Ja … nein … vielleicht.« Sie setzte ihr nettestes Lächeln auf.

»Na ja, Sie sollten sich entscheiden«, sagte die alte Frau schnippisch.

»Ich soll einen Weihnachtspräsentkorb bei einer Miss …«, sie warf bewusst einen Blick auf das Blatt Papier, »… bei einer Miss Burroughs abgeben. Sie müsste hier wohnen.«

»Nummer 28.« Die alte Frau wandte sich um und deutete über den gepflasterten Hof auf eine hell erleuchtete Tür. Hinter dem Ornamentglas funkelte ein Miniatur-Weihnachtsbaum in voller Beleuchtung.

»Ach, dann habe ich ja die richtige Adresse!«

»Ja. Aber es hat keinen Zweck, jetzt zu klingeln. Sie ist gerade aus dem Haus gegangen.«

Kathy versuchte es wieder mit ihrem gewinnenden Lächeln. »Und Sie wissen nicht zufällig, wo sie hingegangen ist?«

Jetzt warf ihr die alte Frau einen argwöhnischen Blick zu. »Warum? Sie liefern persönlich aus?«

»Na ja, das ist eine ganz besondere Lieferung. Ich habe die strikte Anweisung, sie ihr persönlich zu übergeben. Wären Sie, falls Sie sie sehen sollten, so nett und sagen ihr nichts von dem Präsentkorb? Es soll eine Überraschung sein.«

»Ich bin der Inbegriff der Verschwiegenheit, junge Frau. Der Inbegriff der Verschwiegenheit.«

»Vielen Dank. Und frohe Weihnachten.«

»Auch Ihnen frohe Weihnachten.«

Kapitel 11

Es war schon nach neun, als sie zurückkam, und alle – Julia, Brendan und Theresa – waren schlecht gelaunt. Robert war noch nicht zu Hause. Julia machte sich in dem Augenblick daran, in ihren Mantel zu schlüpfen, in dem Kathy den Schüssel im Schloss umdrehte. »Ich dachte, du würdest viel früher zurückkommen«, raunzte sie.

»Ich hab mich wirklich beeilt«, erklärte Kathy. Sie öffnete den Mund, um noch etwas zu sagen, machte ihn aber schnell wieder zu. Sie wusste, dass sie dazu neigte, zu viel zu sagen, vor allem, wenn sie nervös war, und sie hatte panische Angst, sie könnte ihrer Schwester gegenüber mit ihren Befürchtungen herausplatzen. »Haben sich die Kinder benommen?«

»War alles in Ordnung, allerdings haben sie darauf bestanden, sich das Essen kommen zu lassen. Ich bin, wie du weißt, gegen dieses gelieferte Zeug. Da weiß man nie, was drin ist.«

»Wir hatten nie Probleme mit dem hiesigen …«

»Es ist ungesund. Zu viel Salz und Zucker und Glutamat.«

»Sie kriegen es ja nur alle Jubeljahre mal als etwas Besonderes.«

»Sie schienen die Auswahl aber sehr gut zu kennen«, stellte Julia argwöhnisch fest.

»Möchtest du einen Tee?«, fragte Kathy, als sie an ihr vorbeiging und in Richtung Küche strebte. Sie wusste, dass Julia ablehnen würde.

»Nein, nein, ich sollte lieber gehen. Ben wird sich schon fragen, wo ich denn bleibe.«

Kathy kam wieder in die Diele zurück und drückte ihrer Schwester einen flüchtigen Kuss auf die Wange. Julia roch nach Lavendelpuder, dem gleichen, den ihre Mutter immer benutzt hatte. Kathy fragte sich, ob das Zufall oder Absicht war. Julia ähnelte mit zunehmendem Alter ihrer verstorbenen Mutter immer mehr; sie ließ sich die Haare in einer nur leicht moderneren Version der Frisur ihrer Mutter schneiden und föhnen, und selbst ihre Kleidung ähnelte allmählich jener, die die verstorbene Margaret Childs immer getragen hatte: Strickjacken und passende Röcke.

Julia stand in der Tür und zog den Mantel fest um sich. »Ihr kommt doch am zweiten Feiertag, am Stephanstag.« Julia ließ die Frage wie eine Feststellung klingen.

»Ich habe noch nicht mit Robert darüber gesprochen«, antwortete Kathy wahrheitsgetreu. »Aber ich bin mir sicher, dass wir kommen.«

»Hast du Sheila gesehen?«

»Nein, in letzter Zeit nicht.«

»Hat sie einen neuen Freund?«

»Keine Ahnung«, antwortete Kathy, was nicht ganz der Wahrheit entsprach. Im Leben ihrer jüngeren Schwester gab es einen neuen Mann, einen, von dem Sheila begeistert war, um den sie aber im Moment ein großes Geheimnis machte.

»Sie muss zur Ruhe kommen«, sagte Julia und rümpfte die Nase. »Sie wird allmählich zu alt für diese Flatterhaftigkeit.«

»Sie ist sechsunddreißig. Das ist ja wohl nicht sonderlich alt.«

»In diesem Alter war ich verheiratet und hatte bereits zwei Kinder. Du ebenfalls«, fügte Julia hinzu. »Ich geh jetzt lieber.« Sie wandte sich um, um ihrer Schwester einen Kuss auf die Wange zu drücken, nur eine ganz flüchtige Berührung, dann fuhr sie mit dem Daumen unter Kathys rechtem Auge entlang. »Du siehst erschöpft aus. Du hast Tränensäcke unter den Augen. Ich bringe dir nächstes Mal ein Gel mit, das die Augen beruhigt.« Sie wandte sich um und hastete den Weg entlang, ihre Schritte knirschten leise auf dem vereisten Untergrund.

Kathy stand in der Tür, die Arme fest um sich geschlungen, und wartete, bis ihre Schwester mit dem großen Geländewagen langsam und vorsichtig aus der Einfahrt zurückgesetzt hatte. Erst als Julia auf der Straße den Vorwärtsgang einlegte und mit durchdrehenden Reifen davonbrauste, trat sie zurück und schloss die Tür. In der Diele war es so kalt, dass sie ihren Atem vor dem Gesicht sehen konnte.

Brendan und Theresa waren im Wohnzimmer, lümmelten in dieser ganz besonderen Art und Weise vor dem Fernseher, zu der nur Kinder und Jugendliche fähig sind. Auf Kanal vier lief ein Big-Brother-Weihnachts-Special.

»Habt ihr eure Hausaufgaben gemacht?«

Beide ächzten.

»Hat sich euer Vater gemeldet?«

»Er hat mal angerufen«, antwortete Brendan, »und er hat gesagt, dass er versuchen würde, dich auf dem Handy zu erreichen.«

»Ich hab mit ihm gesprochen.«

»Ich hoffe, er kommt bald nach Hause«, sagte Theresa. »Heute Nacht soll es noch schneien.«

»Er hat gesagt, dass er vielleicht in der Stadt bleibt, falls sich das Wetter verschlechtert«, antwortete Kathy, eher um ihre Tochter zu beruhigen, als um seine Lüge zu wiederholen.

Theresa nickte, ohne aufzublicken. »Gut. Das wäre besser. Sicherer.«

Kathy ging in die Küche und fing an aufzuräumen. Sie musste zugeben, dass Robert ein guter Vater war. Den Kindern fehlte es an nichts … vielleicht bis auf einen Vater. Der Großteil der Erziehung war ihr überlassen gewesen. Er war in den ersten Ehejahren so selten zu Hause gewesen; häufig war er morgens zur Arbeit aufgebrochen, bevor die Kinder aufwachten, und erst spätabends zurückgekommen, wenn sie bereits wieder im Bett lagen und schliefen. Sie sahen ihn eigentlich nur am Wochenende. Und selbst dann war er stets am Arbeiten. Kathy räumte die Teller zusammen und machte den Geschirrspüler auf. Jetzt hatten sie jedoch eine gute Beziehung zu ihm.

Sie hielt inne und streckte sich. Hatten sie das wirklich? Hatten sie eine gute Beziehung? Was machte eine gute Beziehung aus?, fragte sie sich.

Er kaufte ihnen alles, was sie haben wollten. Weihnachten war nichts Besonderes mehr, weil er ihnen das ganze Jahr über Geschenke machte und häufig mit Büchern, Kleidern und kleinen Schmuckstücken für Theresa und mit irgendwelchen Computerspielen für Brendan nach Hause kam. Beide vergötterten ihn; wie würden sie reagieren, wenn … nein, nicht wenn, nur *falls.* Im Augenblick war es noch immer *falls.*

Aber wie viel Zeit hatte er für seine Kinder?

Sie machte sich daran, die Teller in die Spülmaschine zu stellen. Sie konnte sich nicht erinnern, wann er das letzte Mal Zeit mit ihnen verbracht hatte, wann er etwas mit ihnen unternommen hatte, nur um des Vergnügens willen, sie um sich zu haben. Der letzte Film, den sie sich alle gemeinsam angeschaut hatten, war … Sie schüttelte den Kopf: Es fiel ihr nicht mehr ein. Er hatte Brendans Fußballspiele und Theresas Schulaufführungen versäumt, weil er bei der Arbeit gewesen war.

War er das wirklich?

Der boshafte, heimtückische Gedanke wand sich auch um diese Frage. Hatte er tatsächlich gearbeitet oder war er bei seiner Geliebten gewesen? Inzwischen war jede Erklärung, die er je vorgebracht hatte, verdächtig.

Aus einem Impuls heraus griff sie nach ihrem Handy, das sie auf den Tisch gelegt hatte, und wählte seine Handynummer. Der Anruf wurde direkt an seine Mailbox umgeleitet; er musste das Handy ausgeschaltet haben. Sie holte ihre Handtasche und zog das Blatt Papier mit den Angaben zu Stephanie Burroughs heraus. Dann nahm sie das Telefon zur Hand und war gerade im Begriff, die Nummer einzugeben, als ihr klar wurde, dass dann ihre Nummer auf Stephanie Burroughs' Display aufleuchten würde. Sie setzte sich an den Küchentisch und verbrachte zehn Minuten damit, die Handy-Menüs durchzugehen und herauszufinden, wie man die Anzeige der eigenen Nummer ausschaltete. Als sie es geschafft hatte, rief sie ihren eigenen Festnetzanschluss an und überprüfte, ob die Nummer des Anrufers angezeigt wurde. »Unbekannt« leuchtete auf dem Display auf. Dann rief sie Stephanie Burroughs an. Es klingelte und klingelte. Als sie gerade im Begriff war, wieder aufzulegen, nahm jemand ab.

»Hallo.«

Die Stimme klang lebhaft und ein bisschen schroff. Im Hintergrund war das Klimpern eines Klaviers zu hören, Gemurmel, das Klirren von Gläsern. Eine Bar oder ein Restaurant.

»Hallo?«

»Hallo. Bist du's, Becky?«

»Nein, Sie müssen sich verwählt haben.«

»Tut mir Leid …«, hob Kathy an, aber die Leitung war unterbrochen. Stephanie musste aufgelegt haben. »Und was hat das jetzt eigentlich gebracht?«, fragte sie laut.

»Mam, du führst schon wieder Selbstgespräche.« Theresa kam in die Küche getapst. Sie ging direkt auf den Schrank zu und holte eine Packung Cornflakes heraus.

»Ich dachte, ihr hättet euch was zum Essen bringen lassen.«

»Haben wir auch. Aber das ist schon Stunden her. Ich falle gleich um vor Hunger.« Theresa füllte sich eine Schale bis zum Rand mit Cornflakes, dann goss sie einen halben Liter Milch darüber. Sie schaute ihre Mutter von der Seite an. »Hast du in der Stadt alles gekriegt, was du wolltest?«

»Nicht alles«, sagte Kathy wahrheitsgetreu. »Aber es war ein Anfang.« Sie wandte sich ihrer Tochter zu und blickte sie an. »Hast du dir schon überlegt, was du dir zu Weihnachten wünschst?«

»Ich habe Dad meinen Wunschzettel gegeben.«

»Den hab ich noch nicht gesehen.«

Theresa konzentrierte sich auf ihre Cornflakes.

»Könnte es daran liegen, dass ich ein Problem mit einem deiner Wünsche habe?«, wollte Kathy wissen.

Theresa zuckte die Achseln, es war eher ein leichtes Verschieben der Schultern.

»Aber du bist sicher, dass dein Dad dir alles kauft.«

»Es sind nur ein oder zwei Kleinigkeiten«, antwortete Theresa abwehrend.

»Du meinst, ein oder zwei Seiten mit Kleinigkeiten. Ich werde mit deinem Vater darüber reden.«

»Er hat versprochen, dass er mir alles schenkt.«

»Das muss ich mir zuerst ansehen.«

»Sei nicht fies, Mam. Dad hat gesagt, dass er mir die Sachen kauft; er hatte keine Probleme mit dem Wunschzettel!« Sie nahm ihre Schale und tapste zum Fernseher zurück. Kathy war zu müde, zu erschöpft, um sich mit ihr herumzustreiten. Sie konnte hören, dass Theresa eindringlich auf ihren Bruder einredete. Bestimmt erklärte sie ihm, wie gemein ihre Mutter im Hinblick auf die Weihnachtsgeschenke war. Diesen Kampf hatten sie jedes Jahr auszufechten. Theresa schrieb so gut wie alles, was sie im Fernsehen oder in Zeitschriften entdeckt hatte, oder was ihre Freundinnen besaßen, auf ihren Wunschzettel. Und Kathy strich die Liste jedes Mal auf ein oder zwei große Geschenke, plus ein paar kleinere Überraschungen für den Weihnachtsstrumpf, zusammen. Schließlich sollten beide Kinder am Weihnachtsmorgen etwa die gleiche Zahl an Geschenken auszupacken haben. In letzter Zeit hatte Theresa, die eindeutig Papas Liebling war, herausgefunden, dass er ihr, wenn sie ihn direkt um etwas bat, das Gewünschte einfach kaufte. Im letzten Jahr hatte es an Heiligabend einen Riesenkrach gegeben, als Kathy feststellte, dass Robert Theresa so gut wie alles gekauft hatte, was auf ihrem Wunschzettel stand. Sie hatte sechzehn Geschenke auszupacken. Brendan dagegen nur acht.

Robert hatte ihr versprochen, dass es dieses Jahr anders laufen würde. Das hatte er offenbar vergessen.

Kathy räumte die Küche auf und füllte den Wasserkocher für den nächsten Morgen. Robert hatte angefangen, viele Dinge zu vergessen: Strafzettel, eine neue Kreditkarte … und die Tatsache, dass sie noch immer seine Frau war.

»Es ist Zeit, ins Bett zu gehen.«

»Mam!«

»Ach, Mam!«

Kathy durchquerte das Zimmer mit zwei schnellen Schritten und schaltete den Fernseher aus. »Ab ins Bett! Bald habt ihr Ferien. Dann könnt ihr länger aufbleiben.« Sie hob die herumliegenden Kissen vom Boden auf und warf sie auf die Sessel. »Und Theresa, steh auf, wenn ich dich am Morgen rufe. Ich rufe nicht zweimal, und wenn du den Bus verpasst, fahre ich dich nicht zur Schule.«

Theresa erhob sich vom Sessel und stapfte aus dem Zimmer, ließ aber ihre Cornflakes-Schale auf dem Boden stehen. Kathy wollte ihr gerade hinterherschreien, aber Brendan sprang auf und griff nach der Schale und dem Löffel. »Das nehme ich mit raus.«

»Danke.«

»Ist alles in Ordnung, Mam?«

Verdutzt über seinen besorgten Tonfall, blickte sie auf. Er sah seinem Vater dermaßen ähnlich. Sie hatte Robert kennen gelernt, als sie Anfang zwanzig war, und hatte gelegentlich für ihn gearbeitet, bis sie anfingen, miteinander auszugehen. Damals war er richtig gut aussehend gewesen – war es noch immer, wie sie meinte –, und Brendan hatte das attraktive Aussehen seines Vaters geerbt. Jetzt war er siebzehn und hatte schon die eine oder andere Freundin gehabt. Sie war davon überhaupt nicht begeistert gewesen und hatte versucht, ihn dazu zu bringen, sich auf die Schule zu konzentrieren. Das Problem war, dass Robert ihm bereits eine Stellung in der Firma versprochen hatte, sobald er mit der Schule fertig war. Da war Brendan zu dem Schluss gekommen, dass es wenig Zweck hatte, sich in der Schule groß anzustrengen, da er ja schon einen Job hatte. Von diesem Zeitpunkt an war es mit seinen schulischen Leistungen bergab gegangen. Zu viele Dreier, jede Menge Vierer. Vor seiner Unterredung mit seinem Vater waren es zumeist Zweier und ein paar Einser gewesen.

»Mam?«, fragte Brendan noch einmal.

»Mir geht es gut. Bin bloß müde. Hab jede Menge für Weihnachten vorzubereiten.«

Brendan nickte, allerdings sah er nicht überzeugt aus. »Wann kommt Dad heim?«

Kathy zuckte die Achseln. »Keine Ahnung.« Etwas in ihrer Stimme verriet sie. Sie bemerkte, dass ihr Sohn die Stirn runzelte, und fügte rasch hinzu: »Auch er hat gerade viel zu tun, muss die Kunden zum Essen einladen. Ein Großteil seiner Aufträge kommt durch persönliche Kontakte zustande. Er wusste nicht, wann er nach Hause kommt.«

Brendan nickte. Aber sie spürte, dass ihm etwas auf der Seele lag. Sie machte den Mund auf, um ihn zu fragen, ließ es dann aber sein. Sie wollte das Risiko nicht eingehen, ihren Sohn zu beunruhigen, und vielleicht Gefahr laufen, dass er sich an Robert wandte.

»Du gehst jetzt besser ins Bett. Ich schließe hier unten ab.«

»Gute Nacht.«

»Gute Nacht, und lies nicht mehr. Es ist schon spät.«

Sie wartete, bis sie Brendans Tür ins Schloss fallen hörte, dann erst ging sie durchs Haus, schaltete die Lampen aus und verschloss die Türen. Sie knipste das Außenlicht über der Haustür an, dann blieb sie in der Diele stehen und beobachtete, wie vereinzelte Schneeflocken durch den Lichtkegel trieben. Sie fragte sich, ob ihr Mann wohl auf dem Heimweg zu ihr war oder ob er die Nacht bei seiner Geliebten verbringen würde.

Kapitel 12

Es war fast halb drei, als Robert schließlich nach Hause kam.

Kathy schlief nicht. Sie hatte eine Weile zu lesen versucht – die neue Patricia Cornwell –, aber die Wörter hatten ihr vor den Augen getanzt, und sie hatte es aufgegeben, als sie bemerkte, dass sie denselben Absatz mindestens ein halbes Dutzend Mal gelesen und noch immer nicht begriffen hatte. Sie ließ das Buch auf den Boden neben das Bett fallen und knipste das Licht aus. Dann stieg sie aus dem Bett, zog die schweren Vorhänge zurück, blieb am Fenster stehen und starrte auf die Straße hinaus. Beobachtete. Wartete. Allerdings hatte sie keine Ahnung, was sie beobachtete und worauf sie wartete.

In den ersten Jahren ihrer Ehe war sie nie zu Bett gegangen, bevor Robert nach Hause gekommen war. Wenn die Uhr nach Mitternacht gezeigt hatte, hatte sie gespürt, wie ihre Anspannung wuchs und sie anfing, sich das Schlimmste auszumalen: einen betrunkenen Autofahrer, einen Unfall, einen Überfall. Sie konnte sich nicht erinnern, wann sie aufgehört hatte, auf ihn zu warten. Irgendwann kam er immer öfter sehr spät nach Hause, so dass aus der Ausnahme eher die Regel wurde.

Schließlich stieg sie völlig durchgefroren wieder ins Bett, legte sich auf den Rücken und starrte die Muster an, die die Straßenlaternen auf die Decke warfen. Sie versuchte, sich einen Reim auf die letzten beiden Tage zu machen: Aber sie schaffte es nicht.

Immer wieder kamen ihr dieselben Fragen in den Sinn, und ganz besonders eine: Warum?

Warum sollte Robert eine Affäre haben?

Lag es daran, dass sie irgendetwas getan hatte? Irgendetwas nicht getan hatte?

Warum?

Kathy döste ein, doch die Frage drang ihr immer wieder ins Bewusstsein.

Der Traum war formlos, Ereignisse aus achtzehn Ehejahren reihten sich zu einer endlosen Sequenz aneinander. In ihrem Traum war sie immer allein – allein zu Hause, allein mit den Kindern, allein beim Einkaufen, brachte sie allein zur Schule, kochte, wusch, putzte … immer allein. An den Wochenenden allein, in den Ferien allein, an den Feiertagen allein. Immer allein.

Plötzlich war Kathy mit einem Schlag hellwach.

Sogar im Tiefschlaf hatte sie gehört, dass sich der Schlüssel im Schloss drehte. Sie war aus dem Bett und ans Fenster gesprungen, bevor ihr bewusst wurde, was sie da machte. Eine seltsame Mischung von Gefühlen – Erleichterung und Enttäuschung – durchflutete sie, als sie Roberts Auto in der Einfahrt stehen sah. Dann schlüpfte sie wieder ins warme Bett und zog sich die Decke bis zum Kinn hoch.

Allein.

Während sie hörte, wie Robert unten herumging und sich vergeblich bemühte, leise zu sein, wurde ihr klar, dass sie noch immer unter dem Eindruck des Traumes stand: Sie fühlte sich einsam.

Wo war der Freund, den sie geheiratet hatte? Was war mit dem Mann geschehen, mit dem sie alles geteilt hatte? Wo war der Mann, den sie geliebt hatte?

Tränen traten ihr in die Augen, aber sie hielt sie zurück und fuhr sich wütend mit der Hand übers Gesicht.

Sie war einsam.

Plötzlich wurde sie sich des Gefühls der Leere bewusst, mit dem sie in den letzten Jahren gelebt hatte, diese Leere, dieses Ausgehöhltsein im Inneren. Sie hatte die Kinder, die sie forderten, sie hatte ein paar Freunde, und es gab

Nachbarn, mit denen sie sich gut verstand, ihre Familie wohnte in der Nähe, sie war beschäftigt, sie besuchte Kurse, aber das füllte die Leere nicht aus.

Sie hörte, dass Robert die Treppe heraufkam.

Und dann wurde ihr klar, dass sie ihn, wenn er sie am nächsten Morgen verlassen sollte, gewiss vermissen würde – seine Anwesenheit im Haus vermissen würde, aber wahrscheinlich nicht viel mehr. Schon vor langer Zeit hatte er sich nach und nach von ihr zurückgezogen.

Würde sich ihr Leben durch seinen Auszug wirklich verändern?

Nur unwesentlich. Und diese Antwort beunruhigte sie mehr als alles andere.

»Ich hätte nicht gedacht, dass du heute Nacht nach Hause kommen würdest.«

»Ich wollte dich nicht wecken.«

»Du hast mich nicht geweckt.«

Sie betrachtete seine Silhouette und sah, wie er sich die Krawatte abnahm und sie in Richtung des Stuhls vor dem Frisiertisch warf. Sie hörte die Seide zischen, als sie auf den Boden fiel.

»Ich hatte nur ein paar Drinks, und auf den Straßen war es nicht allzu schlimm.« Er zog sein Jackett aus, legte es über den Stuhl und fing an, sich das Hemd aufzuknöpfen.

»Ich hab dich vorhin angerufen.«

»Ich hab keinen Anruf bekommen.«

»Er ist direkt auf deine Mailbox umgeleitet worden.«

»Wir waren in der Market Bar – wahrscheinlich hatte ich dort keinen Empfang, die Steinmauern sind so dick.«

Hauptsache du hattest Empfang bei deiner Geliebten, wollte sie sagen, ließ es dann aber bleiben. Stattdessen fragte sie: »Wie geht es Jimmy?«

»Jimmy geht es gut. Er lässt dich grüßen.«

»Dass er sich überhaupt an mich erinnert, wundert mich.«

»Natürlich erinnert er sich an dich.«

»Ihr habt also keinen Platz im Shanahan's bekommen?«

Roberts weißes Hemd leuchtete hell im Schein der Straßenlaternen. Er schälte sich heraus und warf es auf das Jackett. »Ich werde morgen anrufen und mich beschweren. Ich bin mir sicher, dass Maureen reserviert hat, aber die haben behauptet, es liege keine Reservierung vor.«

»Und was sagt Maureen?« Maureen war von Anfang an Empfangssekretärin von R&K gewesen, und Robert sagte immer, ihre Einstellung sei die beste Entscheidung, die er je getroffen habe. Sie hatte bei RTE als Produktionsassistentin begonnen und war fünfundzwanzig Jahre bei dem öffentlichen Sender angestellt gewesen, bevor sie bei Robert anfing. Sie kannte so gut wie jeden in der Branche.

»Maureen ist im Moment krankgeschrieben.«

»Das hast du mir gar nicht erzählt.«

»Doch, ganz bestimmt.«

Sie bemühte sich erst gar nicht, den Anflug von Verärgerung in ihrer Stimme zu unterdrücken. »Das hast du nicht! Daran würde ich mich ganz bestimmt erinnern. Maureen ist schließlich meine Freundin.« Lange Zeit war Maureen ihre einzige Angestellte gewesen, und die beiden Frauen hatten eng zusammengearbeitet. Als Kathys Mutter vor achtzehn Monaten ganz überraschend gestorben war und die drei Schwestern am Boden zerstört gewesen waren, hatte Maureen die ganzen Trauerfeierlichkeiten organisiert. »Wie lange ist sie denn schon krankgeschrieben?«

»Drei Wochen … vier«, murmelte Robert.

»Und das hast du mir nicht gesagt!« Ihre Stimme wurde laut, und sie zwang sich, sie zu senken. »Ich hätte sie angerufen oder besucht.«

»Ich muss es vergessen haben.«

»Was fehlt ihr denn?«

»Bronchitis oder so etwas. Auf der Krankschreibung

steht, dass sie erst nächstes Jahr wiederkommt. Und das ausgerechnet in der Zeit, in der am meisten los ist«, fügte er verdrossen hinzu.

»Du sagst das, als ob sie krankfeiern würde. Ich kann mich nicht erinnern, dass sie je krank gewesen wäre. Du etwa?«, fragte sie vorwurfsvoll.

Robert antwortete nicht. Er ging nackt ins Badezimmer hinüber, zog die Tür zu und knipste das Licht an. An den Rändern der Tür schimmerte Licht hindurch. Sie hörte das Brummen seiner elektrischen Zahnbürste. Das war wieder einer seiner Tricks: Wann immer er mit einer Frage oder einer Situation konfrontiert war und wusste, dass er im Unrecht war, dann antwortete er einfach nicht oder wechselte das Thema.

»Wer ist denn jetzt am Empfang?«, fragte Kathy, als er aus dem Bad kam und das Schlafzimmer mit Licht durchflutete, das sie vorübergehend blendete.

»Eine Aushilfe. Illona. Eine Russin, glaube ich. Ich hab sie über eine Agentur bekommen. Sie ist sehr gut.«

Kathy hatte die kurze Zeit, die Robert im Badezimmer war, dazu genutzt, sich zu beruhigen. Ihr wurde klar, dass sie beinahe die Fassung verloren hätte, als sie erfuhr, dass ihre Freundin Maureen krankgeschrieben war. Für einen Augenblick war die Unterhaltung bedrohlich aus dem Ruder gelaufen, und sie musste sie wieder in die richtige Bahn lenken.

»Hat vielleicht Illona die Reservierung vorgenommen?«, fragte sie.

Robert zog einen frischen Schlafanzug aus dem Schrank und schlüpfte in die Hose. »Vielleicht. Aber das ist etwa vier Wochen her; ich bin sicher, dass Maureen damals noch da war. Ich werde mich morgen trotzdem bei dem Restaurant beschweren, falls ich Zeit dazu finde.«

»Soll ich das für dich erledigen?«, fragte sie und rechnete fest damit, dass er ihr Angebot ablehnen würde.

Er zog sich das Oberteil an. »Falls du Zeit hast – ja, das wäre prima. Ein Tisch für zwei, Freitagabend, um

19.30 Uhr, entweder auf meinen Namen oder auf Jimmy Moran. Ich habe auch seinen Namen angegeben, für den Fall, dass er als Erster kommt.«

Robert stieg ins Bett und ließ einen Schwall kalte Luft unter die Decke wehen. Er beugte sich herüber und drückte ihr einen flüchtigen Kuss auf die Wange, und sie stellte fest, dass sein Atem leicht nach Alkohol roch. Sonst nichts. Kein Parfum, kein Seifen- oder Shampooduft.

»Nacht«, murmelte sie und rollte sich, mittlerweile völlig verwirrt, zur Seite. Hatte sie sich so gründlich getäuscht? Hatte er heute tatsächlich mit Jimmy Moran zu Abend gegessen? Sonst wäre er wohl kaum damit einverstanden, dass sie im Restaurant anrief, um sich zu beschweren.

Roberts Atem nahm einen langsamen Rhythmus an.

Hatte sie ihn zu Unrecht verdächtigt? Gab es eine vernünftige, rationale Erklärung für all die Beweise, die sie gesammelt hatte – die wenigen Anhaltspunkte, korrigierte sie sich selbst. War sie nichts anderes als die paranoide, misstrauische, unsichere Ehefrau eines gut aussehenden Mannes?

Es war nach halb fünf, als sie schließlich in einen unruhigen Schlaf fiel. Es kam ihr vor, als habe er nur fünf Minuten gedauert, als der Wecker klingelte.

Samstag, 21. Dezember

Kapitel 13

Kathy saß gegenüber dem Eingang zum Glasnevin-Friedhof im Auto und starrte durch die Windschutzscheibe auf den runden Turm, der sich vor dem eierschalenfarbenen Himmel abhob. Sie war völlig durchgefroren, aber das hatte nichts mit der eisigen Dezemberluft zu tun: Es lag an diesem Ort.

Ihre Mutter und ihr Vater waren hier beerdigt, sie teilten sich ein Grab mitten auf dem alten Friedhof. In anderen Gräbern – manche mit Grabstein versehen, manche nicht – ruhten verschiedene Tanten und Onkel und diverse Cousins. Kathy mochte diesen Ort nicht, hatte ihn noch nie leiden können. Sie hatte eine lebhafte Fantasie, und es fiel ihr leicht, viel zu leicht, sich die Leichen unter der Erde vorzustellen, manche noch mit Fleisch an den Knochen, von anderen nur noch die Skelette. In ihrer Vorstellung hatten sie immer Augen – die aufklappten und sie ansahen. Sie hasste die Endgültigkeit dieses Ortes, die riesigen Grabsteine, die steinernen Engel, die großen verzierten Steinplatten, die über den Gräbern lagen.

Als sie und ihre Schwestern Kinder waren, war es ein Familienritual gewesen, so gut wie jeden Sonntag hierher nach Glasnevin zu kommen. Und jede Woche machte ihr Vater, während sie durch das Tor gingen, den gleichen Witz über das »Totenzentrum von Dublin«, und jede Woche stöhnten sie und ihre beiden Schwestern gleichzeitig laut auf. Das wurde Teil des Rituals.

Dann begannen sie mit den Gräbern der Großeltern und arbeiteten sich Sonntag für Sonntag durch die Gräber all ihrer verstorbenen Verwandten, säuberten sie, jäteten Unkraut und schrubbten die Grabsteine mit Seifenlauge ab, die sie in Limonadeflaschen mitgebracht hatten. Sie kannten sämtliche Namen auswendig, sämtliche Geburts- und Todesdaten, und obwohl sie keinen dieser Verwandten je kennen gelernt hatte, hatte sie das Gefühl, mit ihnen sehr vertraut zu sein. Sie wusste, dass Aunty Mae sich mit Cousin Tony zerstritten hatte und die beiden beinahe dreißig Jahre lang nicht miteinander gesprochen hatten, sie wusste, dass Cousine Jessie – die gar keine richtige Cousine war – vor dem Traualtar von Tim stehen gelassen wurde, der später Tante Rita heiratete, und dass für Onkel Fitz ein spezieller Sarg angefertigt werden musste, weil er so dick war. Erst später, viel später, wurde ihr klar, dass ihr Vater – vielleicht unbewusst – auf diese Weise die Familiengeschichte lebendig gehalten hatte. Auch jetzt, nach so vielen Jahren, wäre sie in der Lage gewesen, jedes dieser Gräber zu finden. Ihre Kinder dagegen hatten keine Ahnung, wo die Gräber der Großeltern lagen, und wussten herzlich wenig über ihren Zweig der Familie – und über Roberts sogar noch weniger.

Bald nach der Beerdigung ihrer Mutter, bei der sie dagestanden und beobachtet hatte, wie der glatt polierte Sarg langsam in die Grube hinabgelassen wurde, war sie zu ihrem Rechtsanwalt gegangen und hatte einen Brief mit Instruktionen hinterlegt, der bei ihrem Tod geöffnet werden sollte. Darin stand, dass sie verbrannt werden wollte und dass ihre Asche über dem Meer verstreut werden sollte. Sie wollte nicht in die Erde gelegt werden, mit einer Steinplatte über dem Kopf.

Der Zeiger der Uhr gleich jenseits des Tores sprang auf elf, und Kathy warf einen prüfenden Blick auf ihre Armbanduhr. Sie würde noch ein paar Minuten warten.

Auf der Straße vor dem Friedhof waren viele Leute unterwegs, und die Frau, die vor den Toren Blumen verkaufte, hatte eine große Auswahl an Weihnachtskränzen und jenen leuchtend roten Blumen, die es immer nur im Dezember gab. Weihnachtssterne, dachte Kathy, war sich aber nicht ganz sicher. Sie warf einen Blick über die Schulter auf den Rücksitz. Sie hatte einen kleinen Blumenstrauß mitgebracht, und plötzlich kam er ihr zu klein vor, zu mickrig für das Grab ihrer Eltern. Sie würde einen Weihnachtskranz kaufen, beschloss sie.

Es war sechs Monate her, dass sie das Grab das letzte Mal besucht hatte. Im Grunde wollte sie überhaupt nicht hierher kommen. Das war nicht die Art und Weise, wie sie ihrer Mutter und ihres Vaters gedenken wollte, die kalt und tot in einer verrottenden Holzkiste in der Erde lagen. Für sie würden die beiden immer lebendig und vital bleiben. Sie erinnerte sich an einen Spruch, den sie irgendwo einmal gelesen hatte: *Niemand ist wirklich tot, solange er in der Erinnerung lebt.*

Mit Ausnahme der Liebe. Die Liebe kann sterben.

Daran wollte sie gerade jetzt nicht denken. Sie machte ihre Handtasche auf und fischte zwei kleine Sterbebildchen hervor, die sie immer mit sich herumtrug. Sie betrachtete die unscharfen, ein wenig verwackelten Fotografien ihrer Mutter und ihres Vaters. Das Bildchen ihres Vaters war rissig und verblasst, das Papier leicht vergilbt; das von ihrer Mutter sah noch neu aus. Margaret Childs war vor achtzehn Monaten gestorben. Es hatte keinen Grund gegeben, sie war nicht krank gewesen. Sie hatte sich einfach schlafen gelegt und war nicht mehr aufgewacht. Jimmy, ihr Vater, war vor siebzehn Jahren gestorben, ein Jahr, nachdem sie Robert geheiratet hatte. Jimmy hatte sein ganzes Leben lang geraucht, und der dritte Herzinfarkt hatte ihn schließlich das Leben gekostet.

Ein Klopfen gegen die Windschutzscheibe ließ sie aufschrecken.

Kathy kurbelte das Fenster herunter. »Menschenskind, jetzt hätte ich beinahe einen Herzinfarkt bekommen!«

»Na, dafür bist du ja genau am richtigen Ort.« Sheila Childs, ihre jüngere Schwester, beugte sich mit einem strahlenden Lächeln ins Auto, um ihrer Schwester einen Kuss auf die Wange zu drücken, und kalte Luft und ein leicht bitterer Zitrusduft wehten herein. Dann erblickte sie die Bildchen in der Hand ihrer Schwester und ihr Lächeln verblasste. Sie nahm ihrer Schwester das Bild von Jimmy Childs aus der Hand und hielt es ins Licht. »Ich habe erst dieser Tage an ihn gedacht. Ich konnte mein Sterbebildchen nicht finden.« Sie gab es Kathy zurück.

Kathy steckte beide Bildchen in ihre Handtasche, kurbelte das Fenster hoch und stieg aus. »Ich denke oft an ihn«, sagte sie. Sie griff auf die Rückbank und nahm den kleinen Blumenstrauß heraus.

Die beiden Schwestern hakten sich unter und rannten über die Straße. Sie hätten nicht unterschiedlicher sein können. Sheila war mindestens acht Zentimeter größer als ihre ältere Schwester und so dünn, dass man sie beinahe als magersüchtig hätte bezeichnen können. Ihre Haarfarbe änderte sich zumeist mit den Jahreszeiten, aber in letzter Zeit hatte sie auf ihr natürliches dunkles Rot zurückgegriffen und sich goldene Strähnchen einfärben lassen, um ihren makellosen hellen Teint hervorzuheben. Während Kathy einen wadenlangen schwarzen Ledermantel, eine schwarze Hose und schwarze Stiefel mit flachen Absätzen trug, war Sheila elegant gekleidet, sie hatte einen cremefarbenen Regenmantel mit Gürtel an und unglaublich hochhackige Stiefeletten.

Sie hatten das hohe schmiedeeiserne Tor des Friedhofs schon hinter sich gelassen, als Kathy wieder einfiel, dass sie eigentlich einen Kranz hatte kaufen wollen. Doch plötzlich war das nicht mehr wichtig.

Der Friedhof war menschenleer, und sie hatten die schmalen Wege für sich allein. Die Luft war kristallklar, und die Wintersonne verströmte zwar keine Wärme, hob die umgestürzten Grabsteine und uralten Bäume aber scharf hervor, so dass sie beinahe künstlich wirkten. Raureif und gefrorener Schnee glitzerten an schattigen Stellen und überzogen die Oberkanten und Vertiefungen der kunstvoll verzierten Grabsteine.

Die beiden Frauen gingen schweigend nebeneinander

her, bogen nach rechts in eine von Nadelbäumen gesäumte Allee ein und steuerten auf das Zentrum des alten Friedhofs zu. Ein Rotkehlchen kam im Sturzflug herab und landete mitten auf dem Weg, reckte ihnen den Kopf entgegen und sauste dann davon. Sheila sah sich um und schaute ihm nach, während es zwischen den Bäumen verschwand. »Hier ist es so friedlich!«, sagte sie. »Mir gefällt das.«

Kathy blickte sie erstaunt an. »Es gefällt dir hier?«

»Schon immer. Denk nur an all die Sonntage, als wir klein waren, als Mam und Dad mit uns hierher gekommen sind, um die vielen Gräber zu pflegen.«

»Daran habe ich gerade im Auto gedacht. Ich habe diese Ausflüge gehasst.«

»Ich habe sie gemocht. Ich finde den Frieden und die Ruhe hier schön. Soweit ich mich erinnere, war es hier immer kühler, egal, wie heiß es sonst war.« Sie packte ihre Schwester am Arm und blieb stehen. »Hör mal!«

Kathy hielt inne. »Wozu? Ich höre nichts.«

»Genau«, sagte Sheila lächelnd. »Gerade das liebe ich an diesem Ort. Er ist wie ein Kokon.«

»Du warst schon immer seltsam.« Kathy drückte den Arm ihrer jüngeren Schwester, um ihrer Feststellung die Schärfe zu nehmen.

Die beiden Frauen folgten dem gewundenen Weg an Familiengruften vorbei, bogen dann links ab, und lange Schatten tanzten vor ihnen. In diesem Feld waren die Gräber alt, zumeist nicht mehr gepflegt und vergessen, aber zwischen ihnen lagen, wie seltsame Blüten, vereinzelte neue Gräber mit einer Unmenge an bunten Kränzen und Bändern zwischen dem vertrockneten Gras.

»Willst du mir jetzt sagen, wieso du mich sehen wolltest?«, fragte Sheila schließlich. »Ich werde ja nicht jeden Samstagvormittag von meiner Lieblingsschwester angerufen.«

»Ich bin froh, dass du Lieblingsschwester gesagt hast. Deine große Schwester hat sich gestern Abend nach dir erkundigt.«

»Wie geht es ihr?«

»Sie will wissen, ob du jetzt einen Freund hast.«

»Sag ihr, sie kann jederzeit anrufen und mich selbst fragen«, antwortete Sheila schnippisch. »Sie ist nicht meine Mutter.« Dann lächelte sie. »Das glaubt sie bloß.«

»Falls es dich tröstet, mich behandelt sie genauso. Kommst du am Stephanstag zu ihr?«

»Vielleicht. Ich bin mir noch nicht sicher.«

»Du solltest ihr einen Schock versetzen und deinen Freund mitbringen.«

»Das wäre wirklich ein Schock für sie. Aber selbst wenn ich kommen sollte – und ich habe mich noch nicht entschieden –, würde ich Allen nicht mitbringen.«

»So heißt er also. Allen.«

»Das hab ich dir erzählt.«

»Nein, hast du nicht! Du hast sehr geheimnisvoll getan. Ich habe mich allmählich schon gefragt, was mit ihm nicht in Ordnung ist.«

»Mit ihm ist alles in Ordnung. Er ist perfekt.«

»Der Letzte war auch perfekt. Und der davor auch. Selbst der mit dem lustigen Auge war perfekt«, sagte Kathy.

Sheila lachte, das Geräusch war in der Stille des Friedhofs laut und erschreckend. Ein Krähenpaar flog ungehalten kreischend in den eierschalenfarbenen Himmel auf. »Vielleicht war *der* nicht perfekt. Aber er war sehr reich, und das hat eine Menge seiner anderen Schwächen wettgemacht.«

»Sheila!« Kathy war ehrlich schockiert.

»Aber du hast mich nicht gebeten, hierher zu kommen, um mit mir über meinen Männergeschmack zu reden, oder? Ich kann mich gar nicht mehr erinnern, wann du das letzte Mal vorgeschlagen hast, dass wir das Grab unserer Eltern besuchen sollten. Du hast doch etwas auf dem Herzen.«

Kathy ging ein paar Schritte schweigend weiter. »Das habe ich«, sagte sie schließlich. »Und ich brauche deinen Rat.«

»Das ist ja etwas ganz Neues. Du hast mich in meinem ganzen Leben noch nie um Rat gefragt.«

»Na ja, es geht um ein Gebiet, auf dem du Expertin bist: Männer.«

Sheila verzog den Mund zu einem Lächeln. »Ich bin mir nicht sicher, ob das ein Kompliment ist.«

Die beiden Schwestern bogen nach links auf einen schmalen Weg ein. Das Grab ihrer Eltern lag etwa auf halber Strecke auf der rechten Seite, ein einfacher weißer Grabstein mit weißer Einfassung, und die Graboberfläche war mit kleinen weißen Kieselsteinen bedeckt. Eine einzelne schwarze Vase stand mitten auf dem Grab. Die Blumen hingen verwelkt heraus.

»Julia war hier«, murmelte Kathy.

»Aber das ist schon länger her«, stellte Sheila fest.

Die beiden Schwestern machten sich schweigend am Grab zu schaffen. Kathy warf die verwelkten Blumen in den Abfalleimer, der nicht weit entfernt stand. Als sie zurückkam, hatte Sheila Kathys Blumenstrauß in der Vase arrangiert und rieb gerade den Grabstein mit einem Tuch ab. Sie standen nebeneinander und starrten auf den Stein.

»Ein liebevoller Vater. Schmerzlich vermisst«, las Kathy laut. »Wir hätten eine Zeile hinzufügen lassen sollen, als Mam beerdigt wurde. Etwas Ähnliches.«

»Es ist komisch, ich weiß, dass er länger tot ist, aber ich erinnere mich deutlicher an ihn als an Mam«, stellte Sheila fest.

»Ich habe schönere Erinnerungen an ihn. Liebevollere Erinnerungen«, stimmte Kathy zu.

In den letzten Jahren ihres Lebens war Margaret Childs immer verbitterter geworden. Sie hatte an allem herumzumäkeln gehabt, und es war so schlimm geworden, dass die Enkel – und sogar die eigenen Töchter – es schwierig fanden, sie zu besuchen. Familienanlässe waren ein Alptraum, und sie hatte die Feier der Silberhochzeit von Julia und Ben mit ihrem Gezänk und ihrer Nörgelei ruiniert.

»Wenn ich sterbe, dann beerdigt mich nicht hier. Ich habe es Robert gesagt und in einem Brief, der zu meinem Testament gehört, niedergeschrieben. Ich will verbrannt werden. Erinnere sie daran, ja?«

Sheila zuckte die Achseln. »Mir ist es egal, was sie mit mir machen, wenn ich einmal tot bin. Eine Party feiern. Das würde mir gefallen.«

»Du bist die Jüngste. Du wirst uns alle überleben.«

»Vielleicht«, sagte Sheila lächelnd, aber es war nur ein leichtes Verziehen der Lippen, und ihr Blick blieb abwesend. Dann drehte sie sich um und sah ihre Schwester direkt an. »Also, jetzt sag mir …«

Kathy holte tief Luft. Den Blick noch immer starr auf den Grabstein gerichtet, in den die Namen ihrer Eltern eingemeißelt waren, wurde ihr klar, dass sie es auch ihnen erzählte: »Ich glaube, Robert hat eine Affäre.« Ihr Atem dampfte in der kalten Luft und verlieh ihren Worten Gestalt. »Ich weiß nicht, wie ich damit umgehen soll.« In der eisigen Dezemberluft klang das so kalt, so sachlich, so unfassbar. Sie schaute Sheila von der Seite an. »Glaubst du mir?«

Ihre jüngere Schwester sah schockiert aus. Schließlich atmete sie tief durch. »Natürlich glaube ich dir.« Sie legte ein Pause ein, dann fügte sie hinzu: »Bist du dir sicher?«

»So gut wie.«

»So gut wie klingt nicht wirklich sicher«, stellte Sheila gelassen fest. Sie nahm den Lappen und rieb gedankenverloren über die Oberkante des Grabsteins, den Blick von ihrer älteren Schwester abgewandt. »Jetzt erzähl schon!«

Kathy setzte sich auf den Rand der Steineinfassung. Der Stein war kalt und hart, aber seltsamerweise kam ihr die Kälte gelegen. Die letzten paar Tage waren so unwirklich, fast wie ein Traum gewesen. Das hier war real: Hier in dem verlassenen Friedhof auf dem eisigen Stein zu sitzen. Sie konnte nichts mehr für selbstverständlich nehmen. Sie war gezwungen worden, Möglichkeiten ins Auge zu fassen, die ihr am Anfang dieser Woche noch völlig fremd gewesen waren. Ihre geordnete, sichere Welt war zusammengebrochen. Vielleicht war die letzte Woche gar kein Traum gewesen, vielleicht waren die Wochen und Monate, ja vielleicht die Jahre davor der Traum gewesen. Und jetzt war sie aufgewacht …

»Vor sechs Jahren …«

»Das hat vor sechs Jahren angefangen?«, fragte Sheila entsetzt.

»Ja, in gewisser Weise.« Kathy strich mit der behandschuhten Hand über die Kieselsteine, die das Grab bedeckten. »Vor sechs Jahren hatte ich schon einmal den Verdacht, dass Robert eine Affäre hat. Eine Frau namens Stephanie Burroughs kam als Rechercheurin für ein Projekt in die Firma. Jung, etwa in deinem Alter, hübsch, gescheit. Sie haben viel Zeit miteinander verbracht. Das war etwa zu der Zeit, als er anfing, abends immer später nach Hause zu kommen. Und wenn wir uns unterhielten, fiel immer wieder ihr Name. Schließlich ist es mir zu viel geworden, ich habe ihn zur Rede gestellt und ihm auf den Kopf zugesagt, dass er eine Beziehung mit ihr hat.«

»Welche Beweise hattest du?«, wollte Sheila wissen.

»Na ja, das war mein Fehler. Ich hatte nichts als Verdachtsmomente und Vermutungen.«

»Aber keine handfesten Beweise.«

Kathy hob den Kopf, um ihrer Schwester in die dunklen Augen zu schauen. »Ich hatte meine Intuition.«

»Ich frage mich, wie viele Ehen die wohl zerstört hat?«, sagte Sheila leise und gab Kathy dann, bevor sie darauf eingehen konnte, ein Zeichen, weiterzusprechen.

»Ich habe ihn also zur Rede gestellt. Er hat es abgestritten. Selbstverständlich.«

»Aber du bist drüber hinweggekommen. Musst du wohl, ihr seid ja noch immer zusammen.«

»Wir sind drüber hinweggekommen. Wir waren gerade in das neue Haus eingezogen, es gab jede Menge zu tun. Es war recht einfach, sich auf andere Dinge zu konzentrieren und dieses Problem schleifen zu lassen. Ich fand heraus, dass Miss Burroughs weggezogen war, ich glaube nach Amerika. Robert hörte auf, von ihr zu reden – genau genommen hat er ihren Namen seit dem Abend, als ich ihn zur Rede stellte, nicht mehr erwähnt.«

Sheila schlang die Arme um sich und ging neben dem Grabstein in die Hocke. »Aber jetzt ist etwas passiert.«

»Vorgestern bin ich in seinem Handy auf ihren Namen gestoßen – Stephanie Burroughs.« Noch während sie es sagte, klang es in ihren Ohren banal.

Sheila sah sie verständnislos an, erwartete offenbar, dass noch mehr kommen würde. »Und?«

»Ihr Name war in seinem Handy, mit einer kleinen roten Flagge versehen.«

Sheila griff in ihre Manteltasche und zog ihr Handy heraus. Mit einer kurzen Bewegung des Handgelenks klappte sie es auf und reichte es ihrer Schwester. »Schau dir die Namensliste an. Ich bin mir sicher, dass du die Namen von mindestens vier Männern findest, mit denen ich Rendezvous hatte. Das bedeutet nicht, dass ich mich noch immer mit ihnen treffe.«

»Aber ihr Name ist in Roberts neuem Handy. Er hat es erst seit ein paar Monaten.«

Sheila klappte ihr Handy zu. »Ich habe mir dieses vor nicht einmal einem Monat gekauft. Das liegt nur daran, dass die Namen auf der Karte im Telefon gespeichert sind. Wenn du die Karte in ein neues Telefon tust, dann sind alle deine Kontaktnummern drin.«

»Neben ihrem Namen war eine rote Flagge.«

Sheila starrte ihre Schwester an, sagte aber nichts.

»Ich weiß, ich weiß. Das klingt wenig überzeugend, nicht wahr?« Plötzlich stand sie auf. »Tut mir Leid, dass ich dich hierher geschleppt habe. Vielleicht verliere ich ja allmählich den Verstand.«

»Nein, das tust du nicht. Vielleicht interpretierst du zu viel in die Sache hinein.«

Kathy wischte über ihren Mantel. Sie betrachtete das

Grab, bekreuzigte sich automatisch, wandte sich dann ab und ging den schmalen Weg davon. Sheila zögerte einen Augenblick, dann folgte sie ihr. Sie gingen ein paar Meter schweigend nebeneinander her.

»Ich hab sein Zimmer durchsucht«, sagte Kathy plötzlich. »Ich bin auf die Abrechnung von einer Kreditkarte gestoßen, von der ich nichts wusste. Er hatte Blumen gekauft, irgendwelche Sachen über einen Shopping-Kanal bestellt und die Rechnung in einem chinesischen Restaurant in Dublin bezahlt. Ich habe einen Strafzettel wegen Geschwindigkeitsübertretung entdeckt, und zwar für einen Zeitpunkt, zu dem er angeblich in Belfast war.« Ihr wurde wieder klar, wie schwach – laut ausgesprochen, im hellen Tageslicht – ihre Beweise waren. »Er ist so häufig nicht zu Hause. Er arbeitet immer so lange«, fügte sie hinzu. Na, das klang wirklich kleinkariert, dachte sie.

»Und was wolltest du mich nun fragen?«, wollte Sheila wissen.

»Glaubst du, dass er eine Affäre hat?«

»Willst du wirklich meinen Rat und meine Meinung hören, oder möchtest du, dass ich dich unterstütze?«, fragte Sheila, »weil das nämlich nicht das Gleiche ist. Wenn du meine Unterstützung willst, die gebe ich dir gern. Aber ich glaube nicht, dass du meinen Rat willst.«

»Du glaubst mir nicht?«

»Das hab ich nicht gesagt.«

»Das brauchst du nicht. Wie kannst du die Beweise erklären?«

»Welche Beweise?«

»Die Kreditkarte«, antwortete Kathy schnippisch.

Sheila griff in ihre Manteltasche und zog eine schwarze Lederbrieftasche heraus. Sie klappte sie auf. In den kleinen Plastikfenstern steckten vier Kreditkarten. In den Fächern dahinter fand sich mindestens noch ein halbes Dutzend Plastikkarten, Kundenkarten und Payback-Karten. »Ich kriege fast täglich irgendeine Kreditkarte angeboten. Goldkarten, Platinkarten, American Express, Visa, MasterCard, von der Bank of Ireland, der MBNA, der Allied Irish Bank. Vielleicht hat er einfach nur ein gutes Angebot angenommen.«

Kathy fuhr ihre Schwester an: »Und was ist mit dem Strafzettel wegen überhöhter Geschwindigkeit? Er hat ihn am Halloweenabend in Ballymun bekommen. An dem Abend, an dem er angeblich in Belfast war.«

»Ist er mit dem Auto oder mit dem Zug nach Belfast gefahren?«

Kathy machte den Mund auf, um zu antworten, dann klappte sie ihn wieder zu, weil ihr plötzlich übel war. War Robert damals mit dem Zug gefahren? Das tat er hin und wieder. Vor allem, wenn er weitere Strecken fahren musste. Erst neulich hatte er den Zug genommen, als die BBC im Hotel Europa in Belfast eine Konferenz abhielt. »Aber wie würde das den Strafzettel erklären?«

Sheila zuckte die Achseln. »Frag ihn. Hat er jemandem das Auto geliehen? Stand es in der Garage?« Sie drehte sich um und packte ihre Schwester an beiden Armen. »Du musst genau aufpassen mit dem, was du behauptest, und dir unbedingt ganz sicher sein. Du hast ihn schon einmal beschuldigt, ohne es beweisen zu können. Manche Männer hätten sich sofort aus dem Staub gemacht. Jetzt bist du im Begriff, ihn wieder zu beschuldigen. Du musst sicher sein. Du musst dir dieses Mal absolut sicher sein.«

»Auf wessen Seite stehst du eigentlich?«, fragte Kathy unsicher.

»Auf deiner. Immer auf deiner.« Sie kamen am Tor des Friedhofs an. Sheila blieb stehen und hielt die Hände ihrer Schwester fest. »Ich hab das mal erlebt, allerdings auf der anderen Seite. Einmal hat mich eine Frau, die ich gar nicht kannte, auf der Straße abgepasst. Sie hat mich beschuldigt, eine Affäre mit ihrem Mann zu haben. Ich kannte den Mann, ich hatte mit ihm ein paar Mal zusammengearbeitet, aber ich hatte gewiss keine Beziehung mit ihm. Es hat sich herausgestellt, dass er gar kein Verhältnis hatte. Schon bald darauf trennte sich das Paar. Er konnte mit dem Misstrauen einfach nicht leben. Mach nicht den gleichen Fehler. Wirf nicht achtzehn Jahre Ehe einfach weg. Finde keine Affäre, wenn es keine zu finden gibt.« Sie küsste ihre Schwester flüchtig. »Wir sehen uns an Weihnachten. Ruf mich an, wenn du irgendwas brauchst.«

Kapitel 14

Zumindest hatte er die Schlösser nicht ausgetauscht.

Kathy Walker stieß die Tür von R&K-Productions auf und betrat das Büro. Ein Schwall warmer Luft kam ihr entgegen, und sie runzelte die Stirn. Er hatte über das Wochenende die Heizung angelassen. Wäre Maureen da gewesen, sie hätte das niemals zugelassen.

Dann fing die Alarmanlage zu piepsen an.

Hatte er den Code geändert? Kathy schob die Tür zu und öffnete den kleinen Kasten in der Wand dahinter. GEBEN SIE DEN CODE EIN blinkte es in leuchtend grünen Digitalbuchstaben. Sie gab #32 ein – die Hausnummer des Gebäudes –, und das Piepsen hörte auf. Als sie diese Büroräume bezogen hatten, hatte sie diesen einfachen Code ausgewählt, weil Robert es geschafft hatte, alle anderen Zahlenkombinationen zu vergessen.

Das Büro war mehr oder weniger so, wie sie es in Erinnerung hatte, obwohl sie seit fast sechs Monaten nicht mehr hier gewesen war. Als sie noch mehr mit dem Geschäft zu tun hatte, hatte sie jeden Tag vorbeigeschaut. Es gab ein paar neue gerahmte Poster an der Wand, Standfotos von Werbespots, die R&K produziert hatte, und der Computer auf dem Schreibtisch der Empfangssekretärin sah neu aus. Ansonsten war alles unverändert: Möbel aus schwarzem Leder und Chrom, die inzwischen ein wenig abgewetzt aussahen, und das alte Fernseh- und Videogerät in der Ecke. Allerdings bemerkte sie, dass inzwischen auch ein DVD-Player angeschafft worden war. Gleich hinter der Tür stand neben der Kaffeemaschine ein Wasserspender. Die Keramikbecher, die früher daneben aufgereiht gewesen waren, waren durch Wegwerftassen aus Plastik ersetzt worden. Einen Augenblick war sie versucht, sich eine Tasse Kaffee zu machen, aber sie wollte keinerlei Spuren hinterlassen.

Sie war sich noch immer nicht sicher, wieso sie überhaupt ins Büro von R&K gekommen war. Die Fahrt von Glasnevin durch die Innenstadt hatte beinahe zwei Stunden gedauert, und selbst noch so weit vom Stadtzentrum entfernt war es fast unmöglich gewesen, einen Parkplatz zu finden. Sie hatte schließlich am anderen Ende des Kanals einen entdeckt. Vielleicht hatten die Abschiedsworte ihrer Schwester sie hierher getrieben: »Finde keine Affäre, wenn es keine zu finden gibt.« War es das, was sie tat – suchte sie nach einer Affäre, nach einem Vorwand?

Einen Vorwand wofür? Um Robert zu verlassen? Ihn hinauszuwerfen?

Wonach suchte sie? Als der Verdacht in ihr aufkeimte, dass er eine Affäre haben könnte, hatte sie augenblicklich gewusst, was sie tun würde, falls sie herausfinden sollte, dass er etwas mit einer anderen Frau hatte: Sie würde ihn bitten, auszuziehen. Nein, nicht bitten – auffordern. Das war noch vorgestern so klar gewesen. Heute war sie sich weniger sicher. Allmählich wurde ihr klar, dass der Rat, den Rose ihr gegeben hatte, wahrscheinlich gut war: die Dinge ruhen zu lassen, abzuwarten, bis sie sich von allein regelten.

Aber dennoch musste sie Bescheid wissen. Und sei es nur um ihres eigenen Seelenfriedens willen. Dennoch war sie während der langen Fahrt durch die Stadt zu einer Entscheidung gelangt: Sollte sie im Büro keine konkreten Anhaltspunkte finden, dann würde sie die Sache vergessen. Sie würde versuchen, den Verdacht aus ihrem Kopf zu verbannen, und sich bewusst Mühe geben, Robert und dem Geschäft mehr Aufmerksamkeit zu schenken. Falls ihre Ängste hinsichtlich einer Affäre sie zu nichts anderem gezwungen hatten, so hatten sie sie immerhin veranlasst, ihr eigenes Verhalten der letzten Jahre zu überdenken. Und das, worauf sie dabei gestoßen war, war alles andere als erfreulich. Ja, es war viel zu einfach zu sagen, sie hätten sich auseinander gelebt. Noch einfacher, ihm und der Arbeitsbelastung die Schuld zu geben. Aber was hatte sie getan? Oder vielmehr nicht getan? Während sie sich immer mehr mit den Kindern und dem neuen Haus beschäftigte, hatte sie ihn und seine Arbeit jedenfalls für selbstverständlich genommen. Als sie gestern seine E-Mails gelesen hatte und ihr klar wurde, dass er noch immer bis weit nach Mitternacht arbeitete, um die Firma am Laufen zu halten, da hatte sie ein schlechtes Gewissen bekommen.

Kathy trat hinter den Schreibtisch der Empfangssekretärin. Er war blitzblank – kein einziger Zettel, kein herumliegender Stift. Die neue Sekretärin war eindeutig ordentlicher als Maureen, dachte sie. Sie zog die Schubladen auf und suchte nach einem Terminkalender oder einem Notizblock: In der Regel hatte doch jede Sekretärin einen Notizblock, auf den sie die Namen von Anrufern notierte. Doch selbst in den Schubladen herrschte penible Ordnung. Sie war sich, obwohl sie die neue Empfangssekretärin noch nie gesehen hatte, nicht sicher, ob sie sie mochte.

Schließlich fand Kathy in der untersten Schublade unter einem abgegriffenen Exemplar des »Oxford English Dictionary« einen Notizblock. Es war ein rot-schwarzer Spiralblock. Auf jeder Seite stand oben ein Datum und darunter die Uhrzeit und die Namen sämtlicher eingegangener Anrufe. Kathy nahm den Block mit ans Fenster und hielt ihn ins Licht. Sie wollte nicht das Risiko eingehen, eine der Lampen anzuknipsen und damit Aufmerksamkeit zu erregen. Die meisten Namen und Nummern waren ihr unbekannt, ein paar waren ihr noch aus der Zeit, als sie hier gearbeitet hatte, vertraut. Mit dem Zeigefinger ging sie die Anrufliste von gestern durch.

Es war keine Stephanie Burroughs vermerkt.

Kathy zog das Blatt mit den Angaben über Stephanie

heraus und verglich die Nummer mit den notierten Anrufen. Nichts.

Bevor sie den Block wieder in die unterste Schublade steckte, warf Kathy einen Blick auf die Anrufe der letzten Woche, aber so weit sie sehen konnte, waren von Burroughs über die Büroleitung keine Anrufe eingegangen.

Vielleicht rief sie ja auf dem Handy an, flüsterte ihr eine bösartige Stimme zu. Vielleicht rief sie gar nicht an, konterte eine noch leisere innere Stimme.

Kathy stieß die Tür auf und betrat Roberts Büro. Es war genauso, wie sie es in Erinnerung hatte. Die einzige Veränderung war die Ansammlung von Weihnachtskarten auf dem Barschrank und ein echter Weihnachtsbaum in der Ecke, der die Luft mit seinem Kiefernduft erfüllte. Das kleine Bäumchen war mit blinkenden weißen Lichtern dekoriert, die angeschaltet geblieben waren, und mit dem Weihnachtsschmuck von Waterford Crystal, den ihre Eltern ihr für das erste gemeinsame Weihnachtsfest geschenkt hatten. Kathy und Robert waren zu dem Schluss gekommen, dass dieser zu kostbar sei, um ihn zu Hause zu verwenden, und im Büro weit mehr Eindruck machen würde. Sie fuhr mit dem Fingernagel über eines der mundgeblasenen Stücke und war ein wenig gerührt, dass er sie all die Jahre aufbewahrt hatte und noch immer benutzte.

Das Zimmer war ein langes Rechteck. An einem Ende des Raums stand ein runder Konferenztisch, und das andere nahm Roberts Schreibtisch ein. Auf dem Konferenztisch lagen Papiere verstreut, und es sah aus, als habe man sie in Eile dort hingeworfen. Kathy legte die Finger auf ein Blatt und drehte es zu sich. Es war ein Porträt eines unglaublich gut aussehenden jungen Mannes. Sie warf einen Blick auf die übrigen Blätter. Sie hatten alle mit DaBoyz zu tun, einer Boygroup, von der sie noch nie etwas gehört hatte. Es sah so aus, als sei Robert im Begriff, ihren nächsten Videoclip aufzunehmen. Sie wusste, dass er sich mit Musikvideos überhaupt nicht auskannte, aber sie vermutete, dass die Band davon nichts wusste.

Sie ging durchs Zimmer und stellte sich vor Roberts Schreibtisch. Es war ein komisches Gefühl, hier zu sein, sich wie ein Dieb in ihre eigene Firma zu schleichen. Denn immerhin gehörte ihr die Firma zur Hälfte: Fünfzig Prozent der Anteile liefen auf ihren Namen. Was würde passieren, wenn sie sich trennten? Würde die Firma verkauft oder aufgeteilt werden müssen, oder würde er ihr ihren Anteil auszahlen müssen? Und was passierte dann mit seinem Anteil an ihrem Haus; würde sie ihn im Gegenzug auszahlen müssen?

Kathy schob diesen Gedanken bewusst beiseite.

Sheila hatte sie schließlich daran erinnert, dass sie sich der Fakten sicher sein musste, bevor sie anfing, wilde Beschuldigungen auszusprechen.

Sie ging um Roberts Schreibtisch herum und nahm in dem schweren Ledersessel Platz. Er ächzte unter ihrem Gewicht. Sie hatte ihm diesen Sessel kurz nach dem Umzug in dieses Büro gekauft. Der Schreibtisch war wie der in seinem Arbeitszimmer zu Hause aufgeräumt und leer bis auf einen kunstvollen Stifthalter, der schräg neben einer modernen Schreibtischlampe aufgestellt war. Als Gegenstück stand auf der linken Seite des Tisches ein dreiteiliger Fotorahmen aus Silber. Kathy wollte danach greifen, hielt sich dann aber zurück, weil sie ihn nicht berühren und möglicherweise verschieben wollte. Sie schaltete die Lampe an, die den Tisch in ein warmes gelbes Licht tauchte. In dem Rahmen befanden sich drei Fotos: auf dem linken war Brendan, Theresa auf dem rechten, und Robert und Kathy waren auf der Aufnahme in der Mitte. Es war ein altes Foto, kurz vor ihrer Hochzeit in New York aufgenommen, mit dem Empire State Building im Hintergrund. Sie hatte dieses Foto beinahe schon vergessen. Das war eine fantastische Reise gewesen, nur Robert und sie, bis über beide Ohren verliebt, sie waren verlobt und wollten bald heiraten, und die Welt war voller Chancen und Verheißungen.

Falls Robert eine Affäre haben sollte, hätte er wohl

kaum ein Foto von seiner Frau und den Kindern auf seinem Schreibtisch stehen, oder?

Sie zog an den Schubladen. Sie waren verschlossen. Diese Tour war also umsonst gewesen. Nein, nicht umsonst. Zumindest hatte sie weitgehend bestätigt, dass Robert sich nicht mit Stephanie traf, dass sie ihn nicht täglich anrief und ein Familienfoto auf dem Schreibtisch stand, was immerhin den Schluss nahe legte, dass seine Geliebte ihn nicht im Büro besuchte.

Kathy stützte die Ellenbogen auf die Schreibtischplatte, legte den Kopf auf die Hände und kniff die Augen zusammen. Sie fühlte sich unwohl, aber dennoch seltsam hochgestimmt. Sie hatte überreagiert. Sie war vom Stress der Vorweihnachtszeit müde und erschöpft. Nächstes Jahr würden sie über Weihnachten verreisen.

Na ja, zumindest war sie wachgerüttelt worden. Falls die letzten paar Tage nichts weiter gebracht hatten, so hatten sie ihr wenigstens einige Probleme, die es in ihrer Ehe gab, vor Augen geführt, aber Probleme, die gelöst werden konnten. Nach Weihnachten würden sie beide über ein Wochenende fortfahren und sich aussprechen. Es war schon lange her, dass sie miteinander geredet hatten, richtig über wichtige Dinge geredet. Angesichts der dauernden Anforderungen des modernen Lebens passierte es so leicht, dass man das, was wirklich wichtig war, aus den Augen verlor.

Gott sei Dank hatte sie nichts gesagt …

Sie war gerade im Begriff, aus dem Büro zu gehen, als ihr Blick auf den Aktenschrank hinter der Tür fiel. Sie hatte ihn beim Hereinkommen gar nicht bemerkt. Aus einem Impuls heraus zog sie an der obersten Schublade und erwartete, dass sie verschlossen sein würde. Sie klickte und öffnete sich ganz leicht. Die Akten waren alle ordentlich beschriftet und durch verschiedene Farben gekennzeichnet, offenbar auch ein Werk der neuen Sekretärin.

In der obersten Schublade fanden sich hauptsächlich Broschüren, Briefe an und von anderen Produktionsfirmen, Bewerbungen um Projekte und Protokolle von Verhandlungen.

Die zweite Schublade war angefüllt mit Rechnungen und Quittungen. Kathy zögerte, dann zog sie die Akte mit der Aufschrift Eircom heraus. Roberts Handyrechnungen waren chronologisch geordnet. Sie blätterte zur letzten Rechnung.

Robert Walker hatte Stephanie Burroughs sieben oder acht Mal am Tag angerufen. Der erste Anruf von seinem Handy am Morgen und der letzte am Abend gingen entweder an ihren Apparat zu Hause oder auf ihr Handy. Die Dauer der Gespräche reichte von wenigen Minuten bis zu einer Stunde.

Jeden Tag.

Sieben Tage die Woche.

Hunderte von Telefonaten.

Kathy schaffte es gerade noch zur Toilette, bevor sie sich übergeben musste.

Kapitel 15

»*Kathy!*«

»Hallo, Maureen.«

Kathy stand vor Maureen Ryans Haustür, einen Blumenstrauß ungeschickt unter den einen Arm geklemmt, eine Flasche Wein in einer braunen Papiertüte unter den anderen.

»Komm rein, komm rein. Mit dir habe ich nun wahrlich nicht gerechnet. Ich würde dir ein Küsschen geben, aber ich möchte dich nicht anstecken.« Maureen machte Platz, so dass Kathy sich an ihr vorbeidrücken konnte. »Geh gleich in die Küche durch.«

Maureen lebte in einer Seitenstraße der alten Finglas Road in einem Reihenhaus einer Fünferreihe, die in dem vom Dubliner Bauamt in den 1950er Jahren so geliebten Stil erbaut war. Sie war in diesem Haus geboren, und sie sagte immer, dass sie hier auch gerne sterben würde.

»Ich weiß, ich hätte dich anrufen sollen«, sagte Kathy ein wenig außer Atem, während sie den schmalen Flur entlang und in die Wohnküche ging. Schockiert blieb sie stehen. Nach dem Äußeren des Hauses zu schließen, hatte sie dunkle Resopalflächen und einen Linoleumboden erwartet, doch stattdessen war sie von hellem Licht geblendet und hatte das neueste Küchendesign aus Schweden in glänzendem hellem Holz und kühlem Chrom vor Augen. Das Fenster, die Küchentür und ein Teil der Wand waren herausgerissen und durch Verandatüren ersetzt worden, die in einen kreisrunden hellen Wintergarten hinunter führten, in dem Winterblüher ihren Duft verströmten. »Das ist ja fantastisch«, sagte sie.

»Ja, ist es nicht schön?«, antwortete Maureen. »Vor ein paar Jahren haben wir einen Pilotfilm für eine Heimwerkershow gedreht. Sie ist nie gesendet worden, aber ich habe mein Haus für die Renovierungen zur Verfügung gestellt. So habe ich eine neue Küche und einen Wintergarten bekommen, und sie haben mir sogar noch Geld dafür gegeben.«

Kathy drehte sich um und blickte die ältere Frau an. Sie überreichte ihr die Blumen und den Wein. »Ich hab erst gestern Abend erfahren, dass du krank bist. Robert hat vergessen, es mir zu sagen. Er behauptet, er habe es mir gesagt, aber das stimmt nicht.«

»Ich bin mir sicher, dass er in letzter Zeit viel um die Ohren hatte«, sagte Maureen. Sie wandte sich um, legte die Blumen auf die Arbeitsfläche und stellte den Wein daneben, dann machte sie sich daran, den Wasserkessel zu füllen. »Setz dich doch. Geh in den Wintergarten hinaus. Das ist mein Lieblingsplatz.«

Maureen Ryan war zwanzig Jahre älter als Kathy, eine große, maskulin wirkende Frau mit ausgeprägten, markanten Gesichtszügen, beinahe farblosen Augen und dichten schneeweißen Haaren, die sie zu einem festen Zopf flocht, der ihr fast bis zum Po reichte. Als Kathy sie kennen gelernt hatte, trug sie eine Lesebrille, aber die hatte sie weggeworfen und durch Kontaktlinsen ersetzt, weil sie behauptete, die Brille lasse sie alt aussehen. Sie hatte nie geheiratet, unterhielt jedoch nach Aussage der Klatschpresse ihr ganzes Leben lang romantische Beziehungen mit einigen bedeutungslosen Politikern und einem ebenso bedeutungslosen Filmstar. Maureen pflegte zu sagen, dass diese Geschichten nur zur Hälfte der Wahrheit entsprachen: Es seien ein Dutzend bedeutungslose Politiker und zwei bedeutungslose Filmstars gewesen. Gewöhnlich kleidete sie sich auf eine Weise, die im besten Fall als legere Eleganz bezeichnet werden konnte, und sie war noch immer so rank und schlank, dass sie Jeans und Stiefel tragen konnte. Heute jedoch hatte sie einen pflaumenfarbenen Jogginganzug und unglaublich abgewetzte Hausschuhe an.

Kathy ging in den Wintergarten hinunter. In der Luft hing der Duft der Blumen und der moschusartige Geruch einer dicken Kerze, die auf einem dekorativen Kerzenhalter brannte. Zu beiden Seiten eines runden Glastisches standen zwei weiße Korbsessel mit riesigen fächerartigen Rückenlehnen. Eine Taschenbuchausgabe von Stephen Kings Buch »Das Leben und das Schreiben« lag aufgeschlagen auf dem Tisch.

Kathy erinnerte sich, dass Maureen immer davon gesprochen hatte, einen Roman über ihre in vierzig Jahren erworbenen Erfahrungen rund um das Unterhaltungsgeschäft schreiben zu wollen.

»Wie geht es dir?«, fragte sie laut.

»Ganz gut. Wieder besser.« Maureens Stimme hallte von der Küche herunter. »Ich habe mir eine Erkältung eingefangen, aus der eine Bronchitis geworden ist. Laut Diagnose der Ärzte eine Rippenfellentzündung. Ich wollte weiter zur Arbeit gehen, aber es bestand die Gefahr, dass es sich zu einer Lungenentzündung auswachsen könnte, deshalb habe ich zum ersten Mal in meinem Leben auf ihren Rat gehört und bin zu Hause geblieben.«

»Du hättest mir Bescheid sagen sollen. Dann wäre ich früher vorbeigekommen.«

»Ich dachte, Robert würde es dir sagen, aber ich hätte wohl ahnen müssen, dass er es vergisst«, antwortete Maureen und kam in den Wintergarten. Sie trug ein Korbtablett, auf dem eine handbemalte Teekanne und zwei passende Tassen standen. »Sind die nicht lustig? Ich hab sie in Aya Napa gekauft.«

»Ist das nicht der Ort, an den alle jungen Leute fahren, um Party zu machen?«

»Ja«, antwortete Maureen und blickte sie verständnislos an, dann grinste sie. »Ich zähle mich gerne zu diesen jungen Leuten.«

»Du bist der jüngste Mensch, den ich kenne. Ich hoffe,

ich habe noch so viel Energie wie du, wenn ich …« Sie ließ den Satz bewusst unbeendet.

»Wenn du so alt bist wie ich, meinst du«, sagte Maureen grinsend.

»Ja, so in etwa.« Kathy ließ sich in den knarrenden Korbsessel sinken und beobachtete, wie Maureen den Tee einschenkte. »Was hält dich so jung?«

Maureen hob den Kopf, grinste und entblößte dabei ihre perfekten weißen Zähne. »Früher habe ich gesagt, ›regelmäßig Urlaub und spanische Kellner‹, aber in letzter Zeit sage ich ›die Einstellung‹. Ich habe mich für ein Alter entschieden und daran festgehalten.«

Trotz der schlimmen Schmerzen, die in ihrem Hinterkopf pochten, lächelte Kathy. »Welches Alter?«

»Zweiundzwanzig.«

»Ich dachte, die meisten Leute würden sich für achtzehn entscheiden.«

»Mit achtzehn war ich noch völlig unbedarft. Als ich zweiundzwanzig war, wusste ich alles. Bis ich dreiundzwanzig wurde, wusste ich zu viel.«

Maureen reichte Kathy ihre Tasse, dann wartete sie, bis Kathy sich Milch genommen hatte. »Ich halte mich nicht für alt, deshalb bin ich es nicht. Und darum hasse ich diese verdammte Bronchitis: Sie erinnert mich daran, dass ich nicht mehr so unverwüstlich bin wie früher.«

Die beiden Frauen tranken schweigend ihren Tee und blickten auf das winzige Gartendreieck hinaus.

»Deine Nachbarn sind doch bestimmt neidisch auf diesen Wintergarten«, stellte Kathy schließlich fest.

»Er hat eine wahre Mode ausgelöst. Allein in diesem Block gibt es inzwischen drei ähnliche Wintergärten. Es war wirklich schade, dass wir diese Heimwerkershow nicht realisieren konnten. Ich hatte schon Pläne, das ganze Haus umbauen zu lassen.« Sie nippte an ihrem Tee. »Ich muss mal zu euch rauskommen und sehen, wie es bei euch jetzt aussieht. Wie lange wohnt ihr jetzt dort – fünf Jahre, sechs?«

»Sechs, und wir haben am Haus nichts geändert. Irgendwie hatten wir nie die Zeit dazu. Die Kinder wachsen so schnell, und jetzt sind beide schon in weiterführenden Schulen, sie kommen und gehen, wie es ihnen passt. Aber im nächsten Jahr möchte ich gern ein paar Änderungen vornehmen …« Als Kathy klar wurde, dass sie nur so daherplapperte, hielt sie abrupt inne.

»Und wie geht es Robert?«, fragte Maureen.

Kathy starrte sie erstaunt an.

»Ich hab ihn seit fast sechs Wochen nicht gesehen«, fügte Maureen hinzu.

Kathy schüttelte angewidert den Kopf. »Er hat gesagt, dass du seit drei oder vier Wochen fehlst.«

»Ich habe mich Anfang November krankgemeldet. Und seitdem nicht mehr mit ihm gesprochen.«

»Er hat nicht angerufen?«, fragte Kathy und wurde allmählich wütend. Die Entwicklung und der Erfolg von R&K waren zu einem großen Teil dieser Frau zu verdanken. Aber mehr noch, sie war eine Freundin.

»In den ersten paar Tagen hat er angerufen, meist, wenn er etwas wissen wollte oder etwas verlegt hatte oder eine Akte nicht finden konnte. Ich hab nicht wirklich erwartet, dass er mit mir in Kontakt bleibt. Das ist für ihn eine besonders arbeitsintensive Zeit des Jahres. Ich nehme an, er hat jede Menge zu tun.«

»Ich sehe ihn auch nicht häufig«, räumte Kathy ein. »Ich möchte mich für ihn entschuldigen.«

»Schon gut«, sagte Maureen rasch und hob die Hand. »Ich habe lange genug mit ihm zusammengearbeitet. Ich kenne ihn.«

»Und er hat nichts … nichts Dummes gemacht, zum Beispiel deine Lohnüberweisung gestoppt oder so?«

Maureen lachte und brach dann in einen keuchenden, rasselnden Husten aus. »Nein, nein, nichts. Er hat panische Angst, er könnte mich an einen seiner Konkurrenten verlieren. Er weiß, dass Mason Media mir ständig Angebote macht.«

»Gut. Gut.« Weil Kathy nicht wusste, was sie noch sagen sollte, konzentrierte sie sich auf ihren Tee.

Maureen lehnte sich in ihrem Korbsessel zurück, dann zog sie beide Beine an und setzte sich in den Schneidersitz. »Ich habe allmählich den Eindruck, dass dies vielleicht mehr ist als ein Höflichkeitsbesuch«, sagte sie freundlich.

Kathy starrte traurig auf den Teerest in ihrer Tasse. Sie nickte. »Ich habe wirklich erst gestern Abend erfahren, dass du krank bist. Erst heute Nacht. Um halb drei. Robert war mit Jimmy Moran aus. Zumindest hat er gesagt, er sei mit Jimmy Moran aus gewesen«, fügte sie leise hinzu.

»Das ist seltsam«, antwortete Maureen und stellte ihre Tasse ab. »Es klingt, als würdest du ihm nicht glauben.«

Auch Kathy stellte ihre Tasse ab und schaute Maureen direkt in die Augen. »Ich habe erst kürzlich herausgefunden, dass vieles von dem, was Robert mir gesagt hat, nicht der Wahrheit entspricht.« Sie holte tief Luft. »Ich glaube, Robert hat eine Affäre mit Stephanie Burroughs. Was meinst du?«

Und noch bevor Maureen antwortete, wusste sie, wie die Antwort lauten würde. Mit einem Mal kam es ihr in dem Wintergarten kälter vor. Die ältere Frau nickte. »Das vermute ich schon seit langem.«

»Und seit wann weißt du es sicher?«

»Seit etwa einem Jahr. Aber ich hatte schon ein ganzes Weilchen den Verdacht.«

»Ein Jahr! Ein Jahr, und du bist nicht auf den Gedanken gekommen, mir das zu sagen?« Kathy schluckte den Anflug von Wut hinunter.

»Ich habe es mir ganz häufig überlegt. Es gab Zeiten, da bist du regelmäßig ins Büro gekommen, und da wollte ich es dir sagen … aber es hat sich irgendwie nie eine Gelegenheit ergeben. Und als dann deine Mutter gestorben ist, da hattest du schon genug um die Ohren. Ich wollte dich einfach nicht verletzen.«

»Du hättest es mir sagen müssen!« Kathys Stimme wurde lauter, während sie wütend aufsprang. »Ich habe ein Recht, Bescheid zu wissen!«

»Hast du ein Recht, böse auf mich zu sein?«, fragte Maureen gelassen. »Ich bin nicht diejenige, auf die du böse sein solltest.«

Kathy sank wieder in ihren Sessel und vergrub das Gesicht in den Händen.

»Hättest du es mir gesagt, wenn du an meiner Stelle wärst?«

Kathy machte den Mund auf, um schnippisch »Ja« zu sagen, aber sie schloss ihn wieder, ohne zu antworten. Würde sie, könnte sie einer anderen Frau die Qualen auferlegen, die Selbstzweifel, den Selbsthass, die Angst und die Wut, die sie in den letzten zwei Tagen durchgemacht hatte? Sie war sich nicht mehr sicher. Sie war sich in gar nichts mehr sicher.

»Ich komme gerade vom Büro. Ich habe dort nach etwas gesucht – nach etwas, was mir beweist, dass er eine Affäre hat, aber in der Hoffnung, nichts zu finden. Ich wäre beinahe schon wieder gegangen, als ich seine Handy-Abrechnungen entdeckt habe.«

Die ältere Frau lächelte traurig. »Auf diese Weise bin ich auch dahintergekommen. Ich war gerade auf der Suche nach Einsparmöglichkeiten damit beschäftigt, die Rechnungen zu analysieren, als ich herausfand, dass er ständig die gleiche Nummer anrief. Zuerst dachte ich, das sei dein Handy, aber dann ist mir aufgefallen, dass er sie als Letztes am Abend wählte, wenn er bei dir zu Hause sein musste. Sobald der Verdacht einmal da war, war es recht einfach, die restlichen Puzzleteile zusammenzufügen.«

»Sag mir, was du weißt«, forderte Kathy eindringlich. »Sag mir alles.«

»Du brauchst wirklich nicht alles zu wissen. Was du bis jetzt weißt, reicht völlig.«

»Ich will es wissen. Ich habe ein Recht, es zu wissen. Ich muss es wissen«, sagte sie verzweifelt.

Maureen stand auf. Sie schlang die Arme fest um sich, wandte Kathy den Rücken zu und starrte auf den kahlen Dezembergarten hinaus. »Ich glaube, sie haben seit etwa anderthalb Jahren ein Verhältnis. Vielleicht ein bisschen länger, ich bin mir nicht sicher. Davor waren sie auf jeden Fall Freunde und Kollegen. Aber ich glaube nicht, dass damals schon etwas zwischen ihnen lief.«

»Anderthalb Jahre«, sagte Kathy benommen. »Er hat sie schon viel früher kennen gelernt. Ich hatte vor sechs Jahren den Verdacht, dass sie eine Affäre haben, als sie für uns Recherchen gemacht hat.«

Maureen runzelte die Stirn. »Ich weiß, dass sie damals eng zusammengearbeitet haben, aber ich glaube nicht, dass sie eine Beziehung hatten.«

»Aber du weißt es seit anderthalb Jahren, seit achtzehn Monaten. Warum hast du mir nichts gesagt, Maureen?«

»Das ist kompliziert.«

»Kompliziert«, flüsterte Kathy. »Was soll das heißen? Ich habe gerade herausgefunden, dass der Mann, mit dem ich seit achtzehn Jahren verheiratet bin, seit anderthalb Jahren, vielleicht sogar länger, ein Verhältnis hat, und du sagst, du konntest mir nichts davon erzählen, weil es kompliziert ist! Was soll daran so kompliziert sein?«

»Stephanie Burroughs verschafft uns viele Aufträge.« Maureen drehte sich um, um Kathy anzusehen, ihr Blick war hart und ausdruckslos, aber ihr standen Tränen in den großen Augen. »Das ist einer der Gründe, warum ich dir nichts gesagt habe. Stephanie ist Geschäftsführerin einer der größten Werbeagenturen der Stadt – sie hat uns viele Aufträge zugeschustert. Ohne sie wären wir im vergangenen Jahr wahrscheinlich Pleite gegangen.«

Kathy stand auf und wich ein paar Schritte von Maureen zurück. »Du hast meinen Mann diese Affäre fortführen lassen, weil du deinen Job nicht verlieren wolltest?«

»Seine Affäre ging mich gar nichts an«, antwortete Maureen schnippisch. »Seine Affäre geht dich und ihn etwas an. Sonst niemanden. Und deshalb hab ich dir nichts gesagt. Ich gehöre nicht zu jenen Frauen, die mit der Nachricht zu ihren Freundinnen rennen, dass sie deren Mann mit einer anderen Frau gesehen haben. Gib nicht mir die Schuld. Falls R&K Bankrott geht, verliere ich natürlich meinen Job, aber ich finde einen anderen. Du aber verlierst dein Haus, und Robert wird mit zweiundvierzig nicht so ohne weiteres eine neue Stelle finden. Leute wie ihn gibt es wie Sand am Meer. Hätte ich dir etwas gesagt, dann hättest du entweder sie oder ihn zur Rede gestellt, und was dann? Wir hätten alle verloren, du und Robert am allermeisten.«

Kathy leckte sich über die trockenen Lippen. Ihre Zunge fühlte sich an wie geschwollen. »Willst du mir damit etwa sagen, dass er mit ihr geschlafen hat, um die Firma zu retten?«

»Das hab ich nicht gesagt.«

»Aber was willst du sonst andeuten?«

»Ich deute gar nichts an. Ich sage dir nur, wie es ist.«

»Und wie ist es?«

»Kathy …«

»Dann sag mir«, forderte Kathy, deren Stimme zu einem Schrei anschwoll, »sag mir, warum schläft er mit ihr?«

Maureen seufzte. »Ich hab sie zusammen gesehen. Ich glaube, sie lieben sich.«

Samstag, 21./Sonntag, 22. Dezember

KAPITEL 16

Der Rest des Samstags rauschte einfach an Kathy vorbei, und sie konnte sich nicht einmal erinnern, wie sie von Maureen nach Hause zurückgefahren war.

Sie war Robert aus dem Weg gegangen, hatte sich mit den Weihnachtsvorbereitungen rund ums Haus beschäftigt. Robert war am Vormittag mit den Kindern fortgefahren, um den Weihnachtsbaum zu besorgen, und so duftete das Haus, als sie zurückkam, nach Kiefer und hallte von Theresas begeisterten Rufen wider, die gerade den Baum schmückte.

Maureens Informationen hatten sie verängstigt, sie verwirrt. Sie konnte fast akzeptieren, dass Robert eine Affäre mit einer anderen hatte, aber da ging es um Sex, um nichts anderes, nicht wahr? Maureen aber hatte gesagt, sie würden einander lieben, und das bedeutete …

Sie war sich nicht sicher, was das bedeutete.

Kathy ging früh zu Bett, sagte, sie habe Kopfschmerzen, was ja auch stimmte, und lag dann in der Dunkelheit da, lauschte den Fernsehgeräuschen vom Zimmer darunter und dem Lärm des üblichen Wochenendstreits, der von nebenan durch die Wände drang. Ihre Nachbarn unternahmen alles gemeinsam: Golf, Tennis, Wandern, und im Allgemeinen wurden sie als das perfekte Paar betrachtet. Nur Kathy wusste, dass sie sich gewöhnlich um diese Zeit am Freitag- oder Samstagabend, wenn der eine oder die andere – oder beide – ein bisschen zu viel getrunken hatte, gegenseitig anbrüllten. In den sechs Jahren, die sie nun in diesem Haus wohnte, hatte sie jedes Detail aus ihrem unglücklichen Leben erfahren. Aber sobald die beiden auf die Straße traten, sahen die Nachbarn immer nur ein ideales Ehepaar.

Was sahen die Leute, wenn sie Robert und sie betrachteten? Ein glücklich verheiratetes Paar mit den obligatorischen zwei Kindern, einem schönen Haus und zwei Autos? Oder konnten sie die Kluft sehen, die sich zwischen ihnen aufgetan hatte?

Sie wälzte diesen Gedanken hin und her, und plötzlich fragte sie sich, wie viele andere Leute wohl über Roberts Affäre Bescheid wussten. Sie spürte, dass ihr Herz bei dem Gedanken zu pochen anfing und sich eine panische Beklemmung um ihre Brust legte. Dublin war eine kleine Stadt; irgendwer musste Robert und seine Geliebte zusammen gesehen haben. Falls ja, würden sie eins und eins zusammenzählen und davon ausgehen, dass das Paar eine Beziehung unterhielt? Der Gedanke, dass die Leute Bescheid wussten, mit Fingern auf sie zeigten, wenn sie vorbeifuhr oder die Straße entlangging, und hinter ihrem Rücken tuschelten. Ihr einziger Trost war, dass die Leute es ihr ja wohl gesagt hätten, wenn sie es wüssten. Es machte ihnen Spaß, schlechte Nachrichten zu verbreiten. Robert und Stephanie waren Kollegen in der gleichen Branche; es war nur natürlich, dass sie sich trafen und gemeinsam zum Essen gingen. Vielleicht schöpfte ja keiner Verdacht.

Sie hatte es schließlich auch nicht getan.

Kathy fiel in einen unruhigen Schlaf und schreckte auf, als Robert ins Zimmer geschlichen kam. Er zog sich im Dunkeln aus, schlüpfte neben sie und seufzte zufrieden, als er den Kopf auf das Kissen legte. Sie hatte nicht vorgehabt, mit ihm zu reden – aus Angst, sie könnte mit etwas herausplatzen oder sich aufregen und ihn anschreien, aber sie musste etwas sagen. Sein Atemrhythmus veränderte sich, wurde langsamer, da er bereits am Einschlafen war.

»Ich war heute bei Maureen.«

Es folgte ein langes Schweigen, und einen Augenblick dachte sie, Robert sei schon eingeschlafen. Aber dann bewegte er sich, drehte sich im Bett um und sah sie an.

Im Licht der Straßenlaternen konnte sie das leuchtende Weiß seiner Augen sehen.

»Wie geht es ihr?«

»Allmählich besser. Aber sie wird erst nach Neujahr wiederkommen.«

»Das hab ich mir gedacht«, murmelte er.

»Sie ist nicht so jung, wie sie sich gibt.«

»Ich weiß.« Wieder drehte er sich, wälzte sich auf den Rücken. »Diese Neue, diese Russin ...«

»Illona?«

»Ja, Illona. Sie ist sehr gut. Macht, was man ihr sagt, gibt keine Widerworte, ist immer pünktlich und macht genau eine Stunde Mittagspause. Maureen tut, was ihr gefällt, behandelt mich wie einen kleinen Schuljungen und hält nichts von einer einstündigen Mittagspause.«

»Du denkst doch nicht etwa daran, ihr zu kündigen, oder?«

»Ich habe darüber nachgedacht«, räumte er ein.

»Das lasse ich nicht zu!«, stellte Kathy entschieden fest. »Das untersage ich dir.«

»Das untersagst du mir?« Es war etwas an seiner Stimme, das ihr nicht gefiel: Sarkasmus oder Verachtung. »Du untersagst es mir?«

»Mir gehört die Firma noch immer zur Hälfte. Vielleicht ist es an der Zeit, dass ich dich daran erinnere? Vielleicht ist es Zeit, dass ich anfange, wieder ein aktiveres Interesse daran zu zeigen?« Sie setzte sich im Bett auf und knipste das Licht an.

Robert stöhnte auf und hielt sich die Hand vor die Augen. »Es ist nach ein Uhr, verdammt. Können wir nicht morgen früh darüber reden?«

Kathy ignorierte ihn. »Ich habe mir überlegt, ob ich, jetzt, da die Kinder größer sind, im neuen Jahr nicht anfangen sollte, drei oder vier Mal die Woche mit dir mitzukommen. Selbst wenn Maureen wieder an ihren Platz zurückkehrt, wird sie nicht Vollzeit arbeiten können. Ich kann wieder das tun, was ich früher gemacht habe:

dich bei der Führung der Firma unterstützen. Das K von R&K-Productions wiederbeleben.«

»Wie willst du denn die Zeit dafür finden?«

»Ich werde sie mir eben nehmen. Ich werde mich darauf konzentrieren, neue Aufträge zu akquirieren; und du konzentrierst dich darauf, das Material zu produzieren.«

»Ja, das wäre toll«, sagte er, klang aber alles andere als begeistert. »Lass uns morgen darüber reden.«

»Maureen hat angedeutet, dass es in der Firma nicht zum Besten steht.«

Robert zappelte unruhig im Bett herum. »Können wir nicht morgen darüber reden?«

»Wir haben nur noch selten Gelegenheit, miteinander zu reden, Robert, hast du das bemerkt? Wir entwickeln uns in gegensätzliche Richtungen.«

»Das ist nur vorübergehend so, weil Weihnachten ist. Das ist immer eine so chaotische Zeit.«

»Nein, das ist nicht vorübergehend, und es liegt auch nicht an Weihnachten. Das geht doch schon seit Monaten so. Ich sehe dich ja kaum mehr. An vier von fünf Abenden kommst du spät nach Hause, an den Wochenenden gehst du ins Büro, und wenn du zu Hause bist, dann schließt du dich in dein Zimmer ein und arbeitest.«

Robert zuckte die Achseln. »Ich war sehr beschäftigt. Das gebe ich ja zu.«

»Sag mir wenigstens, dass die Firma gut läuft, damit ich beruhigt bin.«

Robert seufzte tief. »Wir haben eine Durststrecke hinter uns, aber ich habe ein paar neue Aufträge an Land gezogen. Jetzt sind wir über den Berg. Das nächste Jahr wird gut.«

Und Kathy wusste, woher diese neuen Aufträge kamen. »Soll das bedeuten, dass du auch im nächsten Jahr rund um die Uhr arbeiten wirst?«

»Wenn wir Arbeit haben, mache ich sie. Ich habe keine andere Wahl. Das ist so, wenn man selbständig ist, das weißt du doch.«

»Dann bin ich umso entschlossener, dir zu helfen. Mit Beginn des neuen Jahres hast du eine neue Angestellte: mich. Du kannst deiner Russin kündigen.«

Robert verzog das Gesicht und schüttelte den Kopf.

»Was ist los?«

»Nichts ist los. Es wird nur Folgendes passieren: Du wirst eine, vielleicht zwei Wochen mit mir zur Arbeit kommen, dann wirst du dir aus irgendeinem Grund freinehmen müssen, um hier zu Hause zu sein. Dann wirst du dir schon bald immer häufiger freinehmen, und am Ende wird es wieder so sein wie jetzt. Nur ich werde mir dann wieder eine neue Sekretärin suchen müssen.«

»Das klingt, als wolltest du nicht, dass ich mit dir zusammenarbeite.«

»Das habe ich nicht gesagt. Es würde mich freuen, wenn du mehr Interesse an der Firma zeigen würdest.« Er nahm den Wecker vom Nachttisch und hielt ihn sich vor die Augen. »Schau, wie spät es ist – können wir bitte morgen früh weiterreden?«

»Okay«, stimmte sie zu, knipste das Licht aus und kuschelte sich unter die Decke. »Aber wir werden weiterreden«, versprach sie.

»In jedem Fall«, antwortete er.

Als Kathy im Dunkeln dalag und lauschte, wie ihr Mann immer langsamer und gleichmäßiger atmete, wurde ihr klar, dass das Gespräch genauso verlaufen war, wie sie es erwartet hatte. Er konnte auf keinen Fall zulassen, dass sie in die Firma kam; nicht, falls er sie als Stützpunkt für seine Affäre nutzte.

Als Kathy aufwachte, schien die Dezembersonne golden durch das Fenster, und sie stöhnte auf, weil sie wusste, dass sie verschlafen hatte. Roberts Bett war leer, und auf seinem Kopfkissen lag ein Blatt Papier.

Bin ins Büro gegangen, um ein Projekt fertig zu machen. Komme spät heim. In Liebe R.

Montag, 23. Dezember

Kapitel 17

Hast du heute Abend Zeit?« Kathy klemmte sich den Telefonhörer ans Ohr und ging die Kleider in ihrem Schrank durch. »Ich frage dich nur ungern …«

»Ich kann mich freimachen. Wofür brauchst du mich denn?« Sheilas Stimme klang atemlos, und Kathy konnte im Hintergrund Musik und eine fröhliche Stimme hören.

»Tut mir Leid, dass ich dich störe, ich wusste nicht, dass du Besuch hast.«

»Und was für einen Besuch! Es ist ein Fitness-Video. Power Skipping. Damit verbrennt man unglaublich viele Kalorien.« Jeder ihrer Sätze kam abgehackt.

»Als ob du Kalorien verbrennen müsstest!«, sagte Kathy, konnte aber den Anflug von Neid in ihrer Stimme nicht unterdrücken. »Ich habe mich gefragt, ob du nach den Kindern schauen könntest. Ich habe Julia schon neulich gefragt und möchte sie nicht noch einmal bitten.«

»Klar. Was hast du denn vor?« Es folgte eine Pause, und Kathy hörte das Springseil auf dem Boden aufschlagen. »Es hat etwas mit Robert zu tun, nicht wahr?« Jetzt klang Sheilas Stimme gleichmäßiger, sie hatte offenbar mit dem Seilspringen aufgehört.

»Ja.«

»Und, was hast du vor?«

Kathy zog ein schwarzes Polo-Shirt heraus und warf es auf das Bett.

»Am Samstag war ich bei Maureen Ryan. Du erinnerst dich doch an Maureen, die Sekretärin von R&K?«

»Selbstverständlich erinnere ich mich an sie.«

»Sheila, sie wusste über die Affäre Bescheid. Sie wusste es und hat mir nichts gesagt.«

»Das überrascht mich überhaupt nicht«, antwortete Sheila leise.

Kathy blinzelte verdutzt. »?«

»Ehrlich?«

»Klar.«

»Wenn ich mir ganz sicher gewesen wäre, dann hätte ich zuerst Robert zur Rede gestellt, bevor ich mit dir gesprochen hätte. Was hat Maureen denn gesagt?«

»Sie sagt, dass das schon seit über einem Jahr läuft. Sie haben sich jeden Montagabend im Fitnessclub gleich an der M50 getroffen, und danach sind sie in der Regel zum Essen gegangen.«

»Und, was machst du jetzt?« Sheilas Stimme klang todernst.

Kathy schob die Tür des Kleiderschranks zu. Sie erkannte die Frau, die sie im Spiegel anstarrte, nicht wieder. Vor vier Tagen hatte sie diese Frau noch gekannt, kannte ihren Platz in der Welt, wusste, wie die Welt um sie herum aussah. Jetzt war es, als schaue sie eine Fremde an.

»Ich will sie zusammen sehen. Das ist alles. Sonst nichts. Das schwöre ich.«

»Ich komme mit«, sagte Sheila wie aus der Pistole geschossen.

»Aber die Kinder …«

»Die sind groß genug, um ein paar Stunden auf sich selbst aufzupassen. Brendan wird bald achtzehn. Er ist praktisch ein Mann.«

»Na ja, vielen Dank für dein Angebot, aber das möchte ich wirklich alleine …«

»Und was ist, wenn Robert dein Auto sieht und es erkennt? Wir können mit meinem fahren. Was passiert, wenn du auf dem Heimweg einen Unfall baust, weil dich das, was du gesehen hast, zu sehr aufregt? Nein, ich komme mit. Keine Widerrede.«

»Hab ich eine andere Wahl?«

»Natürlich. Du könntest Julia fragen, ob sie mit dir kommt.«

Kathy lachte auf, ein kurzes, bellendes Lachen, das überhaupt nicht belustigt klang.

»Wirklich, das ist nicht nötig«, sagte Kathy.

»Ich will es aber«, antwortete Sheila.

Die beiden Schwestern saßen in Sheilas Auto auf dem Parkplatz vor dem Fitnesscenter gleich an der M50. Die ganze Glasfront des modernen Gebäudes war hell erleuchtet, und die Vorderseite war mit Lichterketten geschmückt. Sie konnten durch die hohen Fenster Leute sehen, die an den glänzenden Geräten trainierten.

Die Schwestern waren zwei Mal um den Parkplatz gefahren, bis sie Roberts Audi endlich ganz hinten an der Hecke an einer sehr dunklen Stelle entdeckt hatten. Daneben war ein silberfarbener BMW geparkt, doch auf beiden Seiten waren jede Menge freier Plätze. Kathy beugte sich vor und warf durch die Windschutzscheibe kurz einen Blick auf das Auto. War das der Wagen von Stephanie Burroughs?

»Das ist ein guter Platz.« Sheila stellte das Auto in einer dunklen Ecke des Parkplatzes ab, von der aus sie links freien Blick auf den Vordereingang des Gebäudes und rechts auf Roberts Auto hatten. Sie schaltete den Motor ab, und die Heizung ging aus. Fast im selben Augenblick begann sich eisige Luft im Wagen auszubreiten.

»Maureen hat gesagt, dass sie gewöhnlich gegen acht gehen.«

Sheila beugte sich vor, um einen Blick auf das Fitnessstudio zu werfen. »Egal, wie sportbegeistert ich bin, ich glaube nicht, dass ich am Tag vor Heiligabend trainieren gehen würde.«

»Nein, stattdessen sitzt du mit deiner hysterischen Schwester in einem Auto und spionierst einem untreuen Ehemann nach. Ich bin mir sicher, dass du bessere Möglichkeiten gefunden hättest, den 23. Dezember zu verbringen. Hattest du nicht etwas mit deinem Freund vor?«

Sheila Childs antwortete nicht sofort. Sie bediente einen Hebel, und die Scheibenwischer fuhren über die Windschutzscheibe und wischten ein paar wenige Schneeflocken zur Seite. »Ich hatte etwas vor, aber nichts, was man nicht verschieben könnte.« Sie lächelte und zeigte ihre leuchtend weißen Zähne. »Es schadet nicht, sie einmal im Unklaren zu lassen, das erhält ihre Leidenschaft.«

»Glaubst du, dass das der Punkt ist, an dem ich einen Fehler gemacht habe? Er war bei mir nicht mehr im Unklaren; ich bin zu berechenbar, zu sehr Teil des Alltags geworden.«

»Du hast nichts falsch gemacht. Du hast zwei wunderbare Kinder großgezogen und den Haushalt geführt, du hast Robert den Rücken freigehalten, so dass er sich um das Geschäft kümmern konnte. So etwas nennt man Partnerschaft.«

Als sie so in der Dunkelheit dasaß und auf die Lichter starrte, brachte Kathy die Fragen zur Sprache, die sie von dem Augenblick an gequält hatten, als sie Stephanie Burroughs' Namen gesehen und sofort gewusst – *definitiv gewusst* – hatte, dass Robert mit ihr zusammen war. »Ich frage mich ständig, was ich hätte anders machen können, wie ich ihn hätte halten können.«

»Du willst ihn halten?«

Kathy holte stoßweise tief Luft. »Ich bin mir nicht mehr sicher. Das alles ist so schnell über mich gekommen. Sobald ich logisch darüber nachzudenken versuche, kommen mir tausend Fragen über das Haus und die Firma und die Kinder in den Sinn.«

»Und wie steht es mit dem, was du willst? Lass das Haus und die Firma und die Kinder beiseite. Was willst du?«

»Ich weiß es nicht«, flüsterte Kathy. »Ich bin mir nicht sicher. Ich dachte, ich wüsste, was ich will, bis ich mit Maureen gesprochen habe. Sie hat mir gesagt, sie glaubt, dass die beiden einander lieben. Und in diesem Augenblick habe ich ihn gehasst. Ihn wirklich gehasst. Und ich wollte ihn zurück. Ich wollte ihn ihr ausspannen. Der

Frau, die ihn mir weggenommen hat.« Sie schüttelte den Kopf. »Ich kann einfach nicht klar denken. Manchmal habe ich das Gefühl, ich platze gleich.«

»Willst du mir damit sagen, dass es einfacher war, als du geglaubt hast, dass es nur um Sex geht?«

»Ja. Mit jemandem Sex zu haben … das ist das eine. Aber denjenigen zu lieben. Dich ihm emotional hinzugeben. Das ist der viel schlimmere Betrug.«

Wieder setzten sich die Scheibenwischer in Bewegung und quietschten leise über das Glas. Sheila griff nach einer Flasche Wasser, drehte den Deckel auf und nahm einen Schluck. Sie bot sie Kathy an, aber die lehnte ab. »Allen ist verheiratet«, sagte sie leise.

Es dauerte eine ganze Weile, bis Kathy den Satz wirklich begriffen hatte.

»Allen, ist das der Mann, mit dem du zusammen bist? Dieser Allen? Der ist verheiratet?«

»Er ist fünf Jahre älter als ich, seit zwanzig Jahren verheiratet und hat drei Kinder.« Sheilas Stimme klang völlig monoton.

»Sheila! Wie kannst du nur! Hast du es nicht gewusst? Was denkst du dir nur dabei?« Kathy ertappte sich dabei, dass sie von ihrer Schwester zurückwich und sich gegen die Autotür drückte. Sie starrte sie entsetzt an.

Sheila wandte den Kopf ein wenig zur Seite, um Kathy anzusehen. Die Reflexe der roten und weißen Weihnachtslichter liefen ihr über das Gesicht. »Ob ich ihn liebe? Nein. Aber liebt er mich? Ja, das tut er. Und das ist das Problem.«

Kathy streckte zitternd die Hand aus und nahm Sheila die Wasserflasche ab. Sie trank hastig ein paar Schlucke und spürte, wie ihr das kalte Wasser durch die Kehle rann und im Magen ankam.

»Als ich ihn kennen gelernt habe, wusste ich nicht, dass er verheiratet ist, und er hat versucht, es eine Weile vor mir geheim zu halten, aber das findet man ja schnell heraus. Die Verheirateten haben nie so endlos viel Freizeit wie die Singles. Die Wochenenden waren immer belegt, die Feiertage ebenfalls. Aber er war lustig. Ich habe seine Gesellschaft genossen. Er hat mich zum Lachen gebracht. Und ich wollte einen Mann, keinen Jungen. Ich wollte einen reifen Mann, einen, der sich um mich kümmert, mich respektiert.«

»Aber ein verheirateter Mann!«

»Ja, nun, das war ein Problem. Aber weißt du, ich wollte ihn nie als Ehemann, ich wollte ihn seiner Frau nie wegnehmen. Ich lege zu großen Wert auf meine Freiheit. Es hat mir gefallen, nur seine Geliebte zu sein. Wir hatten fantastische Urlaube und Wochenenden, sind wunderbar zum Essen gegangen, hatten guten Sex. Es war, als wäre ich wieder zwanzig … allerdings hatten wir dieses Mal das nötige Geld, um es auch zu genießen.«

»Weiß seine Frau Bescheid?«

»Ich bin mir nicht sicher. Vielleicht vermutet sie etwas.«

»Mein Gott, Sheila, wenn du wüsstest, was ich durchmache, dann würdest du das einer anderen Frau niemals antun.«

»Es lief alles bestens«, fuhr Sheila fort, als habe sie ihre Schwester gar nicht gehört, »bis er sich in mich verliebt hat. Jetzt redet er davon, seine Frau und die Kinder zu verlassen. Er spricht von Scheidung. Er will mich heiraten.« Mit einem Mal war ihre Stimme zittrig. »Kannst du dir das vorstellen: ich, verheiratet?«

»Liebst du ihn?«

»Nein«, antwortete Sheila mit Nachdruck. »Ich mag ihn, aber ich liebe ihn nicht. Ich wollte mich eigentlich heute Abend mit ihm treffen, mit ihm reden und versuchen, mit ihm Schluss zu machen, bevor er seiner Frau etwas sagt und etwas Dramatisches tut. In letzter Zeit hat er angefangen, von Trennung und Scheidung und geeigneten Hochzeitsterminen zu reden. Ich bin vielleicht nicht die Allerschlaueste, aber da haben bei mir allmählich die Alarmglocken geläutet.«

Kathy erschauderte, aber nicht vor Kälte. Sie konnte einfach nicht glauben, was sie da hörte. Ihre Schwester, Sheila, ihre Babysitterin, war die Geliebte eines verheirateten Mannes. Aber ihre Schwester war kein schlechter, kein böser Mensch. Sie hatte sich nicht bewusst einen verheirateten Mann geangelt. Eigentlich sah es so aus, als täte sie alles in ihrer Macht Stehende, damit er bei seiner Frau blieb.

»Sicher willst du mir gleich sagen, dass ich mit ihm erst gar nichts hätte anfangen sollen, und da hast du natürlich Recht. Aber ich bin erwachsen, ich habe mich offenen Auges auf die Sache eingelassen. Allerdings habe ich mich nicht zurückgezogen, als ich herausfand, dass er verheiratet ist.«

»Warum … warum bist du bei ihm geblieben?«

Sheila zuckte die Achseln. »Wer weiß? Wir wollen immer das, was wir nicht haben können.«

»Und dir tut seine Frau nicht Leid?«

»Nein. Hätte sie sich um ihn gekümmert, sich für ihn interessiert, dann hätte es ihn nie zu mir getrieben.«

Kathy wandte den Blick ab. War genau das passiert: Hatte es Robert davongetrieben, weil sie sich nicht mehr für ihn interessierte?

»Da sind sie ja«, sagte Sheila und deutete auf sie.

Das war der Mann, den du geheiratet hast.

Das war der Mann, mit dem du vor den Traualtar getreten bist, der dich über die Schwelle getragen hat, der mit dir geschlafen hat, der dich geschwängert hat, der im Krankenhaus während der Geburt an deiner Seite stand und deine Hand gehalten hat.

Das war der Mann, dessen Körper du kanntest, dessen Kleider du gewaschen, dessen Hand du gehalten, dessen Lippen du geküsst hast.

Das war der Mann, den du geliebt und dem du vertraut hast.

Das war dein Mann.

Und jetzt hält er die Hand einer anderen Frau.

Kathy Walker beobachtete, wie Robert aus dem Haupteingang des Fitnesscenters kam. An seiner Seite war eine Frau, eine ganz normal aussehende Frau, hübsch, schlank, mit strahlenden Augen. Sie sah noch immer wie eine jüngere Ausgabe ihrer selbst aus, dachte Kathy.

Keiner von beiden trug Handschuhe, sie hielten sich an der Hand, die Finger ineinander verflochten. Sie gingen locker nebeneinander her, zuversichtlich, im Gleichschritt. Warf man nur einen flüchtigen Blick auf sie, dann hielt man die beiden für ein ganz normales glückliches Paar.

Beide lachten.

Kathy konnte sich nicht erinnern, wann sie und Robert das letzte Mal zusammen gelacht hatten, erinnerte sich nicht, wann sie sich das letzte Mal so locker, so intim, an der Hand gehalten hatten.

Das Paar schlenderte auf die Autos zu. Bei beiden Wagen blinkten die Lichter gleichzeitig auf, als sie im selben Augenblick auf die Funkschlüssel drückten, und sie lachten wieder, ein helles, lautes Geräusch in der eisigen Dezemberluft.

Robert öffnete die Tür von Stephanies silbernem BMW. Die Innenbeleuchtung ging an. Die Frau warf ihre Sporttasche auf den Beifahrersitz, dann drehte sie sich zu Robert um. Sie schlang die Arme um seinen Nacken und drückte seinen Kopf mit der rechten Hand zu sich herab. Dann küsste sie ihn. Robert ließ seine Sporttasche auf den Boden fallen und zog sie an sich.

Sie küssten sich sehr lange.

Schließlich löste sich das Paar, und Stephanie stieg in ihr Auto ein. Sie winkte kurz und fuhr davon. Robert nahm seine Tasche und ging vorn um sein Auto herum.

Kathy zog ihr Handy heraus und drückte auf eine Kurzwahltaste.

»Was machst du da?«, zischte Sheila und griff nach dem Telefon.

Es war zu spät. Die Verbindung war hergestellt.

»Hallo, ich bin's«, sagte Kathy mit fester, erstaunlich beherrschter Stimme.

Auf der anderen Seite des Parkplatzes, keine hundert Meter entfernt, stand Robert und hielt sich das Handy ans Ohr.

»Ich wollte nur wissen, wann du nach Hause kommst?«

Kathy und Sheila sahen, wie Robert den linken Arm hob, um auf seine Uhr zu schauen. »Ich gehe gerade aus dem Büro. In etwa vierzig Minuten müsste ich daheim sein.«

Kathys Hände zitterten dermaßen, dass Sheila ihr das Handy abnehmen und die Verbindung unterbrechen musste.

»Und was jetzt?«, fragte Sheila, als Roberts Auto vom Parkplatz fuhr.

»Morgen werde ich mich mit Stephanie Burroughs treffen«, antwortete Kathy, und ihre Stimme klang entschlossen, fest und kalt. »Ich muss mit ihr reden.«

Buch II

Die Geschichte des Ehemanns

Zuerst wusste ich nicht, was ich tat.

Das soll keine Entschuldigung sein. Lediglich eine Feststellung. Aber ich schwöre, dass ich nicht vorhatte, mich auf eine Affäre einzulassen. Es ist einfach passiert.

Und dann ist die Sache außer Kontrolle geraten. Sie wurde kompliziert.

Und als ich wusste, was ich tat, war es zu spät. Ich steckte zu tief drin.

Ich hatte mich in sie verliebt.

Donnerstag, 19. Dezember

Kapitel 18

Robert Walker seufzte unter der heißen Dusche. Seine Schultern waren verspannt und hart wie eine Eisenstange, und das Ende seines Rückgrats fühlte sich vom langen Sitzen im Auto an wie glühende Kohle.

Er konnte Weihnachten nicht leiden.

Er hasste alles, wofür das Fest stand: seine Verlogenheit und Künstlichkeit, den Zwang zum Geldausgeben und den Verkehr – insbesondere den Verkehr. Einmal, nur einmal, würde er gerne Anfang Dezember verreisen und erst Mitte Januar zurückkommen und so dem ganzen Weihnachts- und Neujahrsrummel entgehen.

Robert stellte das Wasser noch heißer. Er senkte den Kopf und drehte sich um, so dass ihm das Wasser den Nacken massierte.

Außerdem hatte R&K-Productions dieses Jahr im Juni einen Weihnachtswerbespot gedreht – als es nahezu unmöglich gewesen war, einen Christbaum aufzutreiben –, und Anfang November hatten sie einen Teil eines Dokumentarfilms aufgenommen, der Mitte August spielen sollte. Weil es einfach unmöglich war, Anfang November in Dublin Sonnenschein zu haben, und weil das Budget nicht ausgereicht hatte, um Darsteller und Mannschaft an einen sonnigen Schauplatz zu verfrachten, hatten sie am Ende die Sets so ausgeleuchtet, dass es nach herrlichem Wetter aussah. Das bedeutete, dass für ihn in diesem Jahr alles auf den Kopf gestellt war.

Aber es war der Verkehr, den er wirklich hasste. Der Verkehr in der Dubliner Innenstadt nahm wegen des bevorstehenden Weihnachtsfests um das Zehnfache zu. Zusammen mit dem scheußlichen Wetter, dem Parkleitsystem, den Bauarbeiten am Hafentunnel und dem neuen Straßenbahnsystem bedeutete das, dass der Innenstadtverkehr praktisch zum Erliegen kam.

Robert reckte das Gesicht dem Wasserstrahl entgegen. Er fuhr sich mit seinen langen Fingern durchs Haar und strich es sich aus der Stirn. Dann zog er eine Grimasse und schlug die Augen auf; ganze Strähnen hatte er in den Händen, die ihm zwischen den Fingern hingen. Ihm fielen die Haare aus. Es hatte eine Zeit gegeben, da hätte ihm das nichts ausgemacht; er hielt sich nicht gern für eitel, aber schließlich hatten sich die Dinge inzwischen geändert.

Es hatte eine Zeit gegeben, da hatte Erfahrung in seinem Geschäft noch etwas gezählt, und keiner hatte sich wirklich darum geschert, wie man aussah. Aber angesichts der Aussichtslosigkeit, ordentliche Aufträge an Land zu ziehen – beziehungsweise das, was er als ordentliche Aufträge bezeichnete, nämlich richtige Dokumentarfilme fürs Fernsehen zu drehen –, war er gezwungen gewesen, mehr Werbeaufträge anzunehmen. Er hatte herausgefunden, dass gutes Aussehen in dieser Branche alles war. Und er war gerade im Rennen, den Videoclip einer Boygroup aufzunehmen, und versuchte sie zu überzeugen, dass er der richtige Mann sei, passend zu ihrem Song etwas Geheimnisvolles und Zugkräftiges hinzubekommen. Und es war ja wohl wenig wahrscheinlich, dass sie diesen Auftrag jemandem erteilten, der wie ihr Vater aussah, oder?

Er drückte sich etwas Shampoo in die Hand und fing zu summen an, als er es vorsichtig auf dem Kopf verrieb. Vielleicht war es an der Zeit, nach einer jener Behandlungsmethoden Ausschau zu halten, die angeblich zu neuem Haarwuchs führten. Ständig sah er in der Zeitung Reklame für Spezialshampoos, elektrische Kappen und Bürsten, mit denen man den Schädel massierte ... vielleicht könnte man darüber sogar eine Dokumentation drehen. Er grinste: So würde er sämtliche Behandlungsmethoden umsonst ausprobieren können – empirische

Forschung sozusagen. Besser nicht: Bei dem Glück, das er in letzter Zeit hatte, würde er am Ende wahrscheinlich eine Glatze haben. Er warf den Kopf in den Nacken und spülte das Shampoo aus, dann drehte er das Wasser ab und stand einen Augenblick triefend da, schließlich schob er die Tür der Kabine auf und trat auf den Duschvorleger hinaus.

Als die neue Power-Dusche installiert wurde, hatte er die Gelegenheit beim Schopf gepackt und gleich das ganze Badezimmer renovieren lassen. Es war ganz in Weiß gehalten und eine Wand war komplett mit Spiegelkacheln gefliest. Er wusste, dass Kathy das Bad zu kühl und steril fand, aber er war der Ansicht, dass der kleine Raum so viel größer wirkte. Aber Kathy sagte ihm immer wieder, dass sie die Spiegel nicht leiden könne, weil ihr dadurch ihre sämtlichen Schwachpunkte immer wieder vor Augen geführt würden.

Er betrachtete sein Spiegelbild. Mittlerweile war er zweiundvierzig und sah wahrscheinlich noch um ein paar Jahre älter aus. Das Alter zeigte sich an seiner Kieferpartie, den Falten im Gesicht und am Hals. Aber für einen Mann seines Alters war er noch immer relativ gut in Form, und obwohl er um die Taille ein wenig zugenommen hatte, zeigte sich von einem Bauchansatz keine Spur. Er trieb regelmäßig Sport und tat besonders viel für Brust und Bauch. Außerdem war er ein paar Mal ins Sonnenstudio gegangen – die neue Turbomethode, bei der man sich im Stehen bräunte – und war mit dem Ergebnis wirklich zufrieden. Wenn er jetzt bloß sein Haar retten könnte!

Robert trat näher an den Spiegel heran und tupfte sich die Haare mit einem Handtuch ab. Vor ein paar Jahren hatte er etwas für eine Haarfirma gedreht, und er erinnerte sich, dass man die Haare lieber mit einem Handtuch abtupfen als kräftig frottieren solle. Das beschädigte nämlich die empfindlichen Haarwurzeln. Er drehte den Kopf zur Seite. Anfang des Jahres hatte er die ersten grauen Haare gefunden – ein Schock. Doch er hatte sich rechtzeitig Tönungsschaum besorgt, der das Grau überdeckte, bevor irgendjemand etwas sah.

Kathy hatte es jedenfalls nicht bemerkt.

Aber Stephanie.

Sie hatte es sofort entdeckt und ihm den Tönungsschaum empfohlen, den er jetzt benutzte. Sie fand nicht, dass die melierten Schläfen ihm ein distinguiertes Aussehen verliehen. Sie war der Meinung, sie machten ihn alt.

Robert wickelte sich das Handtuch um die Taille und griff nach dem Aftershave. Er meinte, im Schlafzimmer nebenan ein Geräusch zu hören, und streckte den Kopf zur Tür hinaus. »Kathy?«

Es war niemand da, aber eine Delle in der Bettdecke zog sich gerade wieder glatt, und ein paar rote Umschläge für Weihnachtskarten lagen auf der Decke neben seinen Kleidern, die er auf das Bett geworfen hatte, bevor er unter die Dusche gegangen war.

»Kathy?« Er machte die Tür zum Schlafzimmer auf und trat ein. Dabei hörte er, wie unten die Küchentür ins Schloss fiel. Er nahm eine der Weihnachtskarten und betrachtete sie, dabei hinterließ er auf dem Umschlag feuchte Fingerspuren. Dann warf er die Karte wieder aufs Bett: Er wusste, worum es ging. Jedes Jahr stritt sich Kathy wegen der Adressen für die Weihnachtskarten mit ihm. Jedes Mal fehlten ihr irgendwelche Anschriften, obwohl sie im Jahr davor an genau die gleichen Leute geschrieben hatte. Er hatte einfach nicht die Zeit, Dutzende von Weihnachtskarten zu schreiben. Sie schon. Was tat sie überhaupt den ganzen Tag? Und da sie sich aus der Firma zurückgezogen hatte, war das ja wohl das Mindeste, was sie tun konnte.

Sein XDA ragte aus der Tasche seines Jacketts heraus, er nahm es und schaute automatisch nach, ob er womöglich einen Anruf verpasst hatte: Es war keiner eingegangen. Dann bemerkte er, dass der kleine Stift auf der Bettdecke lag. Er musste wohl herausgefallen sein, als er das Handy herausgezogen hatte. Stirnrunzelnd steckte er den kleinen

Stift wieder in seine Halterung. Mit einem Klick rastete er ein; er hatte bisher gar nicht bemerkt, dass er herausrutschte, wenn er nicht mit einem Klick fest einrastete.

Er besprühte sich mit dem neuen Herrenduft, den Stephanie ihm geschenkt hatte, und rümpfte die Nase über den Moschusgeruch. Zuerst hatte ihm dieses Parfum gar nicht gefallen, aber allmählich hatte er sich daran gewöhnt, und dann war ihm klar geworden, dass es auch dazu diente, den schweren Moschusduft zu überdecken, den sie manchmal auftrug, wenn sie abends ausgingen.

Schnell schlüpfte er in seine Jeans, zog einen Rollkragenpullover an und eilte die Treppe hinunter. Im Haus war es vollkommen still und kalt. Die Luft war richtig eisig. Er fuhr mit den Fingern über die Heizkörper, aber sie waren brühend heiß.

Als er die Küchentür aufstieß, wurde ihm klar, warum es im Haus so kalt war: Die Hintertür war sperrangelweit offen, und Kathy stand auf der Schwelle.

»He, was ist los? Es zieht ja eiskalt durchs ganze Haus.«

Er stellte sich hinter seine Frau, schlang die Arme um ihre Schultern und legte das Kinn auf ihren Kopf. Er spürte, wie sie erstarrte, und wusste sofort, dass sie sich gleich von ihm zurückziehen würde.

Kathy tat einen Schritt rückwärts in die Küche und zwang ihn, sie loszulassen. »Ich wollte bloß ein wenig lüften, es war so stickig hier.«

Er beobachtete sie, wie sie die Tür zumachte und an den Tisch trat, um die Karten wegzuräumen. »Ich hab ein paar Karten auf das Bett gelegt«, hob sie an.

»Ich hab sie gesehen …«

»Ich habe die Adressen nicht, und außerdem sind es persönliche Karten – es wäre besser, wenn du sie selbst schreiben würdest.«

Nach achtzehn Jahren Ehe wusste er sofort, dass etwas nicht in Ordnung war. Das erkannte er an der Haltung ihrer Schultern, an der Art und Weise, wie sie seinem Blick auswich. »Was ist los?«, fragte er hastig.

Kathy schaute an ihm vorbei. »Nichts. Warum fragst du?«

Er schmunzelte und holte tief Luft, weil er vermutete, dass dies wieder einer jener Abende sein würde – ein Abend der kalten Schulter, wie er es immer nannte –, an dem alles, was er sagte oder tat, das Falsche sein würde. »Weil du diesen Tonfall hast.«

»Welchen Tonfall?«

»Den eben.« Er bemühte sich zu lächeln, um die Situation zu überspielen. Er war zu müde, zu erschöpft und genervt für eine Auseinandersetzung. »Der Tonfall, der mir sagt, dass du sauer auf mich bist.«

Kathy seufzte ostentativ.

»Ach, und dein Seufzen ist ein weiteres sicheres Zeichen, dass du sauer auf mich bist.«

Sie warf ihm einen wütenden Blick zu, und in diesem Augenblick meinte er, seine verstorbene Schwiegermutter vor sich zu sehen, die zutiefst depressive Margaret Childs, um die er so gar nicht getrauert hatte. Äußerlich ähnelte Kathy ihrem verstorbenen Vater, war klein und rundlich, aber die Augen und die schmalen Lippen hatte sie von ihrer Mutter geerbt.

»Versteh doch, ich bin müde«, sagte sie schnippisch. »Ich habe stundenlang Karten geschrieben. Größtenteils deine Karten, an deine Freunde und deine Kollegen. Das mache ich jedes Jahr. Und jedes Jahr auf den letzten Drücker, und ich muss jedes Mal nach den Adressen suchen. Du hilfst mir ja nie.«

Robert verkniff sich die Antwort. Er wollte sagen, du hast wochenlang Zeit gehabt, aber du machst es immer auf den letzten Drücker und gibst dann mir die Schuld. Du hättest sie nach und nach schreiben können, anstatt vor der Glotze zu sitzen und dir alte Folgen schrecklicher Seifenopern anzuschauen. Aber einen Streit vom Zaun zu brechen, war das Letzte, was er jetzt wollte. »Ich bin gerade nach einem langen Tag nach Hause gekommen«, sagte er und bemühte sich, locker und vernünftig zu klingen. »Der Verkehr war höllisch, und morgen früh habe ich eine wichtige Präsentation. Lass mich eine Tasse Tee trinken, dann gehe ich mein Adressbuch durch und gebe dir sämtliche Adressen, die du brauchst.«

»Ich habe die Karten alle geschrieben«, antwortete Kathy angespannt. »Du brauchst nur noch die vier auf dem Bett zu schreiben.«

»Wir streiten uns hier wegen vier Karten?«, fragte er.

»Nein, wir streiten uns nicht wegen vier Karten«, schnauzte sie zurück, »wir streiten uns wegen der über einhundertzwanzig, die ich geschrieben habe. Und zwar ohne deine Hilfe.«

Robert nickte und zuckte die Achseln. »Ich hätte ein paar mit zur Arbeit nehmen sollen«, räumte er ein. Dann blickte er zur Uhr hinauf. »Ich gehe und hole die Kinder ab.« Er machte kehrt und ging eilig aus der Küche, bevor ihm noch etwas herausrutschen konnte, was er dann bedauern würde. Jedes Jahr der gleiche Streit. Wahrscheinlich sogar mit den gleichen Worten. Er nahm seinen Ledermantel vom Kleiderständer hinter der Tür und ging, widerstand aber der Versuchung, die Haustür hinter sich zuzuknallen.

Er drückte auf den Funkschlüssel, und der Audi öffnete sich mit einem Klicken. Als er auf den Fahrersitz gerutscht war, umklammerte er das Lenkrad und holte tief Luft, um sich zu beruhigen. Heute war Donnerstag. Das war der dritte Streit in dieser Woche. Ein Streit um eine Lappalie. Jedenfalls über etwas so Belangloses, dass es gar nicht zählte. Er fuhr aus der Einfahrt und bog dann nach links auf die Straße ab. Eis knackte unter den Reifen: Später würde es noch strengen Frost geben.

Sie waren jetzt seit achtzehn Jahren verheiratet, und er wusste, dass kein Streit von ungefähr kam und dass es nie – niemals – um das Thema ging, von dem die Rede war. Heute hatte Kathy ein Gezeter wegen der Weihnachtskarten gemacht. Gestern hatte sie mit ihm herumgestritten, weil er vergessen hatte, Milch einzukaufen, Anfang der Woche hatte sie ein Theater veranstaltet, weil er nicht rechtzeitig nach Hause gekommen war, um an einem Elternabend in der Schule teilnehmen zu können.

Er hatte ihr – mehr als einmal – erklärt, dass die Weihnachtszeit für ihn die stressigste Zeit des Jahres war. Er hatte einfach keine Zeit für private Dinge – aber das konnte sie offenbar nicht akzeptieren. Außerdem war es gerade jetzt besonders unangenehm, dass Maureen von der Bildfläche verschwunden war. Die neue Empfangssekretärin war gut, sehr gut sogar, und sie kam ohne all den unangenehmen Ballast, den die besserwisserische Maureen mit zur Arbeit brachte, aber er hatte das Gefühl, alles doppelt und dreifach nachprüfen zu müssen, und das vergrößerte seine Arbeitsbelastung und den Stress.

Kathy war der Meinung, dass sie sich mit der Firma auskannte, aber in den Jahren, seit sie nichts mehr mit den laufenden Geschäften zu tun hatte, hatte sich einiges geändert. Und nicht nur die Branche; Kathy war inzwischen zu lange zu Hause und konnte nicht mehr wissen, wie das Business heute funktionierte. Und sie hatte auch keine Ahnung, wie sich die Verkehrssituation entwickelt hatte. Der unglaublich dichte Verkehr. Stehender Verkehr. Sie begriff einfach nicht, dass es keinen Sinn hatte, um halb sechs aus dem Büro zu gehen und zwei Stunden im Stau zu stehen, wenn er das Büro doch genauso gut um halb sieben verlassen und die Strecke in einer Dreiviertelstunde zurücklegen konnte.

Außerdem blieb dann natürlich für Stephanie Zeit, kurz vorbeizuschauen.

Robert lächelte, als er vor Brendans Schule anhielt. Sowohl Brendan als auch Theresa hatten heute lange Schule; sie hatten Förderunterricht. Brendan rutschte zurzeit in nahezu jedem Unterrichtsfach ab, während Theresa dieses Jahr wirklich große Fortschritte gemacht hatte. Ihre Noten wurden immer besser. Sie kam ganz nach ihrer Mutter, dachte er stolz.

Robert schaltete den Motor aus und ließ das Fenster

ein Stück herunter. Eisiger Wind drang in das stickige Wageninnere. Er drückte auf den CD-Knopf, und eine Zusammenstellung von Weihnachtsliedern, die er kostenlos zur Anlage bekommen hatte, lief an. Er ertappte sich dabei, wie er zu Bing Crosby und zu David Bowies Version von »The Little Drummer Boy« summte, und er spürte, wie die Anspannung ein wenig von ihm abfiel.

Vielleicht würden sie nach Weihnachten Zeit finden, um einmal gemeinsam fortzufahren. Miteinander zu reden, Unstimmigkeiten auszuräumen und darüber zu sprechen, wie es in Wahrheit um das Geschäft stand. Und Stephanie? Würde er mit Kathy über Stephanie Burroughs reden? Würde er ihr von seiner Geliebten erzählen und warum er sie unbedingt bei Laune halten musste?

»Dad!« Brendan zog mit der ganzen Kraft und Begeisterung eines Siebzehnjährigen die Autotür auf und riss ihn aus seinen Gedanken. »Mit dir habe ich gar nicht gerechnet.«

»Ich dachte, ich überrasche euch.« Robert streckte den Arm aus und drückte seinem Sohn die Schulter. »Wie war es in der Schule? Und sag jetzt bloß nicht: langweilig«, fügte er rasch hinzu.

»Ziemlich langweilig«, antwortete Brendan grinsend. »Dad, diese scheiß Mathe…«

»Ich weiß, ich weiß. Aber du hast ja gehört, was deine Mutter gesagt hat. Sie möchte, dass du mit der Schule weitermachst und gute Noten bekommst. Und ich möchte das auch«, fügte er hinzu, während er den Wagen anließ.

»Aber du hast gesagt, dass ich in die Firma einsteigen könnte.«

»Das kannst du auch. Aber das Geschäft verändert sich. Die neueste Technologie der Digitalvideos entwickelt sich sprunghaft. Es ist noch gar nicht so lange her, da hat man mit Videokameras auf Band aufgenommen. Jetzt kann man direkt auf DVD speichern. Und ständig kommen neue DVD-Generationen auf den Markt.« Robert bog in die schmale Seitenstraße ein, die zu Theresas

Schule führte. »Ich kann mit der ganzen neuen Technologie nicht mehr Schritt halten – aber du. Deshalb möchte ich, dass du aufs College gehst, es mit einem Diplom abschließt und R&K dann auf ein neues Niveau führst.« Wieder drückte er seinem Sohn die Schulter. »Du weißt, dass das am besten wäre.«

»Ich weiß«, antwortete Brendan traurig. »Aber Mam geht mir damit echt auf die Nerven. Sie sagt, dass ich sogar die Weihnachtsferien über lernen muss.«

»Ich rede mit ihr.«

»Soll das heißen, dass ich an den Wochenenden nicht in der Firma arbeiten kann?«

»Natürlich kannst du das. Ich verhandle gerade mit einer Boygroup über den Dreh ihres neuen Videoclips. Dabei könnte ich dich gut gebrauchen.«

»Das wäre ja total cool! Ich könnte Leiter einer Unterabteilung sein.«

»He, wir reden hier über R&K-Productions, nicht über MGM. Wir haben keine Unterabteilungen. Wir haben eine einzige Abteilung – und die bin ich mit einer Kamera auf der Schulter. Du kannst ja vielleicht Koproduzent sein.«

»Okay«, antwortete Brendan zögerlich, »und was ist das genau?«

»Das bedeutet, dass du den Tee kochst.«

»Klasse«, maulte Brendan. Plötzlich beugte er sich vor und deutete nach vorn. »Da ist Theresa.«

Robert fuhr nach Hause zurück, und die beiden Kinder unterhielten sich zufrieden auf der Rückbank des Autos, in dem es jetzt nach einer Mischung aus indischem und chinesischem Essen duftete. Sie waren nur zwei Jahre auseinander, und sie kamen gut miteinander aus, was ihn sehr freute. Er selbst hatte gar kein Verhältnis zu seinen drei Brüdern, die alle älter waren als er. Seine Eltern hatten sich scheiden lassen, als er vierzehn war. Er war bei seiner Mutter geblieben, und die regelmäßigen Wochenendbesuche bei seinem Vater und den älteren Brüdern waren unangenehme Ausflüge gewesen. Die hatte er mit sechzehn eingestellt. Zu diesem Zeitpunkt waren zwei seiner Brüder ausgewandert – einer nach Australien und der andere in die Vereinigten Staaten –, und ein Jahr später war dann auch sein ältester Bruder, Mikey, gegangen, nach Kanada. Hin und wieder erhielt er noch einen Brief und natürlich die obligatorischen Weihnachtskarten, aber das letzte Mal, dass er sie gesehen hatte, war vor fünfzehn Jahren bei der Beerdigung seines Vaters gewesen. Zum Begräbnis ihrer Mutter neun Monate später war nur noch Mikey nach Hause gekommen.

»Dad«, meldete sich Theresa mit ihrer glockenhellen Stimme zu Wort, obwohl sie den Mund voller Pommes frites hatte. Sie tunkte sie in Currysauce, und Robert spürte, wie sein Magen knurrte. Er hatte das Mittagessen – wieder einmal – ausgelassen und seit dem Frühstück nur einen Schokoriegel gegessen. »Dad, müssen wir am zweiten Weihnachtsfeiertag wirklich zu Tante Julia fahren?«

»Na ja, es gibt zwei Möglichkeiten«, sagte er bedächtig. »Entweder wir fahren zu Tante Julia … oder sie kommt zu uns. Und wenn wir zu ihr fahren«, fügte er langsam hinzu, »dann können wir wieder gehen, wann wir wollen. Wenn sie zu uns kommt, werden wir sie nie mehr los.«

»Aber wir fahren jedes Jahr zu ihr!«, protestierte Brendan.

»Das ist eben so Tradition.«

»Es ist Zeit, mit dieser Tradition zu brechen. Wir werden ein paar der besten Filme im Fernsehen verpassen.«

»Ich weiß, ich weiß«, seufzte Robert. Auch er hasste es, am Stephanstag zu Kathys Schwester zu fahren, aber er wusste, wie wichtig ihr das war. »Lasst uns dieses Jahr noch einmal hinfahren, und dann schauen wir, ob wir es nächstes Jahr anders machen können. Und so fahren wir in dem Bewusstsein, dass es das letzte Mal ist.«

»Das sollten wir Mam aber wohl lieber nicht sagen«, erklärte Theresa.

»Nein, besser nicht«, stimmte ihr Robert zu. Er bog in die Einfahrt ein und schaltete den Motor ab. Oben im Schlafzimmer war das Licht an. Als sie aus dem Auto stiegen, ging es aus. Er steckte den Schlüssel ins Schloss, stieß die Haustür auf und ließ Theresa und Brendan in die Diele drängen.

Kathy stand auf halber Höhe der Treppe.

»Wir haben das Essen mitgebracht«, rief Brendan und hielt die braunen Papiertüten hoch.

Kathy lächelte. »Prima. Ich hatte sowieso keine Lust zu kochen.«

Sie hatte einen Ausdruck im Gesicht, den Robert nicht richtig einordnen konnte, und er fragte sich, ob sie wohl krank war. »Ist alles okay?«

»Ja, alles bestens«, antwortete sie kurz angebunden und schob sich dann an ihm vorbei in die Küche.

Robert schlenderte ins Esszimmer und ließ sich in einen Sessel sinken. Er drückte auf die Fernbedienung und zappte zerstreut von einem Kanal zum nächsten. Seifenoper, Seifenoper, Seifenoper, Meeresdokumentation, Kochsendung. In sämtlichen Seifenopern ging es um Weihnachten, der Dokumentarfilm war in einer schneereichen Gegend gedreht, und in der Kochsendung wurde so etwas wie ein Weihnachtscountdown zelebriert. Wahrscheinlich war sie im Juni aufgezeichnet worden, dachte er düster.

»Willst du hier essen?«, wollte Kathy wissen, die auf einmal in der Tür stand.

»Nein, nein, ich komme in die Küche.« Er wuchtete sich aus dem Sessel und ging in die Küche hinüber. Theresa und Brendan sortierten gerade das Essen, verteilten es auf Teller und stritten sich um die Zahl der Pommes frites, die jeder von ihnen bekam. Sie stellten ihre Teller auf Tabletts, trugen sie ins Esszimmer hinüber und setzten sich vor den Fernseher.

»Ich hab dir Rogan Josh ausgesucht. Das ist nicht so scharf«, erklärte Robert.

»Ich hab eigentlich gar keinen Hunger.«

»Na ja, nimm wenigstens ein paar Bissen.«

»Ich hab gesagt, dass ich keinen Hunger habe.«

Robert konzentrierte sich darauf, sein eigenes Essen – ganz gewöhnliches Hühnchencurry – aus den Aluschalen auf seinen Teller zu leeren.

»Das wird die ganze Küche verpesten«, sagte Kathy und riss das Fenster auf, »und du wirst die ganze Nacht nach Knoblauch stinken.«

»Vertreibt die Vampire«, antwortete er leichthin. Er setzte sich und aß, kaute langsam und sorgfältig, fest entschlossen, sich keine Bauchschmerzen zu holen. Er schaltete den kleinen Fernseher oben an der Wand ein, und prompt lief die Kochsendung. Aus dem Augenwinkel heraus beobachtete er, wie Kathy die Plastikbox mit den Medikamenten aufklappte und zwei Aspirin herausholte. Sie schluckte sie hastig hinunter. »Geht es dir gut?«, erkundigte er sich wieder.

»Nur leichte Kopfschmerzen. Ich gehe gleich ins Bett«, antwortete sie, hastete davon und ließ ihn allein in der Küche zurück, nur mit seinem indischen Curry und dem Fernseher.

Robert schaute sich die Kochsendung mit ausgeschaltetem Ton an. Die beiden Kinder waren nebenan, Kathy war oben, und er saß allein in der Küche mit seinem Essen: Wieder so ein typischer Abend im Hause Walker. Er fühlte sich schrecklich einsam. Er konnte sich nicht erinnern, wann sich die Familie das letzte Mal gemeinsam zum Essen an den Tisch gesetzt hatte. Und er konnte sich nicht erinnern, wann Kathy ihn das letzte Mal nach seiner Arbeit gefragt hatte, wie es denn gelaufen sei und ob er einen guten Tag gehabt habe oder nicht.

Genau genommen konnte er sich nicht erinnern, wann sie das letzte Mal irgendwelches Interesse an irgendetwas gezeigt hatte: an ihm, an seiner Arbeit, an Sex.

KAPITEL 19

»*Hallo.*«

Es knisterte in der Leitung, dann war Stephanies leise Stimme, vertraut und klar, zu hören. »Ich wollte dich eigentlich später anrufen. Ich hab dich heute Abend vermisst.«

Robert durchquerte das Zimmer, das er als Arbeitszimmer nutzte, und schaute nach, ob die Tür auch wirklich geschlossen war. »Ich weiß. Es tut mir Leid«, sagte er leise. »Ich habe an dem DaBoyz-Entwurf gearbeitet. Dann habe ich beschlossen, loszufahren, bevor es mit dem Verkehr allzu schlimm wird.«

»Wie kommst du voran?«

»Ganz gut. Ich werde eine gute Präsentation abliefern.«

»Das schaffst du schon. Ich weiß es.«

Robert setzte sich wieder auf seinen Bürostuhl und nickte. »Das hoffe ich.«

»Ich hab das größte Vertrauen in dich. Das wird ein neuer Geschäftszweig für die Firma. Dreh einen guten Videoclip, und du wirst ganz groß im Geschäft sein. Sämtliche Bands werden dir die Bude einrennen.«

»Du hast Recht. Ich weiß, dass du Recht hast.« Und in diesem Augenblick wusste er, dass er es schaffen würde: Stephanie hatte absolutes Vertrauen in ihn und sein Können. »Danke, dass du mir den Rücken stärkst.«

»Was ist los?«, fragte Stephanie plötzlich. Die Frage überraschte ihn.

»Nichts.«

»Doch. Irgendwas ist.«

»Woher willst du das wissen?«, fragte Robert und war inzwischen ehrlich neugierig.

»Die kurzen Sätze. Wenn du müde oder besorgt bist, dann antwortest du immer in kurzen Sätzen.«

»Du und deine Collegeausbildung«, sagte Robert und grinste.

»Das hat mit dem College nichts zu tun – außerdem bin ich nicht sicher, ob beim Studium der Medienwissenschaften ›Die Interpretation der Stimmungen des Geliebten‹ im Lehrplan stand.«

Robert konnte hören, dass sie lachte, und ertappte sich dabei, wie er ebenfalls lächelte.

»Also sag schon, was beunruhigt dich?«

»Ach, das Übliche. Ich bin bloß müde. Es war ein langer Tag.«

»Und Kathy?«, drängte Stephanie weiter.

Robert zuckte die Achseln, weil es ihm unangenehm war, mit seiner Geliebten über seine Frau zu reden. »Sie ist nicht in Hochform«, räumte er ein. »Ich habe heute Abend gesehen, dass sie ein paar Tabletten geschluckt hat; ich glaube, sie hat sich etwas eingefangen.«

Am anderen Ende der Leitung herrschte Schweigen.

»Du meinst, dass ich sie in Schutz nehme, nicht wahr?«, stellte Robert ungehalten fest, um das Schweigen zu brechen, bereute es aber sogleich. Das Letzte, was er jetzt gebrauchen konnte, war ein Streit mit Stephanie. Mit einer kalten Schulter konnte er fertig werden: bei zwei kalten Schultern hätte er keine mehr, an der er sich ausweinen konnte. »Tut mir Leid. Das hätte ich nicht sagen sollen. Ich bin müde. Ja«, gab er zu, »heute Abend hat es ein bisschen Zoff gegeben. Aber es ging nur um Weihnachten. Das ist der Stress der Vorweihnachtszeit.«

Sobald er das gesagt hatte, kniff Robert die Augen zusammen und schüttelte heftig den Kopf. Herrgott! Was musste er müde sein! Er hatte doch die ganze Zeit vermieden, Stephanie gegenüber das Thema Weihnachten aufs Tapet zu bringen!

»Werde ich dich über Weihnachten denn zu Gesicht bekommen?«, fragte Stephanie. Mittlerweile hatte er bemerkt, dass ihr amerikanischer Akzent stets härter wurde, wenn sie es ernst meinte. Stephanie Burroughs war unmittelbar außerhalb von New York aufs College gegangen.

»Selbstverständlich«, sagte er rasch.

»Und hast du eine Ahnung, wann?«

»Na ja, ich komme natürlich Heiligabend vorbei, um dir dein Geschenk zu bringen. Und dann wahrscheinlich am Stephanstag … nein, nicht am zweiten Feiertag, am Tag darauf.«

»Was ist denn am Donnerstag los?«

»Wir fahren am Stephanstag immer zum Essen zu Kathys Schwester Julia. Das ist so Tradition.«

Es entstand eine Pause, dann sagte Stephanie: »Ich erinnere mich, dass ihr letztes Jahr hingefahren seid. Ich glaube, du hast damals gesagt, es wäre das letzte Mal.«

»Ich glaube, das sage ich jedes Jahr.«

»Und, macht dir das Spaß?«

»Nein«, antwortete er einfach.

»Also, wenn du die Wahl hättest, bei deiner Schwägerin zu essen oder die Zeit mit mir zu verbringen, wofür würdest du dich entscheiden?«

»Keine Frage. Die Zeit mit dir verbringen«, antwortete er wie aus der Pistole geschossen.

»Dann mach es.«

»Das ist nicht so einfach.«

»Wenn du es willst, dann schon.«

»Du weißt, dass ich das will.«

Stephanie seufzte. »Ich weiß. Tut mir Leid. Ich sollte dich nicht so unter Druck setzen. Ich bin wohl auch müde. Wir sehen uns doch morgen, oder?«

»Darüber wollte ich mit dir reden. Ich habe aus Versehen zwei Verabredungen gleichzeitig getroffen. Ich bin morgen Abend mit Jimmy Moran zum Essen verabredet. Tut mir wirklich Leid. Gib der Situation im Büro die Schuld. Ich dachte, Maureen hätte den Termin mit ihm verschoben, und Illona hat nicht daran gedacht, das nachzuprüfen. Tut mir Leid.«

»Kein Problem. So was kommt vor. Weißt du inzwischen, wann Maureen zurückkommt?«

»Im Januar. Vielleicht«, seufzte er. »Sie kann – oder sie will – mir keinen definitiven Termin nennen.«

»Du musst anfangen, bei diesem Thema deinen Kopf, nicht dein Herz, sprechen zu lassen«, erklärte Stephanie. »Und wenn du es schaffst, den Auftrag für den Videoclip an Land zu ziehen, willst du dann etwa eine Sekretärin am Empfang sitzen haben, die wie eine aufgetakelte Großmutter aussieht?«

»Du hast Recht. Ich weiß, dass du Recht hast.« Er seufzte. »Ich bin eigentlich schon selbst zu diesem Entschluss gekommen. Aber ich finde es eben nicht richtig, ihr vor Weihnachten zu kündigen.«

»Du bist einfach zu weich«, murmelte Stephanie. »Allerdings gelingt es mir in der Regel, das zu ändern«, fügte sie rasch mit sanfter, rauchiger Stimme hinzu, und damit hatte er nicht gerechnet.

»Du gehst aber ran!«

»Manchmal. Wir sehen uns morgen also gar nicht?«

»Morgens steht die Präsentation für die Band und ihren Manager auf dem Programm, dann am Abend das Essen.«

»Möchtest du danach bei mir übernachten?«

»Vielleicht«, antwortete er gespielt geheimnisvoll.

»Vielleicht«, lachte sie, und es klang locker und unbekümmert. »Nur vielleicht?«

»Würde es sich für mich denn lohnen?«, fragte er.

»In jedem Fall«, versprach sie.

»Ich werde sehen, was sich machen lässt.«

Kapitel 20

Ich habe nachgedacht«, sagte Kathy unvermittelt.

»Das ist immer gefährlich …«, witzelte er. Er schaltete in dem Moment die elektrische Zahnbürste ein, als seine Frau zu sprechen anfing.

»Du hast in letzter Zeit so viel gearbeitet …«

Sie hielt inne, und er sah auf ihrem Gesicht im Spiegel einen Anflug von Verärgerung.

»Ich höre dich trotzdem«, sagte er mit Zahnpasta im Mund, aber sie wandte sich wieder ihrer Zeitschrift zu. Er hatte ihr schon x-mal vorgehalten, wie viel Geld sie für Frauenzeitschriften und Bücher ausgab, aber das hatte nicht gefruchtet. Auf dem Boden neben ihrem Bett türmte sich ein hoher Stapel zerfledderte Zeitschriften und eine Menge halb gelesener Romane. Schließlich hatte er einfach aufgehört, davon zu reden, weil der Streit zu nichts führte und sie immer zurückschlug und ihm ihrerseits jede Ausgabe entgegenhielt. Als er sich seine Zähne hatte richten lassen, da hatte sie ihm wochenlang die Hölle heiß gemacht. Er schaltete die Zahnbürste aus, und Kathy hob sogleich erneut an.

»Ich habe nachgedacht, du hast in letzter Zeit so viel gearbeitet, dass wir uns kaum gesehen haben. Ich hab mir überlegt, dass wir mal gemeinsam ausgehen sollten.«

»Gute Idee«, antwortete er automatisch. Das war es schließlich auch. Maureen war krankgemeldet, die Aushilfskraft kannte sich im Büro nicht aus, hinzu kam die Unmenge an neuer Arbeit in Verbindung mit dem Weihnachtschaos: deshalb hatte er in letzter Zeit mehr und länger gearbeitet. Er hatte seine Frau nicht oft gesehen, und ihre Begegnungen waren zumeist kurz und frostig gewesen. Nach Weihnachten, wenn alles wieder ruhiger lief, würde er sie schön zum Essen ausführen, vielleicht mit ihr sogar über die Lage der Firma sprechen und versuchen, sie zu überreden, ihre Ausgaben ein wenig zurückzuschrauben …

»Ich dachte an morgen Abend.«

»Ich kann nicht. Nicht morgen Abend. Ich gehe mit einem Geschäftsfreund aus. Ein Weihnachtsessen.«

»Davon hast du mir gar nichts gesagt.«

»Doch, da bin ich mir sicher«, antwortete er stirnrunzelnd. Er hatte es ihr doch gesagt, oder etwa nicht? Aber er hatte in letzter Zeit so viel um die Ohren gehabt. Hatte er es ihr gesagt?

»Daran würde ich mich erinnern.«

Robert zuckte die Achseln und drehte sich um, um das Handtuch ins Badezimmer zu werfen. Es flog an der Stange vorbei und landete auf dem Boden.

»Mit wem triffst du dich denn morgen?«

»Mit Jimmy Moran«, antwortete Robert. »Wir gehen ins Shanahan's on the Green zum Abendessen.« Er schlug die Decke zurück, schlüpfte ins Bett und fuhr zusammen, so eisig waren die Laken. »Du hast die Heizdecke ja nicht eingeschaltet«, stellte er fast vorwurfsvoll fest.

»Ich dachte nicht, dass es so kalt ist.« Sie warf die Zeitschrift auf den Boden, streckte sich aus und zog die Decke bis zum Kinn hoch.

Robert schaute sie von der Seite an. »Liest du nicht mehr weiter?«

»Nein, mir tränen die Augen; ich glaube, ich habe sie etwas überanstrengt.«

»Na ja, ich lese noch ein bisschen, wenn es dir nichts ausmacht.« Er griff neben das Bett und holte das Buch, das er seit zwei Monaten zu lesen versuchte, »The Road Less Travelled«, von M. Scott Peck. Zwar hatte Stephanie es ihm empfohlen, trotzdem fand er keinen Einstieg und schaffte am Abend nicht einmal eine Seite. Sie las ständig

Selbsthilfe- und Weiterbildungsbücher. Ihre letzte Empfehlung, nämlich die Reihe »Chicken Soup for the Soul«, hatte ihm sehr gefallen. Er hatte die kleinen Geschichten sehr genossen, die sich um das Gute im Menschen drehten. Er hatte eines für Kathy gekauft – »Chicken Soup for the Woman's Soul« –, weil er dachte, es würde ihr gefallen. Es lag auf dem Boden, fast ganz unten in dem Stapel von Taschenbüchern – ungelesen.

»Wann meinst du, könnten wir wohl mal ausgehen? Noch vor Weihnachten?« Kathys Stimme klang gedämpft, weil sie unter der Decke lag.

Die kommende Woche war die Weihnachtswoche; allein die Idee war absolut lächerlich, aber das bewies mal wieder, dass sie einfach keine Ahnung hatte. Robert biss die Zähne zusammen und brauchte einen Augenblick, bis er sich klar wurde, wie er die Antwort geschickt formulieren konnte, weil er entschlossen war, vor dem Einschlafen nicht noch einen großen Krach zu riskieren. »Ich fürchte, wir müssen bis nach Weihnachten warten. Man bekommt jetzt nirgendwo mehr einen Tisch, und einen Parkplatz zu finden, ist ein Alptraum.« Er versuchte zu lachen. »Sämtliche Restaurants sind voll mit Leuten wie ich, die Geschäftsfreunden wie Jimmy zu viel Wein spendieren.« Er bemerkte, dass er kein einziges Wort gelesen hatte, und er ließ »The Road Less Travelled« – in seinem Fall »Das nie gelesene Buch« – auf den Boden fallen, dann knipste er das Licht aus. »Nach Weihnachten werden wir ein bisschen Zeit haben. Vielleicht können wir sogar übers Wochenende fortfahren. Was meinst du?«

»Das wäre nett«, murmelte Kathy, aber sie klang nicht sonderlich begeistert.

Robert lag in der Dunkelheit da, lauschte, wie das Haus langsam zur Ruhe kam. In der Ferne heulte eine Alarmanlage, es klang, als jaule ein Tier, während näher bei ihrem Haus ein Betrunkener »White Christmas« grölte.

Kathys Atmung wurde gleichmäßig, sie schlief ein,

und als er sicher war, dass sie richtig eingeschlafen war, rutschte er zu ihr und legte die Wange an ihren Rücken.

Er konnte es sich nicht verkneifen, Kathys Einstellung mit der von Stephanie zu vergleichen. Stephanie spornte ihn an und war interessiert; Kathy war nichts dergleichen. Kathy verstand seine Welt einfach nicht und hatte, soweit er es beurteilen konnte, auch kein Interesse, sie zu verstehen. Ihre Welt war zusammengeschrumpft und konzentrierte sich auf die Kinder, das Haus, ihren Freundeskreis, ihre Familie und die Banalitäten ihres gemeinsamen Lebens. Weil er inzwischen von einem Termin zum nächsten hetzte, sich abrackerte, um am Ende zum Stillstand zu kommen, war das eine Welt, für die er nur wenig Zeit und an der er schon gar kein Interesse hatte.

Und wenn er abends nach Hause kam, so wie heute Abend, wo es wegen einer Nichtigkeit Streit gegeben hatte, dann wusste er es wirklich zu schätzen, dass er jemanden zum Reden hatte, jemanden, der ihn verstand und liebevoll zu ihm war.

Seine Arbeit verlangte von ihm die Fähigkeit, verschiedene Bereiche zu trennen und Prioritäten zu setzen. In einer Filmproduktionsfirma ging es im Wesentlichen um Zeit- und Personalmanagement, und obwohl er im privaten Leben verplant und desorganisiert sein konnte, war er doch stets in der Lage, seine Firma zu führen.

Kathy lebte in einem Bereich, Stephanie in einem anderen. Manchmal gefiel es ihm, sich alle drei als Kreise vorzustellen. Sein Kreis überschnitt sich mit jenen von Kathy und Stephanie; ihre Kreise überschnitten sich mit seinem. Doch die Kreise der beiden Frauen würden sich niemals überschneiden. Kathy hatte kein Interesse an ihm und der Firma; Stephanie war an jedem Aspekt der Firma interessiert – und auch an jedem Aspekt von ihm, dachte er schmunzelnd.

Stephanie hatte eine gesunde Lust auf Sex, während er und Kathy sich auch auf diesem Gebiet im Laufe der Jahre auseinander entwickelt hatten. Das war jedoch ebenso seine Schuld wie ihre; häufig war er nach einem überlangen Arbeitstag im Büro zu erschöpft und schlief ein, sobald er den Kopf auf das Kissen legte. Außerdem hätte er unumwunden zugegeben, dass sie sich in sexueller Hinsicht inzwischen ein bisschen langweilten. Mit Stephanie war es wie ein Neuanfang.

Stephanie unterhielt sich jeden Tag mit ihm, und – was noch wichtiger war – sie hörte ihm auch zu. Kathy erzählte ihm praktisch gar nichts mehr. Fragte er sie, wie ihr Tag gewesen sei, dann sagte sie immer »gut«, und das war dann auch schon alles.

Stephanie war von den beiden die Forderndere. Sie wollte Zeit mit ihm verbringen; sie sei gern mit ihm zusammen, sagte sie. Und er fühlte sich sehr wohl in ihrer Gesellschaft. Sie vermittelte ihm das Gefühl, jung und etwas Besonderes zu sein.

Kathy gab ihm das Gefühl, lästig zu sein.

Und trotzdem ... trotzdem liebte er Kathy. Nicht leidenschaftlich, nicht sexuell, nicht außergewöhnlich: Er liebte sie einfach. Sie war von Anfang an bei ihm gewesen, hatte mit ihm zusammengearbeitet und die Firma aufgebaut, selbst als sie schwanger war, sie hatte ihn unterstützt, als er bei RTE kündigte, um seine eigene Firma zu gründen, obwohl das bedeutete, auf ein regelmäßiges Einkommen und die Rentenansprüche zu verzichten. Das Band, das sie zusammenhielt, war fest, und wenn sich ihre Beziehung verändert hatte ... na ja, nach achtzehn Jahren war das wohl kaum verwunderlich.

Verwunderlich war jedoch, dass er sich auch in Stephanie verliebt hatte.

Das war das Problem. Er hätte nie geglaubt, dass es möglich sei, zwei Menschen gleichermaßen zu lieben; er hatte sich immer vorgestellt, dass die Liebe eine Art exklusives Gefühl sei. Er liebte diese beiden Frauen, aber es bestand ein Unterschied ... allerdings war er noch nicht in der Lage, zu definieren, worin genau dieser Unterschied bestand.

Robert drehte sich im Bett um und schaute auf die rote Leuchtanzeige seines Weckers: 0:55. Er musste jetzt unbedingt schlafen: Für die Präsentation morgen Vormittag musste er fit sein. Schließlich musste er dafür um 6.30 Uhr aufstehen und um 7.00 Uhr aus dem Haus gehen, um gegen 8.00 Uhr in der Stadt zu sein. Fuhr er nur ein bisschen später los, würde er eine Ewigkeit brauchen, um durch die Stadt zu kommen, und würde rund um die Mount Street niemals einen Parkplatz finden.

Er liebte Stephanie.

Wirklich?

Das Gefühl hatte in den letzten Monaten nach und nach von ihm Besitz ergriffen, ihn gleichermaßen überrascht und verängstigt. Er hatte nie wirklich über die Worte »Ich liebe dich« nachgedacht. Drei kleine überstrapazierte Wörter, mit denen man um sich warf, ohne sich über ihre wahre Bedeutung Gedanken zu machen. Vor allem in der Fernseh- und Werbebranche war es ein Satz, den jeder gebrauchte. Es war ein Satz, den er Kathy täglich gesagt hatte, insbesondere abends vor dem Einschlafen. Allerdings hatte er sich das in letzter Zeit abgewöhnt. Es war ein Satz, mit dem er die Kinder jeden Abend ins Bett gebracht hatte, bis sie zu alt dafür wurden und er zu viel zu tun hatte, um rechtzeitig daheim zu sein, wenn sie schlafen gingen.

Und dann hatte er vor etwa sechs Monaten diesen Satz zum ersten Mal zu Stephanie gesagt und ihn ehrlich gemeint.

Das hatte sie beide schockiert.

Robert hatte Stephanie Burroughs vor sieben Jahren kennen gelernt. R&K hatte zu kämpfen gehabt, und die Sache wurde dadurch noch komplizierter, dass Kathy sich aus der Firma zurückgezogen hatte, um sich mehr den Kindern zu widmen. Bis dahin hatte sich ihre Mutter um die beiden gekümmert, aber sie wurde immer verbitterter und niedergeschlagener, und sowohl Robert als auch Kathy machten sich immer größere Sorgen um das Wohlergehen der Kinder in ihrer Obhut. Außerdem hatten Brendan und Theresa auch allmählich genug von Oma Childs.

Stephanie war als Rechercheurin in die Firma eingetreten. Sie hatte mehrere Jahre als Freiberuflerin in der City gearbeitet, und sie waren sich geschäftlich immer wieder über den Weg gelaufen. R&K hatten ein kleines, aber lukratives Projekt an Land gezogen: *Heute vor hundert Jahren* – kleine, zweiminütige Kurzbeiträge, die in Form von Nachrichtenmeldungen über Ereignisse vor hundert Jahren berichteten. Diese Filmchen mussten gründlich recherchiert und knapp verfasst sein. Stephanie erledigte am Ende die ganze Arbeit an diesen Beiträgen allein: Es mussten Recherchen durchgeführt, das Drehbuch verfasst, nach archivierten Bildern und Filmmaterial und nach Kostümen und Schmuck für die filmische Umsetzung gesucht werden.

An dem Projekt, das sie zwangsläufig durch ganz Irland geführt und sie oft tagelang von zu Hause fern gehalten hatte, hatten sie sehr eng zusammengearbeitet. Er musste zugeben, dass er sich zu Stephanie hingezogen gefühlt hatte. Aber das war schon alles gewesen: eine Anziehung, aber er hatte ihr nie nachgegeben, nie versucht, mehr daraus zu machen. Stephanie war eine intelligente, temperamentvolle, lebhafte junge Frau und kein Kind von Traurigkeit. Weder Stephanie noch er hatten irgendetwas gesagt oder getan, um ihre Beziehung zu vertiefen. Erst später, viel später, war ihm klar geworden, dass er nur auf einen Wink von Stephanie gewartet hatte, der ihm ihr Interesse signalisierte. Hätte sie diesen gegeben, dann hätte er in Versuchung geraten können.

Gegen Ende des Projekts, als alle Aufnahmen gemacht und sie mit der letzten Phase des Schnitts beschäftigt waren, war Kathy dahergekommen und hatte ihn beschuldigt, eine Affäre mit Stephanie zu haben. Es hatte ihm schier den Magen umgedreht, als er damals im Garten stand, die Hamburger und Würste auf dem Grill brutzelten, und er sich Kathys wilde Beschuldigungen anhören musste. Er hatte sie natürlich zurückgewiesen, weil sie nicht der Wahrheit entsprachen, aber tief in seinem Herzen hatte er sich schuldig gefühlt, weil es beinahe dazu gekommen wäre. Selbstverständlich hatte er Stephanie nie etwas davon erzählt, aber er hatte ihren Vertrag mit einer kleinen Abfindung als Dankeschön vorzeitig gekündigt. Sie hatte gleich eine andere Recherche übernommen. Sie waren in lockerem Kontakt geblieben, und dann war sie ins Ausland gegangen, und als er wieder etwas von ihr hörte, arbeitete sie in England beim Frühstücksfernsehen.

Vor zwei Jahren war Stephanie als Geschäftsführerin einer internationalen Werbeagentur nach Dublin zurückgekehrt. Bei einer Produktpräsentation waren sie sich wieder über den Weg gelaufen und hatten an ihre frühere Freundschaft angeknüpft.

Kathy drehte sich im Bett um, sie atmete in kurzen, seufzenden Stößen. Robert schaute zu ihr hinüber. Ihr Gesicht sah im Schlaf anders aus, die Falten auf der Stirn und um den Mund waren komplett verschwunden, und ihr Mund stand offen, was ihr Gesicht länger machte. Stephanies Gesicht blieb im Schlaf unverändert.

Er wandte sich von seiner Frau ab und warf wieder einen Blick auf die Uhr: 1:20.

Er dachte daran, wie er das erste Mal mit Stephanie geschlafen hatte. Ironischerweise war es am Bank-Holiday-Wochenende im August gewesen, auf den Tag genau fünf Jahre, nachdem Kathy ihn beschuldigt hatte, eine Affäre mit dieser Frau zu haben. Er und Stephanie waren, wie ihm im Nachhinein klar wurde, seit Wochen auf das Ereignis zugetrieben. Ihre gelegentlichen gemeinsamen Mittagessen waren inzwischen zu regelmäßigen Treffen, ihre gelegentlichen Abendessen zur Gewohnheit und ihre Unterhaltungen immer anzüglicher geworden. Stephanie hatte R&K einen lukrativen kleinen Auftrag verschafft, nämlich einen Werbespot für ein Mineralwasser zu drehen. Sie hatte Robert eine Liste von möglichen Schauplätzen gegeben und ihn gebeten, sich den besten auszusuchen. Er hatte Glendalough vorgeschlagen, und sie meinte, sie sollten gemeinsam hinfahren, um die Lichtverhältnisse am Abend und dann am Morgen zu überprüfen. Sie beide wussten, dass das völlig unnötig war, und beiden war klar, wohin dieser Abend führen würde.

Schon auf der Hinfahrt war ihm sonnenklar gewesen, dass sie im Bett landen würden. Aber das war es eben: Er dachte nicht darüber hinaus. Sie würden schön zusammen essen, und dann ... na ja, dann würde das alte, bei Film- und Fernsehleuten beliebte Sprichwort zum Tragen kommen: Was einmal ins Rollen gebracht wurde, ist nicht mehr zu stoppen.

Robert konnte sich an jede Einzelheit jenes Abends erinnern. Alle seine Sinne waren geschärft gewesen. Er konnte sich an das Essen erinnern, den intensiven Duft des Fleischgerichts, wie herb der Wein war, den Hauch von Stephanies Parfum, den torfigen Geruch des offenen Feuers. Über ihren ausgewaschenen Jeans trug sie eine weiße Seidenbluse, eine schmale Goldkette um den Hals und goldene Ohrstecker, keine Ringe. Ihre Fingernägel waren kurz und breit und mit einem schillernden klaren Lack überzogen, und sie trug ihre Haare offen, so dass sie ihr auf die Schultern fielen.

Sie hatten in dem kleinen Hotel nebeneinander liegende Zimmer gebucht.

Als sie mit dem Essen fertig waren, hatten sie sich nach oben zurückgezogen. Sie waren vor Stephanies Zimmer stehen geblieben, und Robert hatte den Kopf gesenkt, um ihr einen Gutenachtkuss zu geben. Sie hatte den Kopf im letzten Augenblick gedreht, so dass er ihre Lippen küsste, anstatt ihr einen flüchtigen Kuss auf die Wange zu drücken. Und sie hatte seinen Kuss erwidert.

In dieser ersten Nacht hatten sie sich stundenlang geliebt. Robert war von Stephanies Begeisterung, ihrem Einfallsreichtum und ihrer offenkundigen Genussfähigkeit überrascht gewesen. Er hatte schon immer den Eindruck gehabt, Kathy betrachte Sex als Pflichtübung, als etwas, was man so schnell wie möglich hinter sich zu bringen habe. Stephanie dagegen genoss ihn offensichtlich.

Und später, viel später, als die ersten Sonnenstrahlen durchs Fenster fielen und er nackt im Bett lag, Stephanie an ihn gekuschelt, da wurde ihm klar, dass er sich lebendig fühlte. Er war voll neuer Energie, fühlte sich kreativ und erregt.

Und er hatte nicht die geringsten Gewissensbisse gehabt.

Freitag, 20. Dezember

Kapitel 21

Robert Walker stieß mit dem Fuß die Tür von R&K-Productions auf. Er war völlig übermüdet und hatte rasende Kopfschmerzen. In der einen Hand trug er eine Tasse mit dampfendem Kaffee, in der anderen balancierte er seinen Laptop, die Aktentasche und die Schlüssel. Die Alarmanlage fing zu piepsen an. Er stellte seinen Kaffee auf Illonas Schreibtisch ab, kehrte zu dem Kasten hinter der Tür zurück und gab den Alarmcode #32 ein. Ständig nahm er sich vor, ihn zu ändern. Wenn er tatsächlich den Mut aufbrächte, Maureen zu entlassen, dann wäre das für ihn ein Anlass, den Code zu ändern und die Schlösser auszutauschen.

Der Anrufbeantworter zeigte an, dass zwei Gespräche eingegangen waren. Robert drückte auf den Abfrageknopf und ließ die Tür zu seinem Büro offen stehen, damit er sich die Aufzeichnung anhören konnte, während er seinen Kaffee und die Aktenmappe hineintrug.

Die mechanische Frauenstimme verkündete: »Sie haben zwei neue Nachrichten. Neue Nachricht vom Donnerstag, 19. Dezember, 18.59 Uhr.«

»Bob, hier ist Jimmy. Es ist gerade etwa sieben am Donnerstagabend. Ich rufe nur an, um sicherzugehen, dass wir uns morgen Abend zum Dinner treffen. Ich freue mich wirklich darauf. Falls es zu spät wird oder wir ein bisschen zu viel von diesem roten Zeug trinken, kannst du gerne bei mir übernachten. Du weißt ja, dass ich noch immer das Apartment in Temple Bar habe. Mein Gott, das war die beste Investition, die ich je getätigt habe. Bis morgen.«

»Neue Nachricht von heute, Freitag, 20. Dezember, 7.55 Uhr.«

»Guten Morgen, Robert, hier Eddie Carson, DaBoyz-Management. Ich habe von Stephanie erfahren, dass Sie früh ins Büro kommen. Rufen Sie mich bitte an, sobald Sie da sind, ja? Ich muss unseren Termin verschieben.«

»Es liegen keine weiteren neuen Nachrichten für Sie vor.«

Robert warf einen Blick auf die Uhr. Zehn nach acht. Die Botschaft war also vor fünfzehn Minuten eingegangen. Die Papiere für die DaBoyz-Präsentation lagen auf dem Konferenztisch ausgebreitet, und er hatte die letzten Änderungen in seinem Laptop. Die Band und ihr Manager sollten eigentlich um halb elf kommen, aber er würde nur eine halbe Stunde brauchen, um seine Sachen alle beisammenzuhaben, deshalb konnte er sie auch um neun empfangen, falls sie den Termin vorverlegen mussten.

Doch bevor er DaBoyz anrief, hatte er noch einen anderen Anruf zu tätigen. Dieser war ihm zur Gewohnheit geworden: Der erste Anruf des Tages und der letzte am Abend. Er drückte auf die Kurzwahltaste seines Handys. »Hi, hier ist dein bester Telefonfreund.«

»Mein Gott, wie viel Uhr ist es denn?« Stephanies Stimme klang verschlafen.

»Zehn nach acht, fast Viertel nach. Wach auf, du Schlafmütze. Ich dachte, du wärst bereits auf dem Weg ins Büro.«

»Ich gehe heute später. Ich hab heute Nacht noch einen Anruf aus Los Angeles bekommen. Dieser Zeitunterschied von acht Stunden ist wirklich die Pest.«

Robert ging durchs Büro und zog die Jalousien auf. »Wo wir gerade bei Anrufen sind, ich hatte heute Morgen eine Nachricht von Carson auf meinem Anrufbeantworter. Er will den Termin verschieben. Sollte eigentlich kein Problem sein.«

Das Rascheln von Bettzeug war zu hören, und als Stephanie wieder sprach, klang ihre Stimme wach und aufmerksam. »Was hat er genau gesagt?«

»Na ja, er hat nur gesagt … ach warte, bleib eine Sekunde dran, dann spiele ich dir den Anruf vor.« Er trug das Handy ins Vorzimmer und drückte auf den Abfrageknopf.

»Sie haben keine neuen Nachrichten. Sie haben zwei alte Nachrichten.«

Robert spulte die erste Nachricht vor, dann drückte er wieder auf den Abfrageknopf und hielt das Handy an den Lautsprecher.

»Guten Morgen, Robert, hier Eddie Carson, DaBoyz-Management. Ich habe von Stephanie erfahren, dass Sie früh ins Büro kommen. Rufen Sie mich bitte an, sobald Sie da sind, ja? Ich muss unseren Termin verschieben.«

»Das war's«, sagte er heiter. »Da gibt es kein Problem. Ich schaue in meinem Terminkalender nach, wann ich mich mit ihnen treffen kann.«

»Das ist ein Problem«, fuhr Stephanie ihn an. »Das ist absoluter Quatsch. Ich habe Carson erklärt, dass wir großes Glück hatten, dich zu kriegen. Du rufst ihn jetzt zurück und lässt nicht zu – hörst du –, du lässt *nicht* zu, dass er den Termin platzen lässt. Du musst diesem Dreckskerl zeigen, wer der Boss ist, sonst tanzt er dir ständig auf der Nase herum.«

»Aber es wäre wirklich kein Problem …«, hob Robert an.

»Tu einfach, was ich dir sage. Bleib ihm gegenüber hart. Sag ihm, dass ihr euch entweder heute Vormittag trefft oder gar nicht. Und dann sag gar nichts mehr. Warte auf seine Antwort.«

»Okay«, stimmte Robert zögerlich zu.

»Glaub mir«, sagte Stephanie in etwas freundlicherem Ton. »Okay, dann ruf ihn an und sag mir dann Bescheid, wie es gelaufen ist.«

»Jawohl, Madam!« Robert mimte einen Salut, dann legte er auf. Er ging zum Konferenztisch hinüber und kramte in den Papieren, bis er Carsons Visitenkarte fand. Wenn es nach ihm ginge, dann würde er Carson anrufen und einen Termin vereinbaren, der der Band passte. Aber er musste zugeben, dass Stephanie auf ihrem Gebiet sehr gut war, und sie hatte immerhin Erfahrung mit einigen Größen aus dem Show-Business.

»Eddie Carson.« Er war beim ersten Klingeln dran.

»Guten Morgen, Eddie, hier ist Robert von R&K-Productions. Ich habe Ihren Anruf knapp verpasst.«

»Ja, Bob, danke, dass Sie zurückrufen. Hören Sie zu, ich muss den Termin für das DaBoyz-Treffen auf morgen oder vielleicht Sonntag verschieben. Was passt Ihnen besser?«

Robert öffnete seine Aktenmappe, holte seinen Laptop heraus und stellte ihn auf den Schreibtisch. »Ich kann an keinem dieser Tage, Eddie. Es geht nur heute. Ich habe mir den Tag extra für Sie freigehalten.«

Es folgte eine lange Pause. Robert konnte Autos vorbeisausen hören und vermutete, dass Eddie noch ein ganzes Stück außerhalb von Dublin unterwegs war. Sobald man die Außenbezirke der Hauptstadt erreichte, war es mit dem Sausen vorbei. Er fuhr seinen Laptop hoch und gab sein Passwort ein. Die Eingangsseite wurde aufgebaut und zeigte einen beinahe leeren Desktop mit nur ein paar wenigen Icons auf der linken Bildschirmhälfte. Er klickte »Eigene Dateien« an, dann »Eigene Bilder«. Er markierte ein Bild und drückte die Entertaste. Sofort erschien das Foto: Er hatte es letztes Jahr an Weihnachten aufgenommen. Es zeigte Stephanie nur mit Lametta und Christbaumkugeln geschmückt, wie sie in ihrer Wohnung neben einem winzigen Weihnachtsbaum saß. Neben ihren Füßen lag auf dem Teppich ein Schild: »Roberts Weihnachtsgeschenk. Darf jederzeit ausgepackt werden«. Er zoomte ihr Gesicht heran: Sie lächelte verschmitzt. Sie hatte sich immer unter Kontrolle, wusste stets, was zu tun war. Er hoffte nur, dass sie jetzt auch wusste, was sie tat.

»Das ist wirklich unmöglich. DaBoyz sind sehr gefragt.«

»Ich ebenfalls, Mr Carson«, antwortete Robert kühl. »Entweder heute Vormittag oder gar nicht.«

Es folgte eine lange Pause. Robert öffnete mehrere Male den Mund, um das Schweigen zu brechen, aber dann erinnerte er sich an Stephanies Rat und machte ihn wieder zu.

»Ich könnte es schaffen, Sie heute später einzuschieben«, sagte Carson aalglatt, und in diesem Augenblick wusste Robert, dass er gewonnen hatte.

»Ich habe Sie hier für 10.30 Uhr notiert. Werden Sie kommen oder nicht?«

Wieder schwieg Carson eine Weile. »Ich werde ein paar Termine verschieben. Wir werden pünktlich da sein.« Dann legte er auf.

Roberts Finger zitterten, als er die Kurzwahltaste drückte. Sie hob beim ersten Klingeln ab. »Du hattest Recht. Was würde ich nur ohne dich tun?«

»Wollen wir hoffen, dass du das nie herausfinden musst.«

»Ich bin dir was schuldig.«

»Klar, und du kannst sicher sein, dass ich es sehr bald haben will«, versprach Stephanie.

Kapitel 22

Ich hab es dir ja gleich gesagt.« Stephanie ging im Büro auf und ab. Sie trug ein Business-Outfit – einen Nadelstreifenanzug –, dessen strenge Linien nur durch die cremefarbene Seidenbluse gemildert wurden, die sie unter dem Blazer trug. Sie hatte die Haare aus dem Gesicht zurückgekämmt, zusammengedreht und mit einer dekorativen Schmetterlingsspange – ein Geschenk von Robert – zu einem kleinen Knoten aufgesteckt.

Robert saß hinter seinem Schreibtisch und starrte konzentriert auf den Computerbildschirm. Er war gerade dabei, der DaBoyz-Präsentation den allerletzten Schliff zu geben, der auch die Änderungen beinhaltete, auf die er sich am Vormittag mit Carson und den Bandmitgliedern verständigt hatte. »Dein Rat war wirklich goldrichtig«, sagte er, ohne vom Bildschirm aufzublicken. »Sie sind pünktlich um halb elf aufgekreuzt. Die Jungs waren mustergültig, von allem ein bisschen zu sehr beeindruckt, fand ich, und sie stehen arg unter Carsons Pantoffel. Er trifft sämtliche kreativen Entscheidungen.«

Stephanie stand am Konferenztisch und breitete die Entwürfe aus. »Die sehen sehr gut aus, sehr innovativ. Mal was ganz Neues.«

»Carson hat sich sehr lobend geäußert.« Robert kam hinter seinem Schreibtisch hervor und stellte sich neben Stephanie an den Tisch. Er arrangierte die Bilder zu einer Sequenz und ordnete sie in der Reihenfolge des geplanten Videoclips an. »Man könnte fast meinen, ich hätte mein ganzes Leben lang nichts anderes getan«, murmelte er. »Carson wollte hier ein paar Änderungen und hier und hier.«

»Klar wollte er Änderungen. Das ist bei ihm eine Machtfrage wie bei dem Versuch heute Früh, den Termin zu verlegen. Ich habe das bei ihm schon so häufig erlebt. Er glaubt, er managt U2, nicht die x-te geklonte Boygroup.«

Mit einem Mal nahm Robert Stephanies Parfum wahr, einen spritzigen Zitrusduft, und er spürte die Wärme ihres Körpers, als sie sich neben ihm über den Tisch beugte. Eine herausgerutschte Haarsträhne streifte sein Gesicht; es fühlte sich an wie ein elektrischer Schlag.

»Und hättest du ihn nicht in die Schranken verwiesen, dann würde er dich die ganze Zeit nach seiner Pfeife tanzen lassen. Er hätte sich sogar nach Auftragserteilung bei jeder Kleinigkeit eingemischt.« Stephanies Stimme wurde immer leiser, bis sie nur noch heiser flüsterte. Sie drehte sich um und blickte Robert an. Ihr Gesicht war nur wenige Zentimeter von seinem entfernt. Er konnte den Kaffee in ihrem Atem riechen. Während er sie betrachtete, weiteten sich ihre Pupillen, und sie fuhr sich mit der Zungenspitze über die Lippen. Sie lächelte und zog die Augenbrauen ein klein wenig hoch, dann warf sie einen Blick in Richtung der offenen Tür.

Robert holte tief Luft, um sein wild klopfendes Herz zu beruhigen, und trat von Stephanie zurück. Er warf einen Blick auf die Uhr und ging ins Vorzimmer, wo Illona einen Katalog für Bürobedarf systematisch durchblätterte. »Haben Sie noch zu tun, Illona?«

Das schlanke Mädchen aus Osteuropa blickte mit großen, dunklen Augen im blassen Gesicht auf. Ihr Englisch hatte einen amerikanischen Einschlag, in den sich inzwischen Spuren des Dubliner Akzents mischten, was Robert unglaublich irritierend fand. »Nichts Besonderes. Keine Anrufe.«

»Sehen Sie, es ist kurz nach vier. Wieso machen Sie sich nicht auf den Weg? Vielleicht können Sie ja noch ein paar Besorgungen machen?«

»Na ja, wenn Sie sicher sind, dass Sie mich nicht mehr brauchen?«

»Stephanie und ich möchten den DaBoyz-Vertrag noch einmal genau durchsprechen. Wir werden eine Weile brauchen, und wir haben für heute Nachmittag doch keine Termine mehr, oder?«

»Nein.«

»Okay. Schalten Sie die Telefone auf den Anrufbeantworter um, aber lassen Sie Ihren Computer an; ich fahre ihn herunter, bevor ich gehe.«

Illona holte ihren Mantel und ihre Handtasche und steuerte auf die Tür zu. Dort blieb sie stehen und warf einen Blick über die Schulter an Robert vorbei in Richtung Stephanie, die allem Anschein nach in die Entwürfe vertieft am Konferenztisch stand. Mit etwas lauterer Stimme sagte sie: »Schönen Abend, Miss Burroughs.«

»Schönen Abend, Illona«, rief Stephanie, ohne aufzublicken.

Illona schaute Robert an. »Schönen Abend. Arbeiten Sie nicht zu lange.«

Robert nickte nur. War da etwas in Illonas Miene, etwas Wissendes, ja beinahe ein Grinsen? Vermutete sie etwas? Er wusste mit Sicherheit, dass Maureen einen Verdacht hegte – sie zeigte auf jede erdenkliche Weise, dass sie Stephanie nicht leiden konnte. Das war einer der Gründe, warum er ernsthaft darüber nachdachte, ihr zu kündigen. Aber selbst das war keine unproblematische Entscheidung mehr: Falls er Maureen kündigte, würde sie Kathy womöglich von ihrem Verdacht erzählen.

Wer hätte gedacht, dass eine einfache Affäre solche Komplikationen heraufbeschwören konnte? Kein einziger Aspekt seines Lebens blieb von diesem Verhältnis unberührt.

Er hatte sich sehr bemüht, aus seiner Beziehung mit Stephanie ein wohlgehütetes Geheimnis zu machen. Als ihm schließlich bewusst wurde, dass aus dem, was als einmaliges Über-die-Stränge-Schlagen angefangen hatte, etwas Ernstes wurde, hatte er darauf geachtet, dass sie nie mehr als einmal ins selbe Restaurant gingen, und falls sie auswärts übernachteten, dann immer außerhalb von Dublin, wo das Risiko, erkannt zu werden, geringer war. Es ging nun wirklich außer ihm und Stephanie niemanden etwas an, aber Dublin war ein großes Dorf, und die Leute tratschten, und das Letzte, was er wollte, war, dass Kathy etwas erfuhr. Falls es ihr jemand erzählte, dann er selbst.

Zum geeigneten Zeitpunkt.

Und der Zeitpunkt war nicht geeignet, jedenfalls jetzt nicht.

Robert folgte Illona zur Tür und hielt sie ihr auf. »Bis Montag, Illona.«

»Schönen Abend, Robert.« Illona zog den Mantel fester um sich und verschwand in die Nacht.

Robert wartete, bis sie um die Ecke zur Mount Street gegangen war, dann machte er die Tür zu und legte die Riegel vor. »Ich glaube, sie vermutet was …«, hob er an, als er ins Büro zurückkam.

»Wen kümmert das schon?«, fuhr Stephanie ihn an. »Sie ist bloß eine Sekretärin.« Dann fasste sie Robert am Revers und zog ihn an sich, neigte den Kopf und presste ihre Lippen auf seine.

Ihre Leidenschaftlichkeit überraschte ihn. Seine Reaktion – ein heftig aufloderndes Begehren – verblüffte ihn selbst. Mit Stephanie war es jedes Mal, als sei es das erste Mal: aufregend und anstrengend. Er schob sie gegen den Konferenztisch und drückte sie mit dem Rücken darauf, so dass die Papiere in alle Richtungen davonflogen. Er fingerte an den Knöpfen ihrer Bluse herum.

Bis Robert Stephanie kennen lernte, hatte er ausschließlich im Bett Sex gehabt. In den ersten Ehejahren hatten er und Kathy sich manchmal während des Tages geliebt, aber im Laufe der Jahre hatte sich auch das geändert, und sie waren zur gleichen Routine übergegangen wie viele andere Ehepaare auch: am Samstag- oder Sonntagmorgen, wenn im Haus noch Ruhe herrschte und die Kinder entweder noch im Bett waren oder unten vor dem Fernseher saßen.

Stephanie setzte sich auf dem Tisch auf und schob ihn von sich. Sie schälte sich aus ihrem Blazer und warf ihn auf einen Stuhl, dann zog sie sich die Bluse aus. Robert knöpfte sich das Hemd auf und hörte, wie ein Knopf absprang und durch das Zimmer kullerte.

Meistens war Stephanie diejenige, die die Initiative ergriff. Robert konnte sich nicht erinnern, dass Kathy das jemals getan hatte; immer musste er den ersten Schritt tun. Als er damals zum ersten Mal mit Stephanie ins Bett gegangen war, hatte er seit über vier Monaten keinen Sex mehr mit Kathy gehabt. Und seitdem hatte er kein einziges Mal mit seiner Frau geschlafen. Er hatte es nicht einmal versucht; irgendwie hatte er das Gefühl gehabt, das wäre nicht richtig.

Und plötzlich lag Stephanie nackt auf dem Konferenztisch, während er sich noch die Socken auszog. »Na, wo waren wir stehen geblieben?«, fragte sie und breitete die Arme aus, hob die Beine an, lud ihn ein, hieß ihn in ihrem Körper willkommen.

Stephanie trat aus der winzigen Duschkabine und ließ sich von Robert das Handtuch um die Schultern legen. Die Duschkabine bei R&K war für zwei zu klein, deshalb mussten sie nacheinander duschen. Es war nicht das erste Mal, dass sie im Büro Sex gehabt hatten. Robert fand, dass das immer ganz besonders aufregend war. Am Vormittag, als er mit der Boygroup an dem Tisch gesessen hatte, da hatte er urplötzlich das Bild von Stephanie, nackt auf dem Tisch ausgestreckt, wor sich gesehen. Es war danach sehr schwierig gewesen, noch ein vernünftiges Gespräch zu führen.

Er stieg in die Duschkabine und stellte den Temperaturregler auf die heißeste Stufe. Selbst voll aufgedreht brachte der Wasserdruck kaum mehr als ein Tröpfeln zustande. Durch die mattierte Glasscheibe konnte er Stephanie sehen, die sich ganz unbefangen abtrocknete. Er beobachtete, wie sie sich in den Hüften wiegte, als sie aus dem Bad ging und anfing, ihre Kleider von den Stühlen einzusammeln, auf die sie sie geworfen hatte. Seine Klamotten waren im ganzen Zimmer verstreut. Die ordentlichen Skizzen und Ausdrucke, die er für die DaBoyz-Präsentation vorbereitet hatte, lagen auf dem Boden, viele davon zerknüllt und zerknittert. Das war ihm egal. Wenn er mit Stephanie Sex hatte, spielte nichts anderes mehr eine Rolle. Er gab sich voll und ganz dem Liebesakt hin. Sie ebenfalls. Wann immer er mit Kathy schlief, war er sich stets bewusst, dass sie geistig abwesend, ja sogar distanziert war, fast so, als mache sie ihm nur etwas vor. Er fragte sich, ob das nach achtzehn Jahren Ehe wohl so ungewöhnlich war.

Robert stellte das Wasser ab und trat aus der Dusche. Stephanies Handtuch war feucht, aber er benutzte es dennoch, weil er kein zweites Handtuch herausholen wollte. Er wollte Illona, falls sie Verdacht geschöpft hatte, nicht noch mehr Hinweise geben.

»Sehen wir uns heute Abend?« Stephanie stand nur mit ihrem weißen Spitzen-BH bekleidet in der Tür.

»Ich weiß nicht. Bitte sei so gut«, fügte er hinzu, »und zieh dich an!«

»Warum?«, fragte sie schelmisch.

»Weil ich andernfalls gleich noch einmal von vorne anfangen muss.«

»Versprechungen, Versprechungen«, sagte sie lächelnd, entfernte sich aber von der Tür und fing an, sich anzuziehen. »Was ist jetzt mit heute Abend?«, fragte sie noch einmal.

»Heute Abend ist alles verkorkst.« Er warf das Handtuch auf die Stange, tapste nackt ins Büro und fing ebenfalls an, sich anzuziehen. »Du weißt doch, dass ich heute mit Jimmy im Shanahan's zu Abend essen wollte. Nun, ich habe Illona anrufen lassen, damit sie die Reservierung bestätigt. Und da stellt sich heraus, dass gar kein Tisch reserviert ist.«

»Wie denn das?« Stephanie zog ihre Hose hoch, aber

ihre Bluse war noch offen, und Robert streckte die Hand aus und streichelte mit dem Handrücken über die Wölbung ihrer Brust. Die Geste war unwillkürlich und zart. Stephanie nahm seine Hand und drückte sie gegen ihre Haut. Dann hob sie seine Fingerspitzen an die Lippen und küsste sie.

Und es waren diese Gesten, diese kleinen, zarten, intimen Gesten, die Robert so viel bedeuteten. Sie waren es, die er bei Kathy vermisste: die kleinen Intimitäten, die Berührungen, die Beiläufigkeit, die Vertrautheit mit dem anderen. Seit langem hatte er sich in ihrer Gegenwart wie ein Fremder gefühlt.

»Ich bin mir nicht sicher, ob Illona oder Maureen schuld ist. Wahrscheinlich Maureen. Aber das ist nicht das Entscheidende. In etwas mehr als einer Stunde kommt ein Geschäftsfreund hierher, und ich weiß nicht, wohin ich ihn zum Essen ausführen kann.«

»Es wird so kurz vor Weihnachten schwierig sein, etwas zu finden.«

»Ich weiß. Und Jimmy wird keine Lust haben, aus der Stadt rauszufahren. Er hat davon gesprochen, dass er in seinem Apartment in Temple Bar übernachten will.«

Stephanie war mit dem Anziehen fertig. Sie schnappte sich ihre kleine Handtasche und ging wieder ins Bad, um sich das Make-up aufzufrischen.

»Sag es ihm ganz offen«, riet ihm Stephanie. »Man weiß ja nie, vielleicht will er nur etwas trinken. Falls ihr relativ früh dran seid, könntet ihr es in der Market Bar probieren. Dort gibt es Drinks und auch Kleinigkeiten zu essen.«

»Gute Idee.«

»Aber das beantwortet meine Frage noch nicht: Übernachtest du bei mir? Soll ich aufbleiben?«

Robert grinste. »Falls ich bei dir übernachte, dann schlafe ich. Du bist nämlich wirklich anstrengend.«

»Nun, ich muss morgen früh raus. Falls du vor ein Uhr zu mir kommen kannst, dann komm, aber wenn es später wird, vergiss es. Schick mir eine SMS, sobald du weißt, was ihr macht.«

»Gute Idee.«

Stephanie kam aus dem Badezimmer und sah makellos und beherrscht aus.

»Kein Mensch würde ahnen, dass du vor einer knappen halben Stunde auf diesem Tisch gelegen hast und leidenschaftlichen Sex hattest.«

Stephanie schaute ihn überrascht an. »Ich habe keinen Schimmer, wovon Sie reden, Mr Walker. Ich habe ein sehr wichtiges Geschäft abgeschlossen.« Sie beugte sich vor und gab ihm einen Kuss, eine ganz flüchtige Berührung seiner Lippen mit den ihren. »Und mir gefällt die Art und Weise, wie Sie Geschäfte abschließen.«

Kapitel 23

Als Stephanie gegangen war, versuchte Robert, sein Büro wieder in Ordnung zu bringen. Es sah aus, als habe eine Bombe eingeschlagen. Überall auf dem Boden lagen Papiere verstreut, einige von ihnen trugen deutliche Spuren feuchter Füße, andere waren bis zur Unkenntlichkeit zerknüllt. Beim Sex mit Stephanie konnte man keine halben Sachen machen. Beim Orgasmus schrie sie laut, ein Geräusch zwischen einem Grunzen und einem Schmerzensschrei. Im Büro war das nicht weiter schlimm, aber er war sich sicher, dass die Nachbarn in den Wohnungen neben der ihren genau mitbekamen, was vor sich ging. Am Anfang war es ihm peinlich gewesen; inzwischen hatte er diese Hemmungen abgelegt. Das war eine weitere von Stephanies Gaben: Sie hatte ihm beigebracht, unbefangen zu sein.

Nachdem er die Blätter aufgesammelt hatte, wandte er seine Aufmerksamkeit dem Tisch zu. Er war mit Fingertapsen übersät, und auf dem polierten Holz war deutlich der Abdruck eines Hinterteils zu sehen. In der winzigen Küche fand er unter der Spüle eine Rolle Haushaltspapier und Möbelpolitur und machte sich an die Arbeit.

Es war kurz nach sechs, als er fertig war. Er versprühte etwas Raumspray, um den Sexgeruch zu vertreiben, dann trat er zurück und begutachtete sein Werk. Das Büro sah blitzsauber aus, der Tisch glänzte, die Papiere waren ordentlich aufgestapelt und die Stifte exakt nebeneinander angeordnet. Bevor er das Büro verließ, drückte er auf seinem Schreibtischtelefon die Kurzwahl, um schnell noch zu Hause anzurufen.

»Hallo?«

Einen Augenblick dachte er, er habe die falsche Nummer gewählt. Es klang nach Kathys Stimme, aber irgendwie anders als sonst.

»Hallo?«

Dann erkannte er den kühlen Tonfall seiner Schwägerin Julia. Er bemühte sich, freundlich zu klingen. »Julia, ich bin's, Robert.«

»Dachte ich mir.«

»Ich gehe davon aus, dass Kathy fort ist, wenn du da bist.«

»Sie hatte ein paar Dinge zu erledigen; ich habe ihr versprochen, auf die Kinder aufzupassen, aber um ehrlich zu sein«, fügte sie rasch hinzu, »die sind alt genug, um auf sich selbst aufzupassen.«

»Das weiß ich, aber wenn du da bist, werden die beiden wenigstens ihre Hausaufgaben machen und nicht den ganzen Abend vor dem Fernseher herumhängen«, sagte er und wiederholte unwissentlich die Worte, die seine Frau etwas früher auch gebraucht hatte. »Kann ich kurz mit Brendan sprechen – ist er irgendwo in der Nähe?«

Robert hatte für Julia keine Zeit. Zwischen ihnen hatte es in all den vielen Jahren einfach zu viel böses Blut gegeben; sie betrachtete ihn als unter Kathys Würde und hatte aus ihren Gefühlen ihm gegenüber nie einen Hehl gemacht. Er seinerseits hielt sie für eine eingebildete Zicke. Er bemitleidete Ben, ihren schwer geprüften Ehemann.

»Dad?«

»Bren. Wo ist denn deine Mutter?«

»In die Stadt gefahren.«

»Um diese Uhrzeit?«

»Und sie hat Tante Julia gerufen, damit sie auf uns aufpasst«, fügte Brendan flüsternd hinzu. »Ich bin siebzehn, Dad! Ich brauche keinen Babysitter.«

»Ich weiß. Wie lange ist deine Mutter schon weg?«

»Etwa zwanzig Minuten, eine halbe Stunde. Können wir heute Abend etwas vom Chinesen haben?«

»Das hattet ihr doch gestern schon.«

»Aber Mam hat gar nichts vorbereitet.«

Robert runzelte die Stirn. Das war völlig untypisch für Kathy. Sie war eine wunderbare Mutter, und den Kindern fehlte es an nichts. »Hast du eine Ahnung, wohin sie wollte?«

»Nein, keinen Schimmer. Sie hat nur gesagt, sie fährt in die Stadt.«

»Und das war alles, was sie gesagt hat? Sie hat sonst nichts gesagt?«

»Sie hat sich gefragt, was du ihr letztes Jahr zu Weihnachten geschenkt hast. Vielleicht ist sie in die Stadt gefahren, um ein Geschenk für dich zu kaufen.«

»Vielleicht.« Er verspürte einen Anflug von schlechtem Gewissen. Er hatte noch immer kein Geschenk für Kathy, und er schwor sich, dass er ihr dieses Jahr etwas besonders Schönes kaufen würde. Nach dem Debakel vom letzten Jahr, als er in letzter Minute ein paar Sachen im Einkaufszentrum von Stephen's Green besorgt hatte, war ihm das wichtig.

»Ich rufe sie auf dem Handy an. Sei nett zu Julia. Ich komme heute spät nach Hause.«

»Bis dann, Dad.« Brendan legte auf.

Robert saß an seinem Schreibtisch und versuchte zu begreifen, was er da gerade gehört hatte. Kathy tat vieles, aber sie tat nichts ohne einen triftigen Grund. Und warum um Himmels willen kam sie in die Stadt? Er drückte auf eine andere Kurzwahltaste und stellte den Lautsprecher an. Es klingelte sechs Mal, bevor abgenommen wurde.

»Hallo?«

»Kathy, wo bist du denn?«

»Im Auto.«

Robert holte tief Luft. Er wusste, dass sie im Auto war. Das hörte er schließlich. Es war völlig überflüssig, ihm zu sagen, dass sie im Auto saß. Aber immerhin zeigte es, dass sie noch immer verärgert war. Er war sich nicht ganz sicher, worum es dieses Mal ging, aber in letzter Zeit brauchte es ja gar keinen Grund dafür. Er versuchte, eine andere Richtung einzuschlagen. »Ich hab gerade zu Hause angerufen; die Kinder sagen, dass du zum Einkaufen in die Stadt fährst.« Schon während er das sagte, war er sich bewusst, wie unglaublich lächerlich das klang.

»Ja«, antwortete Kathy mit neutraler und ausdrucksloser Stimme.

Robert stützte die Ellenbogen auf den Schreibtisch und vergrub das Gesicht in den Händen. »Ich glaube nicht, dass das eine gute Idee ist. Heute ist der letzte Freitag vor Weihnachten. Der Verkehr ist höllisch, und das Wetter verschlechtert sich. Für heute Abend ist Schneefall und vielleicht sogar Glatteis angesagt.«

»Ich muss ein paar Sachen besorgen. Ich dachte, ich fahre ins Stephen's Green«, redete sie weiter, ohne auf ihn einzugehen. »Falls es mit dem Wetter schwierig werden sollte, kann ich ja zum Shanahan's kommen und wir treffen uns dort. Wir können in deinem Auto nach Hause fahren, und dann komme ich morgen früh mit dir mit und hole mein Auto ab.«

Irgendwo in seinem Hinterkopf schrillte eine Alarmglocke – ein kurzes, bitteres Geräusch. Hier stimmte etwas nicht. Warum fuhr sie überhaupt in die Stadt – das war absolut untypisch für sie –, und warum sprach sie davon, ins Shanahan's zu kommen? Es klang fast, als würde sie ihm nachspionieren. »Bist du noch da?«, fragte er, als ihm klar wurde, dass er lange geschwiegen hatte.

»Ich bin noch dran«, antwortete sie kurz angebunden. »Wo bist du?«

»Ich bin noch im Büro. Jimmy kommt gegen sieben vorbei.« In der Leitung rauschte es. »Ich glaube wirklich, dass es keine gute Idee ist, heute Abend in die Stadt zu fahren. Und falls ich mit Jimmy was trinke, muss ich das Auto vielleicht selbst stehen lassen. Dann haben wir zwei Autos in der Stadt. Ich hab mir sogar schon überlegt, dass ich vielleicht im Zentrum übernachte. Er sagt, dass ich mich in seinem Apartment aufs Ohr hauen kann. Er hat eine kleine Wohnung in Temple Bar.«

Wieder folgte eine lange Pause.

»Kathy …?«, fragte er schließlich.

»Ich bin hinter dem Flughafen. Der Empfang ist schlecht.«

»Kannst du das, was du brauchst, nicht in den Pavilions in Swords kriegen?«

»Nein«, antwortete sie knapp. »Wir sehen uns dann später im Shanahan's …«

»Nein, nicht im Shanahan's …«

»Ich dachte, du hättest gestern Abend gesagt, dass ihr ins Shanahan's geht …«

Da war er: der argwöhnische Unterton in ihrer Stimme. Er lebte nun schon lange genug mit ihr zusammen, um ihn zu kennen. Und er hatte ihn früher schon einmal gehört, bei jener schrecklichen Gelegenheit, als sie ihn beschuldigt hatte, eine Affäre zu haben. Aber sie konnte nichts ahnen, sie konnte nichts von Stephanie wissen. Er war so vorsichtig gewesen. »Ich weiß, aber da ist etwas schief gelaufen. Ich habe heute angerufen, um die Reservierung zu bestätigen, und die hatten sie verschlampt.«

»Und wo geht ihr jetzt hin?«

»Ich weiß es noch nicht.«

»Na ja, ruf mich einfach an, wenn ihr dort seid, dann komme ich vorbei.«

Robert nickte. Das war das dritte Mal, dass sie in diesem Gespräch gezielt darauf hinwies, dass sie vorbeikommen und sich ihm anschließen wollte. Er konnte sich nicht erinnern, wann sie so etwas das letzte Mal vorgeschlagen hatte – ganz gewiss nicht im vorigen Jahr, vielleicht nicht einmal in den letzten beiden Jahren. Sie hegte eindeutig einen Verdacht. Er runzelte die Stirn; hatte er etwas gesagt oder getan, was ihren Argwohn geweckt hatte, hatte ihr jemand etwas erzählt, hatte sie etwas entdeckt?

»Ich habe Jimmy seit einer Ewigkeit nicht mehr gesehen. Wie geht es Angela?«

»Ach, erwähne Angela lieber nicht. Sie haben sich getrennt. Er will die Scheidung. Sie stellt sich quer.«

»Ich muss Schluss machen. Ich glaube, ich sehe da vorn eine Polizeikontrolle.«

Robert legte ebenfalls auf, und mit einem Mal herrschte im Büro absolute Stille. Hatte sie einen Verdacht, oder war das nur seine Paranoia?

Er hatte nie geplant, eine Affäre mit Stephanie anzufangen, doch als es dann passierte, war es die aufregendste Erfahrung in seinem Leben gewesen. Aber er war zugleich entschlossen, nichts auf der Welt zu tun, was Kathy verletzen könnte. Er hatte achtzehn Ehejahre damit zugebracht, sie zu beschützen und sich um sie zu kümmern, und das würde er auch weiterhin tun. Er gehörte nicht zu jenen Männern, die nach einem Seitensprung von ihrem schlechten Gewissen gezwungen wurden, die ganze Sache zu beichten. Doch es würde der Zeitpunkt kommen, an dem sie es herausfinden würde, das wusste er. Und je länger es gut ging, umso größer wurde die Wahrscheinlichkeit. Wie lange würde er das Verhältnis noch vor seiner Frau geheim halten können? Und was würde geschehen, wenn sie dahinterkam?

Er hatte nie damit gerechnet, dass die Affäre von so langer Dauer sein würde. Zuerst dachte er, Stephanie und er würden nach ein paar Wochen oder vielleicht Monaten wieder auseinander gehen. Stattdessen hatte sich ihre Beziehung vertieft und intensiviert.

Und dann war sie kompliziert geworden.

Vor sechs Monaten war er tatsächlich im Begriff gewesen, mit Stephanie Schluss zu machen. Er hatte eine äußerst anstrengende Zeit hinter sich, in der er versucht hatte, Aufträge zu akquirieren, und sie hatten sich fast einen ganzen Monat nicht getroffen. In dieser Zeit hatte er beschlossen, die Beziehung zu beenden; er hatte nämlich mittlerweile Angst vor den Gefühlen, die er für diese Frau empfand. Es ging nicht mehr um Sex oder um Zuneigung oder um eine Mischung aus beidem: Es war Liebe.

Er beschloss, dass er an einem Freitagabend mit ihr reden würde. Er wollte sie in sein Büro einladen und ihr seinen Entschluss bei einer schönen Flasche Wein vorsichtig beibringen. Sie würden Freunde bleiben, aber er konnte nicht mehr ihr Liebhaber sein. Doch dann passierte Folgendes: Am Mittwoch kam Stephanie mit einem Vorschlag an. Sie wusste, dass R&K in Schwierigkeiten steckte, und plötzlich befand sie sich in einer Position, ihm ein paar Aufträge zuschustern zu können, gute Aufträge, lukrative Aufträge. Ob er daran interessiert sei?

R&K steckte nicht nur in der Bredouille, sondern stand kurz vor der Insolvenz. Selbstverständlich war er interessiert. Stephanie stellte nur eine Bedingung: In ihrem Büro durfte niemand erfahren, dass sie etwas mit ihm hatte. Sie konnte ihren Job verlieren, falls ihre Kollegen herausfanden, dass sie der Firma ihres Liebhabers Aufträge zuschanzte. An dem, was sie tat, war nichts Illegales, aber es bestand eindeutig ein Interessenkonflikt. Zudem handelte sie den Preis nicht herunter und feilschte mit ihm nicht so knallhart, wie sie es bei einigen ihrer anderen Kunden tat.

So hielt sie die Firma über Wasser.

Und plötzlich konnte er sich nicht mehr von ihr trennen. Er konnte es sich einfach nicht leisten. Die diversen Aufträge, die sie ihm vermittelte, retteten R&K vor dem Bankrott.

Doch falls er den DaBoyz-Clip bekommen sollte, würde sich die Lage ändern. Er würde nicht mehr so sehr auf Stephanies Aufträge angewiesen sein. Außerdem gingen auf Grund der Arbeit, die sie ihm beschafft hatte, nach und nach auch wieder ein paar andere Aufträge ein. Es handelte sich hauptsächlich um TV-Werbung für Zahnpasta und Brot, die ihm zwar zuwider waren, aber Geld einbrachten. Zudem wusste er, dass R&K bei der Vergabe des Werbespots für den neuen Renault im Rennen war, und er hatte eine Idee für die geplante Guinness-Kampagne eingereicht, die er für hervorragend hielt.

Nach Weihnachten, schwor er sich. Nach Weihnachten würde er mit Stephanie Schluss machen. Sie würde es verstehen. Sie würde einsehen, dass es vernünftig war. Er konnte so nicht weitermachen, sich nicht in zwei Hälften teilen.

Das nahende Weihnachtsfest machte überdeutlich, welche Probleme man bekam, wenn man versuchte, eine Ehe und eine Geliebte unter einen Hut zu bringen.

Liebend gern wollte er Zeit mit Stephanie verbringen – das würde Spaß und Sex bedeuten. Sie würden lachen und essen und miteinander schlafen. Kathy dagegen würde sich möglicherweise herablassen, mit ihm zu sprechen, vielleicht aber auch nicht. Ganz bestimmt würden sie sich über irgendetwas streiten – so war es doch fast immer. Er brauchte also nicht lange zu überlegen, mit wem er das Weihnachtsfest lieber verbringen würde … allerdings … allerdings musste er an die Kinder denken.

Robert stand auf, ging durch das Büro, knipste die Lampen aus und schloss alles für die Nacht ab. Wo blieb Jimmy bloß?

Robert war mächtig stolz auf Brendan und Theresa. Er konnte mit Fug und Recht behaupten, dass sie in sein und Kathys Leben nichts als Freude gebracht hatten. Und er würde ihnen niemals wehtun. Er liebte die Art und Weise, wie sie zu ihm aufschauten, wie sie ihn um Rat fragten, wie sie ihre Triumphe und Niederlagen mit ihm teilten. Sie hatten ihn lieb, das stand für ihn außer Frage: Er konnte es sich nicht leisten, diese Liebe zu verlieren. Das würde ihn kaputtmachen. Sein eigener Vater, Robert senior, war ein kalter, distanzierter, abweisender Mann gewesen. Er konnte sich nicht erinnern, dass sein Vater zu ihm auch nur ein einziges Mal »Ich hab dich lieb« gesagt hätte. Das würden seine eigenen Kinder jedenfalls nicht behaupten können: Er sagte ihnen täglich, dass er sie lieb hatte. Falls er sich jemals zwischen den Kindern und Stephanie entscheiden müsste, dann würde Stephanie das Nachsehen haben.

Die Feststellung, er bleibe der Kinder wegen mit Kathy zusammen, war ein Klischee, aber es kam der Wahrheit sehr nahe. Es gab in seinem Leben so viele großartige Dinge – einschließlich Kathy, wenn sie gute Laune hatte –, und er wusste, dass seine Affäre mit Stephanie auf all das einen Schatten warf. Ein Patzer, ein dummer Fehler, und er würde wahrscheinlich alles verlieren: seine Frau, seine Kinder und sein Zuhause. Und die wenigen gemeinsamen Freunde, die er und Kathy hatten – wahrscheinlich würden sie nichts mehr mit ihm zu tun haben wollen. Zumindest könnte er sich dann in die Arbeit stürzen. Mit einem flauen Gefühl wurde ihm klar, dass Kathy die Hälfte der Firma gehörte. Was würde passieren, wenn sie sich trennten? Er schob diesen Gedanken beiseite: So weit würde es nicht kommen.

Jemand klopfte gegen die Scheibe, und er sah Jimmys rundes Gesicht hereinspähen.

Aber sobald Stephanie ihn berührte, sich an ihn drückte, ihm ins Ohr hauchte, dann spürte er, wie seine Entschlossenheit ins Wanken geriet.

Wieder klopfte Jimmy gegen die Scheibe.

Robert schüttelte entschieden den Kopf. Er würde nichts verlieren. Dazu war er zu vorsichtig. Viel zu vorsichtig.

Kapitel 24

Das mit dem Shanahan's tut mir wirklich Leid«, sagte Robert noch einmal, als sie an der Eingangstür des Restaurants gegenüber von Stephen's Green vorbeigingen.

»Kein Problem«, antwortete Jimmy erneut. »Wirklich. Überhaupt nicht.« Er streckte die Hand aus und drückte Robert den Arm. »Vergiss es.«

In jungen Jahren war Jimmy Moran einer der bestaussehenden Männer Dublins gewesen. Der große, elegante Regisseur und Produzent mit den feinen Gesichtszügen war regelmäßig in den Klatschspalten aufgetaucht, und ihm war es zu verdanken gewesen, dass in den Siebzigern und frühen Achtzigern einige der großen Filmproduktionsfirmen in Irland ansässig wurden. Man hatte in ihm bereits Irlands Antwort auf Francis Ford Coppola gesehen. Diesen großen Erwartungen war er nie wirklich gerecht geworden; zwei immens teure Produktionen erwiesen sich als Flops und hinterließen gewaltige Schulden. Darüber hinaus war er in den Verdacht geraten, krumme Touren gemacht zu haben, als sich herausstellte, dass er dafür gesorgt hatte, dass er – vor allen anderen, einschließlich der international renommierten Stars – an sein Geld kam. Inzwischen war Gras über die Sache gewachsen, und sein ausschweifender Lebenswandel hatte seine schönen Gesichtszüge entstellt. Seine Nase war aufgedunsen, seine Wangen mit geplatzten Äderchen durchzogen. Jetzt war er zweiundfünfzig und sah seinem Alter entsprechend aus. Allerdings waren seine Haare noch immer tiefschwarz, und er schwor, dass er sie sich nicht färbte.

Als Robert bei RTE anfing, hatte er mit Jimmy zusammen an einer Reihe von Live-Sendungen gearbeitet. Das war zu jener Zeit gewesen, als Jimmy besonders viel trank, und es waren oft Wochen vergangen, in denen Robert ihn nie nüchtern sah, doch das schien seine Arbeit nie zu beeinträchtigen. Aber seine Launenhaftigkeit war berüchtigt. Wenn andere junge Regisseure sich weigerten, mit Jimmy Moran zusammenzuarbeiten, sprang Robert ein; er erkannte früh, dass Jimmy mehr von dem Geschäft verstand als alle anderen so genannten Regisseure zusammen. Zudem waren Jimmys Kontakte in der Filmbranche für den jüngeren Robert sehr attraktiv, der damals Ambitionen hatte, *der* große irische Regisseur zu werden. Als ihm schließlich klar wurde, dass Jimmy im Inland wie im Ausland viel zu viel Mist gebaut hatte, um im irischen Filmgeschäft je wieder eine bedeutende Rolle zu spielen, war das egal: Die beiden Männer waren Freunde geworden.

Jimmy verließ RTE einige Jahre vor Robert. Er mietete sich in einem heruntergekommenen Büro an der Leeson Street ein und gründete eine unabhängige Produktionsfirma, eine der ersten im Lande. Er forderte Gegenleistungen für früher einmal gewährte Gefälligkeiten und schaffte es, eine Quizsendung ins Programm zu bringen. Die Show war einfach, ohne Schnickschnack, ohne teure Spezialeffekte, ohne Kulissenbauten, nur zwei Teams, Zuschauer und ein Quizmaster. Sie war jahrelang auf RTE gelaufen, und als sie zugunsten von aufgemotzteren Quizsendungen aus dem Programm genommen wurde, schaffte sie den Sprung ins Radio, wo sie noch immer regelmäßig gesendet wurde. Die Show brachte eine Reihe von Live-Pub-Quizveranstaltungen hervor, eine Menge an Quizbüchern, die zu Bestsellern wurden, und ein billiges und lustiges Brettspiel – und das alles Jahre, bevor das Phänomen *Wer wird Millionär?* um sich griff. Jimmy besaß die Rechte; es war eine der sehr wenigen Produktionen, für die er sich die Mühe gemacht hatte, sich die Rechte zu sichern. Die Show war für ihn ein riesiger finanzieller Erfolg und diese Tatsache ermunterte Robert, der inzwischen bei RTE wegen des Mangels an Aufstiegsmöglichkeiten immer unglücklicher war, sich ebenfalls als unabhängiger Produzent zu versuchen.

Die beiden Männer waren über die Jahre in Kontakt geblieben, hatten an Projekten zusammengearbeitet, sich die Ressourcen geteilt und ihre unterschiedlichen Talente eingebracht, um gemeinsam Ideen in den verschiedenen Kommissionsrunden vorzutragen, wenn RTE nach neuen Programmvorschlägen suchte.

»Und, wo gehen wir jetzt hin?«, fragte Jimmy erneut.

»Irgendwohin, wo wir Platz finden«, antwortete Robert grinsend. »Auch wenn wir nicht zu Abend essen können, ich spendiere dir einen Drink oder zwei.«

Am Ende der Grafton Street hatten sich Weihnachtssänger um den riesigen Christbaum geschart. Sie trugen weiße Umhänge und mit Weihnachtsflitter geschmückte Hüte und sangen mit mehr Begeisterung als Können »Stille Nacht, heilige Nacht«. Ein Mädchen, dessen Wangen genauso rot waren wie seine Haare, hielt ihnen einen Plastikeimer unter die Nase. »Helfen Sie den Obdachlosen!«

Jimmy lachte, während er eine Hand voll Münzen in den Eimer warf. »Ich gehöre selbst dazu«, sagte er fröhlich.

»Was?«, fragte Robert, unsicher, ob er Spaß machte oder nicht.

»Im Prinzip bin ich zurzeit obdachlos«, sagte Jimmy zerknirscht. »Angela wird mir das Haus wegnehmen.« Sie bogen links von der Grafton Street ab und steuerten auf das Gaiety Theater zu, und mit einem Schlag war es unmöglich, sich zu unterhalten. »Das erzähle ich dir später«, brüllte Jimmy. In der engen Straße herrschte ein unglaublicher Lärm. Eine Blaskapelle direkt hinter dem Eingang des Gaiety spielte vage weihnachtlich klingende Melodien. Eine lange Schlange von Besuchern, die darauf warteten, für das traditionelle Weihnachtsspiel am frühen Abend eingelassen zu werden, erstreckte sich über die ganze Länge der Straße. Die Leute plauderten, lachten und sangen. Weiter unten jonglierte ein Feuerschlucker zu tosendem Applaus mit brennenden Fackeln. Die beiden Männer schlängelten sich durch die Menschenmenge, bogen nach rechts ab und gingen am ehemaligen Mercer's Hospital vorbei.

»Wir könnten es bei einem der indischen oder chinesischen Restaurants da unten versuchen«, schlug Robert vor.

»Das geht nicht, tut mir Leid«, sagte Jimmy und tätschelte sich den Bauch. »Das Glutamat bringt mich um.«

»Ich dachte, du hättest gesagt, es sei ein Magengeschwür.«

»War es auch. Aber ich habe es untersuchen lassen.« Jimmy warf von der Seite einen Blick auf seinen Freund. »Schau nicht so bestürzt. Es ist nichts Schlimmes. Ich werde eben alt. Es gibt bestimmte Gerichte, die ich nicht mehr essen kann, und leider kommt auch alles, was Glutamat enthält, für mich nicht mehr in Frage.«

»Das ist aber schade.« Robert schüttelte den Kopf. Er hatte eine Menge schöner Erinnerungen, wie sie beide bei Außenaufnahmen immer nach dem Chinesen oder Inder mit dem schärfsten Curry auf der Speisekarte Ausschau gehalten hatten. Ein kleines Lokal in einer Seitenstraße von Glasgow hielt noch immer den Rekord.

»Ich bezahle jetzt für meine vielen Sünden«, sagte Jimmy, dann fügte er hinzu: »Aber es waren großartige Sünden, und ich habe jede einzelne davon genossen.«

Sie bogen nach links in die Fade Street ein und gingen in die Market Bar. Die ehemalige Wurstfabrik war zu einer der schicksten Bars von Dublin umgebaut worden, eine große offene Fläche mit vereinzelten Tischen. Sie war gut besucht, aber nicht übermäßig voll. Robert trat ein und drehte sich um, um zur Empore hinaufzusehen. »Da oben sind noch Tische frei. Geh und besetze einen. Ich hole uns die Drinks und etwas zu essen. Was möchtest du?«

»Nichts Hartes. Ein Glas Rotwein wäre schön.«

Robert starrte ihn überrascht an. »Du trinkst weniger harte Sachen?«

»Ich trinke gar keine mehr. Auf dringendes Anraten der Ärzte.«

Als Robert kurz darauf mit zwei Gläsern Rotwein ankam, saß Jimmy an einem kleinen runden Tisch direkt am Geländer und schaute auf den Raum hinunter. »Hier war ich noch nie.«

»Ich habe den Laden erst vor kurzem entdeckt.« Robert stellte die Gläser ab. »Ich habe uns lieber je ein Glas genommen als eine Flasche.«

»Gut gemacht; ich könnte auf keinen Fall eine Flasche trinken«, sagte Jimmy und zuckte bedauernd die Achseln.

»Und ich muss noch fahren«, erklärte Robert. »Ich hab dich ja seit Ewigkeiten nicht mehr gesehen. Wir haben uns eine Menge zu erzählen.«

»Ich weiß.« Jimmy hob sein Glas und Robert das seine. Sie stießen an. »Worauf trinken wir?«

»Auf dass das nächste Jahr besser wird?«

Jimmy lächelte betreten. »Das könnte zu unbescheiden sein und fordert das Schicksal wahrscheinlich heraus. Lass uns auf die Gesundheit und das Glück trinken. Wenn wir das haben, wird alles andere schon auch kommen.«

»Dann also auf die Gesundheit und das Glück«, stimmte Robert zu. Er nippte an dem Wein. Er war herb und spritzig, und als er schluckte, bemerkte er, dass er noch immer Stephanies Geschmack auf der Zunge hatte. »Du klingst nicht allzu zuversichtlich für das neue Jahr?«

»Nein, wirklich nicht.« Jimmy schaute ihn von der Seite an. »Das war ein beschissenes Jahr. Richtig beschissen. Ich bin froh, wenn es vorbei ist.«

In dem gedämpften Licht der Bar sah Robert, dass Jimmy alt aussah – mehr als nur alt, er sah erschöpft und niedergeschlagen aus. Unter den Augen hatte er Tränensäcke, und sein normalerweise makelloser Anzug war schäbig, mit den Spuren eines alten Flecks auf dem Revers. Der Kragen war mit Schuppen übersät.

»Willst du mir davon erzählen?«, fragte er freundlich.

»Was gibt es da zu erzählen?«, seufzte Jimmy. »Du erinnerst dich, ich habe dir erzählt, dass Angela mit der Scheidung nicht einverstanden war; sie hat es sich inzwischen anders überlegt, beziehungsweise ihr sehr teurer Rechtsanwalt hat sie dazu gebracht. Aber als Teil des Deals möchte sie das Haus.«

»Aber das Haus ist fantastisch!«

Jimmy und Angela besaßen ein spektakuläres Haus in Wicklow, zwei Meilen außerhalb der Stadt. Es war ein ehemaliges Pfarrhaus und ziemlich baufällig gewesen, als sie es gekauft hatten. Im Laufe der Jahre hatte er es mit unglaublich viel Liebe und sehr viel Geld restauriert.

»Na ja, um ehrlich zu sein, ich bin nicht mehr häufig dort, deshalb habe ich mich damit abgefunden, es ihr zu überlassen.«

»Du hast die letzten zwanzig Jahre damit verbracht, es in Ordnung zu bringen.«

»Ich weiß. Aber wenn das der Preis ist, aus einer Ehe ohne Liebe herauszukommen, dann ist das eben der Preis, den zu zahlen ich bereit bin.«

»Ist es das, was du vorhin gemeint hast, als du gesagt hast, du wärst obdachlos?«

Jimmy nickte.

»Aber du hast das Apartment in Temple Bar.«

»Vorläufig noch. Angela will auch davon einen Teil haben. Es wird vielleicht darauf hinauslaufen, dass ich ihr die Hälfte seines Werts auszahlen muss.«

»Aber es muss viel wert sein, etwa eine halbe Million?«

Jimmy lächelte und entblößte seine erstaunlich weißen Zähne. »Das Doppelte. Angelas Rechtsanwälte haben es neulich schätzen lassen: Zwei Immobilienhändler haben es auf knapp unter einer Million Euro geschätzt. Deshalb werde ich Angela entweder eine halbe Million zahlen müssen – was ich mir nicht leisten kann – oder das Apartment verkaufen und ihr die Hälfte des Erlöses geben.«

»Menschenskind, Jimmy, ist das ein Mist!«

Jimmy Moran leerte den Rest seines Weines in einem Zug, dann verzog er das Gesicht, als die Flüssigkeit seinen Magen erreichte. »Bin selbst daran schuld, wie du weißt. Ich hab dir immer gesagt: Alles hat seinen Preis; du musst nur darauf vorbereitet sein, den Preis zu bezahlen. Angela hatte einfach die Nase voll von meiner Fremdgeherei und meiner Trinkerei. Da kann man ihr keinen Vorwurf machen.«

Robert konnte es jedenfalls nicht. Angela hatte eine Menge hingenommen. Die Situation hatte sich vor drei Jahren zugespitzt, als Jimmys langjährige Beziehung mit Frances, einer Schauspielerin, die um viele Jahre jünger war als er, in die Schlagzeilen gelangte. Das Mädchen wollte unbedingt eine Rolle in einem neuen Film haben und hatte die Story in der Hoffnung an die Zeitungen verkauft, dass die damit verbundene Publicity ihr helfen würde, die Rolle zu kriegen. Das war nicht der Fall gewesen, und Frances hatte danach auch keine anderen Rollen mehr bekommen. Überraschenderweise hatte Jimmy an der Beziehung mit der Schauspielerin festgehalten, und sie hatte ihm achtzehn Monate später ein Kind geboren.

Seltsamerweise hatte die Presse von der Tatsache, dass Frances Jimmy einen Sohn geschenkt hatte, noch keinen Wind bekommen. Nach ihrem katastrophalen Werbegag war sie völlig von der Bildfläche verschwunden. Robert war einer der wenigen, die wussten, dass Jimmy sie in einem kleinen Buchladen im Westen Irlands untergebracht hatte. »Irgendjemand hat es Angela gesteckt. Wie auch immer, sie hat mich über ihren Anwalt wissen lassen, dass sie der Scheidung, die ich schon vor Jahren wollte, zugestimmt hätte, wenn sie gewusst hätte, dass ich ein Kind habe. Sie sagte, kein Kind habe es verdient, ohne Vater aufzuwachsen.« Er schüttelte den Kopf, weil das offenkundig eine schmerzhafte Erinnerung war. »Sie ist verbittert, sehr verbittert. Sie wird herausholen, was sie nur kann.«

»Und was willst du tun?«, fragte Robert.

Bevor Jimmy antworten konnte, wurde ihr Essen serviert, Teller mit Appetithappen, Pastete, Pilzen, Hähnchenflügel, Schalen mit Oliven und Körbchen mit verschiedenen Brotsorten. Sie bestellten zwei weitere Gläser Wein.

Jimmy zuckte die Achseln. »Ich lasse mich von Angela scheiden – das wird mich wahrscheinlich ruinieren. Und ich werde Frances heiraten – das wird mich wahrscheinlich umbringen. Ich bin zweiundfünfzig; ich bin zu alt, um zum ersten Mal Vater zu werden. Ich werde ein schlechter Vater sein.«

»Menschenskind, Jimmy, ich weiß nicht, ob ich dich bedauern oder beglückwünschen soll.«

»Um ehrlich zu sein, das weiß ich auch nicht.«

Die beiden Männer aßen schweigend. Der Geräuschpegel der unteren Etage hatte deutlich zugenommen.

»Und wie läuft es bei dir?«, fragte Jimmy, während er die Kerne der Oliven, die er gegessen hatte, auf dem Tisch zu einem ordentlichen Kreis arrangierte.

»Ganz okay. Hab ein bisschen zu kämpfen; es herrscht Auftragsmangel. Aber in letzter Zeit hab ich Glück gehabt.«

»Und Kathy, wie geht es ihr?«

»Gut. Ihr geht es gut. Sie ist mit den Weihnachtsvorbereitungen beschäftigt. Ich hab vorhin mit ihr telefoniert; sie sagte, dass sie vielleicht im Shanahan's vorbeikommt.« Er zog sein Handy heraus. »Eigentlich sollte ich ihr sagen, wo wir sind. Vielleicht schaut sie vorbei, wenn sie in der Nähe ist.« Es wäre ihm jetzt sehr recht gewesen, wenn sie vorbeikam; so würde sie zumindest sehen, dass er wirklich mit einem Geschäftsfreund unterwegs war. Sein Display zeigte »Netzsuche« an. »Ich habe keinen Empfang. Wie ist es bei dir?«

Jimmy kramte ein übergroßes Handy hervor, das

mindestens seit fünf Jahren völlig überholt war. Er hielt es ans Licht und schielte auf das kleine grüne Display. »Nein. Kein Empfang. Muss wohl an den dicken Mauern liegen.«

»Du musst dir ein neues kaufen«, sagte Robert schmunzelnd. »Wahrscheinlich hat Noah dieses Modell genutzt, um sich mit Gott über die Sintflut zu unterhalten.«

»Mir reicht das aus. Das hat schon Nostalgiewert. Ich gehöre nicht zu den Leuten, die immer das Neueste haben müssen.« Er griff nach Roberts Handy. »Sehr schick. Ich gehe davon aus, dass es außer Tee kochen alles kann.«

»Ich glaube, selbst das könnte es.«

»Und sag mir«, fuhr Jimmy gelassen fort, »was ist mit der reizenden Stephanie? Wie geht es ihr?«

Robert zögerte kurz, bevor er antwortete. »Ach, ihr geht es gut. Sie hat uns Anfang des Jahres einen kleinen Auftrag verschafft und versucht, uns noch ein bisschen mehr ins Geschäft zu bringen.«

Jimmy starrte auf die untere Etage hinab. Ohne Robert anzusehen, sagte er: »Mir ist zu Ohren gekommen, dass du mit ihr … zusammen wärst.«

»Was?« Einen kurzen Augenblick war sich Robert nicht sicher, ob er richtig gehört hatte. Er spürte, wie sich sein Magen zusammenkrampfte. »Wer hat das gesagt?«

»Das hier ist ein großes Dorf. Lauter Spießer mit großem Mundwerk. Die Leute tratschen und setzen Gerüchte in die Welt. Ein paar Leute haben euch zusammen gesehen und zwei und zwei zusammengezählt.«

»Die sollen sich doch um ihre eigenen Angelegenheiten kümmern, verdammt!«, schnauzte Robert und war selbst von seiner Heftigkeit überrascht.

»Dann stimmt es also?«

Robert machte den Mund auf, um eine barsche Antwort zu geben, dann nickte er plötzlich. »Ich möchte dich nicht anlügen. Ja, es stimmt.« Noch während er das sagte, überkam ihn ein ungewöhnliches Gefühl: Er brauchte einen Augenblick, bis er es als Erleichterung identifizieren konnte. Jimmy war der erste Mensch – der einzige Mensch –, dem er seine Affäre mit Stephanie eingestand.

Jimmy beugte sich über den Tisch und ergriff Roberts Hände. »Ist sie es wert?«

Erschreckt wich Robert zurück. »Was?« Das war nicht die Reaktion, mit der er gerechnet hatte. Jimmys Affären und One-Night-Stands waren schließlich legendär.

»Ist sie es wert?«

Der Wein wurde serviert, und die beiden Männer rückten auseinander. Robert bestellte sofort nach, weil er wusste, dass die Bedienung mindestens eine Viertelstunde brauchen würde, bis sie sich wieder den Weg durch die Menge zu ihnen gebahnt hatte. Außerdem brauchte er ein wenig Zeit, um seine Fassung wiederzufinden. Jimmy wusste über seine Affäre Bescheid. Andere Leute waren über die Beziehung im Bilde. Die Frage lautete nun: Wer wusste es sonst noch und seit wann? Obwohl es in der Market Bar inzwischen hoch herging und laut war, fühlte er sich von eisigem Schweigen umgeben.

»Ist sie es wert?«, fragte Jimmy noch einmal.

»Ja. Ja. Ich glaube schon. Wer hat es dir gesagt?«

»Es war neulich auf einem Regie-Seminar. Wir hatten Arbeitsgruppen gebildet, und irgendjemand erzählte von Stephanies Firma. Er erwähnte, dass sie dir im letzten Jahr drei große Aufträge erteilt haben, und fragte, wie das wohl gekommen sei, da du ja nun nicht gerade ein Spezialist für Werbespots wärest. Simon Farmer …«

»Dieser Scheißkerl«, warf Robert sofort ein.

»Genau. Der Scheißkerl sagte, es läge daran, dass du die Geschäftsführerin vögelst. Er sagte, das sei allgemein bekannt.«

Der Wein rumorte in Roberts Magen, die Säure stieg in ihm auf, und er hatte das Gefühl, sich gleich übergeben zu müssen. Seine Finger zitterten leicht, als er das Glas anhob und es in einem langen Zug leerte. Der Wein brannte ihm in der Kehle. Eigentlich hätte er inzwischen von zwei

Gläsern Wein auf leeren Magen ein wenig angetrunken sein müssen, aber im Moment war er stocknüchtern, und er war überzeugt, dass er sich heute Abend nicht würde betrinken können, ganz gleich, wie viel er sich hinter die Binde kippte.

Jimmy nippte an seinem Wein, dann zog er Roberts Glas zu sich und goss die Hälfte von seinem hinein. »Ich habe einen Augenblick gebraucht, bis mir klar wurde, dass von Stephanie die Rede war.«

»Oh, Scheiße. Und es ist … es ist wirklich allgemein bekannt?«

»Vorher hatte ich noch nichts davon gehört«, räumte Jimmy ein. »Aber ich hatte euch beide schon seit einer Weile im Verdacht. Ich gebe zu, dass zwischen euch, wann immer ich euch zusammen gesehen habe, eine Ungezwungenheit war, die mich stutzig gemacht hat.«

»Stutzig? Inwiefern?«

»Weil ich mich und Frances in der Art und Weise, wie ihr dagestanden seid, wiedererkannt habe, wie ihr euch beiläufig angeschaut habt, wie sich eure Hände unschuldig und scheinbar zufällig berührt haben. Das lockere Plaudern, das genau das Gegenteil war.«

»Und du hast mir nie etwas davon gesagt?«

»Das ging mich doch nichts an, oder? Außerdem bin ich mit meinem Ruf ja wohl nicht gerade derjenige, der dir zu sagen hat, wie du dein Leben zu leben hast.«

»Ich muss mit Stephanie reden. Ich muss es ihr sagen. Sie könnte wegen dieser Sache ihren Job verlieren.«

»Das bezweifle ich. Sie wäre nicht die erste Frau, die ihrem Liebhaber ab und zu einen Gefallen tut, und außerdem bin ich mir sicher, dass du erstklassige Arbeit abgeliefert hast. Solange du keine überhöhten Honorare bekommen und keinen Mist abgeliefert hast, bist du aus dem Schneider.«

»Sie sagte, sie könnte ihren Job verlieren, wenn jemand dahinterkommt.«

Jimmy zuckte die Achseln. »Wenn sie für mich arbeiten würde, dann würde ich ein ernstes Gespräch mit ihr führen«, räumte er ein, »aber wenn sie nichts Illegales getan hat, hätte ich keinen Grund, sie zu entlassen. Sie ist eine intelligente Geschäftsfrau; sie wird sich schon irgendwie abgesichert haben.«

Robert stützte die Ellenbogen auf den Tisch und legte das Kinn in die Hände. »Ich hätte nicht gedacht, dass jemand etwas gemerkt hat. Ich war so vorsichtig.«

»Robert, selbst wenn nichts zwischen dir und Stephanie wäre, würden die Leute natürlich zu tratschen anfangen, wenn sie euch zusammen sehen. Heutzutage können ein Mann und eine Frau einfach nicht zusammen unterwegs sein, ohne dass sich die Leute das Maul zerreißen. Sind aber zwei Leute gleichen Geschlechts zusammen, dann redet keiner davon, dass sie eine homosexuelle Beziehung haben! So ist das nun mal.«

»Du warst schon einmal in dieser Lage«, sagte Robert verzweifelt. »Was soll ich tun?«

»Eigentlich stellst du mir zwei Fragen: Was du tun sollst und was du tun sollst, wenn jemand danach fragt.«

Robert dachte einen Augenblick nach, dann nickte er zustimmend. Es waren zwei Fragen. Er entschied sich für die leichtere. »Was sage ich, wenn jemand fragt?«

»Du hast zwei Möglichkeiten: es abstreiten oder es zugeben. Falls du es zugibst, musst du dich auf die Konsequenzen gefasst machen, die das auf dein Zuhause, deine Familie, Freunde und Arbeit haben wird. Mein Rat lautet, es abzustreiten. Streite es ab und bleib dabei. Und stell sicher, dass Stephanie es ebenfalls abstreitet. Aber sorge dafür, dass Kathy von den Gerüchten weiß, bevor sie es von irgendjemandem erfährt. Sag ihr, du hättest gehört, dass diese Geschichte im Umlauf sei, und dass du sie als Erster darauf aufmerksam machen möchtest. Sie muss glauben, dass es nicht wahr ist. Falls Kathy davon überzeugt ist, dass da nichts läuft, bist du aus dem Schneider; falls sie aber schon einen Verdacht hegt, dann wirst du ihn nur verstärken.«

Robert machte den Mund auf, um etwas zu sagen, aber Jimmy hob die Hand.

»Und sag mir bloß nicht, dass du sie nicht anlügen willst. Das hast du bereits getan. Das ist lediglich eine Ausweitung der Lüge.«

Robert ließ sich auf seinem Stuhl zurückfallen, als die nächste Getränkerunde gebracht wurde. »Kann ich bitte die Rechnung haben?« Er schaute Jimmy an. »Es tut mir wirklich Leid. Ich muss hier raus, ein bisschen frische Luft schnappen, einen klaren Kopf bekommen.«

»Das verstehe ich.«

Robert lachte, es war ein kurzes Bellen. »Weißt du, was daran so komisch ist? Gerade vor ein paar Stunden hatte ich beschlossen, Stephanie vorzuschlagen, dass wir im neuen Jahr wirklich etwas auf Distanz gehen sollten.«

Jimmys Gesicht blieb völlig ausdruckslos.

»Das wird jetzt vielleicht beschleunigt«, fuhr Robert fort.

»Robert, versuche, nicht überzureagieren. Ich habe dir gesagt, was ich gehört habe. Gerüchte. Verbreitet von einem verbitterten kleinen Mann, der neidisch ist, weil er die Aufträge nicht gekriegt hat. Und weil er nicht mit Stephanie Burroughs geschlafen hat«, fügte Jimmy mit einem süffisanten Grinsen hinzu.

Robert lächelte matt. »Na ja, das stimmt.«

Jimmys Grinsen verschwand. »Aber ich möchte dir einen Rat geben, wenn ich darf.«

»Bitte.«

»Nun, dann will ich dir zuerst eine Frage stellen. Liebst du sie? Liebst du Stephanie?«

Robert brauchte eine ganze Weile, bis er zustimmend nickte.

»Und Kathy? Liebst du sie?«

Dieses Mal kam sein Nicken schneller. Ja.

»Und Stephanie? Liebt sie dich?«

»Ich glaube schon.«

Jimmy wand sich verlegen. »Dann hast du ein Problem. Es ist immer so viel einfacher, wenn es nur um Sex geht.«

»Das weiß ich. Und wie lautet dein Ratschlag?«

»Sag einer Frau niemals, dass du mit ihr Schluss machst – egal, wie nett du es formulieren magst. Das führt immer zu einer Katastrophe.«

»Scheiße! Ich hätte mich nie in diese Situation hineinmanövrieren dürfen. Aber damals …«

»Ich weiß. Es war einfach. Es ist immer einfacher, in so etwas hineinzugeraten, als wieder herauszukommen. Denk an das, was ich gesagt habe, nämlich dass alles seinen Preis hat. Na ja, ihn zu bezahlen, ist Scheiße.«

Kapitel 25

Ich hab dich noch nicht gefragt, was ich tun soll.«

Die beiden Männer fröstelten, als sie aus der Market Bar traten. Die Temperatur war deutlich gefallen, allerdings schien das den vielen Menschen, die draußen darauf warteten, in die Bar hineinzukommen, ebenso wenig auszumachen wie den Rauchern, die sich auf der Straße versammelt hatten oder an den als Tischen dienenden Fässern standen, die in dem von einem Gewölbe überspannten Eingang aufgestellt waren.

»Diese Frage solltest du mir nicht stellen«, sagte Jimmy.

Sie wandten sich nach rechts in Richtung George's Street. Robert hatte vorgeschlagen, Jimmy zu seinem Apartment in Temple Bar zu begleiten, hatte aber angesichts der neuen Informationen das Angebot abgelehnt, bei ihm zu übernachten. Robert vergrub die Hände in den Taschen seines langen schwarzen Mantels. »Ich weiß einfach nicht, was ich tun soll. Ich war noch nie in dieser Lage, du dagegen …«

»Ich dagegen schon, meinst du.« Jimmy lächelte, aber an der Art und Weise, wie er die Lippen verzog, war nichts Amüsiertes. »Ach, das stimmt. Aber weißt du was? Keine meiner Affären – und ich bestreite gar nicht, dass es viele waren – hat mich je in Versuchung geführt, Angela zu verlassen. Mit Ausnahme von Frances. Und – und das sage ich nur dir und sonst niemandem – wäre sie nicht schwanger geworden, dann wäre ich jetzt nicht in dem Schlamassel, in dem ich stecke. Angela und ich, wir hatten ja keine Kinder. Wir haben es probiert; wir wollten welche. Wir haben uns sogar untersuchen lassen, aber es war keine Ursache festzustellen: Es hat einfach nicht geklappt. Wir haben über eine Adoption nachgedacht, aber mein Leben war zu chaotisch, ich war ständig unterwegs und hatte keine geregelten Einkünfte. Selbst wenn es uns gelungen wäre, ein Kind zu adoptieren, hätte das bedeutet, dass Angela es so gut wie allein hätte aufziehen müssen. Wir haben es immer wieder hinausgeschoben, und mit einem Mal war diese Möglichkeit für immer dahin. Aber als Angela erfuhr, dass Frances ein Kind bekommen hat, da war das für unsere Beziehung der Tropfen, der das Fass zum Überlaufen brachte. Sie hatte mir im Laufe der Jahre so viel verziehen, aber ich glaube, das hat sie als den allerschlimmsten Verrat betrachtet.«

»Du rätst mir also, Kathy nicht zu verlassen.«

»Das habe ich nicht gesagt.«

»Ich liebe sie beide!«, erklärte Robert und war selbst überrascht, wie verzweifelt seine Stimme klang. Passanten, die an der Ampel warteten, um die Dame Street zu überqueren, sahen ihn verständnislos an.

Jimmy packte ihn am Arm, führte ihn über die Straße und schlängelte sich mit ihm zwischen den Autos hindurch. »Und? Die Liebe ist kein exklusives Gefühl, das man nur für einen Menschen empfindet. Wir lieben viele Menschen, unsere Eltern, unsere Frauen, unsere Kinder. Wir lieben sie bedingungslos. Ich rede nicht von Liebe. Ich rede von Bindung. Mit welcher von den beiden fühlst du dich verbunden?«

Sie bogen nach links in die Crow Street ab und gingen in Richtung Temple Bar. In der schmalen Pflasterstraße drängten sich die Raucher, die aus den Pubs und Restaurants kamen. Einige hockten sogar auf dem eisigen Bordstein. Eine Gruppe von Frauen stöckelte in identischen Nikolauskostümen, die knapp über den Hüften endeten, klappernd über das Kopfsteinpflaster. Ihre nackten Beine waren schon ganz blau vor Kälte.

Am Ende der Straße blieb Jimmy stehen. »Hier verabschiede ich mich von dir. Bist du sicher, dass du nicht auf einen Absacker hereinkommen willst?«

»Lieber nicht. Ich muss noch fahren.«

»Denk dran, was ich dir gesagt habe. Hier geht es nicht mehr um Liebe – weil du sie ja beide liebst –, hier geht es um Bindung. Bindung in der Vergangenheit, die Bindung jetzt und in der Zukunft. Du wärst heute nicht da, wo du bist, wenn Kathy nicht da gewesen wäre und dich unterstützt hätte.«

»Das weiß ich. Aber die Firma hätte ohne Stephanies Hilfe nicht überlebt.«

»Doch, hätte sie. Aber sie hätte anders überlebt. Was ist dir wichtiger: deine Ehe und Familie oder deine Geliebte und die Firma?« Plötzlich schloss Jimmy Robert in die Arme und drückte ihn fest an sich. »Wo möchtest du nächstes Jahr um diese Zeit sein? Mit wem möchtest du zusammen sein?« Er trat zurück und ging ein paar Schritte, dann blickte er über die Schulter. »Ach, und frohe Weihnachten.« Er wandte sich wieder um und wurde von der Menschenmenge verschluckt.

Robert wartete, bis er aus Temple Bar heraus war, erst dann zog er sein Handy hervor. Er war im Begriff, Stephanie anzurufen, dann hielt er inne. Was sollte er ihr sagen? Alles Mögliche schwirrte ihm durch den Kopf. Die Sache geriet außer Kontrolle; im Moment hatte er einfach zu viel um die Ohren.

Er rannte über die Straße, Autofahrer hupten und schrien wütend hinter ihm her. Er ging in Richtung Trinity College, das im Licht der Scheinwerfer schwarz-golden glänzte. Glückliche Paare kamen Arm in Arm lachend auf ihn zu, und er ertappte sich dabei, dass er sich fragte, wie viele von diesen Leuten Affären hatten, wie viele eine echte Beziehung unterhielten. Aber legte das den Schluss nahe, dass eine Affäre keine echte Beziehung war? Doch, das war sie. Er ertappte sich dabei, dass er nickte. Seine Beziehung mit Stephanie war echt. Aber war sie fair?

Nein.

Die Antwort war schlicht und einfach. Sie war für keinen fair. Er kramte das Handy aus der Tasche und drückte die Kurzwahl für Stephanie. Sie nahm fast augenblicklich ab.

»Mit dir habe ich noch gar nicht gerechnet«, sagte sie zur Begrüßung.

»Wo bist du?«

»Im Auto, auf dem Heimweg. Ich war mit Sally im Shelbourne einen trinken. Ist alles in Ordnung?«

»Ich weiß nicht genau. Ich komme jetzt zu dir. Ich gehe gerade die Nassau Street entlang; das Auto habe ich beim Büro stehen lassen. In einer Dreiviertelstunde bin ich da.«

»Robert ...«, hob Stephanie an, aber er hatte schon aufgelegt. Er wollte jetzt nicht mit ihr reden; er brauchte ein bisschen Zeit zum Nachdenken.

So hatte er sich den Abend nun wahrlich nicht vorgestellt – durchgefroren und mit schwerem Herzen durch die Straßen Dublins zu trotten. Es hätte ein guter Tag werden müssen: Es sah so aus, als hätte er den DaBoyz-Vertrag an Land gezogen, er hatte mit einer schönen Frau Sex gehabt und war dann mit einem alten Freund ausgegangen.

Bis Jimmy ihm von den Gerüchten erzählt hatte. Damit hatte sich auf einen Schlag alles verändert. Reagierte er über? Simon Farmer hatte also verbreitet, dass Robert eine Affäre mit Stephanie habe. Er kannte Farmer, der ein kleiner, widerlicher, untalentierter Scheißkerl war, aber unglaublich gute Kontakte hatte. Jahrein, jahraus schaffte es seine Firma, ein paar Traumverträge zu bekommen. Farmer war ein aufgeblasenes Großmaul, und Robert und er waren bei mehreren Gelegenheiten aneinander geraten. Vor ein paar Jahren hatten sie zusammen in ein paar Komitees gesessen und waren einfach nicht miteinander klargekommen. Als sich Robert an diese Tage in den Komitees zurückerinnerte, wurde ihm klar, dass er Farmer vor allem deshalb nicht leiden konnte, weil er ein Klatschmaul war und gerne Gerüchte und schlechte Nachrichten verbreitete. Wie vielen Leuten hatte er es wohl erzählt?

Robert musste damit rechnen, dass Farmer Beschwerde einreichen würde, weil Stephanie Roberts Firma Aufträge zuschusterte. Es gab ihm einen Stich in den Magen: Vielleicht hatte er sich ja schon beschwert!

Robert zog sein XDA heraus und trat in einen Eingang, um einen Blick auf das Display zu werfen. Er scrollte durch die Namen in seinem Adressbuch, bis er endlich bei Jimmy ankam. Jimmy hob sofort ab.

»Jimmy Moran.«

»Ich bin's, Robert.«

»Hast du es dir anders überlegt? Dann komm her.« Robert hörte einen deutlichen Plop und dann ein Klirren.

»Nein, ich kann nicht. Ich treffe mich mit Stephanie. Wir müssen miteinander reden.«

»Gute Idee.«

»Ich möchte dir nur eine Frage stellen. Wie lange ist es her, dass du mit Farmer gesprochen hast? Du hast gesagt, das wäre kürzlich bei einem Regie-Seminar. Wann war das?«

»Das war am letzten Novemberwochenende. Ich kann das genaue Datum nachsehen, wenn du willst.«

»Nein, das reicht schon. Ich überlege mir nur gerade, seit wann Farmer Bescheid weiß.«

»Robert«, sagte Jimmy ernst, »als er die Nachricht verbreitete, hat keiner reagiert, als sei das eine große Neuigkeit. Ein paar Leute haben genickt, als wüssten sie es längst. Ich glaube, du musst akzeptieren, dass die Leute Bescheid wissen, und das schon seit einer ganzen Weile … und weißt du was? Den meisten Leuten ist es schlichtweg egal, und so sollte es ja auch sein. Jetzt geh und rede mit Stephanie. Du weißt, dass du mich jederzeit anrufen kannst. Jederzeit«, betonte er.

»Das weiß ich. Danke, Jimmy, du bist ein guter Freund.« Er brach die Verbindung ab, steckte sich das Handy in die

Tasche und ging eilig die Straße entlang. Er musste zu seinem Auto zurück laufen, musste zu Stephanie fahren, er musste unbedingt mit ihr reden.

Wenn die Leute Bescheid wussten, warum hatte ihm dann keiner etwas gesagt? Erst kürzlich war er in Belfast bei einer Konferenz der BBC gewesen. Dort waren die neuen Redakteure vorgestellt worden, es wurde über den Bedarf an Dokumentar- und Spielfilmen diskutiert, und so gut wie jede unabhängige Produktionsfirma aus dem ganzen Land war vertreten gewesen. Keiner hatte ein Sterbenswörtchen über Stephanie zu ihm gesagt. Nicht einmal Farmer. Sie hatten ein paar freundliche Worte gewechselt. Robert runzelte die Stirn und bemühte sich, das Treffen im Geiste noch einmal ablaufen zu lassen. War da etwas gewesen, was ihm entgangen war, irgendwelche leisen Andeutungen oder wissenden Blicke? Hatten ihn die Leute angesehen, hinter seinem Rücken getuschelt und über ihn geredet?

Er lachte, ein plötzliches bellendes Geräusch, so dass das junge Paar, das gerade auf ihn zukam, einen Bogen um ihn machte. Er war albern. Natürlich hatte keiner über ihn geredet; Jimmy hatte Recht. Das interessierte einfach niemanden.

Aber so konnte er sein Leben nicht führen. Er wollte sich nicht fragen, ob die Leute über ihn tuschelten, sich nicht dauernd Gedanken machen, was sie von ihm hielten, und nicht immer Angst haben, die Sache könnte seiner Frau zu Ohren kommen. Er musste das klären.

Jetzt.

Noch heute Abend.

Kapitel 26

Robert benutzte seine Magnetstreifenkarte, um das Tor zu öffnen, das in den kleinen Komplex von Wohn- und Reihenhäusern führte, in dem Stephanie am Grand Canal wohnte. Die meisten Häuser waren völlig dunkel, nur in ein paar der Maisonettewohnungen brannte Licht. Hier wohnten fast ausschließlich Singles und junge berufstätige Paare, allerdings lebten in den größeren Reihenhäusern auch ein oder zwei Rentnerpaare. Die meisten Bewohner der Anlage waren heute Abend wahrscheinlich in der Stadt unterwegs, schließlich war die vorweihnachtliche Partysaison voll im Gange. Er stellte den Audi auf einen leeren Parkplatz vor Nummer 28 neben Stephanies silbernem BMW ab. Zwar hatte er einen Schlüssel zu Stephanies Wohnung, aber er benutzte ihn selten. Er läutete zwei Mal kurz.

Hinter dem Ornamentglas bewegte sich etwas, und dann erschien Stephanie, in einem pfirsichfarbenen Morgenmantel aus Seide, das Haar mit einem Handtuch umwickelt. Die Konturen ihres Körpers, noch immer feucht von der Dusche, waren unter dem dünnen Stoff deutlich zu erkennen, und die Brustwarzen zeichneten sich fest und spitz ab. Sie lächelte schelmisch. »Mit dir habe ich wirklich nicht gerechnet.«

»Es ist anders gelaufen, als ich dachte.« Er küsste sie flüchtig und drückte sich an ihr vorbei in die Wohnung.

Stephanies Wohnung bildete einen großen Kontrast zu seinem Haus. In den kleinen Räumen bekam er immer ein wenig Platzangst. Stephanie legte mehr Wert auf Bequemlichkeit als auf Gestaltung, und das Wohnzimmer war voll gestellt mit einer pompösen, mit Kordstoff bezogenen Sitzgarnitur, einer hässlichen dunklen Vitrine, die mit Unmengen von kleinen handbemalten Häusern angefüllt war, und an allen Wänden hingen Dutzende Bilder in jeder erdenklichen Technik. Hohe Trockenblumengestecke in bogenförmigen Gläsern standen an prominenter Stelle rechts und links des Kamins. Ein Flachbildfernseher stand unauffällig in einem Bücherregal, darunter ein Mini-CD-Player, aus dem leise die New-Age-Musik drang, die Robert nicht ausstehen konnte und die Stephanie so liebte.

»Du siehst aus, als könntest du einen Drink gebrauchen.« Ohne auf eine Antwort zu warten, drehte sie sich um und ging in die kleine Küche.

»Kaffee, nichts Alkoholisches«, rief Robert ihr nach. Er schälte sich aus dem Mantel und warf ihn auf einen Sessel, dann folgte er ihr in die Küche und lehnte sich an den Türrahmen. Die Küche war winzig und blitzsauber, und es war offensichtlich, dass sie selten benutzt wurde. Der Gasherd sah wie neu aus, aber die Arbeitsfläche war mit Küchengeräten voll gestellt: Wasserkocher, Toaster, Mikrowelle, Wasserfilter und eine hochmoderne schwarz-silberne Kaffeemaschine.

Sie bückte sich, um den Kühlschrank zu öffnen. »Ich habe einen gut gekühlten Weißwein …«

»Lieber nicht. Ich muss noch fahren.«

Stephanie richtete sich auf, und Missbilligung huschte über ihr Gesicht. »Du bleibst nicht hier?«

»Nein, heute Abend nicht. Ich kann nicht.«

»Das war aber nicht so geplant«, sagte sie lächelnd.

»Nein, war es nicht.«

Stephanie zog den Morgenmantel enger um ihren Körper. »Dann mache ich halt Kaffee.«

Robert beobachtete schweigend, wie sie gemahlenen Kaffee in den Filter schüttete. Was war es, was er an dieser Frau so liebte? Wie hatte sie ihn dermaßen in ihren Bann gezogen? Sie war hübsch, aber nicht umwerfend.

Ihr Busen war voll, aber nicht übergroß, sie war schlank, aber nicht mager. Sie war durchschnittlich. Sehr durchschnittlich. Genau genommen sah sie, wie ihm mit einem Mal und mit zunehmender Panik klar wurde … ja, sie sah ein bisschen wie Kathy aus, eine schlankere, jüngere Kathy. Robert starrte die Frau an, er war von seiner Entdeckung betroffen, entsetzt und fasziniert. Warum hatte er das nie zuvor gesehen? Weil er sich, wie er jetzt feststellte, nie gefragt hatte, was er an ihr überhaupt so anziehend gefunden hatte.

Er beobachtete ihre Bewegungen und war sich bewusst – nur allzu bewusst –, dass sie unter dem Morgenmantel nackt war. Sie goss Wasser in die Kaffeemaschine, und ihr Mantel sprang auf, sodass er einen flüchtigen Blick auf ihre Brüste erhaschen konnte. Sie sah ihn von der Seite kurz an, und ihm wurde klar, dass er ertappt war.

»Du siehst sie doch nicht zum ersten Mal.«

»An dem Tag, an dem ich sie nicht mehr gerne anschaue, muss ich tot sein.«

Aber es gab Unterschiede zwischen den beiden Frauen, gewaltige Unterschiede. Kathy würde niemals mit nichts weiter an als einem leichten Morgenmantel in der Küche Kaffee machen. Kathy brachte ihn nicht mehr zum Lachen und erregte ihn auch nicht mehr. Stephanie tat all das – und mehr.

Aber irgendwo in seinem Hinterkopf war ihm klar, dass er Kathy gegenüber nicht wirklich fair war: Bei Stephanie bemühte er sich mehr, bemühte sich, sie zum Lachen zu bringen, sie glücklich zu machen, brachte ihr kleine Geschenke, kleine Überraschungen, hin und wieder einen Blumenstrauß mit. Er konnte sich nicht erinnern, wann er Kathy das letzte Mal ein kleines Geschenk oder Blumen mitgebracht hatte.

»Erzählst du mir, was passiert ist?«, sagte sie. »Ich gehe davon aus, dass es mit Jimmy zu tun hat, da alles in Ordnung war – sogar sehr in Ordnung –, als ich vor ein paar Stunden gegangen bin. Es geht ihm doch gut, oder?«

»Ja, es geht ihm gut. Sein Leben ist das reinste Chaos, wie immer.«

»Ich glaube, das braucht er«, stellte Stephanie fest.

»Er wird nicht jünger. Aber diesmal ist das Chaos schlimmer als gewöhnlich. Seine Frau willigt inzwischen in die Scheidung ein.«

»Na ja, das sind doch gute Nachrichten ...«

»Und will im Gegenzug die Hälfte von dem, was er besitzt.«

Stephanie blickte ihn unvermittelt an. »Wie schön für sie. Das ist ihr gutes Recht.«

»Das weiß ich. Er wird Frances heiraten, damit sie das Kind gemeinsam aufziehen können.«

»Das sollte er auch.«

Robert zuckte wortlos die Achseln. Er bemerkte, dass ihn Stephanies Reaktion ein wenig beunruhigte. Sie zeigte nicht gerade Mitgefühl für Jimmys Notlage.

»Du siehst nicht überzeugt aus«, stellte Stephanie, die ihn genau beobachtete, fest.

»Ich erinnere mich bloß, dass Frances die Frau war, die ihre Geschichte an die Presse verkauft hat. Sie hat ihn benutzt, um in der Hoffnung, diese Filmrolle zu bekommen, kostenlos Publicity zu kriegen.«

Der Kaffee fing an durchzulaufen, und der kräftige Duft erfüllte die kleine Küche.

»Diese Enthüllung war für ihn und Angela genau genommen der Anfang vom Ende.«

»Aber er ist immer noch mit Frances zusammen«, sagte Stephanie, öffnete die Schranktüren und holte zwei winzige Kaffeetassen heraus. »Er ist zu ihr zurückgekehrt, hat sie geschwängert.«

»Sei so nett und tu ihn in einen Becher. In etwas Größeres als diese Fingerhüte da.«

Stephanie griff in den Schrank und holte einen Becher heraus, der mit einem gelben Smiley verziert war.

»Den habe ich dir geschenkt.«

»Ich weiß.«

»Frances hat seinen Ruf für ein paar Zeitungsartikel ruiniert.«

Stephanie lachte hell und fröhlich auf. »Das hat sie nicht. Er hatte keinen Ruf, den man hätte ruinieren können. Du weißt, dass er in ganz Dublin berüchtigt war. Einer der Gründe, warum er keine Rechercheurinnen finden konnte, die mit ihm zusammenarbeiten wollten, war, weil er alle angebaggert hat – und erwartete, dass sie darauf eingingen.« Sie goss den Kaffee, stark und schwarz, in den Becher und schenkte sich dann ihre winzige Tasse ein. »Alle haben das gewusst.«

Sie reichte Robert den Becher. Er nippte daran, verzog das Gesicht und genoss dennoch den scharfen, bitteren Geschmack. »Die Leute wissen auch über uns Bescheid, Stephanie«, sagte er leise. »Jimmy hat es mir heute Abend erzählt.«

Sie nickte und ging an Robert vorbei ins Wohnzimmer. Mit einer geschickten Bewegung machte sie es sich auf dem Sofa bequem und schlug die nackten Beine unter.

Robert folgte ihr. »Hast du gehört, was ich gesagt habe?« Er setzte sich Stephanie gegenüber in einen Sessel. »Die Leute wissen über uns Bescheid.«

Im Zimmer herrschte bis auf die unheimlichen Windspiele, die aus dem CD-Player drangen, Stille. Endlich kapierte er, warum Stephanie so ungerührt war: Die Nachricht hatte sie nicht überrascht. Er war fassungslos gewesen, als Jimmy es ihm gesagt hatte; ihre Reaktion hätte ähnlich ausfallen müssen, es sei denn …

»Du hast es gewusst.« Er war schockiert und fühlte sich eigenartig hintergangen. »Du hast es gewusst und mir nichts davon gesagt.«

»Ja, ich hab's gewusst.«

Robert leckte sich über die trockenen Lippen und nahm einen großen Schluck Kaffee. »Seit wann … ich meine, warum hast du nicht … was ist mit deiner Firma?«

»Seit ein paar Monaten kursieren Gerüchte über uns«, sagte Stephanie gelassen. »Ich habe sie ignoriert. Unsere

Branche lebt von Klatsch und Tratsch. Und wenn zwei Menschen häufig zusammen gesehen werden, dann wird getratscht, auch wenn an den Gerüchten gar nichts dran ist. Etwa vor einem Monat wurde ich zum Chef bestellt. Charles Flintoff hat mich ganz direkt gefragt, ob wir beide ein Verhältnis haben.«

»Du hast nein gesagt«, erklärte Robert wie aus der Pistole geschossen.

»Ich habe ja gesagt.«

Robert blickte sie fassungslos an.

»Dass ich eine Beziehung mit dir habe, ist das Eine – das ist ihm schnurzegal. Dass ich dir Aufträge zuschanze, ist etwas Anderes. Nun, solange alles korrekt abläuft, na ja, dann ist es gerade noch hinnehmbar. Aber es kam für mich gar nicht in Frage, ihn anzulügen. Allein die Tatsache, dass er mir die Frage gestellt hat, hat doch den Schluss nahe gelegt, dass er die Antwort kannte. Deshalb habe ich ihm die Wahrheit gesagt.«

Robert war sprachlos. Es gab Fragen, die er stellen wollte, stellen musste, aber er konnte sie nicht formulieren.

»Und es war genau das Richtige. Er hatte die Verträge der Aufträge, die ich dir erteilt habe, einschließlich der Abrechnungen, vorliegen. Er hatte ein paar Vergleiche mit den anderen Anbietern vornehmen lassen und eine unabhängige Einschätzung des Ergebnisses eingeholt.« Sie zuckte die Achseln. »Er hatte nichts daran auszusetzen.«

Schließlich gelang es Robert, die Sprache wiederzufinden. »Und wie viele Leute wissen Bescheid?«

Stephanie runzelte die Stirn. »Warum? Wo liegt das Problem?«

»Weil es, wenn die Leute Bescheid wissen, nur eine Frage der Zeit ist, bis es Kathy zu Ohren kommt.«

Stephanies Gesicht wurde zu einer ausdruckslosen Maske. Sie konzentrierte sich auf ihren Kaffee.

»Ich wollte es ihr selbst sagen. Zum richtigen Zeitpunkt.«

»Und wann sollte der richtige Zeitpunkt sein, Robert?«

»Nun, wenn er eben richtig ist. Wenn ich meine Gedanken geordnet habe«, murmelte er.

»Und wann sollte das sein? Worin besteht überhaupt das ›Gedankenordnen‹?«

Robert schaute in seinen Kaffeebecher. Das hier lief nicht so, wie er es geplant hatte. Auf der Fahrt hierher hatte er Versionen des Gesprächs durchgespielt, das er mit Stephanie zu führen gedachte. Er wollte ihr erklären, dass die Leute der Branche den Verdacht hegten, sie hätten etwas miteinander, und dass es ihrem Job zuliebe am besten wäre, sie würden für eine Weile etwas auf Distanz gehen. Sie würden die Sache abkühlen lassen, sich für ein paar Wochen oder vielleicht Monate nicht treffen, und dann würden die Leute es recht bald vergessen. Stephanies Enthüllung – dass ihr Chef Bescheid wusste und sie zugegeben hatte, dass die Gerüchte der Wahrheit entsprachen – änderte alles.

»Wir sind jetzt seit achtzehn Monaten zusammen, Robert. Was soll jetzt werden? Wie sieht die Zukunft aus?«

Dieselben Fragen hatte er sich ebenfalls gestellt.

»Du hast mir erzählt, wie unglücklich du zu Hause bist. Du hast mir gegenüber angedeutet – nein, mehr als angedeutet, du hast mir gesagt, du würdest Kathy verlassen …«

»Das habe ich ganz bestimmt nie gesagt.«

»Vielleicht nicht mit diesen Worten, aber so habe ich es verstanden. Sonst hätte ich nie etwas mit dir angefangen. Du hast mir gesagt, du würdest sie verlassen, sobald der richtige Zeitpunkt gekommen sei.«

Deutlich hörte er die Bitterkeit, die Wut in ihrer Stimme.

Er nickte kurz. Das hatte er gesagt. Er erinnerte sich auch genau, wann er es gesagt hatte. Sie hatten den Tag im Bett verbracht, hier in dieser Wohnung. Er war erschöpft, ein bisschen betrunken gewesen. Und hatte eine Menge Dinge gesagt.

»Nun, wann ist der richtige Zeitpunkt? Noch diesen Monat? Nein, diesen Monat nicht, weil Weihnachten ist und du deiner Familie das Weihnachtsfest nicht verderben willst. Aber du hast kein Problem damit, mir mein Weihnachtsfest zu verderben. Okay, dann nächsten Monat, aber das ist der Beginn des neuen Jahres, und den willst du ihnen wahrscheinlich auch nicht ruinieren. Vielleicht im Februar, aber im Februar hat Theresa Geburtstag, und das wäre wahrlich kein schönes Geburtstagsgeschenk für sie. Im März? Aber weißt du was, da gibt es ganz bestimmt auch ein Problem.« Plötzlich hielt Stephanie inne. Dann seufzte sie. »Versteh doch, ich bin müde. Ich möchte dieses Gespräch jetzt nicht mit dir führen.«

Robert nickte. Das wollte er auch nicht. Er war von der Entschlossenheit in ihrer Stimme überrascht.

»Ich war vorhin mit Sally einen trinken.«

»Weiß sie Bescheid?«

»Natürlich. Sie hat es von Anfang an gewusst.«

Robert kniff die Augen zu. Wer wusste es eigentlich nicht?

»Gleich zu Beginn hat sie mich davor gewarnt, mich mit einem verheirateten Mann einzulassen. Sie hat mir genau erklärt, was passieren würde, und weißt du was: Sie hatte Recht. Bis ins kleinste Detail.«

»Stephanie«, hob Robert an. Er befürchtete, gleich Tränen in ihren Augen zu sehen. »Vielleicht ist das jetzt nicht der richtige Zeitpunkt. Wir sind beide müde. Lass uns erst einmal schlafen.«

»Ich glaube, das ist wirklich das Beste.« Sie stand ohne weitere Umstände auf, nahm Roberts Mantel und reichte ihn ihm.

»Wir sehen uns morgen. Morgen können wir reden.«

Sie nickte, als sie ihn zur Tür begleitete, dann legte sie ihm die Hand auf den Arm. »Ich möchte nicht glauben, dass du mich zum Narren gehalten hast. Ich möchte nicht glauben, dass du mich benutzt hast.« Sie ging auf die Zehenspitzen und küsste ihn sanft, drückte ihm einen flüchtigen Kuss auf die Lippen. »Bis morgen. Sag mir die Wahrheit. Enttäusche mich nicht.«

»Wir reden morgen«, antwortete Robert, der ihren Lippenstift auf seinen Lippen schmeckte und erstaunt war, wie heiser ihre Stimme klang. Er ging hinaus, auf das Auto zu, drückte auf den Funkschlüssel, öffnete die Tür und stieg ein, ohne sich noch einmal umzuschauen. Als er auf dem Fahrersitz saß, blickte er genau auf die Eingangstür. Stephanie hatte sie bereits geschlossen, und er konnte das Rosé ihres Morgenmantels sehen, als sie durch den Flur ging. Normalerweise wartete sie in der Tür, bis er beim Tor angekommen war. Schon nach wenigen Sekunden ging das Licht im Wohnzimmer aus. Dann wurde das Küchenlicht ausgeknipst. Er startete den Motor und fuhr rückwärts aus der Parklücke. Die Lampe im Schlafzimmer ging an, leuchtete hinter den Vorhängen warm und gelb, und er sah ihren Schatten, der sich dahinter bewegte. Er wusste, wie dieses Schlafzimmer eingerichtet war, wusste, wie sich das Bett unter seinem nackten Körper anfühlte. Er wartete einen Augenblick und fragte sich, ob sie wohl herausschauen würde. Das tat sie nicht, und das Licht ging aus.

Robert legte den Vorwärtsgang ein und fuhr davon.

Kapitel 27

Ich hätte nicht gedacht, dass du heute Nacht nach Hause kommen würdest.«

Die Stimme drang flüsternd aus der Dunkelheit und erschreckte ihn. »Ich wollte dich nicht wecken.«

»Du hast mich nicht geweckt.«

Kathy war wach. Jetzt konnte er es ihr erzählen. Er konnte sich auf die Bettkante setzen und es ihr sagen, ihr in der Dunkelheit seine Geheimnisse zuflüstern.

Und was würde er ihr erzählen?

Sobald er mit seiner Geschichte anfing, würde er sie bis zum Schluss erzählen müssen. Und er war sich nicht sicher, welchen Schluss sie haben würde. Welche Version der Wahrheit wollte er erzählen – dass er etwas mit Stephanie hatte oder dass er von Jimmy Gerüchte gehört hatte, er habe etwas mit Stephanie, dass das aber nicht stimme. Was wollte er? Das war die Frage, die ihn auf der Heimfahrt umgetrieben hatte. Wollte er bei Kathy bleiben oder wollte er zu Stephanie ziehen?

Er zerrte am Knoten seiner Krawatte, löste ihn, und die Rohseide zischte wie ein Reißverschluss, dann warf er sie auf den Stuhl vor dem Frisiertisch. Sie fiel mit einem leisen Rascheln auf den Boden.

Selbstverständlich war es nicht ganz so einfach. Würde Kathy ihn überhaupt noch wollen, wenn er ihr erzählte, dass er eine Affäre hatte? Er erinnerte sich daran, wie sie reagiert hatte, als sie vor sechs Jahren diesen Verdacht hegte. Vielleicht würde sie ihn, wenn er es ihr jetzt eingestand, vor die Tür setzen, und die Entscheidung wäre gefällt. War es das, was er die ganze Zeit wollte? Dass

Kathy es herausfand, dass Kathy die Entscheidung traf? Von sich selbst angewidert, kniff Robert die Augen zusammen.

»Ich hatte nur ein paar Drinks, und auf den Straßen war es nicht allzu schlimm.« Er zog sich das Jackett aus, legte es zusammengefaltet auf den Stuhl und fing an, sich das Hemd aufzuknöpfen.

»Ich hab dich vorhin angerufen.« Ihre Stimme war frisch und klar; sie klang nicht, als sei sie eben erst aufgewacht.

»Ich hab keinen Anruf bekommen«, sagte er.

»Er ist direkt auf deine Mailbox umgeleitet worden.«

»Wir waren in der Market Bar – wahrscheinlich hatte ich dort keinen Empfang, die Steinmauern sind so dick.«

Auf der Heimfahrt hatte er überlegt, dass er es Kathy sagen würde. Dass er sie wecken, ihre Hände ergreifen und es ihr beichten würde. Aber Stephanie hatte Recht, es war zu kurz vor Weihnachten. *Frohe Weihnachten, und übrigens, ich habe eine Affäre.*

Das war die emotionale Reaktion. Dann schaltete sich der rationale Teil seines Gehirns ein und stellte ihm die Frage, warum er Kathy denn überhaupt etwas sagen sollte. Ganz einfach. Er wollte es ihr sagen, bevor sie es von jemand anderem erfuhr, damit er ihr die Geschichte auf seine Weise, aus seiner Sicht erzählen konnte. Dann fiel ihm ein, dass Kathy nicht mehr wirklich mit der Branche zu tun hatte. Er konnte sich gar nicht mehr erinnern, wann sie das letzte Mal im Büro vorbeigekommen war, auch wenn sie sich in der Stadt aufgehalten hatte. Und jetzt, da Maureen von der Bildfläche verschwunden war, war dieser Kommunikationsweg versperrt. Deshalb war es womöglich gar nicht nötig, die Sache zu überstürzen. Vielleicht musste er morgen nur mit Stephanie reden, damit sie die Angelegenheit untereinander klären konnten, bevor er es mit Kathy aufnehmen würde.

Das Problem war allerdings, dass er nicht wusste, was

Stephanie wollte. Ihm hatte es nicht gefallen, welche Richtung das Gespräch heute Abend genommen hatte. Bis jetzt war alles immer unbeschwert und lustig gewesen: Sie gingen zum Essen aus, speisten gut, hatten Sex, wann immer es ihnen passte, und genossen die Gesellschaft des anderen. Er war sich stets vage bewusst gewesen, dass Stephanie mehr erwartete, und sich auch darüber im Klaren, dass er mehr versprochen hatte, aber das sollte immer zu einem späteren Zeitpunkt stattfinden, irgendwann, wenn »sich die Lage verändert hätte«.

Was immer das bedeutete.

Wann immer das wäre.

»Wie geht es Jimmy?«

»Jimmy geht es gut. Er lässt dich grüßen.«

»Dass er sich überhaupt noch an mich erinnert, wundert mich.«

»Natürlich erinnert er sich an dich.«

»Ihr habt also keinen Platz im Shanahan's bekommen?«

Und da war er wieder, dieser bohrende Verdacht. Das war keine Paranoia, die durch die Ereignisse des Tages hervorgerufen wurde; das war mehr, etwas Bestimmtes. »Ich werde morgen anrufen und mich beschweren. Ich bin mir sicher, dass Maureen reserviert hat, aber die haben behauptet, es liege keine Reservierung vor.« Schlagartig wurde ihm klar, dass das wahrscheinlich das längste Gespräch war, das sie seit Langem führten.

»Und was sagt Maureen?«

»Maureen ist im Moment krankgeschrieben.«

»Das hast du mir gar nicht erzählt.«

Er hörte den Vorwurf in ihrer Stimme. »Doch, ganz bestimmt.«

»Das hast du nicht!«, fuhr sie ihn an. »Daran würde ich mich ganz bestimmt erinnern. Maureen ist schließlich meine Freundin. Wie lange ist sie denn schon krankgeschrieben?«

»Drei Wochen … vier«, murmelte Robert. Scheiße,

Scheiße, Scheiße. Warum hatte er bloß den Mund aufgemacht und Maureen erwähnt? Die Wahrscheinlichkeit, dass Kathy mit ihr reden wollte, war jetzt groß. Und das war das Letzte, was er im Augenblick gebrauchen konnte. Er hatte auf der Heimfahrt beschlossen, dass er unbedingt noch vor Weihnachten bei Maureen vorbeischauen, ihr ein kleines Geschenk bringen und ihr von dem neuen Auftrag erzählen musste, den Stephanie der Firma verschafft hatte.

»Und das hast du mir nicht gesagt!« Ihre Stimme wurde lauter, dann hatte sie sie wieder unter Kontrolle. »Ich hätte sie angerufen oder besucht.«

Menschenskind, konnte sie denn nicht verstehen, dass er im Augenblick viel um die Ohren hatte? Hätte sie mehr Interesse an der Firma gezeigt, hätte sie vielleicht von Maureens Krankheit gewusst. Hätte sie mehr Interesse an ihm gezeigt, dann hätte er vielleicht keine Affäre. »Ich muss es vergessen haben.«

»Was fehlt ihr denn?«

»Bronchitis oder so etwas. Auf der Krankschreibung steht, dass sie erst nächstes Jahr wiederkommt. Und das ausgerechnet in der Zeit, in der am meisten los ist.«

»Du sagst das, als ob sie krankfeiern würde. Ich kann mich nicht erinnern, dass sie je krank gewesen wäre. Du etwa?«

Robert antwortete nicht. Er ging ins Badezimmer, machte die Tür zu, knipste das Licht an und nahm seine elektrische Zahnbürste zur Hand. Und was war, wenn sie Maureen besuchen wollte? Er ging davon aus, dass Maureen von seiner Affäre wusste – verdammt, es sah so aus, als wüsste die gesamte TV-Branche darüber Bescheid. Selbst wenn Kathy sie vor ihm besuchen sollte – Maureen war nicht dumm. Sie wusste, in welcher Lage sich die Firma befand, und wusste auch, dass nur die Aufträge, die Stephanie ihnen in letzter Zeit zugeschustert hatte, die Firma über Wasser hielten und ihren Lohn sicherten. Sie würde nichts sagen. Dennoch wäre es besser, er würde bald bei ihr vorbeischauen. Vielleicht morgen. Nein, doch besser am Sonntag oder Montag. Vielleicht würde er sie lieber anrufen. Es konnte ja nicht schaden, sie – durch die Blume – daran zu erinnern, wer ihr Gehalt bezahlte, und dass sie in ihrem Alter nicht so leicht wieder einen so bequemen Job finden würde. Sie bildete sich ein, über einzigartige Beziehungen in der Branche zu verfügen. Aber die Zeit ging auch über sie hinweg, und ihre Kontakte waren langsam, einer nach dem anderen, zu nichts mehr nutze, da ihre alten Freunde durch junge Leute ersetzt wurden.

Er würde sie gleich am nächsten Morgen anrufen, weil Frauen immer zusammenhielten, das hatte Robert seine begrenzte Erfahrung gelehrt. Wie beispielsweise, dass Stephanies Freundin Sally sie von Anfang an vor ihm gewarnt hatte: Warum kümmerte sich die nicht um ihre eigenen Angelegenheiten? Falls Kathy zu Maureen gehen und irgendeinen vagen Verdacht äußern sollte, weiß der Himmel, was Maureen dann sagen würde. Ja, es war bestimmt am besten, er würde gleich am Morgen anrufen, ihr vielleicht einen Blumenstrauß und eine Weihnachtsgratifikation bringen. Das würde sie bei Laune halten.

»Wer ist denn jetzt am Empfang?«, fragte Kathy, als er aus dem Bad kam. Blendendes Licht fiel ins Schlafzimmer, und er sah, dass sie sich die Hand vor die Augen hielt. Schnell machte er die Tür wieder zu.

»Eine Aushilfe. Illona. Eine Russin, glaube ich. Ich hab sie über eine Agentur bekommen. Sie ist sehr gut.«

»Hat vielleicht Illona die Reservierung vorgenommen?«, überlegte sie laut.

Robert holte einen frischen Schlafanzug aus dem Schrank und zog sich das Oberteil an. »Vielleicht. Aber das ist etwa vier Wochen her; ich bin sicher, dass Maureen damals noch da war. Ich werde mich morgen trotzdem bei dem Restaurant beschweren, falls ich Zeit dazu finde.«

»Soll ich das für dich erledigen?«

Etwas an ihrem Tonfall, eine gewisse Beflissenheit, eine Erwartungshaltung, warnte ihn. Er hatte diesen Tonfall schon früher gehört, und damals wusste er, wusste er definitiv, dass Kathy ihn verdächtigte. Und jetzt wieder. Nur hatte sie dieses Mal allen Grund dazu. Er spürte, wie das Herz in seiner Brust heftig pochte. Er konnte sogar fühlen, wie seine Haut vibrierte. Er holte tief Luft und zwang seine Stimme, ruhig zu bleiben, dann lächelte er in die Dunkelheit hinein. »Ja, falls du Zeit hast – ja, das wäre prima. Ein Tisch für zwei, Freitagabend, 19.30 Uhr, entweder auf meinen Namen oder auf Jimmy Moran. Ich habe auch seinen Namen angegeben, für den Fall, dass er als Erster kommt.« Sollte sie es doch nachprüfen; sie würde nichts herausfinden, und es könnte ihren Verdacht ein wenig zerstreuen.

Robert stieg ins Bett. Die Laken waren eisig, aber vielleicht lag das daran, dass er das Gefühl hatte, in Flammen zu stehen. Er beugte sich hinüber und drückte seiner Frau einen flüchtigen Kuss auf die Wange.

»Nacht.« Sie murmelte nur dieses eine Wort, während sie sich herum wälzte, sich von ihm weg drehte. Wie gewöhnlich. Sie fragte ihn nicht, wie sein Tag gelaufen war, fragte ihn nicht, was er gemacht hatte, erkundigte sich kaum, wie der Abend verlaufen war. Er merkte, dass Wut in ihm aufstieg. Warum nahm er das eigentlich hin? War das seine Zukunft? War er dazu bestimmt, jahrelang diesen lieblosen Alltag zu ertragen, sich immer mehr von Kathy zu entfremden, bis zwischen ihnen nichts mehr übrig war als Bitterkeit?

Aber es gab eine Alternative.

Es gab Stephanie.

Sie liebte ihn, und er liebte sie. Sie war gerne mit ihm zusammen. Es gab die Möglichkeit einer gemeinsamen Zukunft. Einer glücklichen Zukunft. Aber sie würde nicht ewig warten. Nach dem, was sie heute Abend gesagt hatte, war sie nicht bereit, noch viel länger zu warten.

Aber die Kinder? Was war mit den Kindern?

Er schlief ein, dann wälzte er sich im Traum herum, in dem er Brendan und Theresa in der Market Bar zwischen den Tischen nachjagte. Sie waren immer gerade ein Stückchen außer Reichweite, und an jedem der Tische saßen Kathy und Stephanie.

Samstag, 21. Dezember

Kapitel 28

Ich hab dir gleich gesagt, dass wir einen kleineren Baum nehmen sollen.«

»Dad! Du weißt, dass wir immer den größten Baum nehmen, den wir kriegen können«, antwortete Theresa.

»Und dann verbringen wir immer eine Ewigkeit damit, den Stamm zu kürzen«, hielt Brendan seiner Schwester entgegen.

»Wer ist ›wir‹?«, fragte Robert. »Ich bin doch wohl der Einzige, der hier gerade sägt.«

»Wir halten ihn fest«, erinnerte ihn Brendan.

Robert war zusammen mit Brendan und Theresa nach Swords gefahren, um einen Christbaum zu kaufen. Es war im Laufe der Jahre zur Tradition geworden, dass sie ihren Baum immer erst kurz vor Weihnachten kauften. Bei den Nachbarn hingegen tauchten die Bäume immer früher im Dezember hinter den Fenstern auf und blieben bis weit in den Januar hinein dort stehen. Der andere Aspekt der Tradition bestand darin, dass Kathy sich über den Baum beschweren würde – er war zu groß, zu buschig, zu dünn oder zu schief.

Aber wenigstens das blieb ihnen heute Vormittag erspart, und Robert war dankbar dafür. Kathy war noch im Bett gewesen, als das Trio zum Baumkauf aufgebrochen war, und als sie knapp eine Stunde später zurückkehrten, war sie aus dem Haus gegangen. Ein Zettel auf dem Küchentisch besagte: *»Bin beim Einkaufen.«*

Das passte Robert bestens in den Kram. Sobald er den Baum ins Haus geschafft und den Weihnachtsschmuck in der Garage ausgegraben hatte, musste er sich mit Stephanie treffen. Er warf einen Blick auf die Uhr; er wollte verschwunden sein, bevor Kathy zurückkam und womöglich einen Streit vom Zaun brach.

Aber der Baum war zu groß, er passte nicht ins Haus.

Frustriert verbrachte Robert eine halbe Stunde damit, den Baumstamm abzusägen, hatte das klebrige Harz an den Händen und wurde von unzähligen Tannennadeln gepiekst. Und er rechnete jeden Augenblick damit, dass Kathys Auto die Straße entlangkam. Schließlich schaffte er es, fünfundvierzig Zentimeter vom Stamm abzusägen, und gemeinsam schleppten sie den Baum rückwärts durch die Hintertür der Küche ins Haus, wobei Theresa die Spitze, Brendan die Mitte und er den Stamm hielt.

»Wir könnten ihn in der Diele aufstellen«, sagte Robert, dessen Stimme hinter den Zweigen, die ihm immer wieder ins Gesicht schlugen, gedämpft klang.

»Dad!«, kreischte Theresa entsetzt. Jedes Jahr machte er diesen Vorschlag, und jedes Jahr stellten sie den Baum im Esszimmer auf.

Als der Baum schließlich in einem Eimer voller Kieselsteine in einer Ecke mehr oder weniger gerade stand, wandte sich Robert an Brendan.

»Ich weiß, ich weiß«, sagte der junge Mann. »Die Nadeln aufsaugen. Ich mach's.«

»Gut, ich hole den Baumschmuck, dann muss ich mich waschen und für etwa eine Stunde ins Büro fahren.«

»Dad! Ist das wirklich nötig?«

»Es geht um DaBoyz!« Er beugte sich herab und tätschelte Theresa die Wange. »Stellt euch bloß vor, wenn ich diesen Auftrag kriege, dann könnt ihr zum Set kommen, wenn ich ihren Videoclip drehe.«

Theresa sah völlig unbeeindruckt aus, hatte diesen ganz bestimmten Gesichtsausdruck, den nur weibliche Teenager perfekt beherrschen. »Das glaube ich kaum!«

»Ich dachte, die wären gut«, sagte er verdutzt. »Auf dem Weg nach oben. Sie waren bei ›Top of the Pops‹.«

»Und sie waren scheiße«, stellte sie fest. »Ihre letzte Single ist nicht einmal in die Charts gekommen. Und Ben, der Leadsänger …«

»Welcher ist das?«

»Der mit dem kahl geschorenen Kopf und dem kleinen Spitzbart.« Robert nickte, er konnte sich vage an den jungen Mann erinnern. Für ihn hatten alle fünf Bandmitglieder mehr oder weniger gleich ausgesehen.

»Ben ist schwul und hat ein Verhältnis mit Viv, dem Schlagzeuger«, erklärte Theresa ernst.

Robert nickte ebenso ernst und biss sich auf die Lippe, um nicht schmunzeln zu müssen.

»Neulich kam auf MTV, dass sie im Begriff sind, auseinander zu gehen«, fügte sie hinzu. Sie sah den Ausdruck auf dem Gesicht ihres Vaters und grinste. »Bist du dir sicher, dass du ihren Clip drehen willst?«

Robert fuhr sich mit der Zunge über die trockenen Lippen und schmeckte Kiefernharz. »Ich bin mir nicht sicher.«

»Könnte ein Fehler sein, Dad«, sagte Brendan, der gerade mit dem Staubsauger ins Esszimmer zurück kam. »Wenn solche Bands einen Flop landen, machen sie gewöhnlich alle anderen, nur nicht sich selbst, dafür verantwortlich. Dem Videoclip die Schuld zuzuschieben, steht dabei ganz oben auf ihrer Liste.«

»Hätte ich doch nur früher mit euch beiden geredet«, murmelte Robert und ging aus dem Zimmer.

»Jederzeit, Dad«, rief Brendan ihm nach. »Sag, kriegen wir dafür ein Beraterhonorar?«

Robert ging in sein Arbeitszimmer, machte die Tür zu, dann überlegte er kurz und drehte den Schlüssel im Schloss um. Er verschränkte die Arme vor der Brust, starrte in den kahlen winterlichen Garten hinaus und wusste nicht, was er von all dem halten sollte. Vielleicht war der große Auftrag, die große Chance, gar nicht so groß und so toll, wie er gedacht hatte. Er würde mit Stephanie darüber reden; sie wusste sicher, was zu tun war.

Er setzte sich auf seinen Stuhl und griff nach seinem Handy. Stephanie rief er nie über das Festnetz an; er wollte nicht, dass die vielen Anrufe auf der aufgeschlüsselten Rechnung auftauchten. Er drückte die Kurzwahltaste, und während er wartete, bis die Verbindung hergestellt wurde, blätterte er die Briefe in seinem Ablagekorb durch. Er hatte sie am letzten Montag alle mit nach Hause gebracht, weil er vorhatte, sich im Laufe der Woche damit zu befassen, aber bis jetzt hatte er nicht einmal Zeit gehabt, auch nur einen Blick darauf zu werfen.

Die Verbindung war hergestellt.

»Robert.«

»Wie … wie geht es dir?«, fragte er.

»Robert, ich bin müde.«

»Möchtest du dich mit mir treffen?«

»Ich möchte mich immer mit dir treffen.« Er konnte das Lächeln in ihrer Stimme beinahe hören.

»Ich wollte vorbeischauen. Ich weiß allerdings nicht, wie lange ich brauche, sicher ist auf den Straßen entsetzlich viel los.«

»Ich wollte in die Stadt gehen; in Stephen's Green findet ein Weihnachtsgottesdienst unter freiem Himmel statt.«

»Um wie viel Uhr?«

»Er fängt um zwei an.«

»Wir könnten uns doch dort treffen, uns ein paar Weihnachtslieder anhören und dann irgendwo essen gehen.«

»Okay«, sagte sie kurz angebunden. »Ruf mich an, wenn du in der Stadt bist.« Dann war die Leitung tot.

Robert saß eine Weile da und starrte das Handy an. Das war sehr kurz und nicht sonderlich nett gewesen. Er legte das Telefon zur Seite und kramte hastig den Korb durch.

Und einen Augenblick dachte er, er würde gleich einen Herzinfarkt erleiden.

Seine MBNA-Kreditkarten-Rechnung lag in dem Stapel. Was hatte die hier zu suchen? Er musste sie versehentlich mit der Post, die er vom Büro mit nach Hause genommen hatte, eingepackt haben. Er hatte das Angebot der Kreditkarte kurz nachdem er die Beziehung mit Stephanie begonnen hatte angenommen, weil er so Geld ausgeben konnte, ohne dass Kathy etwas davon merkte. Kathy führte die Haushaltskonten und bezahlte sämtliche Rechnungen, und das Letzte, was er gebrauchen konnte, war, dass sie anfing, ihn wegen einiger seiner Ausgaben zur Rede zu stellen. Seine normalen Geschäftsausgaben ließ er noch immer über die BOI-Karte laufen, aber Kosten, die speziell mit Stephanie zusammenhingen, wurden über die neue Karte abgerechnet. Die Auszüge wurden ins Büro geschickt, und er beglich die ausstehenden Summen monatlich per Scheck. Auf dem Scheckformular gab er fiktive Geschäftstreffen an, gewöhnlich Arbeitsessen.

Robert drehte den Auszug immer wieder in der Hand. Hatte Kathy ihn gesehen? Unwahrscheinlich. Sie kam selten in dieses Zimmer, und sie hatte keinen Grund, seine Post zu durchstöbern.

Es sei denn, sie hegte einen Verdacht.

Der Gedanke kroch ihm langsam und heimtückisch ins Bewusstsein.

Und er wusste, dass sie ihn verdächtigte.

Er sah sich die Rechnung genauer an. Sie war nicht so schlimm, wie er gedacht hatte: Die meisten Posten konnte er als normale Büroausgaben deklarieren, selbst die Bücher und CDs, die er Stephanie geschenkt hatte. Er konnte immer behaupten, das sei Recherchematerial für einen Dokumentarfilm – auf diese Weise verschleierte er eine Vielzahl von Sünden. Er drehte das Blatt um. »Scheiße!« Auf der zweiten Seite waren drei Posten aufgelistet, die er nur schwer würde rechtfertigen können. Er hatte im Büro einen Fernseher mit Satellitenempfang und schaute bei der Arbeit häufig QVC, den Shopping-Kanal, vor allem, wenn Film-Memorabilien angeboten wurden, weil er diese sammelte. Doch er hatte mit der Karte ein Armband für Stephanie gekauft – eines ihrer Geburtstagsgeschenke – und online auch einen Blumenstrauß für sie bestellt. Er hatte Stephanie ins Restaurant White Orchid in der Innenstadt von Dublin ausgeführt, und auch hier hatte er mit der Karte bezahlt.

Okay. Was war das schlimmste vorstellbare Szenario? Dass Kathy diese Seite gesehen hatte. In diesem Fall würde sie gewiss auf die Karte zu sprechen kommen. Dafür würde er eine einleuchtende Erklärung finden. Auch die Bücher und CDs konnte er erklären. Die anderen drei Posten jedoch …

Na ja, auf dem Auszug wurde nur die Summe aufgeführt, nicht der Artikel.

Die Rechnung von QVC hätte etwas für seinen Computer sein können. Er hatte ein paar solcher Dinge im Büro – Funkmäuse, Memory Sticks –, die er ihr, falls nötig, zeigen konnte; sie würde nie herausfinden, wie viel solche Sachen kosteten.

Die Blumen. Ein Geburtstagsgeschenk, ein Dankeschön. Vielleicht ein Blumenstrauß für Maureen mit guten Genesungswünschen. Er musste daran denken, ihr tatsächlich einen Blumenstrauß zu schicken, nur für den Fall, dass sich Kathy nach den Blumen erkundigte.

Das Essen. Na ja, das konnte irgendein Arbeitsessen gewesen sein.

Erledigt.

Er lehnte sich auf dem knarrenden Stuhl zurück und hielt dann inne, weil ihm plötzlich klar wurde, was er da gerade tat. Er beschwor ein Worst-Case-Szenario herauf – nur für den Fall, dass Kathy ihn zur Rede stellte. Aber erst letzte Nacht war er im Begriff gewesen, ihr alles zu beichten. Was zum Teufel wollte er eigentlich: bei Kathy bleiben oder zu Stephanie ziehen?

Beides, flüsterte die leise perverse Stimme in seinem Hinterkopf. Beides.

Kapitel 29

Mist, verdammter! Sie hat wahrlich keine Zeit verschwendet.«

Robert drosselte das Tempo, als er von der Finglas Road abbog. Kathys Auto stand vor Maureens Haus. Er konnte sich gut an das Haus erinnern; als R&K für RTE eine Heimwerkersendung konzipiert hatte, hatten sie Maureens Haus für den Pilotfilm ausgewählt. Sie hatte dadurch einen sehr netten Wintergarten angebaut bekommen. Er hoffte, dass sie und Kathy jetzt in diesem Wintergarten hinter dem Haus saßen und ihn nicht vorbeifahren sahen. Er warf einen Blick auf den Blumenstrauß, der auf dem Beifahrersitz lag. Es sah so aus, als würde Maureen ihre Blumen heute nicht bekommen; er hatte geplant, unangemeldet vorbeizuschauen, nur um »zu sehen, wie es ihr gehe« und um ihr eine Weihnachtsgratifikation zu überreichen, einen Scheck über tausend Euro, der in der Karte zwischen den Blumen steckte. Er würde ihr sehr vorsichtig beibringen, dass einer der Gründe, warum er ihr die Gratifikation auszahlen konnte, der Auftrag war, den Stephanie ihnen verschafft hatte. Na ja, auch den Scheck würde sie heute nicht erhalten. Er beschleunigte, fuhr am Haus vorbei und widerstand mit Mühe der Versuchung, hineinzuspähen.

Er brauchte eine ganze Stunde, um wieder in die Innenstadt zu gelangen, und stellte das Auto schließlich im Christchurch-Parkhaus ab, in dessen oberstem Stockwerk es noch jede Menge freier Parkplätze gab, obwohl das über die City verstreute Parkleitsystem anzeigte, dass es bereits voll sei.

Er schlüpfte in seinen schweren Tweedmantel und wickelte sich einen Seidenschal um den Hals, dann hastete er durch die Stadt. Die Temperatur lag um den Gefrierpunkt, und Dublin sah in dem klaren Dezemberlicht fantastisch aus. Es war einer jener seltenen Wintertage, an denen der Himmel wolkenlos ist und die tief stehende Sonne die Straßen in ein goldenes Licht mit harten Schatten tauchte. Die St. Patrick's Cathedral direkt vor ihm hob sich deutlich gegen den blauen Himmel ab, jeder Backstein, jede Dachschindel war bis ins kleinste Detail zu erkennen. In der ganzen Stadt läuteten die Glocken, da die Glöckner wohl einen Probelauf für Heiligabend machten, und während sein Atem wie eine Wolke vor ihm in der Luft hing, verspürte er den ersten Anflug von weihnachtlicher Stimmung.

Der Dezember war noch nie seine bevorzugte Jahreszeit gewesen. Er hatte zu viele bittere Erinnerungen aus seiner Jugend; die ständigen Streitereien seiner Eltern und die Alkoholsucht seiner Mutter – verschlimmert durch die Gefühlskälte seines Vaters – machten die Feiertage, ja eigentlich jeden Anlass, den sie gezwungenermaßen als Familie zusammen verbringen mussten, grässlich. Als sich seine Eltern schließlich trennten, musste er den ersten Weihnachtsfeiertag immer bei seiner Mutter verbringen und sich ihre Schimpferei über seinen Vater anhören, und dann den zweiten bei seinem Vater, wo er sich anhörte, wie dieser über seine Mutter herzog.

Das wollte er seinen Kindern nicht antun, sie zwingen, sich zwischen dem einen oder anderen Elternteil zu entscheiden. Er wollte sie nicht in diese Lage bringen … und dennoch hatte er mit seinem Handeln genau dies als eine sehr reale Möglichkeit heraufbeschworen. Als er mit Stephanie zum ersten Mal ins Bett gegangen war, hatte er sich die möglichen Konsequenzen nicht im Traum vorstellen können. Es ging nur um ein bisschen Spaß, zwei Erwachsene, die tun, was Erwachsene eben tun, ohne irgendjemandem zu schaden …

Aber er hatte Schaden angerichtet. Selbst wenn Kathy und die Kinder nie etwas von seiner Affäre erfahren sollten, hatte sie seine Ehe beschädigt. Er schüttelte hastig den Kopf: Nein, nicht die Affäre hatte seine Ehe beschädigt, sondern er.

Auf der langen Fahrt in die Stadt hatte er beschlossen, Weihnachten, falls möglich, ohne Streit hinter sich zu bringen. Tief in seinem Innersten wusste er, was er damit in Wirklichkeit meinte: nämlich dass er hoffte, Weihnachten hinter sich zu bringen, ohne eine Entscheidung fällen zu müssen. Er war sicher, dass er das schaffen würde, wenn er sich geschickt anstellte. Er brauchte einfach ein bisschen mehr Zeit, um sich alles durch den Kopf gehen zu lassen. Ein paar Tage, eine Woche, vielleicht einen Monat – dann würde er einen Entschluss fassen.

Feigling, zischte ihm etwas – vielleicht sein Gewissen – zu. Und er musste ihm Recht geben.

Er ging durch die Einkaufspassage, die parallel zum Westbury Hotel verlief, in Richtung Grafton Street. Dort herrschte ein solches Gedränge, dass er sich den Weg zwischen den Horden von Weihnachtseinkäufern bahnen musste: eng umschlungen daherschlendernde Teenager, Mütter mit Kinderwagen, Väter, die Kinder auf dem Arm trugen oder ältere Kinder hinter sich herzogen. Welcher Mensch, der auch nur halbwegs bei Verstand war, nahm ein paar Tage vor Weihnachten Kinder mit in die Innenstadt? Doch als er die Kinder und Eltern genauer ansah, machten sie gar nicht den Eindruck, als seien sie irgendwie gestresst. Sie lächelten, waren glücklich, und er erinnerte sich daran, dass er und Kathy Brendan und Theresa, als sie noch klein waren, auch mit in die Stadt genommen hatten, damit sie sich die quer über die Straßen gespannten Lichterketten anschauen, die Schaufenster betrachten und die festliche Stimmung genießen konnten. Damals waren sie glücklich gewesen, alle vier; sie hatten viel gelacht, als Paar und als Familie. Er versuchte sich zu erinnern, wann sie damit aufgehört hatten. Da hatte es keinen bestimmten Zeitpunkt gegeben. Es war einfach passiert; die Dinge änderten sich nun einmal. Die Kinder waren größer geworden, er hatte angefangen, immer mehr zu arbeiten, um einen bestimmten Lebensstandard aufrechtzuerhalten, und er und Kathy hatten sich einfach auseinander gelebt.

Er verzog sich in den Eingang des Stephen's-Green-Shoppingzentrums, kramte sein Handy hervor und drückte die Kurzwahltaste für Stephanie. Es läutete zehn Mal, bis sie endlich dranging.

»Wo bist du?«, fragte sie ohne Umschweife.

»Im Eingang zum Shoppingzentrum.«

»Bleib da. Rühr dich nicht vom Fleck. Ich finde dich. Hier herrscht das reinste Chaos.«

Robert unterbrach die Verbindung und stand nervös in dem kreisrunden Foyer herum. Das war wahrscheinlich einer der Orte in Dublin, an denen man am ehesten gesehen wurde, da hier wahre Menschenmassen herumliefen.

Er hatte bereits ein paar Nachbarn erspäht. Und dann stand Stephanie plötzlich vor ihm. Sie hatte sich wegen der Kälte warm eingemummelt, trug eine leuchtend rote Skijacke, eine schwarze Skihose, die in pelzgefütterten Stiefeln steckte, und eine leuchtend rote Skiwollmütze. In den dicken Kleidern, die ihren Körper verhüllten und nur einen kleinen Bereich ihres Gesichts frei ließen – Augen, Nase und Mund –, war die Ähnlichkeit mit seiner Frau verblüffend.

Er beugte sich hinunter, um ihr einen flüchtigen Kuss auf die Wange zu drücken, dann nahm er sie am Arm und führte sie vom Eingang fort. »Wo hast du deinen Schlitten gelassen?«

»Den hab ich oben geparkt.«

Robert führte sie eilig über die Straße in Richtung des hohen Bogeneingangs zum Green. Aus dem Park war trotz des Verkehrslärms, des Bimmelns der Straßenbahnen und des Brummens der Menschenmassen »Stille

Nacht, heilige Nacht« klar und deutlich zu vernehmen. »Möchtest du wieder hineingehen?«

Sie schüttelte den Kopf. »Der Chor singt laut, aber nicht gut, und im Park herrscht ein unglaubliches Gedränge. Lass uns ein paar Schritte gehen und die Kunstwerke anschauen.«

Entlang des Eisenzauns, der das Green umgab, fand eine riesige Freiluftkunstausstellung statt. Dutzende Künstler präsentierten ihre Arbeiten, die jüngeren standen nervös neben ihren Gemälden und sprachen jeden an, der stehen blieb, um sie zu betrachten, während die älteren, erfahreneren auf Klappstühlen saßen oder neben ihren offenen Autos standen und ihre Kunst für sich sprechen ließen.

»Links oder rechts?«, fragte Stephanie fröhlich.

»Rechts«, sagte Robert, nahm ihren Arm und führte sie nach rechts in Richtung Straßenbahnhaltestelle, weg von den Menschenmengen. Wären sie nach links gegangen, dann wären sie zur Dawson Street und zum Hotel Shelbourne gelangt.

»Es tut mir Leid wegen gestern Abend«, hob er an.

»Mir auch«, sagte sie wie aus der Pistole geschossen. »Ich hätte dir sagen müssen, dass unsere Beziehung aufgeflogen ist. Aber ich wusste, dass du wahnsinnig unter Druck stehst, den wollte ich nicht noch vergrößern.«

»Es wäre vielleicht besser gewesen. Als Jimmy es mir gestern Abend gesagt hat, dachte ich, mich trifft der Schlag.«

Stephanie warf ihm einen fragenden Blick zu. Sie blieb stehen, um ein spektakuläres abstraktes Ölgemälde in leuchtendem Grün und Gold mit wilden Schrägstrichen in Rot und Violett zu betrachten. Sie beugte sich vor, ganz nahe an das Bild heran. »Sag mir«, murmelte sie so leise, dass Robert sich zu ihr beugen musste, um sie zu verstehen, »liebst du mich?«

Instinktiv hätte er beinahe sofort »ja« geantwortet, aber etwas an der Beiläufigkeit, mit der sie die Frage stellte, hielt ihn davon ab.

Als er nicht gleich antwortete, drehte sie den Kopf und sah ihn an. »Keine Antwort?«

»Ich glaube, ich bin bloß bestürzt, dass du mich das fragen musst.«

»Weil ich es wissen will.« Sie entfernte sich von dem Gemälde, und er folgte ihr. »Ich will wissen, wie sehr.«

»Das habe ich dir oft genug gesagt.«

»Ich weiß. Aber hast du es mir auch gezeigt?«

»Ich habe dir Geschenke gemacht …«

Verärgerung blitzte in ihren dunklen Augen auf und brachte ihn zum Schweigen. »Was ist Liebe, Robert?«

»Liebe ist …«, stammelte er, »… na ja, eben Liebe.«

»Typisch Mann!«, schnauzte sie. »Denk doch mal nach: Was ist Liebe? Du sagst mir, dass du mich liebst. Was bedeutet das?«

»Es bedeutet … es bedeutet, dass ich mit dir zusammen sein will. Dass ich unheimlich gern mit dir zusammen bin.«

»Redest du da etwa von Bindung?«

Plötzlich wurde ihm klar, wohin das Gespräch führte, aber er konnte es nicht ändern. »Ja. Bindung«, stimmte er ihr zu.

Stephanie blieb stehen, um sich ein anderes Bild anzuschauen, ein kleines, dekoratives Aquarell einer einzelnen Osterglocke. »Und, bist du mit mir verbunden?«, fuhr sie fort.

»Ja.«

Stephanie richtete sich auf. »Verbunden? Und wie zeigst du diese Verbundenheit?«

Robert war im Begriff zu antworten, aber die übereifrige Künstlerin, eine junge Frau mit riesigen Brillengläsern und einem wilden Lockenschopf, trat auf sie zu. »Wir sind nicht interessiert«, sagte Robert, bevor sie auch nur ein Wort an sie richten konnte. Er nahm Stephanie am Arm und führte sie durch einen kleinen Nebeneingang gegenüber dem College of Surgeons in den Park hinein. »Wenn wir reden, dann reden wir richtig. Heben wir uns die Kunst für einen anderen Tag auf. Was willst du von mir?«

»Die Wahrheit«, sagte Stephanie. »Das habe ich dir schon gestern Abend erklärt. Sag mir einfach die Wahrheit.«

»Ich hab dir gesagt, dass ich dich liebe. Das ist die Wahrheit.«

»Und ich glaube dir.«

Ihre Antwort veranlasste ihn, stehen zu bleiben. Sie ging noch ein paar Schritte weiter, dann schaute sie sich nach ihm um. Auf dem Weg herrschte Hochbetrieb, und einen Moment verlor er sie in der Menge aus den Augen, und er war versucht, einfach kehrtzumachen und wegzugehen. Als sich die Leute etwas verliefen, sah er sie noch immer an der gleichen Stelle stehen und auf ihn warten.

»Wenn du mich etwas fragen willst, dann frag mich ganz direkt«, sagte er.

Stephanie steckte die Hände in die Taschen ihrer Jacke. Ihre Augen schimmerten, und ihre Wangen waren rot, und er war sich nicht sicher, ob das von der Kälte oder ihren Emotionen kam.

»Du sagst mir, dass du mich liebst. Du sagst mir, dass du mit mir zusammen sein willst. Allem Anschein nach gefällt es dir in meiner Gesellschaft. In jedem Fall gefällt dir mein Körper.« Sie hielt inne und holte tief Luft. »Ich muss wissen, ob da mehr ist. Ob da mehr sein wird.«

»Mehr?«

»Mehr zwischen uns. Zusammen. Keine heimlichen Mittagessen von einer halben Stunde, keine Abendessen von einer Stunde, keine schnellen Nummern im Büro oder Wochenenden in irgendeinem Liebesnest außerhalb der Stadt. Ich muss wissen, ob wir zusammen sein werden. Als Paar. In aller Öffentlichkeit.« Sie wandte den Blick ab und schaute über den Park und die vielen bunt gekleideten Menschen. »Das ist alles.«

Das war es, worauf es am Ende hinauslief, dachte Robert. Die Antwort, die er jetzt gab, würde den Rest seines

Lebens bestimmen. All die Gedanken, die er sich letzte Nacht gemacht hatte, seine zusammenhanglosen Denkprozesse des Tages hatten zu nichts geführt, hatten ihn nicht auf diesen Augenblick vorbereitet. Er konnte versuchen, kalt und berechnend zu sein, versuchen, zwischen den beiden Frauen zu wählen. Er konnte sich für die Sicherheit entscheiden, für die Kathy stand, oder für die unsichere Zukunft, die Stephanie verhieß. Er konnte sich weigern, eine Entscheidung zu treffen, und damit Stephanie verlieren. Aber dann würde sie womöglich zu Kathy gehen, und dann würde er auch Kathy verlieren. Jimmy Moran hatte Recht: Alles hatte seinen Preis.

»Ich hatte schon früher Beziehungen, Robert. Das weißt du. Ich habe nie für jemanden so viel empfunden wie für dich. Ich liebe dich. Ich muss wissen, ob du mich auch liebst. Ich muss wissen, ob du mich genug liebst, um etwas zu verändern.«

Gemeinsam verließen sie den Park, überquerten die Straße und gingen die Harcourt Street entlang. Zwei von den neuen Straßenbahnen fuhren hell bimmelnd vorbei, doch weder Robert noch Stephanie drehten sich nach ihnen um.

Robert beobachtete Stephanie aus dem Augenwinkel. Als sie sich verliebt hatten, waren sie, bevor sie zum ersten Mal Sex hatten, miteinander spazieren gegangen. Sie hatten die Wochenenden gemeinsam damit zugebracht, durch die Straßen von Dublin, Galway, Cork oder Kilkenny zu streifen, waren nebeneinander hergelaufen, ohne sich zu berühren, ohne sich an der Hand zu halten. Sie hatte eine bessere Kondition als er, und es hatte Zeiten gegeben, da hatte er Probleme gehabt, mit ihr Schritt zu halten. Später wurde ihm klar, was damals der Grund dafür gewesen war. Sie waren beide so mit Energie – nervöser Energie, sexueller Energie – aufgeladen gewesen, und auf diese Weise hatten sie sie abgebaut. Sobald sie angefangen hatten, regelmäßig miteinander zu schlafen, hatten sie aufgehört, zusammen zu laufen.

Jetzt liefen sie wieder, allerdings getrieben von einer anderen Energie, aus anderen Gründen. Sie setzten die Schritte langsam, widerstrebend.

»Du willst, dass ich mich zu dir bekenne.«

»Ich will nicht länger deine heimliche Geliebte sein. Eine Zeit lang war das okay, weil ich mir selbst nicht sicher war, ob du der Richtige bist.«

»Der Richtige?«

»Der, den ich liebe. Und ich habe es zugelassen, dass ich mich in dich verliebt habe – obwohl du verheiratet bist, weil ich glaubte, wir könnten eine Chance haben.« Stephanie atmete tief ein, und Robert spürte, wie sein Herz hämmerte. »Dann ist es mir mit einem Mal bewusst geworden. Meine Freundinnen sind über Weihnachten fortgefahren, aber ich werde Weihnachten allein verbringen, weil ich meinem Geliebten nahe sein will. Aber mein Liebster verbringt die Feiertage mit seiner Familie. So war es schon letztes Jahr; ich möchte nicht, dass es nächstes Jahr wieder so ist.«

»Stephanie, ich …«, sagte er schnell.

»Wenn wir keine Zukunft haben, dann sag es einfach. Ich werde deshalb schon nicht durchdrehen. Ich bin kein Kind mehr. Ich werde dir keine Szene machen. Ich werde Kathy nichts erzählen, falls das deine Sorge ist.«

Das war es also. Robert holte tief Luft. Stephanie hatte mit einem Satz eine seiner größten Befürchtungen zerstreut. Jetzt konnte er Stephanie sagen, dass ihre Beziehung keine Zukunft hatte, zumindest ein paar Jahre nicht, bis die Kinder erwachsen waren. Er konnte zu Kathy zurückkehren, und sie würde nie etwas von seiner Affäre erfahren. Stephanie würde ihm entgleiten. Und es würde mit Kathy weitergehen, bis … ja, bis sie sich völlig entfremdet hatten. Die Kinder würden ihr eigenes Leben führen, ihre eigenen Familien gründen. Er würde am Ende mit leeren Händen dastehen.

Aber jetzt hatte er eine Chance.

Die Chance, eine egoistische Entscheidung zu treffen:

ein einziges Mal in seinem Leben etwas nur für sich selbst zu tun. Von dem Augenblick an, als er heiratete, hatte er sich in einem Laufrad befunden, war schneller und schneller gerannt, bis er nicht mehr konnte, hatte um Aufträge gekämpft, um alle zufrieden zu stellen, um ihnen ein Dach über dem Kopf zu sichern. Er hatte Freundschaften, Urlaube, Wochenenden und Abende geopfert auf der verzweifelten Suche nach Arbeit in einer Branche, in der er sich im Grunde nicht wohl fühlte. Was war aus seinen Träumen, ein großer Regisseur zu werden, geworden? Anspruchsvolle Dokumentarfilme zu drehen, die Leute zum Denken anzuregen? Auch die hatte er geopfert.

Er lebte in einer Ehe ohne Liebe mit einer Frau, die an ihm weiter kein Interesse hatte, nur an dem Geld, das regelmäßig aufs Konto kam. Die Kinder liebten ihn, das wusste er genau, und er würde immer für sie sorgen. Er würde nie so werden wie sein Vater und einem Kind erzählen, wie schlecht seine Mutter sei. Und er würde sie regelmäßig sehen, wahrscheinlich sogar regelmäßiger als jetzt. Er würde sich Zeit für sie nehmen, viel Zeit, ohne Unterbrechungen, ohne Anrufe oder Meetings.

Konnte er das alles wegwerfen? Frau und Familie, Zuhause und Freunde? Er war zu alt, um noch einmal von vorn zu beginnen.

Oder hatte er das alles schon vor langer Zeit weggeworfen? War das die Gelegenheit, neu anzufangen, und zwar mit einer Frau, die ihn liebte und mit der er zusammenarbeiten würde, damit die Liebe auch ganz bestimmt blieb?

Vor ihm drehte sich alles, und er begann zu schwanken. Stephanie streckte die Hand aus und fasste ihn am Arm. Selbst durch die dicken Kleiderschichten war ihre Berührung elektrisierend.

Die Entscheidung war für ihn, als sie kam, beinahe ein Schock. Er hatte das Gefühl, dass plötzlich Puzzleteile an ihren richtigen Platz rutschten. Er drehte sich herum und stellte sich vor Stephanie, fasste sie an den Schultern und schaute ihr in die dunklen Augen, die jetzt, weil darin Tränen standen, noch größer wirkten. Sein Atem kam in kurzen Stößen, als wäre er gerade schnell gerannt.

»Ich liebe dich. Ich will mit dir zusammen sein. Dich heiraten. Willst du meine Frau werden?«

Und dann kamen die Tränen. Stephanie schlang die Arme um seine Schultern, zog sein Gesicht herab und küsste ihn. Er spürte, wie ihre Tränen über seinen Kragen liefen, und merkte, dass auch ihm Tränen über das Gesicht rannen. Er hörte ihre Stimme in seinem Kopf dröhnen, als sie leise »Ja, ja, ja« hauchte.

Samstag, 21. / Sonntag, 22. Dezember

Kapitel 30

Robert blieb lange auf und schaute sich im Fernsehen »Lola rennt« an. Das war einer seiner Lieblingsfilme, ein deutscher Film mit drei verschiedenen Schlüssen, sodass man sehen konnte, wie das Leben hätte laufen können, falls man ein paar Dinge ein klein wenig anders gemacht hätte.

Der Rest des Samstags war an ihm vorbeigerauscht. Seit er Stephanie den Antrag gemacht hatte, hatte er das Gefühl gehabt, ihm sei eine schwere Last von den Schultern genommen worden. Seltsamerweise verspürte er den Wunsch, seine Bekannten anzurufen und ihnen die Neuigkeit mitzuteilen, seine großartige Neuigkeit: dass er eine Frau liebte, die ihn auch liebte.

Nichts war entschieden, Stephanie hatte sich mit seinem Versprechen zufrieden gegeben. Sie hatte gelacht und geweint, und als sie zu ihrem Apartmentkomplex am Kanal zurückspaziert waren, waren sie mit der früheren Energie ausgeschritten. Sie hatte ihn aufgefordert, hereinzukommen, aber er hatte der Versuchung widerstanden: Er wusste, dass sie, waren sie erst einmal drin, im Bett landen würden, und aus unerfindlichen Gründen hatte er das Gefühl, das wäre ihr gegenüber unfair. Als sie beim Tor standen, küsste sie ihn liebevoll und leidenschaftlich und dankte ihm.

»Wofür?«, wollte er wissen.

»Dass du mich glücklich machst.«

Es war halb eins in der Nacht, als der Film zu Ende war. Im Haus war es still. Kathy war früh zu Bett gegangen und hatte gesagt, sie habe wieder eine ihrer nicht enden wollenden Kopfschmerzattacken. Die Kinder waren viel später ins Bett verschwunden. Robert ging durchs Haus, prüfte, ob die Türen abgeschlossen waren, zog Stecker heraus und löschte Lichter. Wer würde das tun, wenn er erst einmal fort war? Er war entsetzt, dass er bereits darüber nachdachte. Er stieg die Treppe hinauf und schaltete das Licht im Flur aus, dann ging er ins Schlafzimmer und machte die Tür leise hinter sich zu. Er zog sich im Dunkeln aus, warf seine Kleider auf die Stuhllehne, schlüpfte ins Bett und seufzte, als er den Kopf auf das Kissen legte. Das war ein Tag, den er niemals vergessen würde.

»Ich war heute bei Maureen.«

Kathys Stimme erschreckte ihn; er hatte gedacht, sie sei längst eingeschlafen.

Er bezweifelte, dass er in dieser Nacht wirklich würde schlafen können – er war gedanklich und gefühlsmäßig zu aufgewühlt –, aber das Letzte, was er jetzt wollte, war, sich über Maureen zu unterhalten. Außerdem würde Maureen, sobald sich die Nachricht verbreitete, ihn nicht mehr in der Hand haben – weder real noch imaginär. Er konnte ihr kündigen, ohne sich Sorgen machen zu müssen. Das wäre eine Chance, einen klaren Schnitt zu machen und auch im Büro ganz neu anzufangen. Vielleicht konnte Stephanie in die Firma eintreten. Das war ein aufregender Gedanke. Er drehte sich auf die andere Seite, um Kathy anzuschauen. Er konnte ihre weit offenen Augen im schwachen Schein der Straßenlaterne glitzern sehen. »Wie geht es ihr?«

»Allmählich besser. Aber sie wird erst nach Neujahr wiederkommen.«

»Das hab ich mir gedacht«, murmelte er.

»Sie ist nicht so jung, wie sie sich gibt.«

»Ich weiß.« Manchmal tat Maureen so, als sei sie noch keine dreißig – und kleidete sich dementsprechend. Wieder änderte er seine Position und drehte sich auf den Rücken. »Diese Neue, diese Russin …«

»Illona?«

»Ja, Illona.« Er war ein wenig überrascht, dass sich Kathy noch an den Namen des Mädchens erinnerte. »Sie ist sehr gut. Macht, was man ihr sagt, gibt keine Widerworte, ist immer pünktlich und macht genau eine Stunde Mittagspause. Maureen tut, was ihr gefällt, behandelt mich wie einen Schuljungen und hält nichts von einer einstündigen Mittagspause.«

»Du denkst doch nicht etwa daran, ihr zu kündigen, oder?«

»Ich habe darüber nachgedacht«, gab er zu.

»Das lasse ich nicht zu!«, fuhr Kathy ihn an. »Das untersage ich dir.«

»Das untersagst du mir?« Er war wie vor den Kopf geschlagen. Er schluckte seinen Unmut hinunter und bemühte sich, seine Stimme möglichst neutral zu halten. »Du untersagst es mir?«

»Mir gehört die Firma noch immer zur Hälfte. Vielleicht ist es Zeit, dass ich dich daran erinnere? Vielleicht ist es Zeit, dass ich anfange, wieder ein aktiveres Interesse daran zu zeigen.« Sie setzte sich im Bett auf und knipste das Licht an.

Robert stöhnte auf und hielt sich die Hand vor die Augen. »Es ist nach ein Uhr, verdammt! Können wir nicht morgen früh darüber reden?«

Zwar lief die Firma auf ihre beiden Namen, aber er führte sie, er machte die gesamte Arbeit; er hatte sie immer für seinen Betrieb gehalten. Kathy hatte absolut das Recht – das gesetzlich verbriefte Recht –, jede Entscheidung zu hinterfragen und sogar ihr Veto einzulegen, wenn sie nicht einverstanden war. Deshalb war das, was jetzt geschah … aber in Wahrheit wusste er genau, was jetzt geschah. Nämlich das, was Jimmy widerfahren war. Kathy würde ihre Hälfte einfordern. Vielleicht konnte er einen Deal mit dem Haus einfädeln …

»Ich habe mir überlegt«, sagte Kathy, »ob ich, jetzt, da die Kinder größer sind, im neuen Jahr nicht anfangen sollte, drei oder vier Mal die Woche mit dir mitzukommen. Selbst wenn Maureen wieder an ihren Platz zurückkehrt, wird sie nicht Vollzeit arbeiten können. Ich kann wieder das tun, was ich früher gemacht habe: dich bei der Führung der Firma unterstützen. Das K von R&K-Productions wiederbeleben.«

Das wurde ja immer schlimmer! Sehr viel schlimmer. Er fuhr sich mit der trockenen Zunge über die ebenso trockenen Lippen. »Wie willst du denn die Zeit dafür finden?«

»Ich werde sie mir eben nehmen. Ich werde mich darauf konzentrieren, neue Aufträge zu akquirieren; und du konzentrierst dich darauf, das Material zu produzieren.«

»Ja, das wäre toll. Lass uns morgen darüber reden.« Er wollte dieses Gespräch nicht fortführen. Er brauchte Zeit, um über die Konsequenzen dessen, was er gerade gehört hatte, nachzudenken.

»Maureen hat angedeutet, dass es in der Firma nicht zum Besten steht.«

Robert wälzte sich im Bett herum. »Können wir nicht morgen darüber reden?«

»Wir haben nur noch selten Gelegenheit, miteinander zu reden, Robert, hast du das bemerkt? Wir entwickeln uns in gegensätzliche Richtungen.«

Das war wohl kaum etwas Neues. »Das ist nur vorübergehend so, weil Weihnachten ist«, sagte er. »Das ist immer eine so chaotische Zeit.« Er schloss die Augen und versuchte, die Unterhaltung zu beenden, aber Kathy drängte weiter.

»Nein, das ist nicht vorübergehend, und es liegt auch nicht an Weihnachten. Das geht doch schon seit Monaten so. Ich sehe dich ja kaum mehr. An vier von fünf Abenden kommst du spät nach Hause, an den Wochenenden gehst du ins Büro, und wenn du zu Hause bist, dann schließt du dich in dein Zimmer ein und arbeitest.«

Sie hatte es also bemerkt. Woher kam das, wie war sie nur plötzlich darauf gekommen? Er zuckte die Achseln. »Ich war sehr beschäftigt. Das gebe ich ja zu.«

»Sag mir wenigstens, dass die Firma gut läuft, damit ich beruhigt bin.«

Das hatte irgendwas mit Maureen zu tun. Was hatte die dumme Kuh ihr nur erzählt? Gleich morgen früh würde er den Scheck mit der Weihnachtsgratifikation zerreißen. »Wir haben eine Durststrecke hinter uns, aber ich habe ein paar neue Aufträge an Land gezogen. Jetzt sind wir über den Berg. Das nächste Jahr wird gut.«

»Soll das bedeuten, dass du auch im nächsten Jahr rund um die Uhr arbeiten wirst?«

Das nächste Jahr würde definitiv anders werden, das nahm er sich fest vor, aber nicht so, wie sie es wohl erwartete. »Wenn wir Arbeit haben, mache ich sie. Ich habe keine andere Wahl. Das ist so, wenn man selbständig ist, das weißt du doch.«

»Dann bin ich umso entschlossener, dir zu helfen. Mit Beginn des neuen Jahres hast du eine neue Angestellte: mich. Du kannst deiner Russin kündigen.«

Verdammt! Robert zog eine Grimasse und schüttelte den Kopf. Sie war dermaßen lange aus dem Geschäft: Jetzt konnte sie sich auch weiter heraushalten. Er meinte, das, was er da hörte, sei so etwas wie sein schlechtes Gewissen.

»Was ist los?«, fragte sie.

»Nichts ist los.« Allmählich machte ihn dieser Blödsinn richtig wütend. »Es wird nur Folgendes passieren: Du wirst eine, vielleicht zwei Wochen mit mir zur Arbeit kommen, dann wirst du dir aus irgendeinem Grund freinehmen müssen, um hier zu Hause zu sein. Dann wirst du dir schon bald immer häufiger freinehmen, und am Ende wird es wieder so sein wie jetzt. Nur ich werde mir dann wieder eine neue Sekretärin suchen müssen.«

»Das klingt, als wolltest du nicht, dass ich mit dir zusammenarbeite.«

»Das habe ich nicht gesagt. Es würde mich freuen, wenn du mehr Interesse an der Firma zeigen würdest«, log er. Aber ihr Angebot kam mindestens zwei oder drei oder vielleicht sogar fünf Jahre zu spät. Er nahm den Wecker von seinem Nachttisch und hielt ihn ihr vors Gesicht. »Schau, wie spät es ist – können wir bitte morgen früh weiterreden?«

»Okay«, stimmte sie zu, knipste ihre Lampe aus und kuschelte sich unter die Decke. »Aber wir werden weiterreden.«

Er meinte, eine Drohung in ihrer Stimme mitschwingen zu hören.

»In jedem Fall«, sagte er.

Damit war klar: Er würde in dieser Nacht definitiv kein Auge zutun. Der rationale Teil seines Gehirns sagte ihm, dass er sich über Kathy nicht ärgern sollte, wenn sie ihm anbot, ihn zu unterstützen. An jedem anderen Tag des Jahres hätte er sich wahrscheinlich darüber gefreut, dass sie endlich den Entschluss gefasst hatte, wieder ins Geschäft einzusteigen. Offenbar hatte etwas, was Maureen ihr gesagt hatte, ihr schlechtes Gewissen geweckt: Vielleicht hatte sie ihr bloß eröffnet, wie schlimm die Lage war, wie hart er arbeitete, um die Firma über Wasser zu halten. Doch gerade jetzt irritierte ihn ihr Hinweis darauf, dass ihr die Hälfte von R&K gehöre, ganz besonders. Er würde juristischen Rat einholen müssen. Er wollte nicht in einen unnötigen, dummen und teuren Prozess hineinschlittern, vielmehr hoffte er, dass es ihnen gelingen würde, sich gütlich zu einigen.

Dieselbe Stimme, die kleine Stimme seines Gewissens tief in seinem Schädel, brach in hysterisches Gelächter aus. Er war im Begriff, sich von seiner Frau, mit der er seit achtzehn Jahren verheiratet war, zu trennen, und hoffte, sie würden es freundschaftlich tun? Sie würde ihm alles nehmen, was er besaß.

Und er konnte es ihr nicht einmal verübeln.

Es dämmerte, als er schließlich völlig gerädert aufstand; er bekam die Augen kaum auf und hatte leichte Kopfschmerzen. Er schnappte sich seine Klamotten, trug sie ins Badezimmer und zog sich dort an, weil er Kathy nicht wecken wollte. Er wollte nicht mit ihr reden; er wusste einfach nicht, was er sagen sollte. Deshalb kritzelte er schnell eine Nachricht und legte sie auf sein Kopfkissen.

»Bin ins Büro gefahren, um ein Projekt fertig zu machen. Komme spät nach Hause. In Liebe R.«

Er hatte es sich zur Gewohnheit gemacht, »In Liebe R.« zu schreiben, aber dieses Mal zögerte er, bevor er es hinkritzelte. Es lag nicht etwa daran, dass er Kathy nicht liebte, überlegte er, er liebte sie nur nicht genug. Nicht so sehr wie Stephanie.

Montag, 23. Dezember

Kapitel 31

Seit fünfzehn Minuten war Robert auf dem Laufband und bereits ins Schwitzen geraten, als Stephanie aus den Umkleideräumen kam und sich auf die Maschine neben ihm stellte. Sie hielt sich an den Griffen fest, drückte auf den Knopf und schaltete das Gerät ein. Das Band unter ihren Füßen setzte sich in Bewegung, und sie fiel in einen gemütlichen Laufschritt. »Tut mir Leid, dass ich zu spät komme. Heute war bei uns der letzte Arbeitstag, und man hat sich in der Chefetage auf einen Drink getroffen.«

»Kein Problem. Ich habe deine Nachricht bekommen. Irgendwelche Andeutungen bei der Arbeit über …«

»Über uns? Nein. Kein Wort. Und ich habe munkeln hören, dass es so aussieht, als würdest du den DaBoyz-Auftrag kriegen.«

»Das ist toll! Ich wollte dich sowieso danach fragen. Theresa sagt, dass zwei der Typen schwul sind.«

Stephanie schüttelte den Kopf. »Davon weiß ich nichts. Würde mich aber nicht wundern. Ist das ein Problem?«

»Nein, überhaupt nicht. Aber sie hat auch erzählt, sie habe auf MTV gehört, dass sie überlegen, sich zu trennen.«

»Das stimmt. Gerade deshalb ist diese Single ja so wichtig. Es wurde eine Menge in diese Gruppe investiert, und die Investoren sind nicht bereit, ihr Geld ohne eine letzte lebensverlängernde Spritze abzuschreiben. Das bist übrigens du. Dreh einen guten Videoclip, dann rettest du vielen Leuten eine Menge Geld. Aber wenn du ihn vermasselst, wirst du in dieser Stadt nie mehr einen Auftrag erhalten«, sagte sie lachend.

»Machst du jetzt Spaß oder meinst du das ernst?«

»Ein bisschen von beidem, glaube ich. Du wirst das großartig hinkriegen. Denk daran, dass ich dafür meine Karriere aufs Spiel gesetzt habe.«

»So viel zum Thema Druck«, murmelte er.

»Und es tut mir Leid wegen gestern. Ich wollte mich wirklich mit dir treffen, aber ich hatte Sally schon zugesagt, mit ihr zum Einkaufen zu gehen, bevor …«

Robert warf ihr von der Seite einen Blick zu und lächelte. »Bevor was?«

»Bevor du dich gemeldet hast.« Zu der schwarzen Jogginghose trug sie ein schlichtes schwarzes Trikot. Ihm gefiel, wie es ihre makellose Haut betonte.

»Das war wahrscheinlich ganz gut so. Ich habe im Büro eine ganze Menge erledigen können. Wenn wir uns gesehen hätten, dann hätten wir …«

Jetzt war sie an der Reihe, ihm von der Seite einen Blick zuzuwerfen. »Was hätten wir gemacht?«

»Geredet. Pläne geschmiedet.«

»Ich weiß. Du hast mich so glücklich gemacht. Sogar Sally ist begeistert.«

Robert biss sich auf die Zunge und verkniff sich eine Bemerkung, die nur zu einem Streit geführt hätte. »Ich würde diese mysteriöse Sally in den nächsten Tagen gern einmal kennen lernen.«

»Sie ist auch schon ganz gespannt auf dich. Ich habe ihr eine Menge von dir erzählt.«

Robert hatte Stephanies Freundin und Vertraute Sally noch nie gesehen. Er wusste lediglich, dass Sally gegen ihn gewesen war und alles in ihrer Macht Stehende getan hatte, um Stephanie von ihm abzubringen. »Ich vermute, sie hat sich über die Neuigkeiten gewundert.«

»Gewundert? Sie war sprachlos! Ich habe ihr gesagt, dass wir uns nach Weihnachten treffen und feiern. Auf ihre Rechnung.«

»Gute Idee.« Robert erhöhte das Tempo seines Laufbands. »Warum auf ihre Kosten?«

»Weil sie mit mir um das allerbeste Essen gewettet hat, dass du deine Frau niemals meinetwegen verlassen wirst.«

»Na, dann lass uns dafür sorgen, dass die Wette sie teuer zu stehen kommt. Ich werde persönlich einen Tisch im Shanahan's on the Green reservieren.«

»Hast du noch mal über Weihnachten nachgedacht?«, fragte Stephanie.

Robert runzelte die Stirn und überlegte, wohin das wohl führen würde. »Ich hab an nichts anderes gedacht«, antwortete er wahrheitsgetreu.

»Verbringst du den zweiten Feiertag mit mir?«

Noch einmal erhöhte Robert das Tempo der Maschine. Ihr Brummen würde eine Unterhaltung erschweren. »Leider nicht.« Er sah, dass Enttäuschung über ihr Gesicht huschte. »Sei vernünftig.« Als er bemerkte, dass ein paar andere Stammkunden des Fitnesszentrums in ihre Richtung schauten, wurde ihm klar, dass er laut gesprochen hatte. Er beugte sich zu Stephanie hinüber. »Sei vernünftig. Ich kann wohl schlecht heute Abend oder morgen zu Kathy und den Kindern gehen und sagen: ›Wisst ihr was? Ich verlasse euch. Frohe Weihnachten.‹ Oder?«

Stephanie nickte. »Nein, natürlich nicht.«

»Aber wir treffen uns morgen. Und ich komme am ersten Feiertag vorbei«, fügte er hinzu, obwohl er sich nicht recht vorstellen konnte, unter welchem Vorwand er das Haus verlassen sollte. Vielleicht würde er sagen, dass im Büro die Alarmanlage losgegangen sei, irgendetwas in dieser Art.

Stephanie tupfte sich die Stirn mit dem Handtuch ab, das sie sich um den Hals geschlungen hatte. »Und wann hast du vor, es ihr zu sagen?«

»Ich habe an den 27. gedacht, das heißt am Freitag.«

»Warum nicht am Donnerstag?«

»Na ja, wir müssen wohl oder übel zum Essen zu ihrer Schwester fahren. Das ist halt so Tradition.«

»Und was mache ich dann am ersten Feiertag? Ich hänge herum, bis du auftauchst?«

Robert ignorierte ihre Fragen. »Ich werde es ihr am Freitag sagen, und ich verbringe Silvester mit dir. Wir werden zusammen ins neue Jahr feiern. Es wird auch für uns der Beginn eines neuen Jahres sein. Komm schon – du musst mir entgegenkommen. Das ist für mich eine schwere Entscheidung, ein gewaltiger Schritt. Du brauchst nur an dich selbst zu denken – ich muss auf Kathy und die Kinder Rücksicht nehmen.«

Stephanie nickte. »Du hast natürlich Recht. Absolut Recht. Noch ein paar Tage mehr machen uns jetzt auch nichts mehr aus, oder? Und der erste Weihnachtsfeiertag ist schließlich ein Mittwoch wie jeder andere.«

Sie beendeten ihr Training auf dem Laufband und setzten sich auf die Fahrradergometer. Stephanie legte einen hohen Gang ein und fing zu treten an, ihre Beinmuskeln drückten fest auf die Pedale, die sich surrend drehten. Robert trat einen leichteren Gang.

»Ich muss mich allerdings beraten lassen.«

Stephanie sah ihn an. »Wieso beraten?«

»Es geht um die Firma. R&K-Productions. Du weißt, dass das K für Kathy steht und dass sie einen Anteil von fünfzig Prozent hält.«

»Ja, ich weiß.«

»Ich habe mich gefragt, ob du vielleicht in die Firma einsteigen und Kathys Anteil übernehmen möchtest. Wir könnten sie in R&S-Productions umbenennen. Das heißt natürlich, falls ich Kathy auszahlen kann.«

Er bemerkte, dass Stephanie ihn überrascht ansah, und sie brauchte eine ganze Weile, bis sie schließlich antwortete. »Ich bin mir nicht sicher, ob ich meine derzeitige Stelle aufgeben will. Ich glaube, es würde als Rückschritt betrachtet, wenn ich in deiner Firma arbeiten würde, karrieremäßig gesehen.«

Zunächst dachte Robert, sie mache Witze. Er fing sogar zu lachen an, bis ihm klar wurde, dass sie es absolut ernst meinte.

»Die andere Tatsache, die wir bedenken müssen, ist,

dass ich dir keine Aufträge mehr werde vermitteln können. Es würde keinen guten Eindruck machen, wenn ich der Firma meines Partners Aufträge verschaffe.«

Er war schockiert. »Keine Aufträge mehr …«

»Jedenfalls nicht von mir. Aber ich werde in jedem Fall die Ohren offen halten; es wird keine Probleme geben.«

Robert spürte, wie sich in seinem Kopf alles drehte. Als er gestern im kalten Büro gesessen und versucht hatte, Stephanie zu erreichen, allerdings nur ihr Anrufbeantworter ansprang, da hatte er auf dem Computer neue R&S-Logos entworfen, hatte die Buchstaben R und S ineinander verschränkt, symbolisch miteinander verschlungen. Und er hatte sich vorgestellt, dass es für Stephanie kein Problem sein würde, ihm Kunden zu schicken, wenn ihre Beziehung erst einmal offiziell bekannt war. Und das war gut so, weil ja klar war, dass er zusätzliche Einnahmen brauchen würde, um Kathy auszuzahlen.

»Na ja«, fuhr sie fort, »ich dachte sowieso, du würdest R&K vielleicht aufgeben.«

»Was?«

»Ja, und dir einen Job bei einer der großen Firmen suchen.«

Robert konzentrierte sich auf das Treten. Er hatte einen Großteil seines Erwachsenenlebens damit zugebracht, R&K aufzubauen, und jetzt schlug sie vor, den Betrieb dichtzumachen!

»Das wäre für dich in jeder Hinsicht besser«, fügte sie hinzu. »Du hättest ein geregeltes Einkommen und du könntest um halb sechs oder sechs Uhr Feierabend machen und müsstest bis zum nächsten Morgen nicht mehr an die Arbeit denken. Und du hättest deine Wochenenden wieder für dich.«

»Ich würde für jemand anderen arbeiten. Ich war lange mein eigener Herr.«

»Derzeit arbeitest du für Kathy, die Kinder und die Bank. Sie sind dein Chef. So hättest du letztendlich mehr

Freizeit, Zeit, die du mit mir verbringen kannst. Und Zeit für deine Kinder«, fügte sie hinzu.

Robert musste sich eingestehen, dass das ein überzeugendes Argument war. Ironischerweise hatte er selbst im letzten Jahr etwas Ähnliches zu Kathy gesagt. Damals war sie diejenige gewesen, die ihn daran erinnert hatte, wie viel Zeit und Geld er im Laufe der Jahre in die Firma investiert hatte. Er fing zu lachen an, ein trockenes Krächzen, aus dem ein Husten wurde.

Stephanie stieg vom Rad und klopfte ihm auf den Rücken. »Alles in Ordnung?«

»Alles okay. Ich habe gerade daran gedacht …«

»Woran?«

»Daran gedacht, dass du so etwas wie ein Katalysator bist. Um dich herum kommt es zu Veränderungen.«

Stephanie lehnte sich gegen ihn, drückte ihren Busen gegen seinen Rücken. »Wir treiben die Veränderung selbst voran, aber manchmal braucht man einfach etwas oder jemanden, der einen ein bisschen anstupst. So, ich geh mich jetzt umziehen.«

Robert beobachtete, wie sie mit wiegenden Hüften durch den Raum ging. Auch ein oder zwei der anderen Männer in dem riesigen Fitnessstudio schauten ihr nach. Überrascht stellte er fest, dass ihn ihr Interesse an Stephanie nicht eifersüchtig machte. Sie wussten, dass sie mit ihm zusammen war, was bedeutete, dass sie auf ihn eifersüchtig waren.

Steif stieg er vom Rad und kreiste ein paar Mal mit der Hüfte. Mein lieber Mann! Wenn es zu Veränderungen kam, dann mit Macht – alles auf einmal. Da stand er also, zweiundvierzig Jahre alt, und dachte bereits an eine neue Ehe, ein neues Zuhause und einen neuen Job. Es fehlte nur noch ein Kind, um die Sache perfekt zu machen.

»Na ja, ich hätte gerne Kinder«, sagte Stephanie, als sie aus der Tür des Studios in die bitterkalte Abendluft traten. Während sie durch das Foyer auf den Ausgang zusteuerten, hatte Robert ihr erzählt, was ihm soeben durch den Kopf gegangen war. Er hatte erwartet, dass sie lachen würde; stattdessen nahm sie ihn ernst.

»Wann würdest du denn gern welche bekommen?«, fragte er. Er spürte, dass sie ihre Hand in seine schob, und er streckte die Finger aus und umklammerte die ihren.

»Natürlich nicht sofort. Na ja, die Zeit läuft mir davon. Ich bin jetzt fünfunddreißig. Ich kann nicht mehr allzu lange warten, aber ich brauche mindestens noch zwei Jahre, bis ich befördert werde. Dann könnten wir es im Jahr darauf allmählich versuchen.«

Der kleine perverse Kobold, der in diesen Tagen sein ständiger Begleiter zu sein schien, erinnerte ihn daran, dass er und Kathy gleich nach ihrer Hochzeit probiert hatten, ein Kind zu bekommen, und dass sie ihre Arbeitszeit im Büro von dem Augenblick, als sie von ihrer Schwangerschaft erfuhr, reduziert hatte.

Die Autos standen in der dunklen Ecke des Parkplatzes nebeneinander. Gleichzeitig drückten sie auf ihre Funkschlüssel, und zeitgleich blinkten bei beiden Autos die Lichter auf. Robert hielt Stephanie die Tür ihres silbernen BMWs auf. Die Innenbeleuchtung sprang an und tauchte das Wageninnere mit den Ledersitzen in ein sanftes, perlweißes Licht. Stephanie warf ihre Sporttasche auf den Beifahrersitz, dann drehte sie sich zu Robert um. Sie schlang die Arme um seinen Hals, drückte mit der rechten Hand gegen seinen Hinterkopf und zog ihn zu sich hinab. »Stell dir nur vor, wie viel Spaß wir bei dem Versuch haben werden, ein Kind zu zeugen«, flüsterte sie. Dann küsste sie ihn. Robert reagierte, indem er seine Sporttasche auf den Boden fallen ließ und sie an sich zog. Er liebte es, wie sich diese Frau in seinen Armen anfühlte, ihre Wärme, ihre Stärke. Er genoss es, seine Lippen auf ihre zu drücken. Er liebte ihre Leidenschaft.

Schließlich lösten sie sich voneinander, und Stephanie stieg in ihr Auto. Sie winkte einmal und fuhr davon. Robert hob seine Tasche auf und ging vorn um sein Auto herum. Sein Handy klingelte. Er fischte es aus seiner Jackettasche und hielt es sich ans Ohr, ohne vorher auf das Display zu sehen.

»Hallo, ich bin's.« Kathys Stimme war durch die überraschend klare Verbindung knackend zu vernehmen. Er dachte, dass sie ausnahmsweise einmal gut gelaunt klang. »Ich wollte nur wissen, wann du nach Hause kommst?«

Robert schaute auf die Uhr. »Ich gehe gerade aus dem Büro. In etwa vierzig Minuten müsste ich daheim sein.«

Als er die Verbindung unterbrach, fragte er sich, warum er ihr diese dumme Lüge eigentlich aufgetischt hatte. Sie wusste doch, dass er ins Fitnessstudio ging, das war kein Geheimnis. Vermutlich hatte er sich einfach angewöhnt, Kathy anzulügen. Es war allmählich Zeit, die Wahrheit zu sagen.

Aber nicht heute Abend.

Nicht heute Abend.

Buch III

Die Geschichte der Geliebten

Natürlich wusste ich, dass er verheiratet war. Ich wusste, dass er seine Frau belog, und tief in meinem Innersten wusste ich, dass er auch mich belog.

Aber ich liebte ihn.

Jedenfalls glaubte ich, ich würde ihn lieben.

Donnerstag, 19. Dezember

Kapitel 32

Stephanie Burroughs fuhr mit dem Handrücken über die Krawatte aus Rohseide. Der Stoff knisterte unter ihrer Hand. Stephanie blickte zu der jungen Frau auf, die hinter der Theke stand. Das Mädchen starrte sie mit ausdrucksloser Miene an, ein professionelles Lächeln auf den Lippen, aber mit dem nichtssagenden Gesichtsausdruck eines unglaublich müden Menschen.

»Ein langer Tag?«, fragte Stephanie teilnahmsvoll und legte die Krawatte wieder in die Schachtel zurück.

»Eine lange Woche«, murmelte das Mädchen und sah sich rasch um, um sich zu vergewissern, dass der Abteilungsleiter nicht in der Nähe war. »Und kein Ende in Sicht.«

Stephanie stellte die beiden Schachteln nebeneinander auf die Theke und verglich die Krawatten – eine in kräftigem dunklem Karmesinrot, die andere in leuchtendem Gold – und versuchte, sich zu entscheiden.

»Sie haben am Wochenende nicht frei?«

»Schön wär's!«, sagte das Mädchen, das offensichtlich dankbar war, mit jemandem reden zu können. »Wir arbeiten bis Heiligabend durch.«

»Und ab wann haben Sie dann frei?«

»Wahrscheinlich um halb sechs. An Heiligabend ist immer unglaublich viel los, weil die Leute noch in letzter Minute Geschenke kaufen.«

»Und wann fangen Sie dann wieder an?«

»Ab Freitag haben wir wieder geöffnet. Aber ich habe den nächsten Montag frei«, fügte das Mädchen lächelnd hinzu, »und natürlich am Mittwoch, dem Neujahrstag.

Dann kehren wir wieder zum normalen Betrieb zurück. Im Dezember arbeiten wir immer am meisten.«

Stephanie lächelte verständnisvoll und gab ihr die beiden Krawatten zurück. »Ich nehme beide«, sagte sie. Mit einem Mal hatte sie Mitleid mit der Verkäuferin, die gezwungen war, für einen bescheidenen Lohn stundenlang in diesem Laden zu stehen. Sie hatte sich noch nie ernsthaft Gedanken darüber gemacht, wie es war, im Einzelhandel zu arbeiten. Die Leute fingen morgens um neun an und hatten um halb sechs oder sechs Feierabend, dazu einen langen verkaufsoffenen Donnerstagabend und mussten auch am Wochenende arbeiten. Die Verkäufer mussten sich fühlen wie im Gefängnis. Nach ihrem Collegeabschluss war sie mehr oder weniger zufällig in der Fernsehbranche gelandet, und ihr Job als Rechercheurin hatte es ihr ermöglicht, sich ihre Zeit frei einzuteilen. Jetzt, als Geschäftsführerin einer der weltweit größten Werbeagenturen, verfolgte sie zielstrebig ihre Karriere, was häufig Arbeit bis in die Nacht bedeutete, ihr andererseits aber auch eine Menge Freizeit ließ. Wenn viel Arbeit anfiel, konnte sie diese in ihrem eigenen Tempo erledigen. Außerdem wurde sie sehr gut bezahlt. Für sie war der Dezember ein wirklich kurzer Monat. Sie musste nur noch das eine oder andere Projekt zum Abschluss bringen. Am Montag war ihr letzter Arbeitstag, dann war das Büro bis zum 2. Januar geschlossen.

»Zahlen Sie bar oder mit Karte?«

»Mit Karte.« Stephanie reichte ihr ihre Kreditkarte.

Die Verkäuferin wickelte die Bezahlung ab und steckte die beiden langen Krawattenschachteln in eine schwarze Tüte. »Ein Weihnachtsgeschenk?«, fragte sie.

Stephanie nickte. »Für jemand ganz Spezielles«, sagte sie lächelnd. »Frohe Weihnachten.«

»Sie werden ihm bestimmt gefallen. Frohe Weihnachten.«

Stephanie Burroughs schlenderte auf die Grafton Street hinaus und ließ sich von der Menschenmenge mitreißen.

Sie hatte noch ein paar Kleinigkeiten zu besorgen und wollte schnell bei Brown Thomas vorbeigehen. Sie wusste, dass die Krawatten Robert gefallen würden; sie hatte mehrfach gesehen, dass er Krawatten trug, die sie ihm im Laufe der letzten Monate geschenkt hatte. Sie passten zu den Designerhemden, gegen die er anfangs solche Vorbehalte gehabt hatte. Sie hatte ihm sein »großes« Geschenk noch nicht gekauft, und mittlerweile kam es ihr immer schwieriger vor, das Geeignete zu finden. Leider hatte er die Angewohnheit, sich alles, was er sich wünschte, selbst zu kaufen. Sie hatte vorgehabt, ihm einen neuen PDA zu schenken, eines von diesen ultraschmalen Designermodellen, aber dann war er hingegangen und hatte sich die XDA-Kombination, bestehend aus Handy und PDA, selbst gekauft. Er besaß die neuesten Kameras – erst letztes Weihnachten hatte er eine neue bekommen. Jetzt dachte sie an einen iPod von Apple, die winzige Box, die nicht größer war als eine Zigarettenschachtel und auf der man Tausende Stunden Musik speichern konnte. Sie fand das absolut faszinierend. Für sie zählte Musik zu einem der großen Vergnügen im Leben. Überall hörte sie Musik, in jedem Zimmer ihrer Wohnung, selbst auf dem Klo, auf ihrem Computer, ihrem Laptop, im Auto und im Büro. Sie besaß Tausende von CDs; er hatte vielleicht zehn. Sie hielt das bei einem ansonsten kreativen Mann für ein seltsames Defizit.

Stephanie kämpfte sich durch den Eingang von Brown Thomas. Ihr gefiel die neue Ausstattung des Geschäfts, sie fand es jetzt viel offener und freundlicher, und es schien immer, egal wie viel Betrieb in dem Kaufhaus herrschte, genügend Platz zu geben, um sich in Ruhe umsehen zu können. Sie ging in Richtung Treppen und hinauf in die Herrenabteilung.

Ein weiteres Problem bestand darin, dass sie ihm so gerne Geschenke kaufte. Sie brauchte dazu weder einen Anlass noch einen Vorwand, und sie hatte im Laufe der achtzehn Monate ihrer Beziehung keinen Monat verstreichen lassen, ohne ihm etwas zu schenken.

Und er hatte es ebenso gehalten.

Aber das würde jetzt ihr zweites Weihnachtsfest sein, und sie war entschlossen, sich selbst zu übertreffen. Bis jetzt hatte sie ihm ein paar Hemden in guter Oxford-Qualität und nun die passenden Krawatten gekauft. Sie hatte ein faszinierendes Buch mit Luftaufnahmen der Erde mitgenommen, das ihm ihrer Meinung nach gefallen würde, und ein kleines Buch, *Keltische Weisheiten für die Geschäftswelt,* das lauter inspirierende Zitate und Sprichwörter enthielt, aber sie brauchte noch ein anderes Geschenk, etwas Besonderes …

Selbstverständlich konnte sie auch das tun, was sie letztes Jahr gemacht hatte: sich in Flitter und Lametta wickeln und mit Kugeln behängen und sich als sein Weihnachtsgeschenk präsentieren. Das Auspacken des Geschenks hatte ihnen beiden großen Spaß gemacht.

Sie fasste an die Louis-Vuitton-Tasche, die er ihr geschenkt hatte. Diese war unglaublich unpraktisch, und das butterweiche Leder zog wie ein Magnet Kratzer und Kerben an, aber sie mochte das Gewicht der Tasche und wie sie sich anfühlte. Und sie genoss die neidischen Blicke der anderen Frauen im Büro und auf der Straße.

Stephanie griff in die Tasche und zog ein winziges Handy heraus. Roberts Nummern waren die ersten in ihrem Adressbuch. Sie versuchte es mit der direkten Verbindung ins Büro unter Umgehung von Illona am Empfangstisch, aber sie ließ es vergeblich läuten. Sie warf einen Blick auf ihre Uhr: 15.30 Uhr. Ein bisschen früh, um das Büro schon zu schließen. Sie unterbrach die Verbindung und versuchte es auf seinem Handy.

Sie ließ es zwölf Mal läuten, unterbrach jedoch die Verbindung, bevor ihr Anruf auf seine Mailbox geleitet wurde. Sie würde ihn später erreichen.

Stephanie schlenderte durch die Herrenabteilung von Brown Thomas. Was sollte man einem Mann nur kaufen, der alles hatte, was er sich wünschte, und nichts brauchte? Kleidung natürlich, aber das waren nicht unbedingt die aufregendsten Geschenke, und Golf spielte er nicht. Soweit sie wusste, hatte er keine echten Hobbys: Sein ganzes Leben drehte sich ausschließlich um seine Arbeit.

Da sie bei Brown Thomas nicht fündig wurde, verließ sie das Kaufhaus und schob sich durch die Menschenmenge über die Straße in Richtung Juwelier Weir's. Vielleicht eine Uhr. Eine Armbanduhr war eigentlich kein Schmuck. Es gab zwei Kategorien von Uhren, sehr flache oder sehr klobige, und sie fragte sich, welche er wohl bevorzugte. Vielleicht etwas aus Silber mit einer Unmenge von Zifferblättern und Knöpfen – auf diesem Gebiet war er wie ein großes Kind. Sie nickte und sah, dass ihre Bewegung im Schaufenster widergespiegelt wurde. Eine Uhr, eine Taucheruhr mit drei Zifferblättern und einer drehbaren Rille, in die das Uhrglas eingesetzt war, silbern mit schwarzer Oberseite …

Dann kam ihr ein Gedanke, der Gedanke, der inzwischen alles, was sie für ihn erstand, begleitete, beeinflusste und verdarb: Würde er die Uhr überhaupt tragen können, ohne dass seine Frau es bemerkte und ihn fragte, woher er sie hatte?

Sie seufzte, und ihr Atem kondensierte an der Scheibe vor ihrem Gesicht. Wer hätte gedacht, dass es so kompliziert sein würde, ein Geschenk zu kaufen, dass so viel bedacht werden musste?

Robert sagte, dass seine Frau sich nicht mehr für ihn interessierte – und Stephanie glaubte ihm. Sie sah absolut keine Hinweise, dass Kathy sich für seine Arbeit interessierte oder dafür, wo er sich aufhielt, aber das bedeutete ja nicht, dass die Frau es nicht bemerken würde, wenn er mit einer tollen neuen Uhr auftauchte. Er konnte natürlich einfach behaupten, ein Kunde habe sie ihm geschenkt. Aber das wollte sie nicht. Sie wollte, dass er sie tragen und sagen konnte: »Das ist ein Geschenk meiner Freundin.«

Freundin klang besser als Geliebte, fand sie.

Also dann vielleicht doch keine Uhr. Sie wandte sich

vom Schaufenster von Weir's ab, überquerte erneut die Grafton Street und ging in die Grafton Arcade, und durch die Buchhandlung Hodges Figgis, die sie als Abkürzung nutzte, um zur Dawson Street zu gelangen. In der Buchhandlung herrschte ein unglaubliches Gedränge, und sie dachte, wie schade es doch war, dass er so wenig las, weil sie ihm deshalb nur wenige Bücher schenken konnte. Er behauptete, er habe einfach keine Zeit dazu. Sie hatte ihm zum Geburtstag Anfang des Jahres ein paar Hörbücher auf CD für die Autostereoanlage gekauft, aber als sie das letzte Mal in seinem Auto gesessen hatte, hatte sie festgestellt, dass sie noch immer in ihren Plastikhüllen steckten – ungeöffnet.

Okay, wie wäre es mit einem Kunstdruck oder einem hübschen Gemälde? Aber sie waren, obwohl sie so viele gemeinsame Interessen hatten, in manchen Dingen diametral gegensätzlicher Meinung, insbesondere in Sachen Kunst. Sie bevorzugte moderne Kunst: Klecksereien in leuchtenden Farben. Ihr gefiel, wie viel Energie und Gefühl solche Bilder vermittelten. Er bevorzugte – falls er auf diesem Gebiet überhaupt irgendwelche Präferenzen hatte – den Foto-Realismus.

Außerdem, wo würde er ein Bild oder einen Druck aufhängen? Es lief wieder auf die gleiche Frage hinaus, und sie hatte sie allmählich wirklich satt: Was würde seine Frau dazu sagen? Er konnte wohl kaum ein Bild mit nach Hause bringen und an die Wand hängen, oder?

Als sie aus der Buchhandlung kam, wandte sie sich nach rechts, ging die Dawson Street hinauf und warf im Vorbeigehen einen neugierigen Blick in die Schaufenster. Ein Mantel wäre eine Möglichkeit – vielleicht einer aus Mohair, oder eine schöne Aktenmappe, eine Brieftasche, Schreibgeräte …

Sie blieb stehen und schmunzelte. Allmählich verlor sie die Nerven und wurde albern. Sie konnte ihrem Liebhaber wohl kaum einen schlichten Kuli schenken? Er hatte ihr letztes Jahr schließlich einen herrlichen antiken

Goldanhänger mit einem Opal geschenkt, der so groß war wie ihr Daumennagel. Und neulich zum Geburtstag hatte er ihr einen fantastischen modernen Silberarmreif gekauft. Er wählte Geschenke für sie sehr liebevoll und sorgfältig aus. Die Notlösung wäre ein Gutschein, aber sie verschenkte nur äußerst ungern Gutscheine, weil das so unpersönlich war.

Seine Frau hatte ihm letztes Jahr einen Gutschein geschenkt; das hatte er ihr jedenfalls erzählt.

Stephanie spürte, wie ihre fröhliche Stimmung einen leichten Dämpfer bekam. An manchen Tagen hatte sie das Gefühl, sie sei mit Kathy Walker zusammen! Direkt gegenüber von Mansion House schaute sie nach links und rechts und rannte über die Straße. Eine Musikkapelle der Heilsarmee hatte sich um den dort aufgestellten riesigen Weihnachtsbaum geschart, aber die Trompeten- und Zimbelklänge waren wegen des Verkehrslärms kaum zu hören.

Kürzlich hatte sie festgestellt, dass sie fast ständig an Roberts Frau dachte. Manchmal, so wie jetzt, da sie Robert ein Geschenk kaufen wollte, ertappte sie sich dabei, dass sie sich fragte, was Kathy ihm wohl zu Weihnachten beziehungsweise zum Geburtstag schenkte. Gelegentlich ertappte sie sich auch dabei, dass sie sich fragte, was Robert wohl seiner Frau schenkte.

Als sie sich auf die Beziehung mit Robert eingelassen hatte, war das alles kein Problem gewesen. Sie wusste, dass er verheiratet war; aber sie wusste auch, dass er sich emotional von seiner Frau entfernt hatte, die allem Anschein nach kein Interesse mehr an ihm hatte. Er fühlte sich zu ihr hingezogen und sie zu ihm, und sie waren erwachsen, und solange sie niemandem wehtaten …

Am Ende der Dawson Street bog Stephanie links ab und steuerte auf das Hotel Shelbourne zu.

Außerdem hatte sie, als sie sich auf diese Beziehung einließ, nicht erwartet, dass sie Bestand haben würde. Sie hatte ihr drei, allerhöchstens sechs Monate gegeben. Sie hatte nie einen Gedanken an seine Frau und Kinder verschwendet, an das andere Leben, das er mit ihnen führte, ein Leben fern von ihr. Im Laufe der Zeit, als sie sich allmählich, unweigerlich, fast unbewusst, in ihn verliebt hatte, hatte sie das getan, was jede verliebte Frau tat: Sie hatte versucht, alles über ihn zu erfahren. Seine Vorlieben und Abneigungen, seine Träume, seine Pläne, seine Vergangenheit … und von da an war es kompliziert geworden, weil Roberts Vergangenheit ihm noch immer sehr nahe war, sich um seine Frau und die beiden Kinder drehte, ein Haus auf der anderen Seite der Stadt und einen Job, von dem er ganz besessen war.

Verdammt! Warum hatte sie sich nur in ihn verlieben müssen?

Weil du eine dumme Gans bist.

Man verliebt sich nicht in einen verheirateten Mann.

Die gleiche Antwort hatte sie ihren Freundinnen gegeben, wenn sie in einer ähnlichen Situation steckten, und sie hatte immer geschworen, dass sie niemals den gleichen Fehler machen würde.

Man verliebt sich nicht in einen verheirateten Mann.

Aber genau das war ihr passiert.

Die leiser werdenden Klänge der Trompeten der Heilsarmee folgten ihr wie Hohngelächter die Straße hinunter.

Kapitel 33

In der Wohnung herrschte absolute Stille, als sie die Tür aufstieß, dann ihre Einkaufstüten aufhob und in den Flur trug. Die alte Mrs Moore, Stephanies Nachbarin, schaute von ihrem Wohnzimmerfenster direkt über den Hof, und einen kurzen Augenblick verspürte Stephanie den verrückten Drang, ihr zuzuwinken. Die Frau war besser als jede Alarmanlage; beim geringsten Anzeichen, dass etwas nicht in Ordnung war, rief sie die Polizei. Erst vor drei Wochen hatte sie zwei junge Männer am Kanal herumschleichen sehen und sofort bei der Polizeiwache angerufen. Ein Streifenwagen war gekommen, und die beiden Männer waren befragt worden. Es stellte sich heraus, dass sie Handschuhe, Schraubenzieher und Klebeband in ihrer Tasche mit sich trugen. Sie behaupteten, Zimmermannslehrlinge zu sein. Allerdings hatten sie etwas größere Schwierigkeiten, das Dutzend Tütchen aus Alufolie mit Heroin zu erklären und die Sammlung von Kreditkarten, die auf verschiedene Namen ausgestellt waren. Der für ihr Viertel zuständige Polizist war eigens vorbeigekommen, um Mrs Moore persönlich für ihre Hilfe zu danken. Seitdem war Mrs Moore eine Art Sicherheitsbeauftragte des kleinen Komplexes aus Wohn- und Reihenhäusern geworden. Stephanie nahm sich vor, ihr ein hübsches Weihnachtsgeschenk zu besorgen.

Sie drückte auf den Knopf des Anrufbeantworters und hörte ihre Nachrichten ab, während sie die paar Lebensmittel auspackte, die sie auf dem Heimweg gekauft hatte. Robert zog sie immer auf, weil sie so wenig Essbares im Haus hatte, aber sie aß selten hier – natürlich frühstückte sie, trank Tee und aß zu Abend, aber sie hatte auf dem Herd noch nie eine richtige Mahlzeit zubereitet. Schließlich hatte Gott die Mikrowelle geschaffen.

»Stef … ich bin's, deine Mutter. Bist du da? Warum bist du nicht da?«

Stephanie machte den Kühlschrank auf und stellte den halben Liter fettarme Milch in das Türfach neben die halb leere Packung Orangensaft und die ungeöffnete Champagnerflasche. Sie hasste es, Stef genannt zu werden.

»Wahrscheinlich bist du ausgegangen und amüsierst dich …«

Resigniert schüttelte Stephanie den Kopf. Egal, wie oft sie ihrer Mutter die Zeitverschiebung zwischen Dublin und New York erklärte, Toni Burroughs würde es nie kapieren. Manchmal war sie der festen Überzeugung, ihre Mutter glaube, sie lebe in Australien.

»Ich rufe nur an, um mich zu vergewissern, ob du tatsächlich nicht über Weihnachten nach Hause kommst …«

Stephanie räumte die Joghurts in den Kühlschrank. Sie hatte ihrer Mutter mindestens ein Dutzend Mal erklärt, dass sie über Weihnachten in Irland bleiben würde. Ein Mal – nur ein einziges Mal – hatte sie den Fehler begangen, über die Feiertage in ihr Elternhaus auf Long Island zurückzukehren, und danach hatte ihre Mutter jedes Jahr angerufen und sie mehr oder weniger subtil gedrängt, wieder zu kommen.

»Alle deine Geschwister werden hier sein. Und auch deine Cousinen.«

Stephanie Burroughs, die Tochter eines College-Professors und einer Highschool-Lehrerin, war auf Long Island aufgewachsen. Die Familie war erzkatholisch, und die sieben Kinder, vier Jungs und drei Mädchen, waren in einem Haus mit sechs Zimmern in einer bürgerlichen Umgebung aufgewachsen, in der man eine ruhige, respektable Version des amerikanischen Traums lebte. Zwischen dem Ältesten, Bill, und der Jüngsten, Joan, lag nur ein Altersunterschied von zwölf Jahren. Stephanie stand mehr oder weniger in der Mitte der Geschwisterreihe und hatte es irgendwie geschafft, sich aus den Cliquen, Paarungen und Grüppchen herauszuhalten, die sich in jeder Großfamilie bilden. Dadurch hatte sie sich von den übrigen Mitgliedern ihrer Familie immer ein wenig distanziert gefühlt, die sich allem Anschein nach ungeheuer häufig und lange gegenseitig auf der Pelle saßen. Sie war sich immer wie eine Außenseiterin vorgekommen, was es ihr wesentlich erleichtert hatte, das Elternhaus zu verlassen und zunächst nach New York und dann nach Chicago zu ziehen. Außerdem war sie das erste Familienmitglied, das das Land verlassen hatte, und sie war jetzt, im reifen Alter von fünfunddreißig Jahren, die Einzige, die noch ledig war. Ihr Bruder Billy war, zum großen Verdruss ihrer Mutter, inzwischen zum dritten Mal verheiratet.

»Dein Vater war gestern Abend im Internet und hat geschaut, ob es noch Flugtickets gibt. Du weißt, dass wir dir das Geld schicken, falls die Kosten ein Problem sein sollten …«

Stephanie schenkte sich aus dem Filterkrug ein Glas Wasser ein und schüttelte den Kopf. Einschließlich Gehalt, Prämien und Spesen verdiente sie etwa 150 000 Euro im Jahr. Sie war – mit Hilfe der Bank – im Begriff, diese Wohnung zu kaufen, sie besaß ihr eigenes Auto, machte häufig Urlaub, ging regelmäßig zum Essen aus, ging ins Theater, Kino und ins Fitnessstudio, wann immer ihr der Sinn danach stand. Sie flog entweder Business oder First Class und war von allen Burroughs-Kindern wahrscheinlich das erfolgreichste und finanziell am besten gestellte. Trotzdem glaubte Toni noch immer, ihre Tochter sei Sekretärin oder einfache Rechercheurin, die nur einen Hungerlohn verdiente. Außerdem wusste sie, dass sich ihre Mutter wirklich Sorgen um sie machte, weil sie nicht verheiratet war und nicht mindestens ein Kind hatte. Das letzte Mal, als sie zu Hause gewesen war – im vergangenen Jahr zu Thanksgiving –, hatte Toni auf sehr plumpe Weise versucht, sie zu verkuppeln. Sie hatte es so eingerichtet, dass eine ganze Reihe junger, in Frage kommender beziehungsweise weniger junger und noch weniger in Frage kommender Männer im Haus ein und aus gegangen waren.

»Es wäre so schön, wenn du kämest. Wenn du nett darum bittest, werden dir deine Chefs sicher etwas länger Urlaub geben. Sag ihnen, dass du die Arbeit im neuen Jahr nachholst.«

Ihr standen noch immer zehn Tage Urlaub zu. Sie hatte vor, sie erst im neuen Jahr zu nehmen. Falls sie Robert überreden konnte, ein paar Tage freizumachen, würde sie mit ihm vielleicht nach New York fliegen, und sie könnten nach Long Island zu ihren Eltern fahren. Von diesem Gedanken verblüfft, hielt sie plötzlich inne. Ihn den Eltern vorzustellen, das war etwas sehr Förmliches. Sie wusste, dass beide ihn mögen würden – ein erfolgreicher irischer Geschäftsmann, ein paar Jahre älter als sie. Aber man stellte einen Mann nur dann den Eltern vor, wenn man mit ihm ernste Absichten hatte. Sie lächelte. Nun, sie hatte ernste Absichten, und – ihr Lächeln schwand – sie wurden mit der Zeit immer ernster.

»Na ja, ruf mich an, wenn du kannst, aber ich denke, du gehst dort drüben vor lauter Arbeit schon auf dem Zahnfleisch. Du könntest an Heiligabend anrufen. Die ganze Familie wird hier sein, deine Brüder und Schwestern mit ihren Partnern und Kindern. Wir werden das Haus voll haben …«

Jetzt kommt es, dachte Stephanie und sprach die Worte mit ihrer Mutter mit:

»*… alle werden da sein, alle außer dir.*«

Stephanie streckte sich im warmen Badewasser aus und drückte sich das Handy ans Ohr. »Und dann hat sie gesagt: ›*Wir werden das Haus voll haben, alle werden da sein, alle außer dir.*‹ Wenn das mal keine emotionale Erpressung ist!«

Sally Wilson, Stephanies beste Freundin, lachte fröhlich

auf. »Meine Mutter ist genauso. Auf der ganzen Welt sind die Mütter gleich. Wahrscheinlich gibt es Kurse dafür.«

Stephanie hob ein Bein aus dem Wasser und ließ den Schaum über die glatte Haut laufen. Der Einbau der Badewanne war wahnsinnig teuer, aber eine sehr gute Investition gewesen. Nach einem langen Arbeitstag tat nichts so gut wie ein Bad. »Aber weißt du was, einen Augenblick bin ich tatsächlich in Versuchung geraten. Es wäre so lustig, nach Hause zu fliegen, noch einmal mit der ganzen Familie zusammen zu sein. Mom und Dad werden schließlich auch nicht jünger.«

»Na ja, warum machst du es dann nicht?«, fragte Sally ernsthaft. Deutlich war zu hören, dass sie tief Luft holte, und Stephanie vernahm das Knistern brennenden Zigarettenpapiers. Sie hatte geradezu vor Augen, wie Sally irgendwo vor einem Pub oder einer Bar stand, ihr Glas in der einen, die Zigarette in der anderen Hand.

»Warum mache ich was nicht?«

»Warum steigst du nicht an Heiligabend in ein Flugzeug, fliegst rüber und überraschst alle? Sag niemandem, dass du kommst. Tauche einfach auf.«

»Oh, aber das kann ich doch nicht!«

»Warum nicht? Was hält dich davon ab?«, fragte Sally unumwunden. »Ich wette, deine Mutter wäre begeistert.«

»Natürlich. Da bin ich mir sicher.«

»Und du hast selbst gesagt, dass irgendwann ihr letztes Weihnachten sein wird.«

»Ich weiß.«

»Aber?«, versuchte Sally, ihr auf die Sprünge zu helfen.

»Aber was ist mit Robert?« Als Stephanie den Namen ihres Liebhabers aussprach, kniff sie die Augen zusammen. Sie wusste, was jetzt kommen würde.

»Ach ja, Robert«, sagte Sally kühl, und Stephanie malte sich aus, wie sie jetzt einen tiefen Zug an der Zigarette nahm. »Na ja, ich frage mich, wo Robert wohl sein wird.

Ach, ich weiß es: Robert wird zu Hause bei Frau und Kindern sein. So wie im letzten Jahr und im Jahr davor, so wie im nächsten und im übernächsten Jahr.«

Stephanie setzte sich auf und griff nach dem Glas Mineralwasser, das auf dem Wannenrand stand. »Du magst ihn wirklich nicht, oder?«, sagte sie fröhlich in dem Versuch, einen weiteren Streit mit Sally über Robert zu vermeiden.

»Nicht sonderlich. Nein.«

»Er ist wirklich ein netter Mann. Ich werde euch in den nächsten Tagen miteinander bekannt machen.«

»Ich bin mir sicher, dass er ein wunderbarer Mann ist, der Hunde streichelt, der Kirche Geld spendet, seine Kinder küsst und zudem seine Frau liebt. Während er sie betrügt.«

Stephanie seufzte.

»Tut mir Leid«, sagte Sally sofort. »Ich möchte mich nicht mit dir streiten. Ich will einfach nicht mit ansehen, wie du an Heiligabend zu Hause sitzt und darauf hoffst, dass Robert für eine Stunde vorbeikommt, und dann den ganzen ersten Weihnachtsfeiertag auf einen Besucher wartest, der nicht aufkreuzen wird. Das ist alles.«

»Ich weiß«, seufzte Stephanie. Sie wusste es. Es war ihr in den letzten Wochen immer wieder durch den Kopf gegangen: Was würde sie am ersten Feiertag machen? Sie erinnerte sich ans letzte Weihnachtsfest. In ihrem ganzen Leben hatte sie sich noch nie so einsam, so verlassen, so allein gefühlt. »Ich weiß, dass du Recht hast. Ich habe mir schon überlegt, dass ich ihn darauf ansprechen muss.«

»Das solltest du aber bald tun, meine Liebe – es ist ja nicht einmal mehr eine Woche bis zum Fest«, riet ihr Sally.

»Morgen Abend. Wir gehen zum Essen. Ich werde beim Essen mit ihm darüber reden.«

»Gut so. Hast du heute Abend etwas vor?«

»Nein. Ich habe mir den halben Tag freigenommen und mir die Hacken auf der Suche nach einem Geschenk für Robert abgelaufen, aber vergeblich. Was schenkst du Dave?«

»Ich habe ihm eine schöne Lederjacke und eine DVD-Kassette von ›Star Wars‹ gekauft. Er hat sie auf Video, aber ich weiß, dass er sie sich alle noch mal auf DVD anschauen und seinen Spaß daran haben wird. Er ist wie ein großes Kind.«

»Du hast Glück; dein Dave schaut sich wenigstens Filme an und liest. Mein Robert tut weder das eine noch das andere.«

»Dein Robert ist ein komischer Kauz«, stimmte ihr Sally zu. Stephanie stellte sich schon auf eine weitere Tirade ein, aber dann sagte Sally: »Ich muss los. Dave ist gekommen. Ich melde mich morgen.«

Sie legte auf, und Stephanie schaltete ihr Handy aus. Sie war sich sicher, dass Sallys Stimme deutlich sarkastisch geklungen hatte, als sie »dein Robert« sagte. Weil er selbstverständlich nicht »ihr« Robert, sondern der einer anderen war.

Sally und Robert waren sich noch nie begegnet; Stephanie hatte die beiden bewusst voneinander fern gehalten. Sally machte keinen Hehl daraus, dass sie Robert nicht leiden konnte: Er war ein verheirateter Mann, der mit einer allein stehenden Frau seine Spielchen trieb. Auch mit Stephanie war sie hart ins Gericht gegangen und hatte ihr unumwunden gesagt, wie dumm sie sei, sich mit so einem Typen einzulassen. Die beiden Frauen stritten miteinander, und Stephanies Beziehung mit Robert hätte sie beinahe die Freundschaft gekostet. Schließlich war Stephanie zur Vernunft gekommen und ihr war klar geworden, dass Sally sich lediglich um sie sorgte und versuchte, ihre Freundin vor dem zu bewahren, was ihrer Meinung nach unweigerlich zu Schmerz und Kummer führen würde.

Und sie war tatsächlich dumm gewesen, das wusste sie. Sie hatte eine ihrer seit langem bestehenden eisernen Regeln gebrochen: Stell dich nicht zwischen eine andere

Frau und ihren Mann. Da draußen gab es so viele Männer. Aber keinen wie Robert; Robert war anders.

Stephanie rutschte nach vorn und beugte sich vor, um noch mehr heißes Wasser einzulassen. Sie gab Badesalz hinzu, und der würzige Geruch von grünem Tee erfüllte die feuchte Luft. Sie streckte sich wieder in der Wanne aus und legte den Kopf auf das Schaumkissen. Die kurze dicke Kerze, die neben ihrer rechten Schulter auf dem Badewannenrand stand, verlöschte. Die Wohnung war ursprünglich mit einer Dusche, nicht aber mit einer Badewanne ausgestattet gewesen. Vor ihrem Einzug hatte Stephanie ein Team von Innenarchitekten engagiert, damit sie eine Ecke des unbenutzten Schlafzimmers abtrennten und ein größeres Bad schufen. Sie hatte sich für italienischen Stil entschieden: Eine antik aussehende freistehende Badewanne, die so behandelt war, dass es aussah, als sei sie aus Kupfer, stand in der Mitte des Terracottabodens. Drei Wände waren mit handbemalten Fliesen gekachelt, während die vierte mit einer Wandmalerei bedeckt war, die den Eindruck vermittelte, eine Tür führe auf eine toskanische Landschaft hinaus. Wenn sie einen besonders stressigen Tag hinter sich hatte, dann füllte sie die Badewanne fast bis zum Rand, tat Schaumbad mit grünem Tee oder Salz aus dem Toten Meer hinein, zündete ein paar Kerzen an, legte sich ins Wasser und schaute das Wandgemälde an. Dann spürte sie schon nach wenigen Minuten, wie die Anspannung und die Sorgen des Tages von ihr abfielen.

Es war natürlich reine Ironie, dass sie Robert, als sie ihn vor sechs Jahren kennen lernte, anfangs gar nicht gemocht hatte. Er sah nicht besonders gut aus, war ganz offensichtlich arrogant und so barsch, dass es an Unverschämtheit grenzte, und er schien sehr unter dem Pantoffel seiner Frau und von Maureen zu stehen, dem alten Drachen von einer Sekretärin, die seine Firma im Grunde genommen führte.

Schon damals hatte sie bemerkt, dass es Probleme in der Beziehung zwischen ihm und seiner Frau gab. Er hatte sehr darauf geachtet, nicht direkt darüber zu sprechen, aber sie hatte durch das, was er sagte, und auf Grund der Art und Weise, wie er davon sprach, genug mitbekommen. Noch mehr erfuhr sie dadurch, dass sie Kathy und Maureen einfach zuhörte, wenn sie über ihn redeten: Es war offenkundig, dass keine der beiden Frauen ihn respektierte, und er hatte ihr Leid getan.

Stephanie war eingestellt worden, um für den Pilotfilm zu einer neuen Fernsehserie zu recherchieren: »Heute vor hundert Jahren«: Ereignisse aus dem letzten Jahrhundert, so aufbereitet, als handele es sich um aktuelle Nachrichten, und zwar mit Schwerpunkt auf Ereignissen in Irland. Die Filme sollten jeweils nur zwei Minuten lang sein, doch die Stücke mussten sehr gründlich recherchiert werden, und sämtliche Fakten mussten absolut stimmen, denn R&K-Productions hoffte, die Reihe an den Discovery Channel zu verkaufen. Es war sogar von einem Video und einem Begleitbuch die Rede gewesen. Nichts von alledem wurde je verwirklicht. Das eigentliche Problem war die Anzahl der Sendungen: Sie hatten sich eine Sendezeit von zwölf Wochen gesichert, an fünf Tagen die Woche, was also insgesamt sechzig Sendungen ergab. Je mehr sie recherchierte, desto klarer wurde ihr, dass es schwierig war, interessante Nachrichten für jeden Tag vor hundert Jahren zu finden. Auch die Vergangenheit konnte langweilig sein, und an manchen Tagen war einfach nichts passiert, was einen zweiminütigen Film wert gewesen wäre. Ein weiteres Problem bestand darin, dass Robert es sich nicht leisten konnte, eine zweite Rechercheurin einzustellen, und sie daher absolut überlastet gewesen war. Deshalb fingen sie an zusammenzuarbeiten und fuhren durch ganz Irland, um Originalschauplätze historischer Ereignisse zu besichtigen. Sie hatte ihn auf diesen Reisen allmählich kennen gelernt und überrascht festgestellt, dass sich hinter der Blasiertheit und Arroganz ein kluger und sensibler Mann verbarg, der einmal davon geträumt hatte, anspruchsvolle, qualitativ hochwertige Dokumentarfilme zu drehen, der diese Träume aber aufgegeben hatte, um für seine Familie die Brötchen zu verdienen.

Am Ende hatte sie die Serie praktisch allein produziert: hatte recherchiert, die Drehbücher geschrieben, dann nach den zum Text passenden Bildern und dem Archivmaterial gefahndet, ja, sie war sogar zu den Kostümverleihern gegangen, um die Kostüme und den Schmuck auszusuchen, die für die authentische Verfilmung nötig waren. Robert war so beeindruckt gewesen, dass er sie im Abspann als Drehbuchautorin und Produzentin erwähnte und selbst die Rolle als leitender Produzent übernahm. Dieser Abspann hatte ihrer eigenen Karriere auf so vielfältige Art und Weise auf die Sprünge geholfen, dass sie ihm dafür ewig dankbar sein würde.

Damals hatte sie nicht das geringste romantische oder sexuelle Interesse an Robert gehabt. Sie hatte gerade eine Beziehung mit einem Fußballspieler hinter sich, der, solange sie zusammen waren, arm wie eine Kirchenmaus war und sie alles bezahlen ließ, aber gleich, nachdem sie Schluss gemacht hatten, einen Vertrag mit einem englischen Club über viele Millionen Pfund unterzeichnete. Inzwischen sah sie ihn praktisch jede zweite Woche auf den Vorder- oder Rückseiten der Klatschzeitungen, weil er sich entweder auf dem Spielfeld oder außerhalb wieder einmal einen Fauxpas geleistet hatte, und sie war der Meinung, dass sie großes Glück gehabt hatte, ihn noch rechtzeitig losgeworden zu sein.

Die Zusammenarbeit mit Robert war damals sehr plötzlich beendet worden. Sie erinnerte sich genau daran. Als ihr Vertrag eigentlich noch drei Wochen lief, hatte Robert sie eines Montagmorgens im August in sein Büro gerufen ... nein, am Dienstag, unmittelbar nach dem Bank-Holiday-Wochenende. Er hatte ihr den Lohn für die drei Wochen ausbezahlt plus einer Gratifikation von zwei zusätzlichen Wochen und ihr gesagt, dass sie ihre Arbeit noch am selben Tag beenden solle. Er hatte ihr keine Erklärung gegeben, und erst Jahre später, als sie und Robert ein Paar geworden waren, hatte sie herausgefunden, dass Kathy ihren Mann beschuldigt hatte, eine Affäre mit ihr zu haben. Als habe sie es heraufbeschworen!

Von der unerwarteten Gratifikation hatte sie einen Urlaub in Spanien finanziert, wo sie eine junge Frau kennen lernte, die in England als Rechercheurin für einen Frühstückssender arbeitete. Sie tauschten ihre Adressen aus, und sechs Wochen später arbeitete Stephanie bereits für »Good Morning«, zunächst als Rechercheurin, dann, als man herausfand, dass sie Mitproduzentin von »Heute vor hundert Jahren« war, als Koproduzentin. Dabei blieb sie ein Jahr, bis sie in eine der weltweit größten Werbeagenturen eintrat. Das hatte sich wieder durch Zufall ergeben: Charles Flintoff, der oberste Boss der Agentur, war Talkgast bei »Good Morning« und von ihr beeindruckt gewesen. Er bot ihr auf der Stelle einen Job an, und sie sagte zu.

Das Leben war voller Zufälle, kleiner Augenblicke, in denen eine einzelne Entscheidung außergewöhnliche Auswirkungen auf die kommenden Jahre hatte. Hätte sie den Job als Rechercheurin bei R&K nicht angenommen, dann wäre sie nicht nach Spanien gefahren, hätte die Anstellung beim Frühstücksfernsehen nicht bekommen, wäre Charles nicht begegnet und hätte ihre derzeitige Stellung nicht erhalten, die sie wieder nach Dublin und in Roberts Welt zurückgeführt hatte.

Vor zwei Jahren war sie als Kundenmanagerin der Agentur nach Dublin zurückgekehrt. Sie war noch nicht einmal eine Woche in der Stadt gewesen, als sie Robert über den Weg lief. Sie hatten über die alten Zeiten geplaudert und waren dann etwas trinken gegangen, ins Dobbins, nicht unbedingt dem romantischsten Pub Dublins. Auf dieses Treffen folgte ein paar Tage später ein Abendessen. Sie fragte sich, ob mit diesem einen Drink im Dobbins ihre Affäre in Wirklichkeit ihren Anfang genommen hatte.

Kapitel 34

Stephanie stand in ihrem dick wattierten Morgenmantel in der Küche und wartete darauf, dass die Mikrowelle klingelte. Ein jämmerliches Essen drehte sich langsam hinter der Glasscheibe – kalorienarm, salzarm, geschmacksarm (als Diätmahlzeit geeignet). »Fertigmahlzeit« hieß es auf der Packung, Zubereitungszeit fünfzehn Minuten: sie wusste inzwischen, dass »Zubereitungszeit« genau die Zeit angab, die man vor der Mikrowelle herumstand.

Ihr Handy piepste, und automatisch öffnete sie die Tür der Mikrowelle, bevor ihr klar wurde, was sie da tat. Sie hatte ihr Handy auf die Arbeitsfläche gelegt. Grinsend griff sie danach, warf einen Blick auf das Display, sah, dass es Robert war, und spürte, dass ihr Herz einen Sprung tat. Menschenskind, es hatte sie wirklich schwer erwischt, dachte sie.

»Hallo.«

»Ich wollte dich später noch anrufen. Ich habe dich heute Abend vermisst.«

Sie hörte, dass sich am anderen Ende der Leitung jemand bewegte, weil der Empfang mal besser, mal schlechter war. Und sie fragte sich, wo er sich wohl gerade aufhielt, wie er aussah, was er anhatte.

»Ich weiß. Es tut mir Leid«, sagte Robert leise.

Am seinem Tonfall erkannte sie sofort, dass er zu Hause war. War er daheim, dann sprach er immer leiser, als habe er Angst, dass jemand mithören könnte.

»Ich hab an dem DaBoyz-Entwurf gearbeitet. Dann habe ich beschlossen, loszufahren, bevor es mit dem Verkehr allzu schlimm wird.«

»Wie kommst du voran?« Der DaBoyz-Vertrag war bislang der größte Job, den sie ihm hatte vermitteln können, und derjenige, an dem sie ihre größten Zweifel hatte. Robert hatte noch nie einen Pop-Videoclip gedreht, und obwohl sie sicher war, dass er das konnte, bedauerte sie allmählich, ihn für diesen Auftrag ins Spiel gebracht zu haben. Sie ging aus der Küche, schlenderte ins Wohnzimmer und machte es sich auf dem Sofa gemütlich.

»Ganz gut. Ich werde eine gute Präsentation abliefern.«

»Das schaffst du schon. Ich weiß es.«

»Das hoffe ich.«

Da hörte sie ihn, diesen Selbstzweifel in seiner Stimme. »Ich hab das größte Vertrauen in dich. Das wird ein neuer Geschäftszweig für die Firma. Dreh einen guten Videoclip, und du wirst ganz groß im Geschäft sein. Sämtliche Bands werden dir die Bude einrennen.« Sie fragte sich, wen sie da eigentlich zu überzeugen versuchte. Das war die letzte Chance für DaBoyz. Die Band war im Begriff, sich aufzulösen, und ihr Manager, Eddie Carson, machte den Eindruck, als wolle er einen der Jungs unter seine Fittiche nehmen, ihn als Solokünstler managen und die übrigen fallen lassen.

»Du hast Recht. Ich weiß, dass du Recht hast. Danke, dass du mir den Rücken stärkst.«

Er klang ausdruckslos, niedergeschlagen. Inzwischen kannte sie die Anzeichen: Er hatte sich mit Kathy gestritten. Eine Zeit lang hatte sie ihn schlichtweg für einen Feigling gehalten, der nicht gewillt oder unfähig war, sich gegenüber seiner Frau durchzusetzen. Erst vor kurzem war ihr klar geworden, dass er nicht gegen Kathy ankämpfte, weil er sie nicht traurig machen wollte. Das war eine schockierende Erkenntnis gewesen, weil sie die Frage aufwarf, ob er noch immer Gefühle für seine Frau hatte. Er behauptete, er habe keine mehr, aber …

»Was ist los?«, fragte sie sanft.

»Nichts.«

»Doch. Irgendwas ist.«

»Woher willst du das wissen?«

»Die kurzen Sätze. Wenn du müde oder besorgt bist, dann antwortest du immer in kurzen Sätzen.«

»Du und deine Collegeausbildung«, antwortete Robert rasch, aber sie hörte seinen helleren Tonfall und wusste, dass er lächelte.

»Das hat mit dem College nichts zu tun – außerdem bin ich nicht sicher, ob beim Studium der Medienwissenschaften ›Die Interpretation der Stimmungen des Geliebten‹ auf dem Lehrplan stand.« Sie zwang sich, mit fröhlicher, heiterer Stimme zu sprechen. Sie wollte, dass er positiv dachte und sich auf ihr Treffen am nächsten Morgen konzentrierte. »Also, sag schon, was beunruhigt dich?«

»Ach, das Übliche. Ich bin bloß müde. Es war ein langer Tag.«

»Und Kathy?«, drängte sie.

Es folgte langes Schweigen, dann sagte er: »Sie ist nicht in Hochform. Ich hab heute Abend gesehen, dass sie ein paar Tabletten genommen hat; ich glaube, sie hat sich etwas eingefangen.«

Stephanie machte den Mund auf, um etwas zu erwidern, schloss ihn dann aber wieder, ohne ein Wort gesagt zu haben. Er wusste, dass es in seiner Ehe ein Problem gab, weigerte sich jedoch einfach, ihm ins Auge zu sehen und, was noch wichtiger war, sich damit auseinander zu setzen. Immer nahm er sie in Schutz: Kathy stritt sich mit ihm, weil sie müde war, weil sie krank war, weil sie traurig war. Wann würde ihm endlich klar werden, dass sie sich vielleicht deshalb mit ihm stritt, weil Streit die einzige Form war, in der sie noch kommunizieren konnte?

»Du meinst, dass ich sie in Schutz nehme, nicht wahr?«, sagte er ungehalten, und sein kurzer Anflug von Gereiztheit erstaunte sie. »Tut mir Leid. Das hätte ich nicht sagen sollen«, fügte er sogleich in weit versöhnlicherem Tonfall hinzu. »Ich bin müde. Ja, heute Abend hat es ein bisschen

Zoff gegeben. Aber es ging nur um Weihnachten. Das ist der Stress der Vorweihnachtszeit.«

Das war die Bemerkung, auf die sie gehofft hatte. »Werde ich dich über Weihnachten denn zu Gesicht bekommen?«, fragte sie. Sagte er nein, dann konnte sie ebenso gut den Flug nach Hause buchen und die Familie überraschen. Es wäre bestimmt nett, im Kreis der Familie zu feiern, insbesondere angesichts der Alternative. Zumindest würde es auf Long Island ganz gewiss nicht einsam und still sein. Es würde laut und fröhlich zugehen, mit jeder Menge Spaß, Diskussionen und Essen. Unmengen von Essen. Ihre Mutter würde die alten Fotoalben hervorholen, ihr Vater den Diaprojektor aufbauen. Sie ertappte sich dabei, dass sie nickte: Die Aussicht war allmählich sehr verlockend.

»Selbstverständlich«, antwortete er rasch.

»Und hast du eine Ahnung, wann?«

»Na ja, ich komme natürlich Heiligabend vorbei, um dir dein Geschenk zu bringen. Und dann wahrscheinlich am Stephanstag … nein, nicht am zweiten Feiertag, am Tag darauf.«

»Was ist denn am Donnerstag los?« Sie würde ihn also am Mittwoch oder Donnerstag nicht sehen. Wenn sie jetzt gleich ins Internet ging, könnte sie vielleicht noch einen Flug buchen. Dublin–JFK direkt wäre gut, aber sie konnte ja auch über London fliegen. Sicher gab es einen Flug Heathrow–JFK. Die Mikrowelle klingelte, sie stand vom Sofa auf und ging wieder in die Küche.

»Wir fahren am Stephanstag immer zum Essen zu Kathys Schwester Julia. Das ist so Tradition.«

Weihnachten mit seinen Lieben zu verbringen, war ebenfalls Tradition, dachte sie, aber sie widerstand der Versuchung, es laut auszusprechen. »Ich erinnere mich, dass ihr letztes Jahr hingefahren seid. Ich glaube, du hast damals gesagt, es wäre das letzte Mal.« Sie jonglierte den heißen Behälter auf einen Teller und stach mit einer Gabel in die Folie, damit der Dampf abzog. Ein schwacher

Geruch nach indischen Gewürzen breitete sich in der Küche aus.

»Ich glaube, das sage ich jedes Jahr.«

»Und, macht dir das Spaß?«

»Nein.«

»Also, wenn du die Wahl hättest, bei deiner Schwägerin zu essen oder die Zeit mit mir zu verbringen, wofür würdest du dich entscheiden?«

»Gar keine Frage. Die Zeit mit dir verbringen«, antwortete er wie aus der Pistole geschossen.

»Dann mach es.« Aber noch während sie das aussprach, wusste sie, dass er niemals auf ihren Vorschlag eingehen würde.

»Das ist nicht so einfach.«

»Wenn du willst, dann schon.«

»Du weißt, dass ich das will.«

Und plötzlich hatte sie von diesem Geplänkel die Nase voll. Sie musste akzeptieren, dass sie ihn an diesen beiden Tagen nicht sehen würde; das gehörte zu dem Preis, den man für eine Beziehung mit einem verheirateten Mann bezahlen musste.

»Ich weiß. Tut mir Leid. Ich sollte dich nicht so unter Druck setzen. Ich bin wohl auch müde. Wir sehen uns doch morgen, oder?«

»Darüber wollte ich mit dir reden. Ich habe aus Versehen zwei Verabredungen gleichzeitig getroffen. Ich bin morgen Abend mit Jimmy Moran zum Essen verabredet. Tut mir wirklich Leid. Gib der Situation im Büro die Schuld. Ich dachte, Maureen hätte den Termin mit ihm verschoben, und Illona hat nicht daran gedacht, das nachzuprüfen. Tut mir Leid.«

»Kein Problem.« Sie freute sich, dass es ihr gelang, ihre Stimme unter Kontrolle zu halten und ihre Enttäuschung zu verbergen. »So was kommt vor. Weißt du inzwischen, wann Maureen zurückkommt?«

»Im Januar. Vielleicht. Sie kann – oder sie will – mir keinen definitiven Termin nennen.«

»Du musst anfangen, bei diesem Thema deinen Kopf, nicht dein Herz sprechen zu lassen«, meinte Stephanie. »Und wenn du es schaffst, den Auftrag für den Videoclip an Land zu ziehen, willst du dann eine Sekretärin am Empfang sitzen haben, die wie eine aufgetakelte Großmutter aussieht?«

»Du hast Recht. Ich weiß, dass du Recht hast.« Er seufzte. »Ich bin eigentlich schon selbst zu diesem Entschluss gekommen. Aber ich finde es eben nicht richtig, ihr vor Weihnachten zu kündigen.«

»Du bist einfach zu weich«, murmelte Stephanie. »Allerdings gelingt es mir in der Regel, das zu ändern«, fügte sie rasch mit sanfter und rauchiger Stimme hinzu, und damit hatte er nicht gerechnet.

»Du gehst aber ran!«

»Manchmal. Dann sehen wir uns morgen also gar nicht?«

»Morgens steht die Präsentation für die Band und ihren Manager auf dem Programm, dann am Abend das Essen.«

»Möchtest du danach bei mir übernachten?«

»Vielleicht«, antwortete er ausweichend.

»Vielleicht«, sagte sie mit einem hellen, unbeschwerten Lachen. »Nur vielleicht?«

»Würde es sich für mich denn lohnen?«, fragte er.

»In jedem Fall«, versprach sie.

»Ich werde sehen, was sich machen lässt.«

Stephanie trug ihr Fertiggericht ins Wohnzimmer. Sie drückte auf die Fernbedienung, die auf der Armlehne des Sessels lag, und die CD sprang an. Medwyn Goodall erfüllte mit dem passend gewählten Titel »Timeless« den Raum. Sie liebte diese einfache, ätherische Musik. Sie konzentrierte sich auf die sanft schwingenden Gitarrenklänge, aß mechanisch ihr Essen, von dem sie gar nichts schmeckte, und versuchte vergeblich, nicht an das Gespräch zu denken, das sie gerade geführt hatte.

Sally hatte Recht. Sally hatte immer Recht, wenn es um Männer ging. Ihre Freundin hatte eine eiserne Regel: keine verheirateten Männer. Sally hatte in den fünfzehn Jahren, seit Stephanie sie kannte, Unmengen von Freunden, zumeist flüchtige Bekanntschaften, und drei sehr ernste Beziehungen gehabt, aber nichts mit einem verheirateten Mann. Sie versuchte sogar, ihre normalen Freundschaften mit verheirateten oder liierten Männern auf ein absolutes Minimum zu reduzieren. Als Stephanie sie geneckt und behauptet hatte, dass platonische Beziehungen möglich seien, hatte Sally sie ausgelacht und gemeint, dass aus einer platonischen Beziehung früher oder später eine sexuelle würde, und sobald Sex in einer Freundschaft im Spiel sei, ändere sich alles schlagartig.

Auf jeden Fall hatte sich für sie alles geändert, als sie erst einmal mit Robert geschlafen hatte. Die sexuelle Spannung hatte sich seit längerer Zeit aufgebaut. Lange vor ihm hatte sie erkannt, was da vor sich ging. In diesen ersten gemeinsamen Tagen hatten sie potentielle Drehorte in ganz Irland aufgesucht, sie waren zusammen spazieren gegangen und hatten miteinander geredet. Sie hatte bei diesen Spaziergängen eine Menge über ihn erfahren, wie er als junger Mann gewesen war, voller Träume und Pläne und Hoffnungen für die Zukunft, und sie hatte noch mehr über den Mann erfahren, zu dem er geworden war, ohne wirklichen Plan und mit einer Menge zerplatzter Träume, in einer lieblosen Ehe und in einem Job gefangen, mit dem es langsam immer weiter bergab ging.

Als sie das erste Mal Sex hatten, war es … war es außergewöhnlich gewesen. Er war leidenschaftlich und sanft gewesen, hatte befürchtet, ihr wehzutun, hatte große Angst, loszulassen, und danach hatte er geweint. Sie hatte nie wirklich herausgefunden, warum eigentlich. Er hatte ihr gesagt, das liege daran, dass er glücklich sei und bis zu diesem Augenblick gar nicht gewusst habe, dass er unglücklich gewesen war. Aber sie war sich nicht ganz sicher, ob sie ihm wirklich glaubte.

Sie hatte nie das Gefühl gehabt, sie würde ihn einer liebenden Ehefrau wegnehmen. Er war Kathy gegenüber immer unglaublich loyal und sagte nie ein Wort gegen sie, aber auf Grund der einen oder anderen Bemerkung, die sie auf ihren Spaziergängen aufgeschnappt hatte, war sie zu dem Schluss gekommen, dass sich zwischen ihnen eine große Kluft aufgetan hatte. Wenn die Kinder nicht wären, dann hätten sie sich vielleicht längst getrennt, aber ihre Beziehung – die von Robert und Kathy – drehte sich um Haus und Garten, um die Kinder und die Firma. Das war kompliziert. Er verhielt sich wie ein allein stehender Mann, und Stephanie behandelte ihn dementsprechend. Sie hatten Sex, weil sie es wollten; sie fühlte sich nicht schuldig, und er auch nicht. Er war ein altmodischer und nicht sonderlich einfallsreicher Liebhaber, aber er war rücksichtsvoll, und sie genoss den körperlichen Aspekt ihrer Beziehung. Vor allem liebte sie es, in seinen Armen aufzuwachen und Wärme und Geborgenheit zu spüren.

Stephanie schob den Teller zurück; keinen Bissen hatte sie wirklich geschmeckt. Sie rappelte sich langsam auf und trug den Teller in die Küche, wo sie ihn in die Spüle stellte. Sie wusste, dass sie ihn gleich jetzt abspülen sollte, aber sie fühlte sich von einer zunehmend lähmenden Erschöpfung übermannt und wollte nur noch ins Bett und schlafen. Die CD war zu Ende, und in der Wohnung war es still und ruhig. Sie ging durch die Zimmer, prüfte, ob die Haustür verschlossen und alle Lampen ausgeschaltet waren. Sie wusste, was mit ihr los war. Es hatte lange gedauert, bis sie dem Gefühl, das sie jetzt empfand, einen Namen hatte geben können. Als es ihr schließlich gelungen war, hatte es sie überrascht und verängstigt. Sie fühlte sich einsam.

Das war Stephanie Burroughs, die seit ihrem siebzehnten Lebensjahr, als sie das Elternhaus verlassen hatte, unverwüstlich, selbstsicher und selbständig gewesen war. Sie war immer beherrscht, brauchte niemanden, wollte niemanden in ihrem Leben haben.

Aber das hatte sich geändert.

Jetzt war sie einsam.

Solche Augenblicke, die sie als melancholische Anwandlungen bezeichnete, hatte sie in der Vergangenheit hin und wieder erlebt, wenn sie Robert bei sich haben wollte und er aus unterschiedlichen Gründen nicht kommen konnte. In letzter Zeit überkamen sie diese melancholischen Anwandlungen immer häufiger. Das Problem war, dass sie sich daran gewöhnt hatte, Robert um sich zu haben, als Teil ihres Lebens. Es war einfacher, so viel einfacher gewesen, als sie noch alleine war.

Doch damals hatte sie nicht gewusst, dass in ihrem Leben etwas fehlte. Und sie redete dabei nicht nur von einem Mann – sie verachtete diesen Quatsch, dass eine Frau einen Mann brauche, um vollständig zu sein. Sie redete von einem Partner, einem Gefährten, einem Geliebten, einem Freund. Am Anfang war es um nichts anderes als um Sex gegangen. Sie waren wieder wie Teenager gewesen, hatten den Körper des anderen genossen, hatten im Auto rumgemacht, in der hintersten Reihe im Kino, hatten den ganzen Tag im Bett verbracht, waren vom Büro heimgekommen, hatten Sex, waren zum Essen ausgegangen und hatten nach der Rückkehr gleich wieder Sex. Es war ein Spiel gewesen.

Aber als sie sich in ihn verliebte, wurde aus dem Spiel Ernst.

Wenn sie sich doch nur sicher sein könnte, dass er sie liebte. Er behauptete es jedenfalls.

Aber glaubte sie ihm?

Freitag, 20. Dezember

Kapitel 35

Das Läuten des Telefons am Bett riss sie aus einem tiefen und traumlosen Schlaf. Sie tastete blind nach dem Hörer und hätte den Apparat ums Haar vom Nachttisch gestoßen.

»Hi, hier ist dein bester Telefonfreund.«

Als sie Roberts Stimme erkannte, stützte sie sich auf den Ellbogen und stellte fest, dass das Bettzeug zerknüllt in einem Haufen auf dem Boden lag. Schlief sie alleine, dann wälzte und drehte sie sich hin und her, lag jedoch Robert neben ihr im Bett, dann schlief sie ruhig und rührte sich nicht. Sie warf einen kurzen Blick auf die Uhr und versuchte, den Stand der Zeiger zu erkennen. »Mein Gott, wie viel Uhr ist es denn?«

»Zehn nach acht, fast Viertel nach. Wach auf, du Schlafmütze! Ich dachte, du wärst bereits auf dem Weg ins Büro.«

»Ich gehe heute später. Ich hab heute Nacht noch einen Anruf aus Los Angeles bekommen; dieser Zeitunterschied von acht Stunden ist wirklich die Pest.«

Das Telefon hatte gegen Mitternacht geklingelt und sie aus dem Tiefschlaf gerissen. Es war Billy, ihr Bruder, gewesen, der wissen wollte, ob sie über Weihnachten in die Staaten kommen würde. Sie wusste sofort, dass ihre Mutter in ihrer äußerst plumpen Art und Weise dahintersteckte und ihren ältesten Bruder aufgefordert hatte, sie anzurufen. Sie hatten zehn Minuten miteinander geplaudert und sich über belanglose Dinge unterhalten. Danach war es ihr erst in den frühen Morgenstunden gelungen, wieder einzuschlafen. Sie hatte sich verzweifelt gewünscht, Robert wäre bei ihr; nicht um mit ihr zu schlafen, sondern nur, um sie im Arm zu halten.

Robert sprach weiter: »Wo wir gerade bei Anrufen sind, ich hatte heute Morgen eine Nachricht von Carson auf meinem Anrufbeantworter. Er will den Termin verschieben. Sollte eigentlich kein Problem sein.«

Sie richtete sich kerzengerade im Bett auf und rieb sich mit den Handwurzeln die Augen. Ihre Intuition und ihr Geschäftssinn sagten ihr, dass da etwas falsch lief. »Was hat er genau gesagt?«

»Na ja, er hat nur gesagt … ach, warte, bleib eine Sekunde dran, dann spiele ich dir den Anruf vor.« Sie hörte, wie er durchs Zimmer ging, dann ein Klicken, als er auf den Abfrageknopf seines Anrufbeantworters drückte.

»Sie haben keine neuen Nachrichten. Sie haben zwei alte Nachrichten.«

Sie hörte ein Quietschen, als Robert die erste Botschaft vorspulte, dann drang Eddie Carsons selbstgefällige Stimme klar und deutlich durch die Leitung.

»Guten Morgen, Robert. Hier Eddie Carson, DaBoyz-Management. Von Stephanie habe ich erfahren, dass Sie früh ins Büro kommen. Rufen Sie mich bitte an, sobald Sie da sind, ja? Ich muss unseren Termin verschieben.«

Erstaunt schüttelte Stephanie den Kopf. Eddie versuchte es mit diesem Trick bei jedem, mit dem er zusammenarbeitete.

»Das war's«, sagte Robert fröhlich. »Das gibt es kein Problem. Ich schaue in meinem Terminkalender nach, wann ich mich mit ihnen treffen kann.«

»Das ist ein Problem«, schnauzte sie. »Da ist absoluter Quatsch. Ich habe Carson erklärt, dass wir großes Glück hatten, dich zu kriegen. Du rufst ihn jetzt zurück und lässt nicht zu – hörst du – du lässt *nicht* zu, dass er den Termin platzen lässt. Du musst diesem Dreckskerl zeigen, wer der Boss ist, sonst tanzt er dir ständig auf der Nase herum.«

»Aber es wäre wirklich kein Problem …«, hob Robert an.

»Tu einfach, was ich dir sage«, erwiderte sie schnippisch. »Bleib ihm gegenüber hart. Sag ihm, dass ihr euch entweder heute Vormittag trefft oder gar nicht. Und dann sag gar nichts mehr. Warte auf seine Antwort.« Sie sprang aus dem Bett, stellte sich ans Fenster und blickte auf den Hof hinaus. Mrs Moore fegte vor ihrem Haus gerade das Laub zusammen. Sie hatte von Eddie Carson und seiner zweitklassigen Band allmählich die Nase voll. Wären sie nicht schon so weit gediehen, dann würde sie der Agentur raten, sie fallen zu lassen.

»Okay«, sagte Robert, aber sie konnte Zweifel und Unentschlossenheit in seiner Stimme hören. Warum zum Teufel konnte er ihr nicht vertrauen? Weil sie eine Frau war und er ein Mann, und Männer beruflich immer wussten, was sie taten? Na ja, dieses Mal nicht.

»Glaub mir. Okay, dann ruf ihn an und sag mir dann Bescheid, wie es gelaufen ist.«

»Jawohl, Madam!«

Sie unterbrach die Verbindung. Mit dem Telefon in der Hand ging sie ins Badezimmer und drehte die Dusche auf. Es wäre jetzt interessant zu sehen, wie Robert das hinbekam: Wenn er Carson nachgab, würde das Video eine Katastrophe werden, weil Carson die Sache in die Hand nehmen würde. Falls er den DaBoyz-Manager in seine Schranken verwies, bestand noch Hoffnung für ihn.

Aber Stephanie wusste auch, dass Robert dermaßen verzweifelt nach Aufträgen suchte, dass er Carson vermutlich nachgeben würde. Und er wäre noch viel verzweifelter, wenn er wüsste, dass dies der letzte Job war, den er von ihrer Agentur bekam. Sie hatte ihrem Ruf bereits geschadet. Wie sehr, konnte sie noch nicht beurteilen.

Die Unterredung, die sie kürzlich mit ihrem Chef, Charles Flintoff, geführt hatte, war sehr unerfreulich gewesen. Das war der Mann, der sie beim Frühstücksfernsehen entdeckt und ihr nach einer halbstündigen Begegnung einen Job angeboten hatte. Er war ihr Mentor gewesen, und sie hatte sich als ausgezeichnete Schülerin erwiesen. Sie hatte das Gefühl, dass er in ihr fast so etwas wie eine Tochter sah – er hatte drei eigene, von denen jedoch keine in seine Fußstapfen getreten war –, und sie hatte ihn ihrerseits unglaublich gern. Er hatte in der Branche Gerüchte über ihre Liaison mit Robert aufgeschnappt und sie sofort zu sich gebeten, um sie direkt zu fragen, ob etwas Wahres dran sei. Einen kurzen Augenblick lang war sie versucht gewesen, ihn anzulügen und alles abzustreiten, hatte sich dann aber für die Wahrheit entschieden. Das hatte ihr wahrscheinlich den Job gerettet, wie ihr später klar wurde. Charles hatte ihr einmal erzählt, dass er immer nur Fragen stelle, deren Antworten er bereits kenne. Außerdem hatte zu ihren Gunsten gesprochen, dass sich die Kosten der Aufträge, die sie Robert zugeschustert hatte, im normalen Rahmen gehalten hatten und er das Material auch geliefert hatte. Charles hatte sich nicht über die Tatsache geäußert, dass Robert verheiratet war, aber Stephanie klipp und klar mitgeteilt, sie habe dem Ruf der Agentur geschadet, indem sie sich mit einem Geschäftspartner eingelassen habe. Sie räumte ein, dass sie in der Tat nicht an den Ruf der Agentur gedacht hatte. »Liebe kann blind machen«, sagte Charles, »aber Vernarrtheit kann dumm machen.« Falls sie weiter in der Branche arbeiten wolle, müsse sie sich entscheiden: entweder mit Robert Schluss zu machen oder darauf zu verzichten, ihm noch weitere Aufträge zu geben. Sie musste entweder das eine oder das andere tun, und obwohl er es nicht aussprach, hatte sie den Eindruck gehabt, ihm wäre es am liebsten, sie täte beides. Sie versicherte Charles Flintoff, sie würde es nicht zulassen, dass sich R&K für weitere Aufträge bewerbe, und falls doch Bewerbungen eingereicht werden sollten, würde sie diese nicht berücksichtigen. »Dann können wir die Angelegenheit als erledigt betrachten«, stellte Flintoff in seiner onkelhaften, geschliffenen Art fest. »Es besteht kein Anlass, noch einmal darauf zu sprechen zu kommen.« Stephanie wusste, dass er das Thema nicht mehr erwähnen würde, aber sie konnte ihm die Enttäuschung vom Gesicht ablesen. Und sie wusste, dass ihre Loyalität einen dicken Kratzer bekommen hatte und es sie eine Menge harter Arbeit kosten würde, sie wieder herzustellen.

Stephanie fragte sich, wie Robert wohl reagieren würde, wenn er erfuhr, dass er von ihrer Agentur keine Aufträge mehr bekommen würde. Sie wusste, dass er damit rechnete, dass sie ihm im kommenden Jahr weitere Arbeit vermitteln würde. Er hatte sogar einen auf dieser Voraussetzung basierenden Businessplan, was sie ziemlich dreist fand. Sie hatte beschlossen, ihm irgendwann im Januar reinen Wein einzuschenken. Er sollte sein Weihnachtsfest noch genießen dürfen.

Stephanie betrachtete sich im Spiegel. Ihre Haare waren zerzaust und ihre Augen nach der unruhigen Nacht gerötet. Ihr Gesicht war schlaff, auf den Wangen waren Abdrücke vom Kopfkissen. Sie trat zurück und musterte sich kritisch: Ihr Körper war in relativ guter Verfassung, ihre Brüste noch immer mehr oder weniger straff, der Bauch recht flach, aber den Kampf gegen die Cellulite an ihren Oberschenkeln verlor sie allmählich. Sie war keine Schönheit; sie war durchschnittlich. Was sah Robert eigentlich in ihr?, fragte sie sich. Was hatte sie für ihn anziehend gemacht?

Eine Zeile in seinem Businessplan, überlegte sie, Aufträge für die Firma? Der Gedanke war gemein und gehässig, aber er ging ihr nicht zum ersten Mal durch den Kopf.

Ihr Telefon läutete.

»Du hattest Recht. Was würde ich nur ohne dich tun?«

»Wollen wir hoffen, dass du das nie herausfinden musst.«

»Ich bin dir was schuldig.«

»Klar, und du kannst sicher sein, dass ich es sehr bald haben will«, versprach Stephanie.

Kapitel 36

Na ja, ich mag ihn«, sagte Eddie Carson, und seine Stimme kam verzerrt durch die Freisprechanlage ihres BMWs.

Stephanie erspähte einen Fußgänger, der die Mount Street entlangging, die baumelnden Autoschlüssel in der Hand. Ging er zu seinem Auto hin oder von seinem Auto weg? »Ich wusste, dass du ihn mögen würdest, Eddie«, sagte sie fröhlich. »Außerdem ist er ein neues Gesicht mit neuen Ideen, du kannst also sicher sein, dass du für die Band etwas anderes bekommst, einen neuen Look.«

»Ja, ja, er hatte ein paar ganz gute Entwürfe, ein paar nette Ideen.« Carson klang gelangweilt.

»Du musstest den Termin heute Morgen nicht wirklich verschieben, Eddie, oder?«

»Als ob ich so was jemals täte, Miss Burroughs!«, stellte Eddie Carson unschuldig fest.

»Niemals.«

Der Fußgänger blieb neben einem fünf Jahre alten Peugeot Kombi stehen und stieg ein. Stephanie fuhr mit eingeschaltetem Blinker direkt neben das Auto. Jetzt war nur noch wichtig, dass ihr niemand anders den Parkplatz vor der Nase wegschnappte.

»Na ja, das ist ein Spiel, Stef. Man braucht bloß mitzuspielen. Aber dieser neue Kerl, dieser Roger …«

»Robert«, korrigierte sie ihn.

»Ja, Robert. Der scheint die Regeln zu kennen. Und soweit ich informiert bin, kennst du diesen Kerl auch.« Die Anzüglichkeit in seiner Stimme war deutlich zu hören.

Der Peugeot-Besitzer machte keine Anstalten loszufahren. Stephanie knirschte mit den Zähnen. »Wie hoch stehen die Chancen, dass DaBoyz sich trennen?«, fragte sie, ohne seine Frage zu beantworten, um ihn ein wenig aus der Fassung zu bringen. Wenn er Spielchen spielen wollte … bitte sehr, das konnte er haben. Sie war auf alle Fälle tausendmal besser als er!

»Das Gerücht habe ich selbst gestreut. Die Single wird nicht der Weihnachtsverkaufsschlager werden, was schade ist, aber falls Roger …«

»Robert.«

»Falls Robert einen guten Clip dreht, dann haben wir eine echte Chance, mit der nächsten Single im Frühjahr in die Charts zu kommen.«

Stephanie wusste, dass er log wie gedruckt. Der neue Videoclip würde wahrscheinlich eine Woche vor der Ankündigung der Band, dass sie sich aus »kreativen Gründen« trennten, auf den Markt kommen. Wobei die kreativen Gründe lediglich darin bestanden, dass nur einer von ihnen wirklich singen konnte. Jedenfalls würden alle übrig gebliebenen Fans die Platte kaufen, so dass sie vielleicht wirklich in die Top Five kam.

Endlich fuhr der Peugeot davon, und Stephanie parkte den BMW schnell auf dem freien Platz. »Klingt gut. Ich wünsche dir ein schönes Weihnachtsfest, Eddie. Ich melde mich dann im neuen Jahr.«

»Dir auch, Stef.«

»Und Eddie … lass mich bloß nicht in der Zeitung lesen, dass sich die Band getrennt hat. Lass uns zuerst das Video auf den Markt bringen.«

»Bist wohl ganz wild darauf, mit dem Können deines Freundes anzugeben, was?«, sagte Carson und legte auf, bevor sie antworten konnte.

Stephanie nickte. Diese Runde ging eindeutig an ihn.

»Ich hab es dir ja gleich gesagt.« Stephanie ging im Büro auf und ab, nachdem sie die Unterhaltung mit Eddie zusammengefasst hatte.

Robert saß hinter seinem Schreibtisch und starrte konzentriert auf den Computerbildschirm. »Dein Rat war wirklich goldrichtig«, sagte er, ohne aufzublicken. »Sie sind pünktlich um halb elf aufgekreuzt.«

Stephanie breitete die Entwürfe auf dem Konferenztisch aus. Es war das erste Mal, dass sie die fertige Präsentation sah, und sie war wirklich hervorragend. Robert hatte beschlossen, das Video für die neue Single der Band, »Heart of Stone«, in der Gegend von Burren in der Grafschaft Clare aufzunehmen. Er wollte in Farbe drehen, aber die Bilder bearbeiten und sie Schwarz-Weiß aussehen lassen, was dem Video einen stark minimalistischen Touch verleihen würde. Die nächste Sequenz des Videos, in die Elemente der keltischen Mythologie einflossen, verströmte eine steinzeitliche Erotik. Als sie auf die präzisen Skizzen blickte, die er für jede Einstellung angefertigt hatte, fiel ihr auf, wie gut er sein konnte, wenn man ihm die Gelegenheit bot. »Die sehen sehr gut aus, sehr innovativ. Mal ganz was Neues.«

»Carson hat sich sehr lobend geäußert.« Robert stellte sich neben sie und fing an, die Blätter in die richtige Reihenfolge zu schieben. »Man könnte fast meinen, ich hätte mein ganzes Leben lang nichts anderes getan«, sagte er. »Carson wollte hier ein paar Änderungen und hier und hier.«

»Klar wollte er Änderungen. Das ist bei ihm eine Machtfrage wie bei dem Versuch heute Früh, den Termin zu verlegen. Ich habe das bei ihm schon so häufig erlebt. Er glaubt, er managt U2, nicht die x-te geklonte Boygroup.« Ihre Stimme verebbte. Mit einem Mal wurde ihr bewusst, wie aufreizend nahe Robert neben ihr stand – viel zu nahe. Sie konnte die Wärme seines Körpers spüren und sofort begehrte sie ihn leidenschaftlich. Sie musste ihn in ihren Armen, in ihrem Körper haben. Als sie ihm in die Augen blickte, sah sie darin die Lust aufkeimen und wusste, dass auch er sie begehrte.

Sie lächelte und zog die Augenbrauen ein klein wenig hoch, dann schaute sie in Richtung der offenen Tür, wo die Sekretärin so tat, als sei sie mit einem Katalog beschäftigt, sie aber offenkundig belauschte. Robert nickte kaum merklich und ging ins Vorzimmer.

Stephanie schob die Bilder wieder auseinander und bekam nur vage mit, dass er die junge Russin nach Hause schickte. In diesen Bildern lag eine große Kraft, eine starke ursprüngliche Energie. Leider bestand die Ironie darin, dass dies wahrscheinlich der beste Videoclip werden würde, den die Band je gehabt hatte. Und er würde eine Woche, bevor die Gruppe auseinander brach, auf den Markt kommen. Mit etwas Glück würde jemand ihn sehen und Robert mit dem Dreh eines Clips für eine andere Band beauftragen. Zudem war sie erleichtert; Charles Flintoff konnte gar nicht anders als beeindruckt sein.

»Schönen Abend, Miss Burroughs!« Die Stimme der jungen Russin riss sie aus ihren Gedanken.

»Schönen Abend, Illona«, rief Stephanie, ohne aufzublicken. Sie mochte das russische Mädchen nicht sonderlich, ihr missfiel die Art und Weise, wie es sie jedes Mal, wenn sie hereinkam, wissend ansah. Und außerdem war da der Zweifel, nur ein ganz winziger, heimtückischer Zweifel, dass sich das, was sich zwischen ihr und Robert entwickelt hatte, ebenso gut zwischen der blonden Russin und Robert entwickeln konnte. Es war nicht das erste Mal, dass ihr dieser Gedanke durch den Kopf schoss. Stephanie war sich durchaus bewusst, dass Robert, da er seine Frau betrogen hatte, ebenso gut auch sie betrügen könnte, was zu der eigentlichen Frage führte: Vertraute sie ihm?

Und es beunruhigte sie – beunruhigte sie gewaltig –, dass sie diese Frage nicht mit einem klaren Ja beantworten konnte.

»Ich glaube, sie vermutet was …«, hob Robert an, als er ins Büro zurückkam.

»Wen kümmert das schon?«, fuhr Stephanie ihn an. »Sie ist bloß eine Sekretärin.« Dann ergriff sie Roberts Revers und zog ihn an sich, neigte den Kopf und presste ihre Lippen auf seine. Das Bedürfnis, ihn zu haben, war rein körperlich, eine Gier, die in ihrer Intensität schockierend und verblüffend war.

Sie zog ihn an sich gegen den Konferenztisch, küsste ihn leidenschaftlich, während er an den Knöpfen ihrer Bluse herumfingerte. Sie setzte sich auf den Tisch und schob ihn von sich, um Platz zu haben, sich aus ihrem Blazer zu schälen und ihn auf einen Stuhl zu werfen. Sie knöpfte sich die Bluse auf, während Robert hastig an seinem Hemd zerrte. Ein Knopf sprang ab, fiel auf den Tisch und kullerte durchs Zimmer.

In der Regel war sie diejenige, die die Initiative ergriff. Das erste Mal, als sie miteinander geschlafen hatten, war sie gezwungen gewesen, den ersten Schritt zu tun und ihm deutlich zu machen, dass sie bereit war. Sie erinnerte sich, dass sie beim ersten Mal, als sie nackt vor ihm stand und darauf wartete, ob er sie nehmen oder zurückweisen würde, ein flaues Gefühl in der Magengrube verspürt und sich gefragt hatte, warum er sich nicht früher an sie herangemacht hatte.

Später, viel später, war ihr klar geworden, dass er es einfach nicht mehr gewohnt war, die Initiative zu ergreifen. Noch später hatte er ihr eingestanden, dass er und Kathy schon sehr lange nicht mehr miteinander geschlafen hatten. Immer wenn er versucht hatte, initiativ zu werden, war Kathy zu müde gewesen, und er hatte das Gefühl gehabt, sie weise ihn zurück. Das führte dazu, dass er es gar nicht mehr versuchte, weil die Zurückweisung so verletzend war.

Stephanie hatte ihm bei diesem ersten Mal geschworen, dass sie ihn nie zurückweisen würde. Sie erklärte ihm, dass sie es ihm offen sagen würde, wenn sie keinen Sex wollte, ohne Täuschung, ohne so zu tun, als schlafe sie oder als habe sie Kopf- oder Bauchschmerzen. Und sie würde ihn immer in den Armen halten. Das war, wie sie schnell herausfand, das, was er wirklich wollte: zärtlich und ruhig in den Armen gehalten zu werden.

Sie legte sich nackt auf den Tisch und beobachtete amüsiert, wie er auf einem Bein herumhüpfte und sich die Socken auszog. Als er splitterfasernackt war, breitete sie die Arme aus und hob die Beine an. »Na, wo waren wir stehen geblieben?«, flüsterte sie.

Sie drehte sich in der winzigen Duschkabine um und ließ sich das spärliche lauwarme Rinnsal über den Körper laufen. Er sollte die Wasserleitungen dieses Hauses wirklich reparieren lassen. Das war der einzige Nachteil, wenn sie hier in seinem Büro Sex hatten. Aber immerhin musste sie heute nicht in ihr Büro zurück. Als sie das letzte Mal hier zusammen gewesen waren, hatte sie zu einem Meeting zurück müssen, das den ganzen Nachmittag andauerte. Sie hatte den Eindruck gehabt, seinen Geruch den Rest des Tages an sich zu haben, und befürchtet, die anderen Teilnehmer könnten es ebenfalls riechen.

Sie trocknete sich ab, während Robert unter die Dusche ging. Sie war froh zu sehen, dass er angefangen hatte, auf sich zu achten. Als sie ein Paar wurden, war er im Begriff gewesen, pummelig zu werden, er hatte schon einen Bauchansatz, und seine Haut hatte die Farbe von altem Marmor gehabt. Sie hatte ihn ermuntert, Sport zu treiben, und er war sogar in ihr Fitnessstudio eingetreten. Jetzt trainierten sie zusammen. Sie hatte für ihn einen Termin bei einem Sonnenstudio vereinbart und ihn überredet, sich die Haare zu tönen und sich die Zähne richten zu lassen. Sie hatte ihn in den letzten Monaten sogar zu überreden versucht, sich die tiefen Sorgenfalten auf der Stirn mit Botox unterspritzen zu lassen.

Die Dusche wurde abgestellt, Robert schob die Tür auf und trat heraus.

Stephanie ging zurück in das winzige Badezimmer. »Sehen wir uns heute Abend?«, fragte sie. Sie hatte nichts anderes an als ihren weißen Spitzen-BH.

»Ich weiß nicht. Bitte sei so gut«, fügte er hinzu und griff nach einem Handtuch, »und zieh dich an.«

»Warum?«, fragte sie schelmisch.

»Weil ich andernfalls einfach gleich noch einmal von vorne anfangen muss.«

»Versprechungen, Versprechungen.« Sie entfernte sich von der Tür und fing an, sich anzuziehen. Wenn sie ihn dazu ermunterte, dann würde er sie gleich noch einmal nehmen, und ihr gefiel diese Leidenschaft, diese Lust, die er auf sie hatte. »Was ist jetzt mit heute Abend?«, fragte sie noch einmal. Sie konnte ihren Slip nicht finden … ups, er hing an der Tischlampe. Wie war er nur dorthin geraten?

»Heute Abend ist alles verkorkst. Du weißt doch, dass ich heute mit Jimmy im Shanahan's zu Abend essen wollte? Nun, ich habe Illona anrufen lassen, um die Reservierung zu bestätigen. Und dann stellt sich heraus, dass gar kein Tisch reserviert ist.«

»Wie denn das?«

Robert stand jetzt neben ihr. Plötzlich streckte er den Arm aus und strich mit dem Handrücken über die Wölbung ihrer Brust. Die Berührung sandte eine Woge der Erregung direkt in ihre Leistengegend, und sie spürte, wie ihre Brustwarzen fest wurden. Sie nahm seine Hand und drückte sie an sich; sie fühlte sich an ihren kühlen Brüsten heiß an. Dann hob sie seine Hand an den Mund und küsste seine Fingerspitzen. Sie liebte diesen Mann. Liebte ihn wirklich.

Und das faszinierte und beängstigte sie gleichermaßen.

»Ich bin mir nicht sicher, ob Illona oder Maureen schuld ist. Wahrscheinlich Maureen.« Einen Augenblick hatte sie keine Ahnung, wovon er sprach, dann wurde ihr klar, dass er sich auf das vorher Gesagte bezog. Sie musste sich zusammenreißen, um wieder mitzukommen. »Wahrscheinlich Maureen. Aber das ist nicht das Entscheidende. In etwas mehr als einer Stunde kommt ein Geschäftsfreund hierher, und ich weiß nicht, wohin ich ihn zum Essen ausführen kann.«

»Es wird so kurz vor Weihnachten schwierig sein, etwas zu finden.« Sie war noch immer erregt, und ihre Stimme zitterte hörbar, aber sie glaubte nicht, dass er es bemerkte.

»Ich weiß. Und Jimmy wird keine Lust haben, aus der Stadt rauszufahren. Er hat davon gesprochen, dass er in seinem Apartment in Temple Bar übernachten will.«

Stephanie kehrte ins Badezimmer zurück, um ihr Make-up aufzufrischen. »Sag es ihm ganz offen«, riet sie. Das war die Devise, nach der sie sich bemühte, ihr Leben auszurichten: den Menschen gegenüber immer offen und ehrlich zu sein.

War sie in der aktuellen Situation etwa mit Robert offen und ehrlich?, fragte sie sich. Ja, doch, das war sie. Sie liebte ihn schließlich.

»Man weiß ja nie, vielleicht will er nur etwas trinken. Falls ihr relativ früh dran seid, könntet ihr es in der Market Bar probieren. Dort gibt es Drinks und auch Kleinigkeiten zu essen.«

»Gute Idee.«

»Aber das beantwortet meine Frage noch nicht: Übernachtest du bei mir? Soll ich aufbleiben?«

Robert streckte den Kopf zur Tür herein und grinste. »Falls ich bei dir übernachte, dann schlafe ich. Du bist nämlich wirklich anstrengend.«

Sie starrte in den beschlagenen Spiegel und trug Lippenstift auf. »Nun, ich muss morgen früh aufstehen. Falls du vor ein Uhr zu mir kommen kannst, dann komm, aber wenn es später wird, vergiss es. Schick mir eine SMS, sobald du weißt, was ihr macht.«

»Gute Idee.«

Als sie aus dem Bad kam, trat Robert ein paar Schritte zurück, um sie zu betrachten. »Kein Mensch würde ahnen, dass du noch vor einer knappen halben Stunde auf diesem Tisch gelegen hast und leidenschaftlichen Sex hattest.«

»Ich habe keine Ahnung, wovon Sie sprechen, Mr

Walker. Ich habe gerade ein sehr wichtiges Geschäft abgeschlossen.« Sie beugte sich vor und küsste ihn, streifte flüchtig seine Lippen und hinterließ einen Hauch korallenroten Lippenstifts auf seiner Oberlippe. »Und mir gefällt die Art und Weise, wie Sie Geschäfte abschließen«, fügte sie hinzu.

Als sie zu ihrem Auto zurückkam, hörte sie ihr Handy ab. Sie hatte eine Nachricht auf ihrer Mailbox; sie stammte von Sally.

»Hör zu«, sagte Sally quietschvergnügt ohne jegliche Einleitung. »Ich habe deine Nachricht erhalten und gehe davon aus, dass du heute Abend unverhofft doch nichts vorhast. Ich auch nicht. Wir können uns schick anziehen und in einer lauten Bar voller Leute, denen wir am liebsten eine reinhauen würden, etwas trinken gehen, oder ich komme mit dem Essen zu dir. Zur Auswahl steht heute Abend Pizza mit extra viel Chili, etwas Chinesisches mit extra viel Chili oder gebratene Garnelen mit scharfer Sauce. Ich steuere das luxuriöse Essen bei, aber der Wein geht auf deine Rechnung. Und ich verspreche, nicht zu rauchen, weder im Haus noch außerhalb.«

Stephanie drückte auf die Kurzwahltaste für Sally. »Wo bist du?«

»Ich bin im Shelbourne und warte darauf, dass der Verkehr nachlässt.«

Stephanie hörte im Hintergrund das Klirren von Gläsern und den Klang eines Klaviers, das darum kämpfte, sich über all dem Lärm noch Gehör zu verschaffen. »Ich bin in der Mount Street. Ich lasse das Auto hier stehen und laufe rüber. Wir trinken schnell was und gehen dann essen. Wie findest du das?«

»Klingt gut.«

Kapitel 37

Stephanie wusste in dem Augenblick, als sie das Shelbourne betrat, dass es ein Fehler war. Die Bar war gerammelt voll, und sie erkannte sofort ein halbes Dutzend Gesichter. Natürlich hatten sich die meisten Männer in der Bar umgedreht, als sie hereinkam, deshalb hatte sie jetzt keine Chance mehr, unbemerkt hinauszuschleichen. Sie lächelte, nickte und winkte ein paar der Bekannten zu, dann hielt sie sich das Handy ans Ohr, um sie davon abzuhalten, auf sie zuzukommen. Sie drückte auf die Kurzwahltaste.

»Wo bist du?«, fragte sie mit ihrer Singsangstimme.

»Direkt neben dir«, kam sofort die Antwort, und Stephanie erschrak, als Sally Wilson aus der Menge auftauchte. Stephanie beugte sich herab, um ihre Freundin auf die Wange zu küssen. Sally Wilson war ein Jahr jünger als Stephanie und mindestens fünfzehn Zentimeter kleiner. Sie war blond, während Stephanie dunkelhaarig war, ihr Gesicht sehr eckig und großflächig, während Stephanies runder war. Sie waren in jeder erdenklichen Hinsicht das genaue Gegenteil voneinander und standen sich doch näher als Schwestern.

»Das war ein Fehler«, stellte Stephanie fest.

»Vermutlich«, stimmte ihr Sally leichthin zu, »aber nicht der schlimmste, den wir je begangen haben. Wir bleiben eine Stunde, dann fahren wir zu dir und nehmen auf dem Weg etwas zu essen mit.«

Stephanie wusste, dass die Chancen, in einer Stunde zu entwischen, wahrlich schlecht standen. Und obwohl es das Letzte war, was sie jetzt wollte, den Abend in einer lauten, mit vorweihnachtlich gestimmten Gästen überfüllten Bar zu verbringen, heiterte die lockere Atmosphäre ihre Stimmung bereits auf. Sie war zwar wahnsinnig gern mit Robert zusammen, aber manchmal – vor allem in letzter Zeit, als er dermaßen in Panik war und unter so großem Druck stand – hatte sie, wenn sie von ihm kam, das Gefühl, deprimiert und niedergeschlagen zu sein, als habe sie sich von seiner negativen Stimmung anstecken lassen.

»Was möchtest du trinken?«

»Ein Glas Weißwein wäre super.« Sie stellte sich neben die Eingangstür und beobachtete voll Bewunderung, wie Sally sich unter Einsatz von Charme und Ellenbogen den Weg zur Theke bahnte. Während eine Schar von Männern mit gezücktem Geldbeutel an der Theke standen und verzweifelt versuchten, die Aufmerksamkeit des Barkeepers zu erregen, wurde Sally sofort bedient. Stephanie vermutete, dass dies etwas mit dem bemerkenswert tief ausgeschnittenen kleinen Schwarzen zu tun haben könnte, das sie anhatte. Schon nach wenigen Minuten kam Sally zurück und reichte Stephanie ihr Glas. Die beiden Frauen prosteten sich schweigend zu.

»Ich hätte nicht gedacht, dass du nach deinem Gespräch mit Charles wieder zu – wieder zu R&K zurückgehen würdest.«

Verlegen zuckte Stephanie die Achseln. »Na ja, ich habe Robert den Vertrag für den Videoclip vermittelt, deshalb musste ich doch vorbeischauen und sehen, ob er ihn auch abgeschlossen hat. Aber das wird der letzte Auftrag sein, den er von uns bekommt.«

Sally nippte an ihrem Wein und hinterließ am Glasrand einen Abdruck ihres leuchtend rosa Lippenstifts. »Weiß er das?«

»Noch nicht. Ich wollte es ihm heute Nachmittag sagen, aber ich habe beschlossen, ihm das Weihnachtsfest nicht zu verderben. Außerdem«, fügte sie mit einem anzüglichen Grinsen hinzu, »sind wir abgelenkt worden.«

»Abgelenkt?«

»Ja, abgelenkt.«

»Ach so.« Sally starrte ihre Freundin an. »Ihr habt doch nicht etwa …?«, flüsterte sie entsetzt und doch fasziniert.

Stephanie nickte zufrieden. »In seinem Büro. Heute Nachmittag. Es war fantastisch. Es ist immer großartig.«

»Immer? Soll das heißen, dass ihr es mehr als ein Mal im Büro getrieben habt? Das hast du mir gar nicht erzählt!«

»Ein paar Mal. Übrigens frage ich dich ja auch nicht, wo und wie oft du es mit Dave machst.«

»Die Antwort lautet: nicht oft genug. Menschenskind, kein Wunder, dass du heute Abend so durcheinander bist. Und dabei bin doch ich die Blondine.« Sie nippte an ihrem Wein. »Ich habe mir immer gewünscht, es mit Dave in meinem Büro zu tun, aber es ist ein Großraumbüro, und ich bin mir nicht sicher, ob die anderen es gutheißen würden.« Sally arbeitete als Sekretärin im Beaumont Hospital und verdiente sich als Komparsin beim Fernsehen ein bisschen Geld dazu. In letzter Zeit hatte sie durch ihre Arbeit bei einigen der mit großem Budget ausgestatteten Filmen, die in Irland gedreht wurden, ganz ordentlich dazuverdient und redete – wieder einmal – davon, nur noch als Schauspielerin zu arbeiten.

»Ich dachte, du würdest heute Abend mit Dave ausgehen.«

»Er arbeitet. Heute Nachmittag hat er einen Anruf bekommen – einer seiner Kollegen hat sich mit diesem Bazillus angesteckt, der hier grassiert. Um ehrlich zu sein, er war für die Überstunden dankbar.« Dave war Pförtner im gleichen Krankenhaus, ein Bär von einem Mann, der Sally um dreißig Zentimeter überragte. An Wochenenden verdiente er mehr, wenn er in den schicksten Clubs von Dublin als Türsteher fungierte, aber er liebte seine Arbeit als Krankenhauspförtner. Er ließ sich mit Ausnahme von Sally, die ihn gnadenlos an der Nase herumführte, von niemandem etwas gefallen.

Sally winkte einem jungen Mann mit Stachelfrisur zu, der lächelnd an der Theke stand und zurücknickte. »Wir sind zusammen bei der Massenszene in ›Fair City‹ aufgetreten«, erklärte sie Stephanie, die eine Augenbraue hochgezogen hatte. »Und in ›King Arthur‹ haben wir Leichen gespielt.« Dann fügte sie beiläufig hinzu, während sie den Blick über die Menge schweifen ließ: »Weißt du, ich glaube, er wird mir dieses Weihnachten einen Antrag machen.«

Es dauerte ein paar Sekunden, bis Stephanie die Worte verarbeitet hatte. Einen Augenblick dachte sie, Sally würde von dem jungen Mann an der Theke sprechen. »Wer macht einen Antrag? Dave? Woher willst du das denn wissen?«, fragte Stephanie erfreut. Sally und Dave waren seit mittlerweile drei Jahren ein Paar und lebten seit neun Monaten zusammen.

Sally wandte sich von der Menge ab und hob ihr Glas.

Stephanie prostete ihr zu. »Meinen Glückwunsch!«

»Ach, du kennst Dave. Er ist ein großer alter Ochse. Hält sich für sehr schlau und diskret. Vor ein paar Wochen hat er mir mehrmals einen meiner Ringe vom Finger gezogen und ihn an seinem kleinen Finger anprobiert. Bildete sich ein, ich würde es nicht kapieren, was er vorhat. Und in letzter Zeit tut er sehr geheimnisvoll, und er hat mich nicht nur ein, sondern ein Dutzend Mal gefragt, um welche Uhrzeit ich an Heiligabend nach Hause komme.«

»Und was machst du, wenn er dich fragt?«

»Ich werde ja sagen, vermute ich.«

»Vermutest du. Ich dachte, du liebst ihn.«

»Ich liebe ihn. Aber ist er der *Richtige?*« Sally zuckte die Achseln. »Wie kann man je sicher sein, dass einer von ihnen der *Richtige* ist? Ich werde natürlich ja sagen. Ich könnte es schließlich viel schlimmer treffen.«

»Das klingt ja unglaublich begeistert«, stellte Stephanie fest. Das war ein starkes Stück – weil es ausgerechnet von der Frau kam, die ihr in Sachen Beziehungen Ratschläge erteilte!

»Ich bin glücklich«, gestand Sally ein. »Er ist ein guter Kerl und wird ein guter Ehemann und ein großartiger Vater sein. Natürlich ist er selbst noch ein Kind. Seine Mutter wird begeistert sein; meine wird sich freuen. Es wird eine sagenhafte Hochzeit werden. Was kann man heutzutage sonst noch erwarten?«

Stephanie schüttelte den Kopf. Es sollte mehr sein, oder etwa nicht?

An einem der Tische in der Ecke griff eine Gruppe junger Frauen nach ihren Handtaschen. Eine von ihnen warf Stephanie einen Blick zu und nickte mit hochgezogener Augenbraue in Richtung des Platzes, den sie gleich frei machen würde. Als Antwort hob Stephanie ihr Glas, dann nahm sie Sally am Arm und machte sich daran, sie durch die Menschenmenge auf den Tisch zuzuschieben.

»Danke«, sagte sie, als sie auf den Stühlen der jungen Frauen Platz genommen hatten, die in die Nacht hinausschwankten und die Wolken von fünf verschiedenen Parfüms hinter sich herzogen.

»Siehst du, Kerle würden so etwas nie tun«, stellte Sally fest. »Das ist einer der gravierendsten Unterschiede zwischen den Geschlechtern; Frauen kümmern sich um die anderen.«

Stephanie war sich in diesem Punkt nicht so sicher, aber sie wollte mit ihrer Freundin nicht herumstreiten.

»Wann, glaubst du, wird dir Dave den Antrag machen?«, fragte sie.

»Ich wette an Heiligabend um Mitternacht.«

»Sehr romantisch«, murmelte Stephanie, und es war tatsächlich sehr romantisch. Sie fragte sich, ob ihr je auf so romantische Weise ein Heiratsantrag gemacht würde.

»Wenn er mir den Antrag macht – dann hätte ich gern, dass du meine Brautjungfer wirst.«

Mit einem Mal standen Stephanie Tränen in den Augen. Die beiden Frauen hatten sich immer gegenseitig versprochen, die Brautjungfer der anderen zu werden. Sie nickte, dann versuchte sie zu lächeln und musste heftig blinzeln. »Ja, aber dann musst du auch meine Brautjungfer sein. Falls ich je heiraten sollte«, fügte sie hinzu und war selbst über den Anflug von Bitterkeit in ihrer Stimme überrascht.

Sallys Gesicht blieb eine ausdruckslose Maske, und sie schaute in ihr Glas.

»Du glaubst nicht, dass er mich je heiraten wird, nicht wahr?«

»Ich könnte dich anlügen und ja sagen. Aber das mache ich nicht. Nein, ich glaube nicht, dass er dich heiraten wird. Ich glaube, er wird sofort Reißaus nehmen, wenn du ihn zu irgendeiner Art von Bindung drängst.«

Die Menge drehte sich und wogte um sie herum. In einer Ecke versuchte jemand »Jingle Bell Rock« zu singen, wurde aber schnell von den Buh-Rufen der anderen Gäste zum Schweigen gebracht.

»Warum hasst du ihn so?«

»Weil er dir wehtun wird. Weil mir von Männern wie ihm wehgetan wurde, und weil ich weiß, wie das ist.«

»Robert ist anders als die anderen Männer.«

»Robert ist ein Mann. Und Männer wollen immer nur das Eine.«

»Aber so ist er nicht.«

Aber Sally nickte. »Ist er wohl. Schau, wir wissen doch beide, was das eigentliche Problem ist: du hast dich in ihn verknallt. Das heißt, dass du nicht klar denken kannst.«

»Er liebt mich auch«, warf Stephanie rasch ein.

»Und wie zeigt er das?«

»Ach, bitte, fang nicht wieder damit an«, bettelte Stephanie.

»Womit?«, wollte Sally wissen. »Ich bin deine beste Freundin in Irland. Deine engste Freundin. Die erste, mit der du dich angefreundet hast, als du hierher gekommen bist«, erinnerte sie sie. »Freundinnen kümmern sich um einander. Ich sage dir nur, was ich sehe. Ich sehe einen älteren Mann, der eine jüngere Frau bumst, die zufällig in der Lage ist, seiner kränkelnden Firma ein paar zusätzliche Aufträge zu verschaffen. Ich behaupte nicht, dass das der einzige Grund ist, warum er mit dir zusammen ist, aber ich bin mir sicher, dass das für ihn bestimmt ein Pluspunkt ist.«

Stephanie biss sich auf die Lippen, um sich davon abzuhalten, mit einer Antwort herauszuplatzen, die den Abend in einem heftigen Streit enden lassen würde. Außerdem wusste sie, dass Sally Recht hatte. Sie sprach lediglich aus, was sie selbst auch schon gedacht hatte.

»Ich sehe nicht, wie das ein gutes Ende nehmen sollte. Ich weiß, dass du nicht geplant hast, ihn in die Falle oder aus dem Schoß seiner Familie zu locken – wie du mir erzählt hast, war er ja bereits im Begriff, sich von ihr zu distanzieren. Ich weiß, dass du ihn liebst und dass alles wunderbar und zauberhaft ist und du der Meinung bist, ihn vor einer desinteressierten, gedankenlosen und grausamen Frau zu retten ... aber weißt du was? Du musst die Quelle berücksichtigen. Denk daran, dass alles, was du über Kathy weißt, aus seinem Munde stammt.«

»Na ja, ein bisschen was habe ich damals, als ich dort gearbeitet habe, mitbekommen«, warf Stephanie hastig, beinahe defensiv ein.

»Du hast über eine sehr kurze Zeit einen winzigen Aspekt ihrer Beziehung kennen gelernt. Du kannst deine Einschätzung ihrer Ehe nicht darauf gründen. Keiner weiß wirklich, was in einer Ehe vor sich geht, mit Ausnahme des Paares selbst.«

Keine der beiden Freundinnen mochte den Lover der anderen – das hatte schon eine lange Tradition. Stephanie hatte Sally schon fast überredet, Dave fallen zu lassen, und jetzt war er im Begriff, ihr einen Heiratsantrag zu machen.

»Und was sollte ich deiner Meinung nach tun?«, fragte sie traurig, weil sie tief in ihrem Innersten wusste, dass ihre Freundin Recht hatte.

»Ihr seid jetzt seit achtzehn Monaten zusammen; es ist Zeit, dass er entweder Farbe bekennt oder Leine zieht. Zwing ihn zu einer Entscheidung. Stell ihn vor die Wahl. Du oder seine Frau. Damit bittest du ihn im Grunde, euch beiden gegenüber fair zu sein, weil er nämlich jetzt mit keiner von euch fair und ehrlich umgeht. Du möchtest jetzt eine feste Bindung, keine vagen Versprechungen für die Zukunft. Stephanie, der beste Beweis, den er dir jetzt geben kann, ist, an Weihnachten bei dir zu sein.« Sie hielt inne und stellte ihr Glas ab. Dann ergriff sie Stephanies Hände und schaute ihr tief in die sorgenvollen Augen. »Und ist das unvernünftig? Nein, ist es nicht. Und ist es unfair? Vielleicht sagt er dir, dass es das ist, aber weißt du was? Das ist es nicht. Unfair ist, dich zappeln zu lassen. Unfair ist, dich anzulügen.«

In der Tiefe ihrer Handtasche fing Stephanies Handy zu piepsen an. Sie war beinahe dankbar für diese Gelegenheit, Sallys Tirade zu unterbrechen. Sie brauchte ein paar Augenblicke, bis sie ihr Handy fand, dann klappte sie es auf.

»Hallo?«

»Hallo. Becky, bist du's?«

»Nein, Sie müssen sich verwählt haben.« Sie unterbrach die Verbindung, dann saß sie einen Moment da und blickte sich in der Bar um, beobachtete vor allem die Paare, die lachten, die Gesellschaft des anderen genossen, sich berührten, Händchen hielten, die sich nahe und sehr vertraut waren, und denen es egal war, wer sie sah.

Das konnte sie mit Robert nicht tun. Jedenfalls nicht in Dublin. Er hatte Angst, sie könnten zusammen gesehen werden. Hatte Angst, jemand würde Kathy etwas erzählen, und dann …

Und was dann?

Was würde geschehen, wenn Kathy Bescheid wüsste? Was würde sie tun?

»Woran denkst du?«, fragte Sally leise.

»Ich denke, du hast Recht.« Sie schüttelte den Kopf,

und ihr Lächeln verriet einen Anflug von Schmerz. »Ich weiß, dass du Recht hast. Du hast nur in Worte gefasst, was ich die ganze Zeit schon auszudrücken versuche.« Sie beugte sich vor und gab Sally einen Kuss auf die Wange. »Danke.«

»Und, was machst du jetzt?«

»Ihm eine Frage stellen. Und eine Antwort fordern.«

»Und wenn du eine bekommst, die dir nicht gefällt?«

»Dann ist es aus.«

Kapitel 38

Das Telefon fiepte, als sie gerade zum Kanal abbog. Sie warf einen Blick auf das Display und war überrascht, dass es Robert war. »Mit dir habe ich noch gar nicht gerechnet«, hob sie an.

»Wo bist du?« Der Wind trug Roberts Worte davon.

»Im Auto, auf dem Heimweg. Ich war mit Sally im Shelbourne einen trinken. Ist alles in Ordnung?«

»Ich weiß nicht genau. Ich komme jetzt zu dir. Ich gehe gerade die Nassau Street entlang; das Auto habe ich beim Büro stehen lassen. In einer Dreiviertelstunde bin ich da.«

»Robert ...«, hob Stephanie an, aber er hatte schon aufgelegt. Sie war sich nicht sicher, ob der Empfang abgebrochen war oder ob er das Gespräch absichtlich beendet hatte. Er hatte – er hatte irgendwie seltsam geklungen. Nicht betrunken; Robert trank sehr wenig, sie hatte ihn zwar schon mal beschwipst erlebt, doch noch nie richtig betrunken. Stephanie parkte das Auto vor dem Haus und stieg aus. Man brauchte kein Genie zu sein, um zu bemerken, dass während des Essens mit Jimmy irgendetwas passiert sein musste.

»Da sind Sie ja, meine Liebe.«

Stephanie fuhr erschreckt zusammen, als Mrs Moore aus der Dunkelheit auftauchte. »Mein Gott, haben Sie mich erschreckt. Ich bin kurz vor dem Herzinfarkt.«

»Darüber scherzt man nicht«, sagte Mrs Moore streng. »Mein Frank wurde mir durch einen Herzinfarkt genommen.«

»Das war kein Scherz«, antwortete Stephanie ernst.

Mrs Moore warf einen Blick auf die Tüten, die Stephanie in der Hand hielt, dann ins Auto.

»Kann ich Ihnen irgendwie helfen, Mrs Moore?«

»Dann hat die Dame Sie also nicht erreicht?«

»Welche Dame?«

»Die Dame mit dem Präsentkorb. Sie hat gesagt, dass sie ihn Ihnen persönlich übergeben müsste.«

»Und sie hatte diese Adresse?«

»Ja. Die stand auf einem Blatt Papier.«

Das war seltsam; nur sehr wenige Leute kannten ihre Privatadresse. Sie ließ sich so gut wie alles ins Büro schicken. Möglicherweise etwas von Robert … nein, er würde es ihr selbst geben. Dann konnte es eigentlich nur etwas von zu Hause sein. Vielleicht war das die Lösung: ein Care-Paket von ihrer Mutter.

»Ich hab ihn nicht bekommen. Ich bin sicher, er wird morgen geliefert. Gute Nacht, Mrs Moore«, sagte sie, ging an der älteren Frau vorbei, steckte den Schlüssel ins Schloss und stieß die Tür auf. Neugierige alte Schrulle: Vielleicht würde sie Mrs Moore doch kein Geschenk kaufen.

Sie ging schnell unter die Dusche, bevor Robert kam. Falls der Abend auch nur annähernd so verlaufen würde wie die anderen Abende, die sie miteinander verbrachten, würde auch er kurz duschen wollen, bevor sie Sex hatten – und für sie stand trotz seiner Bedenken und Beteuerungen von vorhin zweifelsfrei fest, dass sie miteinander schlafen würden. Sie konnten einfach nicht anders, wenn sie zusammen waren. Dann würden sie wahrscheinlich zusammen ein Bad nehmen, bevor sie eng umschlungen einschliefen. Und früh am Morgen würden sie aufwachen und es gleich noch einmal tun, dachte sie grinsend.

Sie war gerade aus der Duschkabine gestiegen und hatte sich ein Handtuch um den Kopf gewickelt, als sie es an der Tür läuten hörte. Er hatte einen Schlüssel: Warum benutzte er ihn denn nicht? Sie zerrte das erstbeste Stück aus ihrem Schrank, den pfirsichfarbenen Seidenmorgenmantel, und schlüpfte hinein. Der dünne Stoff klebte sofort an ihrem feuchten Körper – aber das würde Robert bestimmt nichts ausmachen. Sie hastete die Treppe hinunter und durch den Flur, um ihm die Tür zu öffnen.

»Mit dir habe ich wirklich nicht gerechnet.« Das hatte sie tatsächlich nicht; sie war davon ausgegangen, dass er am Ende doch bei Jimmy übernachten würde.

»Es ist anders gelaufen, als ich dachte.« Er küsste sie flüchtig und drückte sich an ihr vorbei in die Wohnung. Da wusste sie definitiv, dass etwas nicht in Ordnung war. Sie konnte die Anspannung, die er ausstrahlte, und noch etwas anderes – war es Wut? – beinahe spüren.

»Du siehst aus, als könntest du einen Drink gebrauchen.« Sie ging in die kleine Küche und fragte sich, ob sie überhaupt noch Whisky im Haus hatte.

»Kaffee, nichts Alkoholisches.« Er kam und stellte sich in den Türrahmen der Küche, die Arme vor der Brust verschränkt, einen Fuß vor dem anderen, an den Knöcheln gekreuzt. Man brauchte kein Experte in Sachen Körpersprache zu sein, um zu wissen, dass er angespannt war wie eine Feder.

Sie öffnete die Kühlschranktür. »Ich habe einen gut gekühlten Weißwein …«

»Lieber nicht. Ich muss noch fahren.«

»Du bleibst nicht hier?« Sie war verdutzt; gewöhnlich nutzte Robert jeden Vorwand, um die Nacht mit ihr zu verbringen.

»Nein, heute Abend nicht. Ich kann nicht.«

»Das war aber nicht so geplant«, sagte sie lächelnd und versuchte ihm zu entlocken, was denn los war.

»Nein, war es nicht.«

»Dann mache ich halt Kaffee.« Sie drehte sich zur Spüle um und goss Wasser in die Kaffeemaschine. Aus dem Augenwinkel sah sie, dass er sich nach vorn beugte, und sie bemerkte, dass der Morgenmantel aufgesprungen war und ihre Brüste sehen ließ. Plötzlich lächelte sie. Weil sie in diesem Augenblick wusste, dass alles wieder in Ordnung kommen würde. »Du siehst sie doch nicht zum ersten Mal.«

»An dem Tag, an dem ich sie nicht mehr gerne anschaue, muss ich tot sein.«

»Erzählst du mir, was passiert ist?«, fragte sie sanft. »Ich gehe davon aus, dass es mit Jimmy zu tun hat, da alles in Ordnung war – sogar sehr in Ordnung –, als ich vor ein paar Stunden gegangen bin. Es geht ihm doch gut, oder?«

»Ja, es geht ihm gut. Sein Leben ist das reinste Chaos, wie immer.«

»Ich glaube, er braucht das«, stellte Stephanie fest. Sie verachtete Jimmy Moran und wofür er stand, mit seiner enormen Arroganz, die sich auf zu wenig Talent und eine verdammt geringe Zahl an früheren Ruhmestaten gründete.

»Er wird nicht jünger. Aber diesmal ist das Chaos schlimmer als gewöhnlich. Seine Frau willigt inzwischen in die Scheidung ein.«

»Na ja, das sind doch gute Nachrichten …«

»Und will im Gegenzug die Hälfte von dem, was er besitzt.«

Stephanie sah ihn eindringlich an, sie war überrascht über den missbilligenden Ton in seiner Stimme. »Wie schön für sie. Das ist ihr gutes Recht«, erinnerte sie ihn.

»Das weiß ich. Er wird Frances heiraten, damit sie das Kind gemeinsam aufziehen können.«

»Das sollte er auch.« Wieder war sie überrascht und ein klein wenig enttäuscht über seine Reaktion. Er war doch sicher auch der Meinung, dass Jimmy seine Frau schrecklich behandelt und seiner Geliebten und ihrem Kind gegenüber Verpflichtungen hatte? »Du siehst nicht überzeugt aus«, fügte sie hinzu und beobachtete ihn genau.

»Ich erinnere mich bloß, dass Frances die Frau war, die ihre Geschichte an die Presse verkauft hat. Sie hat ihn benutzt, um in der Hoffnung, diese Filmrolle zu bekommen, kostenlos Publicity zu kriegen.«

Der Kaffee fing an durchzulaufen, und der kräftige Duft erfüllte die kleine Küche.

»Diese Enthüllung war für ihn und Angela genau genommen der Anfang vom Ende.«

»Aber er ist immer noch mit Frances zusammen«, sagte Stephanie, öffnete die Schranktüren und holte zwei winzige Kaffeetassen heraus. »Er ist zu ihr zurückgekehrt, hat sie geschwängert.«

»Sei so nett und tu ihn in einen Becher«, bat Robert. »In etwas Größeres als diese Fingerhüte da.«

Ohne ein Wort zu sagen, griff Stephanie in den Schrank und holte einen Becher heraus, der mit einem gelben Smiley verziert war.

»Den hab ich dir geschenkt.«

»Ich weiß.«

»Frances hat seinen Ruf für ein paar Zeitungsartikel ruiniert.«

Stephanie lachte, schockiert über den bitteren Tonfall in Roberts Stimme. Er schien Frances die Schuld an Jimmys Problemen zu geben. Aber taten das die Männer nicht immer, gaben sie nicht stets der Frau die Schuld? »Das hat sie nicht. Er hatte keinen Ruf, den man hätte ruinieren können. Du weißt, dass er in ganz Dublin berüchtigt war. Einer der Gründe, warum er keine Rechercheurinnen finden konnte, die mit ihm zusammenarbeiten wollten, war, weil er alle angebaggert hat – und erwartete, dass sie darauf eingingen.« Sie goss den Kaffee, stark und schwarz, in den Becher und schenkte sich dann ihre winzige Tasse ein. »Alle haben das gewusst«, fügte sie hinzu.

Sie reichte Robert den Becher, er nippte daran und verzog das Gesicht wegen des bitteren Geschmacks. »Die Leute wissen auch über uns Bescheid, Stephanie«, sagte er leise. »Jimmy hat es mir heute Abend erzählt.«

Er wusste es also. Das war also der Grund für sein seltsames Verhalten. Sie ging an ihm vorbei ins Wohnzimmer, machte es sich auf dem Sofa bequem, schlug die nackten Beine unter und zog den Morgenmantel fest zusammen.

Robert folgte ihr und setzte sich ihr gegenüber hin. »Hast du gehört, was ich gesagt habe?«, fragte er beinahe vorwurfsvoll. »Die Leute wissen über uns Bescheid.«

War das Angst, was sie da in seiner Stimme mitschwingen hörte? Oder Wut?

Unheimliche Windspiele, die von der CD im CD-Player kamen, füllten das Schweigen, das zwischen ihnen herrschte.

»Du hast es gewusst.« Er sah aus, als sei er vom Donner gerührt. »Du hast es gewusst und mir nichts davon gesagt.«

»Ja, ich hab's gewusst.«

»Seit wann … ich meine, warum hast du nicht … was ist mit deiner Firma?«

»Seit ein paar Monaten kursieren Gerüchte über uns«, sagte sie gelassen. »Ich habe sie ignoriert. Unsere Branche lebt von Klatsch und Tratsch. Und wenn zwei Menschen häufig zusammen gesehen werden, dann wird getratscht, auch wenn an den Gerüchten nichts dran ist. Etwa vor einem Monat wurde ich zum Chef bestellt. Charles Flintoff hat mich ganz direkt gefragt, ob wir beide ein Verhältnis haben.«

»Du hast nein gesagt«, warf Robert sofort ein.

»Ich habe ja gesagt.«

Robert blickte sie fassungslos an.

»Dass ich eine Beziehung mit dir habe, ist das Eine – das ist ihm schnurzegal. Dass ich dir Aufträge zuschanze, ist etwas Anderes. Nun, solange alles korrekt abläuft, na ja, dann ist das noch gerade so hinnehmbar. Aber es kam für mich gar nicht in Frage, ihn anzulügen. Allein die Tatsache, dass er mir die Frage gestellt hat, hat doch den Schluss nahe gelegt, dass er die Antwort kannte. Deshalb habe ich ihm die Wahrheit gesagt.«

Roberts Mund ging auf und zu, aber es kam kein Ton heraus.

»Und es war genau das Richtige. Er hatte die Verträge der Aufträge, die ich dir erteilt habe, einschließlich der Abrechnungen vorliegen. Er hatte ein paar Vergleiche mit den anderen Anbietern vorgenommen und hatte eine unabhängige Einschätzung des Ergebnisses eingeholt.« Sie zuckte die Achseln. »Er hatte daran nichts auszusetzen.«

»Und wie viele Leute wissen Bescheid?«

Stephanie runzelte die Stirn. Er war von dem Gedanken besessen, verhindern zu müssen, dass die Leute hinter ihr Geheimnis kamen. Oder war er von dem Gedanken besessen, verhindern zu müssen, dass seiner Frau etwas zu Ohren kam? »Warum? Wo liegt das Problem?«, wollte sie wissen.

»Weil es, wenn die Leute Bescheid wissen, nur eine Frage der Zeit ist, bis es Kathy zu Ohren kommt.«

Da hatte sie ihre Antwort.

»Ich wollte es ihr selbst sagen. Zum richtigen Zeitpunkt.«

»Und wann sollte der richtige Zeitpunkt sein, Robert?«

»Nun, wenn er eben richtig ist. Wenn ich meine Gedanken geordnet habe«, murmelte er.

»Und wann sollte das sein? Und worin besteht überhaupt das ›Gedankenordnen‹?«

Robert schaute in seinen Kaffeebecher und weigerte sich, ihr in die Augen zu schauen.

»Wir sind jetzt seit achtzehn Monaten zusammen, Robert. Was soll jetzt werden? Wie sieht die Zukunft aus?«

Er umfasste den Becher mit beiden Händen und starrte hinein.

»Du hast mir erzählt, wie unglücklich du zu Hause bist. Du hast mir gegenüber angedeutet – nein, mehr als angedeutet, du hast mir gesagt, du würdest Kathy verlassen …«

»Das habe ich ganz bestimmt nie gesagt.«

»Vielleicht nicht mit diesen Worten, aber so habe ich es verstanden. Sonst hätte ich nie etwas mit dir angefangen. Du hast mir gesagt, du würdest sie verlassen, sobald der richtige Zeitpunkt gekommen sei.« Sie konnte sich genau daran erinnern. Sie hatten oben in ihrem Bett gelegen, nach leidenschaftlichem Sex erschöpft. Aus heiterem Himmel hatte er es verkündet, ohne dass sie ihm auf die Sprünge geholfen hatte. »Ich werde bei dir sein«, hatte er gesagt. »Ich werde alles regeln und zu dir ziehen, sobald der richtige Zeitpunkt gekommen ist.« Die Worte hatten sich ihr ins Gedächtnis eingeprägt. Er mochte es vergessen haben, sie jedenfalls nicht.

»Nun, wann ist der richtige Zeitpunkt? Noch diesen Monat? Nein, diesen Monat nicht, weil Weihnachten ist und du deiner Familie das Weihnachtsfest nicht verderben willst. Aber du hast kein Problem damit, mir mein Weihnachtsfest zu verderben.« Jetzt war sie unfähig und nicht willens, die Bitterkeit in ihrer Stimme zu verbergen. »Okay, dann nächsten Monat, aber das ist der Beginn des neuen Jahres, und den willst du ihnen wahrscheinlich auch nicht ruinieren. Vielleicht im Februar, aber im Februar hat Theresa Geburtstag, und das wäre wahrlich kein schönes Geburtstagsgeschenk für sie. Im März? Aber weißt du was, da gibt es ganz bestimmt auch ein Problem.« Stephanie hielt abrupt inne. Erschöpfung, bleierne, lähmende Erschöpfung übermannte sie, und plötzlich hatte sie keine Lust mehr, noch länger mit ihm zu reden. »Versteh doch, ich bin müde. Ich möchte dieses Gespräch jetzt nicht mit dir führen.«

Robert nickte. Es war offensichtlich, dass auch er das nicht wollte.

»Ich war vorhin mit Sally einen trinken.«

»Weiß sie Bescheid?«

Stephanie biss sich auf die Zunge, um ihn nicht anzuschreien. »Natürlich. Sie hat es von Anfang an gewusst. Gleich zu Beginn hat sie mich davor gewarnt, mich mit einem verheirateten Mann einzulassen. Sie hat mir genau erklärt, was passieren würde, und weißt du was: Sie hatte Recht. Bis ins kleinste Detail.« Das Zimmer zerfiel in regenbogenfarbene Kristalle, weil ihre Augen in Tränen schwammen. Sie war auf sich selbst wütend; sie war schon immer der Meinung gewesen, dass Tränen die billigste Lösung seien, und sie würde jetzt auf keinen Fall anfangen zu weinen.

»Stephanie«, hob Robert an, »vielleicht ist das jetzt nicht der richtige Zeitpunkt. Wir sind beide müde. Lass uns erst einmal schlafen.«

»Ich glaube, das ist wirklich das Beste.« Sie stand abrupt auf und griff nach seinem Mantel. Sie wollte ihn aus dem Haus haben. Augenblicklich.

»Wir sehen uns morgen. Morgen können wir reden.«

Sie nickte, während sie ihn zur Tür begleitete, dann legte sie ihm die Hand auf den Arm. »Ich möchte nicht glauben, dass du mich zum Narren gehalten hast. Ich möchte nicht glauben, dass du mich benutzt hast.« Dann streckte sie sich und gab ihm einen flüchtigen Kuss auf die Lippen. »Bis morgen. Sag mir die Wahrheit. Enttäusche mich nicht.«

»Wir reden morgen.«

Sie schloss hinter ihm die Tür und wandte sich ab, damit er nicht sehen konnte, dass ihr die Tränen nun doch über die Wangen liefen. Automatisch schaltete sie die Lichter aus und ging ins Schlafzimmer hinauf. Sogar ohne sich die Zähne zu putzen, machte sie die Lampen aus und kroch, noch immer mit dem Morgenmantel bekleidet, unter die Bettdecke.

Sie hörte, dass draußen im Hof ein Motor gestartet wurde, und fragte sich, ob das Roberts Auto war. Und dann wurde ihr klar, dass es ihr egal war.

Er hatte eine letzte Chance; Sally würde sagen, dass es eine zu viel sei. Morgen Abend, morgen Abend würde sie Gewissheit haben.

Das Auto fuhr davon, ein einsames Geräusch, das schnell verebbte.

Samstag, 21. Dezember

Kapitel 39

Sie hatte bemerkenswert gut geschlafen. Wenn man die Umstände bedachte.

Als sie ins Bett gekrochen war, hatte sie sich gefühlt, als sei sie geschlagen worden und geradezu körperlich verletzt. Während sie Robert gegenübergesessen und ihn beobachtet hatte, wie er sich gab und reagierte, da war ihr allmählich klar geworden, dass er seine Frau niemals verlassen würde und dass sie naiv gewesen war, dies auch nur in Betracht zu ziehen. Die Alarmglocken hatten zu schrillen angefangen, als sie gesehen hatte, wie viel Verständnis er für Jimmy Moran zeigte – für Jimmy Moran, den Schürzenjäger, den Lügner und Betrüger. Sie hatte gesehen, wie er auf die Nachricht reagierte, dass Jimmys Frau ihren Anteil an Jimmys Geld haben wollte, und er war empört gewesen, dass Frances von Jimmy erwartete, das Kind mit ihr gemeinsam aufzuziehen. Wenn er die Sicht der Frau auf die Geschichte nicht verstehen konnte, wie wollte er dann je begreifen, was sie durchmachte? Welche Chance hatte sie überhaupt?

Sie spürte, dass er ihr entglitt, und sie konnte nichts dagegen tun.

Er musste sich zu ihr bekennen: Sie hatte das bereits getan. Sie hatte keine Gewissensbisse, ihn aufzufordern, sie seiner Frau vorzuziehen. Laut seiner Aussage war das schon längst der Fall. Sie würde ihn also nicht zwingen, etwas zu tun, was er nicht schon längst tun wollte.

Aber der Mann, der ihr gestern Abend gegenübergesessen hatte, der Mann, der nur wenig gesagt hatte, war ihr beinahe wie ein Fremder vorgekommen.

Sie hatte nicht erwartet, schlafen zu können, aber sobald sie den Kopf auf das Kissen gelegt hatte, war sie in einen tiefen traumlosen Schlaf gefallen und kurz nach acht erstaunlich erfrischt aufgewacht. Sie war noch eine Stunde im Bett liegen geblieben, hatte bewusst nicht über die Situation nachgedacht und jeden Gedanken an Robert beiseite geschoben. Sie hatte heute einiges zu erledigen – unter anderem nach Flugtickets in die Staaten zu suchen –, und in Stephen's Green sollte ein Weihnachtsgottesdienst unter freiem Himmel stattfinden, zu dem sie gehen wollte. Sie würde das Auto stehen lassen und zu Fuß in die Stadt gehen. Sie brauchte Bewegung.

Gerade als sie die Beine aus dem Bett schwang, klingelte das Telefon. Das Display zeigte an, dass der Anruf von Roberts Handy kam, und sie zögerte tatsächlich einen Augenblick, ob sie abnehmen sollte. Sechs Mal Läuten, sieben, acht … Sie griff nach dem Hörer.

»Robert.« Kein Hallo, kein Guten Morgen, nur sein Name. Sie war sich nicht sicher, wie sie heute Vormittag zu ihm stand. Aber wenn er im Begriff war, sich von ihr zu distanzieren, dann sollte sie vielleicht das Gleiche tun.

»Wie … wie geht es dir?«

»Robert, ich bin müde.« Nicht körperlich müde, vielmehr emotional erschöpft.

»Möchtest du dich mit mir treffen?«

»Ich möchte mich immer mit dir treffen.« Und das entsprach der Wahrheit. Das wollte sie.

»Ich wollte vorbeischauen. Ich weiß allerdings nicht, wie lange ich brauche, sicher ist auf den Straßen entsetzlich viel los.«

Und sollte sie sich deswegen etwa schuldig fühlen?

Aber sie wollte ihn heute nicht in ihrer Wohnung haben. Sie wollte ihn auf neutralem Boden treffen. »Ich wollte in die Stadt gehen; in Stephen's Green findet ein Weihnachtsgottesdienst unter freiem Himmel statt.«

»Um wie viel Uhr?«

»Er fängt um zwei an.«

»Wir könnten uns doch dort treffen, uns ein paar Weihnachtslieder anhören und dann irgendwo essen gehen.«

»Okay«, sagte sie kurz angebunden, weil sie spürte, dass in ihrem Inneren etwas ins Wanken geriet. »Ruf mich an, wenn du in der Stadt bist.« Sie legte auf. Und dann wurde ihr klar, dass sie lächelte. Sie sprang aus dem Bett. Okay, vielleicht hatte sie ihn ja falsch eingeschätzt. Als sie seinen Namen auf dem Display gesehen hatte, hatte sie schon fast damit gerechnet, dass er eine Ausrede hätte, warum sie sich heute nicht treffen konnten – und wäre das der Fall gewesen, dann hätte dies das Ende bedeutet. Sie hatte ein paar seiner Kleidungsstücke in ihren Schränken: zwei Hemden, Unterwäsche, ein Paar Socken. Sie hätte alles in eine gepolsterte Versandtasche gesteckt und diese auf die Schwelle seines Büros gelegt.

Er war voller Überraschungen. Das war einer der Wesenszüge, die sie am Anfang an ihm so attraktiv gefunden hatte.

Als Stephanie spürte, dass das Handy in ihrer Handtasche vibrierte, entfernte sie sich von den Sängern und schlängelte sich durch die Menge im Park. Sie versuchte, sich die Handschuhe mit den Zähnen auszuziehen, und kramte das Gerät gerade noch rechtzeitig hervor, bevor es auf die Mailbox umschaltete. »Wo bist du?«, fragte sie ohne Umschweife.

»Im Eingang zum Shoppingzentrum.«

»Bleib da. Rühr dich nicht vom Fleck. Ich finde dich. Hier herrscht das reinste Chaos.«

Es war der letzte Samstag vor Weihnachten, traditionell der verkaufsstärkste Tag im Jahr. Die Leute glaubten immer, Heiligabend stünde diese spezielle Ehre zu, aber an Heiligabend hatten die Leute ihre Einkäufe meist schon erledigt, und sie kamen entweder gar nicht erst in die Innenstadt oder strömten zeitig wieder hinaus. Der Weihnachtsgottesdienst, direkt hinter der kleinen Brücke im Zentrum des Parks, hatte Tausende von Besuchern angelockt, und unter dem Bogen des Haupteingangs stauten sich die Menschenmassen, die hineindrängten, um die Weihnachtslieder zu hören, oder den Park bereits wieder verließen. Hunderte standen an den Teichen aufgereiht, und Ordner versuchten, die Leute davon abzuhalten, auf der Brücke stehen zu bleiben.

Stephanie hastete über die Brücke, bog nach rechts ab und boxte sich ihren Weg durch einen der Seiteneingänge, der fast direkt auf die Dawson Street führte. Entlang der Parkgitter fand eine Kunstausstellung statt, und diese hatte noch mehr Menschen angelockt. Stephanie stellte fest, dass sie auf der Straße gehen musste, um zum Eingang des Stephen's-Green-Shoppingzentrums zu gelangen.

Als sie sich dem Eingang näherte, konnte sie ihn nicht ausmachen. In dem runden Foyer herrschte ein heilloses Gedränge, das dadurch, dass Straßenverkäufer hier Weihnachtsgeschenkpapier feilboten – fünf Bogen für einen Euro, meine Süße! –, nicht eben vermindert wurde, auch nicht durch jene Leute, die für irgendeine der vielen Wohltätigkeitsorganisationen direkt vor dem Eingang Geld sammelten.

Da war er.

Er stand ein wenig abseits, spähte hinaus in Richtung Park, schaute missmutig in die Menschenmenge, die Hände tief in den Manteltaschen vergraben, den Kragen hochgeklappt, den Kopf eingezogen. Er brauchte nur noch einen Hut und eine Zigarette, dann hätte er wie ein Detektiv aus den Vierzigerjahren des vergangenen Jahrhunderts ausgesehen. Sie schaffte es, bis direkt zu ihm zu gelangen, ohne dass er sie bemerkte. Er blinzelte überrascht, dann beugte er sich herab, um ihr einen Kuss zu geben, ihr hastig einen harmlosen, flüchtigen Kuss auf die Wange zu drücken, bevor er ihren Arm nahm und sie vom Eingang fort führte. »Wo hast du deinen Schlitten gelassen?«, fragte er in Anspielung auf ihre praktische, allerdings figürlich nicht unbedingt vorteilhafte Winterkleidung.

»Den hab ich oben geparkt.«

Sie überquerten die Straße und gingen zum Park zurück. Er nickte in die Richtung. »Möchtest du wieder hineingehen?«

Sie schüttelte den Kopf. »Der Chor singt laut, aber nicht gut, und im Park herrscht ein unglaubliches Gedränge. Lass uns ein paar Schritte gehen und die Kunstwerke anschauen.« Sie deutete mit beiden Händen die Richtung an. »Links oder rechts?«, fragte sie fröhlich und vermutete, dass er sie nach rechts, fort von den Menschenmengen führen würde. Sie wusste, dass er in der Innenstadt nur ungern mit ihr gesehen wurde, vor allem an einem Tag wie diesem, an dem sie nicht behaupten konnten, sie hätten einen geschäftlichen Termin.

»Rechts«, sagte Robert, hakte sich bei ihr ein und führte sie in Richtung College of Surgeons und Straßenbahnhaltestelle.

Er war so verdammt berechenbar, dachte sie enttäuscht.

»Es tut mir Leid wegen gestern Abend«, hob er an.

»Mir auch«, sagte sie wie aus der Pistole geschossen. »Ich hätte dir sagen müssen, dass unsere Beziehung aufgeflogen ist. Aber ich wusste, dass du wahnsinnig unter Druck stehst, den wollte ich nicht noch vergrößern.« Auch das entsprach mehr oder weniger der Wahrheit. Sie hatte ernsthaft überlegt, ihm von ihrer Unterredung mit Flintoff zu berichten, aber Robert war nicht dumm: Er hätte zwei und zwei zusammengezählt und erraten, dass sie ihm keine weiteren Aufträge mehr würde verschaffen können. Sie konnte es sich nicht leisten, dass er in Panik geriet und wie wild nach Arbeit suchte; sie wollte, dass er sich weiter auf das DaBoyz-Projekt konzentrierte.

»Es wäre vielleicht besser gewesen. Als Jimmy es mir gestern Abend gesagt hat, dachte ich, mich trifft der Schlag.«

Stephanie warf ihm einen fragenden Blick zu. War er ein solcher Feigling? Sie blieb stehen, um ein spektakuläres abstraktes Ölgemälde in leuchtendem Grün und

Gold mit wilden Schrägstrichen in Rot und Violett zu betrachten. Ihr gefiel die Emotion und die Energie, die dieses Bild ausstrahlte. Das war ein Werk voller Leidenschaft. Wo war nur der Mann, in den sie sich verliebt hatte, der leidenschaftliche Mann? Was war aus ihm geworden? In den ersten Tagen – noch bevor sie miteinander ins Bett gegangen waren – war ihre Beziehung voller Leidenschaft, Licht, Leben und Energie gewesen. Aber im Laufe der Zeit war die Leidenschaft langsam versickert. Sie gingen nicht mehr so viel miteinander aus, sie unternahmen immer weniger zusammen, und er hatte nicht mehr so viel Zeit für sie wie früher. Er war von seiner Arbeit getrieben, besessen von dem Bedürfnis, Geld zu verdienen, um den Betrieb am Laufen zu halten. Falls er sich Kathy gegenüber genauso verhalten hatte, dann begriff sie allmählich, warum sich das Paar auseinander gelebt hatte.

Sie beugte sich zu dem Gemälde hinab, atmete den starken Duft von Ölfarbe und Leinöl ein und sagte, ohne ihn anzusehen: »Sag mir«, sie wartete, bis er den Kopf zu ihrem hinabgebeugt hatte, »liebst du mich?«

Als er nicht gleich antwortete, sah sie ihn von der Seite an. »Keine Antwort?«

»Ich glaube, ich bin bloß bestürzt, dass du mich das fragen musst.«

»Weil ich es wissen will.« Sie ging weiter, er kam hinter ihr her und holte sie ein. »Ich will wissen, wie sehr.«

»Das habe ich dir oft genug gesagt.«

»Das weiß ich. Aber hast du es mir auch gezeigt?«

»Ich habe dir Geschenke gemacht …«

Sie schluckte eine bissige Bemerkung hinunter und fragte stattdessen: »Was ist Liebe, Robert?«

»Liebe ist …«, stammelte er, »… na ja, eben Liebe.«

»Typisch Mann!«, schnauzte sie. »Denk doch mal nach: Was ist Liebe? Du sagst mir, dass du mich liebst. Was bedeutet das?«

»Es bedeutet … es bedeutet, dass ich mit dir zusammen sein will. Dass ich unheimlich gern mit dir zusammen bin.«

Sagte er das automatisch, eine auswendig gelernte Antwort, oder meinte er es wirklich ernst? Erzählte er ihr nur das, was sie seiner Meinung nach hören wollte? »Redest du da etwa von Bindung?«

»Ja. Bindung«, stimmte er ihr zu.

Ein kleines dekoratives Aquarell einer einzelnen Osterglocke erregte ihre Aufmerksamkeit, und sie blieb stehen, um es zu bewundern. Mit einzelnen ausladenden Pinselstrichen gemalt, hatte es etwas Orientalisches. Es wirkte fein, vergänglich, zerbrechlich: genauso, wie sie in diesem Augenblick ihre Beziehung mit Robert beschrieben hätte. »Und, bist du mit mir verbunden?«, fragte sie.

»Ja.«

Stephanie richtete sich auf. »Verbunden? Und wie zeigst du diese Verbundenheit?«

Robert machte den Mund auf, um ihr zu antworten, aber die junge Künstlerin kam und versuchte, ihr Werk an den Mann zu bringen. »Wir sind nicht interessiert«, sagte Robert. Er nahm Stephanie am Arm und führte sie durch einen kleinen Nebeneingang gegenüber dem College of Surgeons in den Park hinein. Sie konnte die Anspannung spüren, die durch seine Hand vibrierte, und er drückte sie so fest, dass es Spuren hinterlassen würde. »Wenn wir reden, dann reden wir richtig. Heben wir uns die Kunst für einen anderen Tag auf. Was willst du von mir?«

»Die Wahrheit«, sagte sie nur. »Das habe ich dir schon gestern Abend erklärt. Sag mir einfach die Wahrheit.«

»Ich hab dir gesagt, dass ich dich liebe. Das ist die Wahrheit.«

»Und ich glaube dir.«

Er blieb stehen, war überrascht, verdutzt oder schockiert von ihrer Feststellung. Sie ging noch ein paar Schritte weiter, dann blieb sie stehen. Er kam ihr nach. Sie glaubte ihm, glaubte ihm wirklich, dass er sie auf seine Weise und zu seinen Bedingungen liebte.

Aber liebte er sie genug … genug, um alles, was er besaß, hinter sich zu lassen und noch einmal ganz von vorn anzufangen?

»Wenn du mich etwas fragen willst, dann frag mich ganz direkt«, sagte er.

Liebe und Bindung, nun, das waren zwei ganz verschiedene Paar Schuhe. Aber sie sollten eins sein. Stephanie vergrub die Hände in den Taschen ihrer Jacke und drehte sich um, um ihn anzusehen. Sie merkte, wie ihr die Tränen in die Augen stiegen. Sie tat alles, um sie zurückzuhalten – diese Genugtuung würde sie ihm nicht gönnen.

»Du sagst mir, dass du mich liebst. Du sagst mir, dass du mit mir zusammen sein willst. Allem Anschein nach gefällt es dir in meiner Gesellschaft. In jedem Fall gefällt dir mein Körper.« Sie hielt inne und holte tief Luft. »Ich muss wissen, ob da mehr ist. Ob da mehr sein wird.«

»Mehr?«

»Mehr zwischen uns. Zusammen. Keine heimlichen Mittagessen von einer halben Stunde, keine Abendessen von einer Stunde, keine schnellen Nummern im Büro oder Wochenenden in irgendeinem Liebesnest außerhalb der Stadt. Ich muss wissen, ob wir zusammen sein werden. Als Paar. In aller Öffentlichkeit.« Schnell wandte sie den Blick ab und wischte sich die Tränen von den Wangen, damit er sie nicht sehen konnte. »Das ist alles.«

Denn letztendlich ging es nur darum.

Nicht um das, was in der Vergangenheit geschehen war, was in der Gegenwart passierte und wofür das alles stand, sondern um die Zukunft: Nur diese zählte jetzt. Sie brauchte eine Zukunft, entweder mit ihm oder ohne ihn.

Sie ließ den Blick über den Park schweifen. Das herrliche Wetter hatte viele Leute vor die Tür gelockt, die ihn mit den leuchtenden Farben ihrer Winterkleidung vor den kahlen Bäumen zum Leben erweckten. Als sie sich in ihn verliebt hatte, war es gewesen, als sei alles leuchtend bunt, aber in den letzten Wochen und Monaten ihrer Beziehung schienen die Farben allmählich zu verblassen.

»Ich hatte schon früher Beziehungen, Robert. Das weißt du. Ich habe nie für jemanden so viel empfunden wie für dich. Ich liebe dich. Ich muss wissen, ob du mich auch liebst. Ich muss wissen, ob du mich genug liebst, um etwas zu verändern.«

Sie drehte sich um und ging davon. Er zögerte, und einen Augenblick dachte sie, er würde in die entgegengesetzte Richtung laufen, aber dann holte er sie ein und ging neben ihr her. Sie würde nichts mehr sagen. Sie hatte schon mehr gesagt, als sie gewollt hatte. Sie spazierten die Harcourt Street entlang in Richtung Kanal. Sie würde nach Hause gehen.

»Du willst, dass ich mich zu dir bekenne.«

Sie war sich nicht sicher, ob das eine Frage oder eine Feststellung war. Sie war benommen und müde. »Ich will nicht länger deine heimliche Geliebte sein. Eine Zeit lang war das okay, weil ich mir selbst nicht sicher war, ob du der Richtige bist.«

»Der Richtige?«

»Der, den ich liebe. Und ich habe es zugelassen, dass ich mich in dich verliebt habe – obwohl du ein verheirateter Mann bist –, weil ich glaubte, wir könnten eine Chance haben.« Sie ging ein paar Schritte schweigend weiter und bemühte sich, ihre Atmung unter Kontrolle zu bringen. »Dann ist es mir mit einem Mal bewusst geworden. Meine Freundinnen sind über Weihnachten fortgefahren, aber ich werde Weihnachten allein verbringen, weil ich meinem Geliebten nahe sein will. Aber mein Liebster verbringt die Feiertage mit seiner Familie. So war es schon letztes Jahr. Ich möchte nicht, dass es nächstes Jahr wieder so ist.«

»Stephanie, ich ...«, sagte er schnell.

Sie hob die Hand. Sie musste das jetzt zu Ende bringen. »Wenn wir keine Zukunft haben, dann sag es einfach. Ich werde deshalb schon nicht durchdrehen. Ich bin kein Kind mehr. Ich werde dir keine Szene machen. Ich werde Kathy nichts erzählen, falls das deine Sorge ist«, fügte sie verbittert hinzu.

Schweigend gingen sie zehn Meter weiter, und jeder Schritt brachte sie ihrer Wohnung näher, jeder Schritt entfernte sie noch weiter voneinander.

Dann ging Robert mit einem Mal um sie herum und stand vor ihr, stellte sich ihr in den Weg, fasste sie an den Schultern und schaute ihr in die Augen. Plötzlich bemerkte sie, dass seine Pupillen riesig waren, geweitet durch die nicht vergossenen Tränen, und dass er schwer atmete, als sei er gerade gerannt. Sie sah, dass seine Zunge hervorschnellte, um die trockenen Lippen zu benetzen.

»Ich liebe dich. Ich will mit dir zusammen sein. Ich will dich heiraten. Willst du meine Frau werden?«

Die Stadt war nicht mehr da. Der Lärm des Verkehrs und der Straßenbahnen verebbte, und es gab nur noch Robert und seine Worte, die ihr wieder und wieder durch den Kopf gingen.

Ich liebe dich.

Ich will mit dir zusammen sein.

Ich will dich heiraten.

Willst du meine Frau werden?

Sie schlang die Arme um seine Schultern, zog sein Gesicht herab und küsste ihn, und sie weinte und versuchte etwas zu sagen, aber ihr Herz pochte so wild, dass sie sicher war, es würde gleich zerspringen.

Ich liebe dich.

Ich will mit dir zusammen sein.

Ich will dich heiraten.

Willst du meine Frau werden?

Nur wegen dieser vier einfachen Sätze geriet die Welt ins Wanken und stand dann wieder still, und die Zweifel und Ängste waren mit einem Schlag weggewischt.

Sie liebte ihn.

Sie wollte mit ihm zusammen sein.

Sie wollte seine Frau werden.

Und die Antwort war ja.

»Ja, ja, ja.«

Sonntag, 22. Dezember

Kapitel 40

Und, was hältst du davon?«, fragte Stephanie triumphierend.

Sally war kaum durch die Tür, da platzte Stephanie schon mit der Neuigkeit heraus. »Er hat mir einen Heiratsantrag gemacht. Er hat mir gesagt, dass er mich liebt, dass er mit mir zusammen sein will, dass er mich heiraten will.« Noch während sie dies aussprach, spürte sie eine Mischung aus Aufregung und vielleicht sogar Angst in ihrer Magengrube rumoren. Und Erleichterung, man durfte die Erleichterung nicht vergessen.

Sally riss entsetzt Augen und Mund auf. »Er hat dir einen Antrag gemacht? Einen Heiratsantrag! Mal langsam, mal langsam. Was ist passiert? Erzähl mir alles.«

»Er hat mich gefragt, ob ich ihn heiraten will. Hat mir einen Antrag gemacht. Mitten auf der Straße.«

Willst du meine Frau werden?

Das war die Frage, die sie schockiert, überrascht und überwältigt hatte. Sie war fünfunddreißig Jahre alt, sie war eine starke, unabhängige, erfolgreiche Geschäftsfrau. Sie hatte nie das Gefühl gehabt, einen Mann an ihrem Arm oder an ihrer Seite zu brauchen, um Anerkennung zu finden. Sie hatte zuvor nie wirklich einen Mann gebraucht. Gewiss, sie hatte sich mit ihnen amüsiert, manche von ihnen geliebt, aber seit ihrer Teenagerzeit hatte sie nicht mehr ans Heiraten gedacht. Das Heiraten war ein Jungmädchentraum, und seit dem Tag, an dem sie in den Greyhound-Bus gestiegen und nach New York gefahren war, war sie kein junges Mädchen mehr gewesen …

Und dennoch …

Mit diesen fünf Wörtern hatte er aus ihr wieder ein junges Mädchen gemacht, und all die Träume und Hoffnungen waren wieder da.

Sally sagte etwas und rüttelte sie aus ihren Gedanken. »Was hast du gemacht, um diese dramatische Wendung herbeizuführen?«, wollte sie wissen. »Ich will alles ganz genau wissen.«

Stephanie nahm ihren Mantel von der Stuhllehne und griff nach ihrer Handtasche. »Ich höre wirklich auf dich. Vielleicht habe ich das wirklich gebraucht, dass du mich dazu gebracht hast, über die Fragen nachzudenken, die ich stellen sollte. Vielleicht steckte ich einfach zu tief drin und habe ihn die ganze Zeit in Schutz genommen. Aber ich hatte das Warten satt, Sally.«

Sie machte die Tür zu und hakte sich dann bei ihrer Freundin unter. Zielstrebig schritten sie durch den Hof auf das Tor zu.

Sie waren auf dem Weg in die Innenstadt, um füreinander die Weihnachtsgeschenke zu kaufen – eine Tradition, die sich im Laufe der vielen Jahre ihrer Freundschaft entwickelt hatte.

»Ich habe mich selbst gefragt, was ich will – nicht jetzt, aber für nächstes Jahr. Dann habe ich ihn gefragt, ob er mich liebt.«

»Und er hat natürlich ja gesagt«, antwortete Sally. »Männer sagen immer ja, aber das liegt daran, dass sie die Bedeutung dieses Wortes eigentlich gar nicht kennen. Für sie ist ›Ja‹ bei einer Unterhaltung nur ein Füllwort.«

»Aber er hat es gesagt, Sally. Er hat es gesagt. Er hat mir gesagt, dass er mich heiraten will. Damit hatte ich nicht gerechnet: Ich wäre schon zufrieden gewesen, wenn er sich bereit erklärt hätte, vorübergehend mit mir zusammenzuleben!«

Am Kanal bogen sie nach rechts ab und liefen weiter am Wasser entlang, auf dem sich die Sonnenstrahlen brachen. Es war wie an einem Sommertag. Sie gingen ein paar Schritte, dann überlegte Sally laut: »Und hat er auch gesagt, wann er seiner Frau die frohe Botschaft überbringen wird?«

Stephanie spürte, wie ihre euphorische Stimmung ins Wanken geriet. Ihr war der gleiche Gedanke durch den Kopf gegangen, aber sie hatte ihn beiseite geschoben. »Nun, nein … wir sind nicht so weit gekommen, uns darüber zu unterhalten. Wir wollten uns eigentlich heute treffen, aber ich wollte die Verabredung mit dir unter keinen Umständen absagen.«

»Danke.«

»Außerdem habe ich noch kein großes Geschenk für Robert gekauft. Das muss ich heute unbedingt machen.«

Sie gingen wieder ein paar Schritte.

»Und wann, glaubst du, wird er bei dir einziehen?«

»Ach, bald«, sagte Stephanie zuversichtlich. »Um Neujahr herum, denke ich. Wir werden ja Silvester gemeinsam feiern – du erinnerst dich? –, auf deine Rechnung.«

»Wenn er bei dir einzieht und sich auf diese Weise zu dir bekennt, dann bezahle ich gern.«

Aber Stephanie war sich nicht sicher, ob Sally das ironisch meinte oder nicht.

Sally hakte sich bei ihrer Freundin unter. »Komm schon, lass uns einkaufen, und wir schwören auf der Stelle, dass wir den ganzen Tag nicht an Männer denken oder über sie reden!«

»Ob wir das wohl schaffen?«, fragte Stephanie lachend.

»Hängt davon ab, was wir kaufen, nicht wahr? Wir kaufen heute nur Frauenzeug. Das heißt, nichts für Männer.«

»Und was ist mit dem Geschenk für Robert?«

»Das kann warten.«

Montag, 23. Dezember

Kapitel 41

Robert keuchte wie ein alter Mann, als Stephanie sich auf das Laufband neben ihn stellte. Er grunzte eine Begrüßung, behielt sein Tempo aber bei. Als sie ihn überredet hatte, Mitglied in diesem Fitnessstudio zu werden, hatte sie nicht wirklich damit gerechnet, dass er am Ball bleiben würde, aber er hatte sie überrascht und an seinem Training zwei Mal die Woche festgehalten. Nachdem sich sein Körper erst einmal daran gewöhnt hatte, schien er es fast zu genießen. Sie hatte ein paar leichte körperliche Verbesserungen festgestellt, vor allem um den Bauch herum, aber an seiner Brustmuskulatur musste er noch hart arbeiten. Nach seinem ersten Training hatte sie ihn überredet, mit ins Sonnenstudio zu gehen, und das hatte schon sehr viel genützt. Als sie das letzte Mal Sex hatten, hatte sie bemerkt, dass er sich noch mehr hatte bräunen lassen.

Sie schaltete das Laufband ein. »Tut mir Leid, dass ich zu spät komme. Heute war bei uns der letzte Arbeitstag, und man hat sich in der Chefetage auf einen Drink getroffen.«

»Kein Problem«, keuchte er. »Ich habe deine Nachricht bekommen. Irgendwelche Andeutungen bei der Arbeit über …?«

»Über uns? Nein. Kein Wort. Und ich habe munkeln hören, dass es so aussieht, als würdest du den DaBoyz-Auftrag kriegen.«

»Das ist ja toll! Ich wollte dich sowieso danach fragen. Theresa sagt, dass zwei der Typen schwul sind.«

Stephanie schüttelte den Kopf. »Davon weiß ich nichts. Würde mich aber nicht wundern. Ist das ein Problem?«

»Nein, überhaupt nicht. Aber sie erzählte auch, sie habe auf MTV gehört, dass sie überlegen, sich zu trennen.«

Sie verspürte einen Anflug von Verärgerung. Es konnte ihm doch egal sein, ob die Band heterosexuell, schwul oder im Begriff war, auseinander zu gehen. Das Einzige, worauf er sich zu konzentrieren hatte, war der Videoclip. »Das stimmt. Gerade deshalb ist diese Single ja so wichtig. Es wurde eine Menge in diese Gruppe investiert, und die Investoren sind nicht bereit, ihr Geld ohne eine letzte lebensverlängernde Spritze abzuschreiben. Das bist übrigens du. Dreh einen guten Videoclip, dann rettest du vielen Leuten eine Menge Geld. Aber wenn du ihn vermasselst, wirst du in dieser Stadt nie mehr einen Auftrag erhalten.« Sie lachte, um ihre Feststellung nicht gar so bedrohlich klingen zu lassen.

»Machst du jetzt Spaß oder meinst du das ernst?«

»Ein bisschen von beidem, glaube ich. Du wirst das großartig hinkriegen. Denk dran, dass ich dafür meine Karriere aufs Spiel gesetzt habe.«

»So viel zum Thema Druck«, murmelte er.

»Und es tut mir Leid wegen gestern. Ich wollte mich wirklich mit dir treffen, aber ich hatte Sally schon zugesagt, mit ihr zum Einkaufen zu gehen, bevor ...«

Robert warf ihr von der Seite einen Blick zu und schmunzelte. »Bevor was?«

»Bevor du dich gemeldet hast.«

»Das war wahrscheinlich ganz gut so. Ich habe im Büro eine ganze Menge erledigen können. Wenn wir uns gesehen hätten, dann hätten wir ...«

Sie schaute ihn an. »Was hätten wir gemacht?«

»Geredet. Pläne geschmiedet.«

»Ich weiß. Du hast mich so glücklich gemacht. Sogar Sally ist begeistert.«

»Ich würde diese mysteriöse Sally in den nächsten Tagen gern einmal kennen lernen.«

»Sie ist auch schon ganz gespannt auf dich. Ich habe ihr eine Menge von dir erzählt.«

»Ich vermute, sie hat sich über die Neuigkeiten gewundert.«

»Gewundert? Sie war sprachlos! Ich habe ihr gesagt, dass wir uns nach Weihnachten treffen und feiern. Auf ihre Rechnung.«

»Gute Idee.« Robert fing an, schneller zu rennen. »Warum auf ihre Kosten?«

»Weil sie mit mir um das allerbeste Essen gewettet hat, dass du deine Frau niemals meinetwegen verlassen wirst.«

»Na, dann lass uns dafür sorgen, dass die Wette sie teuer zu stehen kommt. Ich werde persönlich einen Tisch im Shanahan's on the Green reservieren.«

Schweigend liefen sie eine Weile weiter, dann stellte Stephanie die Frage, die sie beunruhigt hatte, seit Sally sie am Vortag darauf angesprochen hatte. »Hast du noch mal über Weihnachten nachgedacht?«

»Ich hab an nichts anderes gedacht«, antwortete er wie aus der Pistole geschossen.

»Verbringst du den zweiten Feiertag mit mir?«

Bevor er antwortete, griff er hinab, um das Tempo des Laufbands zu erhöhen, und sie ahnte schon, wie die Antwort ausfallen würde. Jetzt rannte er schnell, und er keuchte heftig und stoßweise. »Leider nicht«, sagte er schließlich.

Seine Antwort erschütterte sie, und das musste von ihrem Gesicht abzulesen gewesen sein, weil Robert sogleich sagte: »Sei vernünftig.« Als ihm klar wurde, dass er laut gesprochen hatte, um den Lärm des Geräts zu übertönen, beugte er sich zu ihr herüber. Sie konnte die Wärme und den Moschusduft riechen, den sein Körper verströmte, aber dieses Mal erregte er sie nicht.

»Sei vernünftig. Ich kann wohl schlecht heute Abend oder morgen zu Kathy und den Kindern gehen und sagen: ›Wisst ihr was? Ich verlasse euch. Frohe Weihnachten.‹ Oder?«

Na ja, wenn er es so ausdrückte, klang es absolut vernünftig. Aber selbstverständlich klangen alle seine Ausflüchte vernünftig. »Nein, natürlich nicht.« Sie nickte, wusste aber nicht, was sie davon halten sollte. Rückte er von dem ab, was er am Samstag gesagt hatte, oder war er einfach ehrlich? Sie brauchte ein paar Augenblicke zum Nachdenken. Aber ihr erster Eindruck war, dass der Scheißkerl einen Rückzieher machte.

Und das, nachdem er so große Hoffnungen in ihr geweckt hatte!

Sollte er sie jetzt fallen lassen, nachdem er ihr einen Heiratsantrag gemacht, nachdem er Hoffnungen geweckt, nachdem er sie so unglaublich, so maßlos glücklich gemacht hatte, dann würde sie zu seiner Frau gehen und ihr alles erzählen. Sollte er sie dermaßen verletzen, würde sie ihn ebenfalls verletzen!

»Aber wir treffen uns morgen. Und ich komme am ersten Feiertag vorbei«, fügte er hinzu.

»Und wann hast du vor, es ihr zu sagen?«, fragte sie. Seine Antwort hatte sie etwas aufgemuntert, aber sie brauchte mehr, sie brauchte etwas Eindeutiges, etwas, an das sie sich klammern, etwas, auf das sie zählen konnte.

»Ich habe an den 27. gedacht, das heißt am Freitag.«

»Warum nicht am Donnerstag?«

»Na ja, wir müssen wohl oder übel zum Essen zu ihrer Schwester fahren. Das ist halt so Tradition.«

Etwas wie Panik kroch allmählich in ihr hoch. Panik und blanke Wut. Als Robert am Samstag gesagt hatte, dass er mit ihr zusammen sein wolle, da war sie davon ausgegangen, dass sich dies auch auf Weihnachten bezog, aber als sie das Gespräch in Gedanken noch einmal durchging, wurde ihr klar, dass er sich genau genommen auf keinen Zeitrahmen festgelegt hatte. »Und was mache ich dann am ersten Feiertag? Ich hänge herum, bis du auftauchst?«

»Ich werde es ihr am Freitag sagen, und ich verbringe Silvester mit dir«, erklärte er, ohne ihre Frage zu beantworten. »Wir werden zusammen ins neue Jahr feiern. Es wird auch für uns der Beginn eines neuen Jahres sein. Komm schon – du musst mir entgegenkommen. Das ist für mich eine schwere Entscheidung, ein gewaltiger Schritt. Du brauchst nur an dich selbst zu denken; ich muss auf Kathy und die Kinder Rücksicht nehmen.«

Okay, jetzt hatte sie die Daten, und sie würde Heiligabend oder den ersten Feiertag gegen Silvester und Neujahr eintauschen. »Du hast natürlich Recht. Absolut Recht. Noch ein paar Tage mehr machen uns jetzt auch nichts mehr aus, oder? Und der erste Weihnachtsfeiertag ist schließlich ein Mittwoch wie jeder andere.«

Sie wechselten von den Laufbändern auf die Fahrradergometer. Sie fing an, in die Pedale zu treten. Sie wählte einen hohen Gang, so dass sie sich richtig anstrengen musste. Robert trat einen leichteren Gang. »Ich muss mich allerdings beraten lassen«, sagte er, als er wieder zu Atem gekommen war.

Stephanie trat weiter in die Pedale und schaute zu ihm hinüber. Ihr Atem ging noch immer gleichmäßig. »Wieso beraten?«

»Es geht um die Firma. R&K-Productions. Du weißt, dass das K für Kathy steht und dass sie einen Anteil von fünfzig Prozent hält?«

»Ja, ich weiß«, antwortete Stephanie vorsichtig. Wovon redete er? Dachte er vielleicht daran, die Firma zu verkaufen?

»Ich habe mich gefragt, ob du vielleicht in die Firma einsteigen und Kathys Anteil übernehmen möchtest. Wir könnten sie in R&S-Productions umbenennen. Das heißt natürlich, falls ich Kathy auszahlen kann.«

Sie schaute ihn völlig verdutzt an. Welche Antwort sie auch immer von ihm erwartet hätte, diese jedenfalls nicht. Sie richtete sich auf dem Fahrrad auf und ließ es ausrollen. Es war zwar nicht einfach, aber jetzt musste sie es ihm sagen. Es war immer noch besser, er hörte es aus ihrem Munde. Sie wartete einen Augenblick und versuchte, die Antwort so diplomatisch wie möglich zu formulieren.

»Ich bin mir nicht sicher, ob ich meine derzeitige Stelle aufgeben will. Ich glaube, es würde als Rückschritt betrachtet, wenn ich in deiner Firma arbeiten würde, karrieremäßig gesehen.«

Robert fing zu lachen an, dann sah sie, wie ihm das Lachen auf den Lippen gefror, als ihm klar wurde, dass sie es ernst meinte. Und sie dachte, da er nun einmal das Thema Geschäft aufs Tapet gebracht hatte, könnte sie ihm auch gleich den Rest sagen. Falls er ihr gegenüber absolut ehrlich war – und das glaubte sie –, dann war sie es ihm ebenfalls schuldig.

»Die andere Tatsache, die wir bedenken müssen, ist, dass ich dir keine Aufträge mehr werde vermitteln können. Es würde keinen guten Eindruck machen, wenn ich der Firma meines Partners Aufträge verschaffe.«

Er sah sie an wie vom Donner gerührt. »Keine Aufträge mehr …«

»Jedenfalls nicht von mir. Aber ich werde in jedem Fall die Ohren offen halten. Es wird keine Probleme geben. Na ja«, fuhr sie fort, »ich dachte sowieso, du würdest R&K vielleicht aufgeben.«

»Was?« Sie konnte sehen, dass er trotz seiner Bräune erblasst war. Hatte er so fest mit den Aufträgen gerechnet, die sie ihm beschaffen würde?

»Ja, und dir einen Job bei einer der großen Firmen suchen«, sagte sie weiter.

Er schaute sie jetzt nicht an, sondern starrte mit einem Gesichtsausdruck, der trotzig – oder eingeschnappt – wirkte, vor sich hin.

»Das wäre für dich in jeder Hinsicht besser«, drängte sie weiter. »Du hättest ein geregeltes Einkommen und könntest um halb sechs oder sechs Uhr Feierabend machen und müsstest bis zum nächsten Morgen nicht mehr an die Arbeit denken. Und du hättest deine Wochenenden wieder für dich.«

»Ich würde für jemand anderen arbeiten. Ich war lange mein eigener Herr.«

»Derzeit arbeitest du für Kathy, die Kinder und die Bank. Sie sind deine Chefs. So hättest du letztendlich mehr Freizeit, Zeit, die du mit mir verbringen kannst. Und Zeit für deine Kinder«, fügte sie hinzu.

Er fing zu lachen an, ein trockenes Krächzen, aus dem ein Husten wurde. Stephanie stieg vom Rad und klopfte ihm auf den Rücken. »Alles in Ordnung?«

»Alles okay. Ich habe gerade daran gedacht …«

»Woran?«

»Daran gedacht, dass du so etwas wie ein Katalysator bist. Um dich herum kommt es zu Veränderungen.«

Stephanie lehnte sich gegen ihn und drückte ihren Busen an seinen Rücken. »Wir treiben die Veränderung selbst voran, aber manchmal braucht man einfach etwas oder jemanden, der einen ein bisschen anstupst.« Sally hatte sie gedrängt; sie hatte Robert gedrängt. »So, ich geh mich jetzt umziehen.«

»Ich finde, zwei Kinder wären wunderbar, ein Junge und ein Mädchen«, sagte Robert, während sie durch das Foyer auf den Ausgang zusteuerten.

»Na ja, ich hätte gerne Kinder«, antwortete sie, als sie aus der Tür des Studios in die bitterkalte Abendluft traten. Vor seinem Heiratsantrag am Samstag hatte sie nie an Kinder gedacht. Zu viele ihrer Freundinnen hatten Babys oder Kleinkinder, und sie wusste, wie unglaublich viel Arbeit ein Kind bedeutete. Sie konnte Frauen, denen es gelang, Karriere und Familie unter einen Hut zu bringen, nur bewundern, aber bei ihrem Job, der viele Reisen und unregelmäßige Arbeitszeiten bedeutete, kam es gar nicht in Frage, ein Kind zu bekommen. Na ja, es kam nicht in Frage, solange sie allein war. Mit einem Partner wäre das natürlich anders. Vielleicht hatte sie das an Robert zuerst erkannt: die Möglichkeiten. Sie hatte den einsamen, etwas verzweifelten, in der Falle sitzenden Mann angeschaut und war sich der Möglichkeiten, des Potenzials bewusst geworden, das er bot.

Wenn sie aber richtig zusammen wären, dann würde sie zum richtigen Zeitpunkt gern ein Kind haben. Ob Junge oder Mädchen, das spielte keine Rolle: Es wäre ihr Kind.

»Wann würdest du denn gern welche bekommen?«, fragte er.

»Natürlich nicht sofort«, antwortete sie, nur für den Fall, dass er sich Hoffnungen machte, gleich eine neue Familie zu gründen. Sie ergriff seine Hand und freute sich, wie warm und stark sie sich anfühlte. »Na ja, die Zeit läuft mir davon. Ich bin jetzt fünfunddreißig. Ich kann nicht mehr allzu lange warten, aber ich brauche mindestens noch zwei Jahre, bis ich befördert werde. Dann könnten wir es im Jahr darauf allmählich versuchen.«

Aber war man mit achtunddreißig nicht zu alt, daran zu denken, das erste Kind zu bekommen? Gewiss. Vielleicht sollte sie eine Unterbrechung ihrer Karriere in Erwägung ziehen, das Baby kriegen und dann wieder an ihren Arbeitsplatz zurückkehren, möglicherweise nur halbtags.

Stephanie lächelte, als sie auf ihr Auto zuging: Ihre ganze Welt verschob, wandelte und veränderte sich. Sie zog Möglichkeiten in Erwägung, die vor achtundvierzig Stunden noch gar nicht existiert hatten.

Die Autos standen in der dunklen Ecke des Parkplatzes nebeneinander. Gleichzeitig drückten sie auf ihre Funkschlüssel, und zeitgleich blinkten bei beiden Autos die Lichter auf.

Robert hielt ihr die Tür auf, und sie warf ihre Sporttasche auf den Beifahrersitz, dann drehte sie sich zu ihm um. Sie liebte diesen Mann. Und sie würde gerne ein Kind von ihm bekommen. Sie streckte die rechte Hand aus, drückte mit der Handfläche gegen seinen Hinterkopf und zog ihn zu sich herab. »Stell dir nur vor, wie viel Spaß wir bei dem Versuch haben werden, ein Kind zu zeugen«, flüsterte sie. Dann küsste sie ihn, leidenschaftlich und innig. Schließlich lösten sie sich leicht keuchend voneinander. Ohne noch ein Wort zu sagen, stieg Stephanie in ihr Auto, winkte einmal kurz und fuhr davon. Während sie in den Rückspiegel schaute und ihn noch immer neben seinem Auto stehen und telefonieren sah, überlegte sie sich Babynamen.

Würde sie ihren Namen behalten oder seinen annehmen?

Ihr gefiel Walker recht gut. Sie testete den Namen, sprach ihn laut aus: »Stephanie Burroughs-Walker.« Nein, nur Stephanie Walker. Das würde sie werden.

Mrs Walker.

Dienstag, 24. Dezember

Kapitel 42

Als Stephanie Burroughs die Tür öffnete, erkannte sie die Frau, die auf der Schwelle stand, sofort. Eine Flut von Gefühlen überwältigte sie – Schock, Angst, Wut –, aber komischerweise auch Erleichterung.

»Hallo, Stephanie.«

»Mrs Walker. Kathy.«

Auf der Fahrt hierher hatte Kathy Walker das Gespräch mit Stephanie Burroughs hundertmal durchgespielt. Sie hatte alle möglichen Emotionen empfunden – von Wut bis Resignation, von Abscheu bis Entsetzen –, und davon war ... davon war gar nichts übrig geblieben. Nur eine Leere. Ein hohles Gefühl.

Bis zu dem Augenblick, als sie auf die Klingel drückte, wusste sie genau, was sie Stephanie sagen wollte und wie sie sich verhalten würde. Sie würde höflich und cool sein: Falls die Schlampe Robert haben wollte, konnte sie ihn haben!

Aber als Stephanie Burroughs die Tür öffnete, sie anblickte und an ihren Augen abzulesen war, dass sie sie sofort wiedererkannte, da waren alle ihre sorgsam zurechtgelegten Pläne, ihre schön formulierten Sätze dahin.

Kathy trat vor und schlug Stephanie mit der flachen Hand ins Gesicht.

Die beiden Frauen starrten einander an, beide erschreckt, schockiert und entsetzt. Kathy spürte, dass sie zu zittern anfing: Sie hatte in ihrem ganzen Leben noch nie einen anderen Menschen geschlagen.

Stephanie drückte sich die Hand an ihre schmerzende Wange. Sie hatte absolut nicht die Absicht, zurückzuschlagen. Sie hegte keinerlei feindselige Gefühle gegen diese Frau; Kathy hatte nichts falsch gemacht. Vom ersten Augenblick ihrer Beziehung mit Robert hatte sich Stephanie vor einer Begegnung mit seiner Frau gefürchtet. Sie wusste, dass sie mit einem Besuch rechnen musste, sobald Robert Kathy gesagt hatte, dass er sie verlassen würde. Wenn sie an Kathys Stelle gewesen wäre, hätte sie der Geliebten ihres Mannes bestimmt auch eine geknallt.

»Tut mir Leid!«, hob Kathy plötzlich atemlos an. »Ich habe mir geschworen, so etwas nicht zu tun. Es tut mir Leid.«

Stephanie hatte nicht damit gerechnet, dass Kathy so bald kommen würde. Robert hatte es seiner Frau doch erst nach Weihnachten sagen wollen.

Kathy riss sich zusammen. »Wir können …«, fing sie an, aber ihre Stimme zitterte vor Erregung. Sie schluckte und versuchte es erneut. »Wir können dieses Gespräch auf Ihrer Türschwelle führen, oder Sie können mich hereinlassen.«

Stephanie schaute die Frau an. Sie wollte nicht mit ihr reden … aber irgendwo tief in ihrem Inneren empfand sie einen Anflug von Mitleid. Kathy hatte eine Antwort verdient. Mrs Moores Vorhänge bewegten sich, und das erleichterte ihr die Entscheidung. Sie trat zur Seite. »Ja, Sie sollten lieber hereinkommen.«

Stephanie trat in den Flur und wies Kathy den Weg ins Wohnzimmer. Sie versuchte, ihre Fassung zurückzugewinnen. Tränen standen ihr in den Augen, mehr aus Angst als wegen der Ohrfeige. Sie betrachtete sich im Flurspiegel: Die Abdrücke von Kathys Fingern waren auf ihrer blassen Wange deutlich zu erkennen.

Kathy blickte sich im Zimmer um und stellte fest, dass es ihr gefiel; es war nicht nach ihrem Geschmack eingerichtet, ein bisschen zu überladen, aber es war gemütlich und bequem, ganz anders, als sie es sich vorgestellt hatte. Sie hatte sich irgendwie ausgemalt, dass Roberts Geliebte auf helles Holz und poliertes Chrom stehen würde, und ihre Wohnung aussehe wie aus einem Lifestyle-Journal. Das Zimmer war natürlich absolut ordentlich, aber es war schließlich einfach, ein Haus sauber zu halten, wenn man keine zwei Teenager hatte, die darin herumrannten.

Stephanie blieb im Türrahmen stehen, eine Hand an ihre Wange gedrückt, und beobachtete Roberts Frau. Sie war nicht so, wie sie sie in Erinnerung hatte: älter natürlich, die Gesichtshaut ein bisschen schlaff, dunkle Ringe unter den geröteten Augen. Sie war einfach gekleidet. Unter dem schwarzen Wintermantel hatte sie einen cremefarbenen Wollpullover mit Rollkragen und eine schwarze Hose an, trug dezenten Schmuck, eine Goldkette, ein goldenes Armband und einen goldenen Ehering. Stephanie hatte den Eindruck, dass sich Kathy Walker ihre Kleidung für diese Begegnung sehr sorgfältig ausgewählt hatte.

Stephanie stellte sich die Frage, wie sie wohl aussehen würde, wenn ihr Mann ihr gerade gesagt hätte, dass er sie verlassen werde. Wie würde sie sich fühlen? Wie fühlte sich Kathy gerade? In diesem Augenblick empfand sie eine Woge des Mitgefühls für die andere Frau. Sie verschränkte die Arme vor der Brust; sie konnte es sich nicht leisten, mit Kathy Mitleid zu haben. Das war immerhin die Frau, die ihren Mann vertrieben hatte.

Kathy machte eine Drehung um hundertachtzig Grad. »Es ist sehr hübsch hier«, sagte sie schließlich. Sie war erleichtert, keine Fotos von Robert und Stephanie an den Wänden zu sehen, keine Anzeichen, dass er bereits hier wohnte. »Sie wissen, warum ich hier bin.«

Stephanie musterte sie genau, stellte die bemerkenswerte Ähnlichkeit zwischen ihnen beiden fest, und mit einem Schauer des Entsetzens wurde ihr klar, dass sie sich gerade sah, wie sie in fünf Jahren aussehen würde. Zumindest, wie sie aussehen würde, wenn ihr Mann sie gerade wegen einer Jüngeren verlassen hätte. »Er hat Ihnen also von uns erzählt?«, fragte sie kühl.

Kathy schüttelte den Kopf. »Robert hat mir gar nichts erzählt.«

Stephanie nickte. In dem Bemühen, ihre Stimme nicht zittern zu lassen, sagte sie kühl: »Sie haben es also selbst herausgefunden.«

»Ja, ich habe es herausgefunden«, antwortete Kathy mit ebenso eisiger Stimme. »Ich bin Ihnen und ihm auf die Schliche gekommen.« In ihrer Stimme klang allmählich Wut mit.

»Ich dachte, er hätte es Ihnen gesagt. Das hat er mir jedenfalls versprochen.«

»Robert verspricht eine Menge Dinge. Und dann tut er sie doch nicht«, sagte Kathy bitter. »Ich möchte nur ein paar Antworten. Das ist alles. Ich kann ihn nicht selbst fragen – ich kann ihn über Sie und ihn gar nichts fragen –, weil er mich anlügen wird. Er wird mich anlügen«, fügte sie niedergeschlagen hinzu.

Und obwohl Stephanie keine Lust hatte, mit dieser Frau zu reden, hatte sie doch das Gefühl, ihr diese Antworten schuldig zu sein. Sie nickte. »Ich wollte mir gerade Tee machen. Möchten Sie eine Tasse?«

»Ja. Gerne.« Kathy zog sich den Mantel aus und legte ihn über eine Stuhllehne, während Stephanie in die Küche verschwand. Kathy zögerte einen Augenblick, dann folgte sie ihr und nahm unwissentlich an derselben Stelle die gleiche Haltung ein, die Robert am Freitagabend eingenommen hatte.

»Auf dem Weg hierher habe ich mir jedes Wort zurechtgelegt, das ich Ihnen sagen wollte. Jetzt, wo ich hier bin, fällt mir nichts mehr davon ein. Aber ich hatte keinesfalls vor, Sie zu schlagen«, fügte sie hinzu und war wegen ihres Verhaltens eigenartig verlegen. »Das war … das war unnötig.«

»Ich hätte das Gleiche getan, glaube ich. Wenn Sie mich anschreien wollen, brüllen Sie mich an, auch dafür hätte ich Verständnis.«

Kathy schüttelte den Kopf. »Was soll das bringen?«

Stephanie nickte.

»Warum?«, fragte Kathy einfach. »Warum haben Sie

mir meinen Mann weggenommen? Warum haben Sie das getan?«

Stephanie konzentrierte sich auf den Wasserkessel. »Es ist einfach passiert«, sagte sie überraschend freundlich. »Es ist einfach passiert.«

»So mir nichts, dir nichts passiert das nicht«, stellte Kathy unwirsch fest. »Die Menschen sind für das verantwortlich, was passiert. Sie sind schuld daran.«

»Und Robert ebenfalls«, fügte Stephanie hinzu.

Kathy nickte.

»Und Sie.« Stephanie drehte sich zu Kathy um. »Auch Sie hatten Ihren Anteil daran!«

Kathy war erstaunt über die Heftigkeit in der Stimme der anderen Frau. »Ich habe nichts ...«, hob sie an.

»Genau«, sagte Stephanie schnippisch. Allmählich wurde sie wütend, richtig wütend. Sie war nicht gewillt, die ganze Verantwortung auf sich zu nehmen. Kathy war verantwortlich, Robert war verantwortlich, und natürlich war auch sie selbst verantwortlich. »Ich möchte, dass Sie wissen, dass ich nie – niemals! – beabsichtigt habe, eine Affäre mit ihm anzufangen. Ich hatte noch nie zuvor eine Beziehung mit einem verheirateten Mann. Ich bin mit Robert zusammengekommen – ich habe mir erlaubt, Robert nahe zu kommen –, weil ich geglaubt habe, Sie und er hätten sich voneinander getrennt. Emotional, meine ich. Dass er frei sei. Wir alle sind verantwortlich.«

Kathy machte den Mund auf, um das heftig abzustreiten, aber dann klappte sie ihn wieder zu. War das wahr? Konnte das wahr sein? Sie beobachtete, wie die jüngere Frau in der ziemlich steril wirkenden Küche den Tee zubereitete. Sie hatte Stephanie weit attraktiver in Erinnerung gehabt, als sie war, schlanker, hübscher. Vielleicht spielte ihr aber auch nur ihr Gedächtnis einen Streich: Die Stephanie, die sie jetzt vor sich hatte, sah auf gepflegte Weise ziemlich durchschnittlich aus. War das die Frau, deretwegen Robert sie verlassen wollte? Sie war nur ein paar Jahre jünger. Gott sei Dank war sie kein vollbusiges Häschen von zwanzig.

Kathy nahm den Tee von Stephanie entgegen und bemerkte ein ganz leichtes Zittern auf der Teeoberfläche. Aber vielleicht lag das daran, dass ihre eigenen Hände zitterten.

Gemeinsam gingen die beiden Frauen ins Wohnzimmer zurück, und Stephanie nahm ihren üblichen Platz ein, während sich Kathy in dem Sessel niederließ, in dem normalerweise ihr Mann saß. Schweigend tranken sie ihren Tee, ohne sich direkt anzuschauen.

»Ich habe Sie gestern Abend gesehen«, sagte Kathy schließlich. »Auf dem Parkplatz des Fitnessstudios. Da war ich so wütend, aber nur einen Moment lang. Nur einen kurzen Augenblick. Dann habe ich … dann habe ich gar nichts mehr empfunden.«

Stephanie nickte, weil sie nicht wusste, was sie sagen sollte. Sie versuchte, sich zu erinnern, was sie gestern Abend gesagt und getan hatten. Sie hatten über Kinder geredet, und sie hatte ihn geküsst. Hatte Kathy das gesehen? Wahrscheinlich. Stephanie fragte sich, wie sie sich wohl fühlen würde, wenn sie Robert eine andere Frau küssen sähe.

»Was möchten Sie wissen?«, fragte sie schließlich.

»Ich weiß es eigentlich gar nicht mehr«, antwortete Kathy wahrheitsgetreu. »Als ich losgefahren bin, war ich entschlossen, um ihn zu kämpfen. Ich wollte Sie anflehen, ihn gehen zu lassen, Sie bitten, ihn mir und seinen Kindern nicht wegzunehmen. Aber ich bin mir nicht sicher, ob ich das noch möchte.«

»Warum nicht?«, flüsterte Stephanie.

»Ich möchte meinen Mann zurück … aber ich möchte nicht, dass er zu etwas zurückkommt, an dem ihm nichts mehr liegt.«

Stephanie nickte. Das konnte sie nur allzu gut verstehen.

»Sagen Sie mir …«, fuhr Kathy fort.

Stephanie beobachtete diese Frau und versuchte die Gefühle zu analysieren, die sie in diesem Augenblick empfand. Sie hatte nie wirklich über Kathy nachgedacht. Sally hatte Recht gehabt: Alles, was sie über diese Frau wusste, hatte sie von Robert erfahren. Sie vermutete, dass sie es bewusst vermieden hatte, sich mit ihr zu beschäftigen. Hätte sie in der Vergangenheit ihr gegenüber irgendwelche starken Gefühle empfunden, dann wären dies Gefühle der Verachtung oder sogar der Wut darüber gewesen, wie sie Robert behandelte … aber sie musste bedenken, dass Robert im besten Fall nur seine Version der Wahrheit dargestellt hatte. Jetzt beunruhigte es sie, dass ihr Mitgefühl für Kathy immer stärker wurde.

»Vor sechs Jahren, als Sie in die Firma eingetreten sind, hatten Sie da schon eine Affäre mit Robert? Und bitte, sagen Sie mir die Wahrheit«, fügte sie spitz hinzu. »Die Zeit der Lügen ist vorbei.«

»Ja, okay, keine Lügen mehr. Nein«, antwortete Stephanie einfach, »nein, hatte ich nicht. Ich war eine Angestellte, mehr nicht. Ich schwöre Ihnen, dass zwischen uns absolut nichts war.«

Kathy brauchte einen Augenblick, um die Antwort zu verarbeiten. War das die Wahrheit? Sie blickte die Frau an, die ihr gegenübersaß. Sie waren Fremde, die nichts miteinander gemein hatten – bis auf den Mann. Ihren Mann. Den Stephanie Burroughs ihr hatte wegnehmen wollen. Aber dieses Gefühl veränderte sich, die Emotion wandelte sich. Stephanie hatte Recht. Es war nicht nur ihre Schuld. Stephanie mochte sich an Robert herangemacht haben, aber er war darauf eingegangen.

»Glauben Sie mir?«, fragte Stephanie.

Kathy nickte. Tränen standen ihr in den Augen. »Da habe ich mich also getäuscht.«

»Getäuscht?«

»Ich habe mich damals geirrt – in Bezug auf Sie und ihn.«

»Ja, das haben Sie. Ich habe erst neulich erfahren, dass Sie ihn damals mit Ihrem Verdacht konfrontiert haben. Haben Sie ihn jetzt wieder zur Rede gestellt?«

»Noch nicht. Dieses Mal wollte ich zuerst mit Ihnen sprechen.«

»Vielleicht hätten Sie das damals auch tun sollen«, sagte Stephanie unwirsch.

»Vielleicht«, stimmte Kathy ihr zu.

»Wann haben Sie das mit uns herausgefunden?«

»Am Donnerstagabend. Per Zufall. Ich brauchte eine Adresse für eine Weihnachtskarte, und ich habe Ihren Namen in Roberts Handy entdeckt. Und daneben war eine kleine rote Flagge. Da habe ich eins und eins zusammengezählt und bin zu dem gleichen Schluss gekommen wie vor sechs Jahren. Damals hatte ich mich getäuscht; dieses Mal habe ich Recht, wie ich jetzt weiß. Als ich angefangen habe, genauer hinzusehen, habe ich festgestellt, dass die Beweise gar nicht schwer zu finden waren. Manchmal glaube ich, er wollte, dass ich es herausfinde. Damit ich es ihm erspare, sich vor mich hinzustellen und mir selbst reinen Wein einschenken zu müssen.«

»Das sehe ich aber anders. Soweit ich das beurteilen kann, hat er alles in seiner Macht Stehende getan, damit es ein Geheimnis bleibt. Er wollte Sie nicht verletzen.« Stephanie schaffte es nicht, den Anflug von Bitterkeit in ihrer Stimme zu verbergen.

»In den letzten paar Tagen habe ich herauszufinden versucht, wann genau es anfing, mit unserer Ehe bergab zu gehen. Ich glaube, ich kann das auf diesen Augenblick vor sechs Jahren festlegen, als ich ihn beschuldigt habe, eine Affäre mit Ihnen zu haben. Damals habe ich einen Fehler gemacht. Muss ich jetzt dafür bezahlen?«

»Ich habe Ihnen gesagt: Damals hatten wir nichts miteinander.«

»Ich glaube Ihnen«, antwortete Kathy. Und das tat sie wirklich.

»Warum haben Sie ihn überhaupt beschuldigt?« Stephanie verspürte plötzlich den Drang, die Hand auszustrecken und Kathys Hand zu berühren. Es war fast, als sprächen sie über einen Trauerfall.

»Er war immer mit Ihnen zusammen, hat immer von Ihnen geredet, irgendwo Zeit mit Ihnen verbracht. Sie waren jung, hübsch und lebhaft. Ich war eifersüchtig, denke ich. Ich dachte, es sei nur logisch, dass er mit Ihnen schläft.«

»Aber so war es nicht. Er hat mir jedenfalls nie Avancen gemacht. Wir haben damals, wie Sie wissen, an diesem Projekt zusammengearbeitet. Er konnte es sich nicht leisten, einen weiteren Rechercheur einzustellen, und Sie hatten sich ja aus der Firma zurückgezogen, um sich um die Kinder zu kümmern. Deshalb haben wir verstärkt zusammengearbeitet.«

»Aber ich habe ihn beschuldigt. Er hat es natürlich abgestritten. Ich habe ihn als Lügner bezeichnet, und wissen Sie was, sobald man jemanden einmal im Verdacht hat, gibt es keinen Weg mehr zurück. Dieser Verdacht verdirbt alles.«

Stephanie nickte. Sie hatte gerade Wochen damit zugebracht, an Roberts ernsten Absichten zu zweifeln. Und selbst jetzt noch, selbst nachdem er die Worte ausgesprochen hatte, hatte sie noch immer ganz leichte nagende Bedenken.

Sie tranken schweigend ihren Tee.

»Ich habe in den letzten Tagen viel darüber nachgedacht«, fuhr Kathy fort, »und es hat Zeiten gegeben, da habe ich Sie gehasst. Sie einfach verabscheut. Wie konnten Sie es wagen, meinen Mann zu verführen? Ich wollte wissen, ob Sie ihn mir genommen haben, nur weil Sie es konnten, ob es so eine Art Spiel war, oder …«

»So war es nicht«, sagte Stephanie eindringlich.

»Wie war es dann? Was hat Ihnen das Recht dazu gegeben?«

»Sie. Sie haben mir das Recht gegeben«, stellte Stephanie schnippisch fest.

Kathy blickte sie verständnislos an.

»Nachdem Sie ihn von sich gestoßen, aus ihrem Leben verstoßen hatten. Da habe ich mir erlaubt, Interesse an ihm zu haben.«

Kathy öffnete den Mund, um zu antworten, aber Stephanie hob die Hand.

»Und dann habe ich mich in ihn verliebt.« Sie erschauderte und holte tief Luft. »Und das hat alles verändert.«

Kathy spürte einen heftigen Stich in der Magengegend. Es war schwer, hier zu sitzen und dieser Frau zuzuhören, wie sie davon redete, dass sie ihren – *ihren* – Mann liebte. »Maureen sagte, dass sie Sie zusammen gesehen hat. Sie hat mir erzählt, dass Sie ihrer Meinung nach in ihn verliebt sind. Darüber habe ich lange nachgedacht. Ich habe mich gefragt, wie das kommen konnte.«

Stephanie zuckte die Achseln. »Es ist einfach passiert. Ich habe es nicht geplant.«

Kathy drängte weiter, als habe sie sie nicht gehört. »Und ich habe mich daran erinnert, warum ich mich in ihn verliebt hatte. Er war sehr nett.«

Stephanie nickte.

»Und er war freundlich und ein Pechvogel, und er hat mich zum Lachen gebracht. Und er war leidenschaftlich. Ging so leidenschaftlich an seine Arbeit heran. Er hatte so große Träume.«

»Die hat er noch immer«, flüsterte Stephanie.

»Davon erzählt er mir nichts mehr.«

»Warum nicht?«, fragte Stephanie, und jetzt war sie wirklich neugierig.

»Als ich mich aus der Firma zurückgezogen habe, um mich um die Kinder zu kümmern, da hat er, glaube ich, angenommen, ich hätte kein Interesse mehr an seiner Arbeit. Er hat mich nicht mehr als Geschäftspartnerin gesehen, sondern nur noch als Frau und Mutter. Er hat mir nicht mehr erzählt, was er macht, und mich nicht mehr um Rat gefragt. Ich habe mich um unsere beiden kleinen Kinder gekümmert. Er hat keine Ahnung, wie anstrengend das ist. Früh am Morgen ist er gegangen und immer später nach Hause gekommen. Ich war rund um die Uhr allein für die Betreuung der Kinder verantwortlich. Wenn er nach Hause kam, wollte ich nur noch schlafen.«

Stephanie stand auf und nahm die beiden leeren Tassen. Sie ging in die Küche zurück, um Tee nachzuschenken. Hatte sie nicht erst gestern Abend in Erwägung gezogen, ein Kind von Robert zu bekommen? Welche Auswirkung würde das auf ihre Beziehung haben? Als was würde er sie betrachten, wenn das Kind erst einmal geboren war?

Robert hatte nie wirklich über die Beziehung zu Brendan und Theresa gesprochen. Er hatte ganz allgemein von ihnen erzählt, aber ihr war nie wirklich klar geworden, wie sehr ihre Betreuung allein auf Kathys Schultern lastete. War sie mit Robert zusammen, dann gab es nur zwei Menschen: Sie konzentrierten sich aufeinander. Sie hatte nie wirklich über seine Kinder nachgedacht ... Was würde aus ihnen werden, wenn er sie verließ? Was würden sie nicht nur von ihm und ihr, sondern auch von Kathy halten?

Sie kehrte mit den zwei vollen Tassen ins Wohnzimmer zurück.

»Ich sehe, dass Sie richtige Tassen mit Untertassen benutzen«, stellte Kathy fest.

»Robert nimmt lieber Becher«, sagte Stephanie. »Ich mag das nicht.«

»Ich weiß«, antwortete Kathy kühl. Jedes Mal, wenn Stephanie von Robert sprach, musste sie ihre Wut hinunterschlucken. »Ich war neulich abends hier; ich musste sehen, wo Sie wohnen.«

»Sie waren also die Frau mit dem mysteriösen Weihnachtspräsentkorb.«

»Ja, das war ich.«

»Wonach haben Sie gesucht?«

»Nach einem Beweis. Außerdem wollte – musste – ich Sie zusammen sehen.«

»Und als Sie uns gesehen haben ...«

»Haben Sie mich daran erinnert, wie wir einmal ausgesehen haben. Glücklich. Wir haben auch Händchen gehalten, uns geküsst, waren zufrieden und entspannt.«

»Was passiert ist, tut mir Leid …«, hob Stephanie an, und es tat ihr ehrlich Leid.

»Sie haben unsere Ehe nicht zerstört«, sagte Kathy verbittert. »Wir haben uns einfach auseinander gelebt. Wenn man jemandem Vorwürfe machen kann, dann beiden Seiten.«

»Allerdings haben Sie sich keinen Liebhaber zugelegt«, sagte Stephanie mit einem bitteren Lächeln.

»Nein, nicht mit zwei Kindern am Rockzipfel. Für eine Affäre braucht man viel freie Zeit, viele Gelegenheiten und viel Energie, nur so kann sie funktionieren. Ich hatte recht wenig von alledem. Ich möchte Ihnen persönlich gar nicht die Schuld geben: Ich glaube, wenn er nicht mit Ihnen eine Affäre angefangen hätte, dann wäre es mit einer anderen passiert.«

Stephanie blinzelte betroffen und wich ein wenig zurück. Sie erinnerte sich an ihre aufflackernden Befürchtungen in Bezug auf Illona und die Art und Weise, wie sie Robert ansah. »Sie meinen …«

»Ich meine, er hat sich von mir zurückgezogen. Offenbar hat er Trost oder Kameradschaft woanders gesucht, und er hätte sie sich geholt, wo immer er sie finden konnte.« Sie schaffte es nicht, der Versuchung zu widerstehen, und fügte hinzu: »Sie kamen einfach gelegen. Der Fehler, den Robert gemacht hat, war, dass er den Job über seine Familie gestellt hat; mein Fehler war, dass ich das zugelassen habe. Aber es hat immer triftige Gründe gegeben: Wir hatten nie genügend Geld. Und auch das möchte ich nicht als Entschuldigung verstanden wissen.«

»Ich weiß«, sagte Stephanie benommen. War das, was Kathy da sagte, wahr? Konnte es sein, dass Robert theoretisch mit jeder beliebigen Frau eine Beziehung angefangen hätte?

»Als ich dahinterkam, dass Sie ihm Aufträge zuschustern, habe ich sogar angefangen, seine Beziehung mit Ihnen zu rationalisieren, indem ich mir gesagt habe, dass es nur ums Geschäft gehe. Und dann habe ich ein schlechtes

Gewissen bekommen bei dem Gedanken, dass er nur deshalb mit Ihnen schläft, um an Aufträge für seine Firma zu kommen.«

Stephanie machte den Mund auf, um zu antworten, sagte aber nichts. Dieser Gedanke – dieser widerliche, grauenhafte Gedanke – war ihr selbst schon zu oft durch den Kopf gegangen. Sie fuhr mit der Zunge über ihre trockenen Lippen, und ihre Stimme war heiser, als sie sagte: »Na ja, das wird nicht mehr vorkommen. Mein Chef hat mir Anweisungen gegeben, dass R&K von uns keine Aufträge mehr erhält.«

Kathy lehnte sich im Sessel zurück und verarbeitete diese Information. »Weiß Robert das?«, fragte sie schließlich.

»Ich habe es ihm gestern Abend gesagt.«

»Und welche Auswirkungen hat diese Entscheidung?«

»Wenn er sich nicht am Riemen reißt und wirklich bald mehr Aufträge an Land zieht, könnte es das Ende der Firma bedeuten.«

»Das müsste nicht unbedingt eine Katastrophe sein«, sagte Kathy, und ihre Heftigkeit überraschte Stephanie. »Vielleicht würde es alles einfacher machen, wenn er sich einen normalen Job suchen würde. Er arbeitet zu viel. Das ist im Grunde die Ursache von allem.«

»Das Gleiche habe ich ihm gestern Abend vorgeschlagen.«

»Ich wette, er war nicht erfreut.«

Stephanie schüttelte den Kopf, und ein unheimliches Lächeln umspielte ihre Lippen. »Er sah aus, als hätte ich ihm einen Schlag verpasst.«

»Ich kenne diesen Gesichtsausdruck«, sagte Kathy. »Ich habe ihm sogar den Vorschlag gemacht, dass ich wieder in die Firma einsteige, jetzt wo die Kinder etwas größer sind.«

Stephanie antwortete nicht; sie wollte dieser Frau nicht erzählen, dass sie erst gestern Abend – wahrscheinlich nur wenige Augenblicke, bevor Kathy sie beim Küssen beobachtet hatte – davon gesprochen hatten, zusammen Kinder zu haben.

Eine ganze Weile hing ein verlegenes Schweigen zwischen ihnen. Was sollte man nur der Geliebten seines Mannes beziehungsweise der Frau des Liebhabers sagen?

»Wann wollte er es mir denn sagen?«, fragte Kathy schließlich.

»Nach Weihnachten«, antwortete Stephanie knapp. Ihr wurde Kathys Anwesenheit in ihrem Haus immer unangenehmer. Sie wollte, dass sie ging, sie brauchte Zeit zum Nachdenken.

»Wollte er ausziehen?«, fragte Kathy.

»Er hat gesagt, dass er Silvester und Neujahr mit mir verbringt.«

»Das ist nicht unbedingt das Gleiche wie auszuziehen.« Kathy stand auf, ging zum Fenster und starrte in den Hof hinaus.

»Nein, ist es nicht.« Auch Stephanie stand auf und verschränkte die Arme vor der Brust. »Kathy, ich möchte, dass Sie wissen, dass ich ihn am Freitagabend gezwungen habe, eine Entscheidung zu treffen. Wir sind jetzt seit achtzehn Monaten zusammen, seit sechs ernsthaft – zumindest ist es von meiner Seite ernst. Was Robert anbelangt, war ich mir nicht sicher. Ich hatte die Ungewissheit und Unsicherheit satt. Ich habe ihn vor die Wahl gestellt. Ich hatte das Gefühl, dass er die Sache, wenn es nach ihm ginge, noch ewig so laufen lassen würde.«

»Er hat sich mit schwierigen Entscheidungen schon immer schwer getan. Und Sie hatten sehr wohl das Recht, eine Antwort zu verlangen.« Kathy warf ihr mit einem seltsamen Gesichtsausdruck über die Schulter einen Blick zu. »Sie lieben ihn, nicht wahr?«

»Ja. Ich liebe ihn.« Sie konnte es sich nicht verkneifen, barsch zu fragen: »Und Sie?«

Kathy wandte sich wieder dem Fenster zu. Sie konnte Stephanies Spiegelbild in der Scheibe sehen. Sie dachte lange und intensiv über diese Frage nach, die sie sich wieder und wieder gestellt hatte, weil es letztendlich immer auf diese einfache Frage hinauslief: Liebte sie ihn? Nach allem, was er ihr angetan hatte, nach all den Qualen der letzten Tage?

»Ja.«

Das Wort hing zwischen den beiden Frauen in der Luft.

»Wäre ich sonst hier?«

Inzwischen hatten sie beide Tränen in den Augen, und sie starrten einander eindringlich an. Dieses Gespräch hätte keine solche Wendung nehmen dürfen: Kathy hätte Stephanie anschreien, sie beschimpfen und wieder gehen sollen. Stephanie hätte beobachten sollen, wie die Frau davonfuhr, und sich als Siegerin fühlen können. Doch jetzt waren beide von dem gleichen Gefühl erfüllt: Angst.

Stephanie spürte, wie ihr Herz einen Schlag aussetzte. Ihr Mund war völlig trocken. Kathy konnte ihn nicht … durfte ihn nicht … Robert hatte ihr erzählt, dass Kathy ihn nicht … aber war es das, was Robert glaubte oder was er glauben wollte? Sie stützte sich auf die Sessellehne, weil sie das Gefühl hatte, sie würde gleich umfallen, wenn sie sich nicht irgendwo festhielt.

»Wissen Sie was? Ich liebe ihn noch immer. Obwohl er mir das angetan hat. Er ist mein Mann. Der Vater meiner Kinder.« Kathy drehte sich hastig vom Fenster weg. »Glauben Sie mir?«, flüsterte sie.

Stephanie stand wie versteinert da und starrte sie an, entsetzt über das, was sie gerade gehört hatte. Sie hörte einer Frau zu, die verliebt war. In den gleichen Mann verliebt wie sie.

»Er hat mich betrogen, meine Liebe betrogen, achtzehn Jahre Ehe betrogen, seine Kinder betrogen, die ihn über alles lieben. Ich will ihn nicht festhalten, wie Jimmy Morans Frau ihren Mann festgehalten hat. Wenn er gehen will, wenn er wirklich gehen will, wenn er mit mir so schrecklich unglücklich ist, dann ist meine Liebe groß genug, ihn gehen zu lassen. Dann gehört er Ihnen. Es hat keinen

Zweck, Robert zu fragen, was er tun möchte. Er wird mir nur sagen, was ich seiner Meinung nach hören will …«

Stephanie nickte.

»Aber ich kann Sie fragen. Wollen Sie ihn? Wollen Sie ihn so sehr, dass Sie ihn mir wegnehmen wollen?«

Stephanie hatte den Eindruck, das Zimmer gerate ins Schwanken. Kathy durfte ihn nicht lieben. Das hatte sie immer geglaubt, von Anfang an: Er war Kathy egal. Sie liebte ihn nicht.

Aber das tat Kathy.

Und Stephanie ebenfalls.

Sie liebte ihn von ganzem Herzen, liebte ihn, weil er freundlich und nett war, sie zum Lachen brachte, sie mochte, sich um sie kümmerte, aufmerksam und rücksichtsvoll war … und ihr einen Heiratsantrag gemacht hatte.

Weil er glaubte, seine Frau liebe ihn nicht mehr.

Hätte er ihr sonst den Antrag gemacht? Hätte er eine Affäre mit ihr angefangen, wenn er glaubte, dass Kathy noch Gefühle für ihn hatte?

Hätte er?

Sie wollte es nicht glauben.

Es war einfacher – viel einfacher – zu glauben, dass Robert Kathy einfach so betrogen hatte, als den Gedanken zu akzeptieren, dass er sich absichtlich auf eine Affäre mit einer Frau eingelassen hatte, die in der Lage war, ihm Aufträge zu verschaffen.

Sie versuchte, sich zu beruhigen, und holte tief Luft. Wie würde Kathy reagieren, wenn sie wüsste, dass Robert ihr einen Heiratsantrag gemacht hatte? *Er wird mir nur erzählen, was ich seiner Meinung nach hören möchte.* War genau das am Samstag passiert? Hatte Robert sie angelogen?

So wie er Kathy angelogen hatte?

Nein, das hatte er nicht, das konnte er nicht. Das war schließlich der Mann, den sie liebte, der Mann, der sagte, er liebe sie. Der Mann, der sie heiraten wollte.

Im Hof, hinter Kathys Schulter, huschte ein Schatten vorbei. Stephanie reckte den Kopf, weil sie dachte, Mrs Moore schnüffle wieder herum. Dann drehte sie sich plötzlich um und ging aus dem Zimmer. »Warten Sie einen Augenblick.«

Die Tür öffnete sich, bevor er auf die Klingel drückte. Mit den leuchtend bunt eingepackten Weihnachtsgeschenken, dem Luftballon und dem Blumenstrauß schob sich Robert Walker mit einem heiteren »Frohe Weihnachten!« an Stephanie vorbei durch den Flur ins Wohnzimmer.

Und da saß Kathy.

Kapitel 43

Es gibt Augenblicke, die brennen sich ins Gedächtnis ein.

Augenblicke der Leidenschaft, des Schmerzes, des Erfolgs und der großen Angst. Vor allem der Angst. Alles andere mag verblassen, die Angst bleibt. Als Robert Walker in Stephanie Burroughs' Wohnzimmer trat und seine Frau dort sitzen sah, da erlebte er einen dieser Momente, von dem er augenblicklich instinktiv wusste, dass er ihn bis zu seinem Lebensende nicht mehr vergessen würde.

Sein Mund ging auf und zu, aber er bekam keine Luft. Es war, als hätte man ihm einen Stoß in den Magen versetzt, und sein Herz fing so heftig zu pochen an, dass er sicher war, es würde gleich zerspringen. Magensäure stieg hoch und brannte ihm in der Kehle. Er blickte von Kathy zu Stephanie und wieder zurück und versuchte zu begreifen, was er da sah. Eine Unmenge von Gründen, Vorwänden und albernen Ausreden schoss ihm in einem einzigen Augenblick durch den Kopf.

Bis nur noch die Wahrheit übrig blieb.

Kathy wusste Bescheid.

Und diese Erkenntnis erfüllte ihn mit einem unglaublichen Gefühl der Erleichterung.

Keine Heimlichtuereien mehr, keine verstohlenen Anrufe, keine heimlichen Treffen mehr. Keine Lügen mehr.

Kathy stand auf und schlug ihm so fest ins Gesicht, dass sein Kopf nach hinten kippte und seine nagelneue Kappe davonflog. Sie hatte nicht vorgehabt, Stephanie zu schlagen, aber sie hatte die ganze Zeit gewusst, dass sie ihm eine knallen würde. Daran hatte sie nie gezweifelt.

Die Hand tat ihr weh, und sie freute sich über den gelungenen Schlag.

Robert wich von Kathy zurück und drehte sich Beistand suchend zu Stephanie um, doch der seltsame Ausdruck in ihrem Gesicht hielt ihn auch von ihr fern. »Du … du hast es ihr erzählt«, sagte er schließlich zu Stephanie.

»Sehen Sie«, stellte Kathy beiläufig fest, ohne ihn anzuschauen, »er übernimmt nie die Verantwortung. Immer ist ein anderer schuld.«

Stephanie verschränkte die Arme vor der Brust und nickte. Sie hatte das an Robert schon früher festgestellt. Plötzlich kam sie sich – mit den beiden in einem Raum – wie eine Außenseiterin vor.

Robert blickte von einer Frau zur anderen. »Na ja, sie muss dich angerufen, dich hierher bestellt haben, wie könntest du sonst …«

»Wie ich sonst hierher gekommen sein kann?«, fragte Kathy schnippisch. »Weil ich nicht so dumm bin, wie du offenbar annimmst. Und du bist nicht so clever, wie du glaubst.«

»Ich glaube … Ich glaube …« Robert blickte sich verzweifelt um. »Ich glaube, ich sollte lieber gehen.«

»Nein!«, sagten beide Frauen gleichzeitig.

»Also dann nicht.« Er stellte das Weihnachtsgeschenk ab und legte den Blumenstrauß obendrauf. Der Ballon stieg unbemerkt zur Decke empor.

Stephanie nahm ihre Position auf dem Sofa wieder ein, und Kathy sackte geradezu in ihren Sessel. Er stand einen Augenblick da, unschlüssig, was er nun tun sollte, dann setzte er sich auf das Sofa, so weit von Stephanie entfernt wie nur möglich. Er schaute von einer Frau zur anderen und stellte fest, dass sie den gleichen Ausdruck im Gesicht hatten.

»Du bist uns eine Erklärung schuldig«, sagte Kathy. »Uns beiden.«

»Ich weiß nicht, was ich sagen soll«, stellte Robert betrübt fest.

Und das entsprach der Wahrheit. Er hatte in den letzten Tagen versucht, ein Szenario heraufzubeschwören, in dem er Kathy erklären würde, dass er sie verlassen werde. Er wollte es ihr schonend beibringen, aber er wusste, dass es nicht einfach sein würde, seiner Frau zu erklären, dass er sie schon lange betrog, deshalb kam es letztendlich auf das Timing an, darauf, den richtigen Zeitpunkt zu wählen. Und selbst das erwies sich als schrecklich schwierig. Stünde nur das Weihnachtsfest nicht unmittelbar bevor! Das brachte solche Probleme mit sich. Er hatte überlegt, ob er noch einmal mit Stephanie reden und sie bitten sollte, ihm etwas Zeit zu lassen, nur ein paar Wochen, um alles zu regeln, aber er wusste, dass sie ihm keinen Aufschub geben würde.

»Warum rückst du nicht mit der Wahrheit heraus, Robert?«, fragte Stephanie.

»Mit der Wahrheit?« Er schaute sie verständnislos an und fragte sich plötzlich, wie lange sich die beiden Frauen wohl schon unterhalten hatten, wie viel sie voneinander wussten. Er suchte nach einer Formulierung, die Stephanie nicht kränken und Kathy nicht allzu sehr verletzen würde, als Stephanie wieder das Wort ergriff.

»Ich habe immer geglaubt, Kathy würde dich nicht mehr lieben.«

Er blickte sie verständnislos an.

»Du hast mir mehr als ein Mal gesagt, dass sie dich nicht mehr liebt.«

Unsicher, wohin das führen würde, nickte er. »Das stimmt. Sie liebt mich nicht.«

Kathy sah aus, als hätte man ihr eine Ohrfeige verpasst. »Das habe ich nie gesagt! Nie, kein einziges Mal!« Sie wandte sich von Robert ab und Stephanie zu. »Das habe ich ihm niemals gesagt.« Dann stürzte sie sich auf Robert. Sie streckte sich über die Couch, schlug ihn erneut und traf ihn an der Seite des Kopfs. »Du Scheißkerl! Hast du das gesagt, hast du damit deine erbärmliche Affäre gerechtfertigt? Indem du behauptet hast, ich würde dich nicht lieben?« Inzwischen standen ihr Tränen in den Augen, Tränen der Wut. »Ich liebe dich!«

Robert war über die Heftigkeit ihrer Reaktion verblüfft. Es klingelte ihm im Ohr, und er wich von ihr zurück. Kathy liebte ihn nicht, konnte ihn nicht mehr lieben, liebte ihn schon seit einer Ewigkeit nicht mehr. »Aber … aber … du hast nie was gesagt … ich habe einfach angenommen …«

»Du hast das Falsche angenommen!«, schnauzte sie.

Robert erschauderte und holte tief Luft. »Du redest nicht mit mir. Du ignorierst mich. Du hast kein Interesse an mir, kein Interesse an der Firma.«

»Und hattest du Interesse an Kathy?«, fragte Stephanie laut und überraschte beide damit.

Kathy schaute sie erstaunt an.

Robert warf ihr einen verständnislosen Blick zu. Auf welcher Seite stand sie denn?

»Hast du dich je erkundigt, wie ihr Tag war? Hast du jemals auch nur zwei Minuten überlegt, wer sich um den Haushalt kümmert, während du die Firma führst?«

»Warte mal eine Sekunde …«, hob er mit einem Anflug von Verärgerung in der Stimme an. »Das höre ich mir nicht an von …«

»Von wem?«, wollte sie wissen.

»Von dir«, beendete er seinen Satz wenig überzeugend.

»Ich habe nie aufgehört, dich zu lieben«, sagte Kathy in das Schweigen, das darauf folgte. »Als ich herausfand, dass du mit Stephanie ein Verhältnis hast, da habe ich dich gehasst, dich verabscheut. Aber es hat dazu geführt, dass ich unsere achtzehn gemeinsamen Jahre neu schätzen gelernt habe, es hat mir die Fehler, die wir beide gemacht haben, vor Augen geführt. Unsere Ehe ist nicht kaputt, Robert. Sie kann noch gerettet werden. Falls du sie retten willst. Und du musst dir noch etwas anderes klar machen: Meine Liebe ist noch groß genug, dass ich hierher komme und um dich kämpfe.«

Es gab viele Antworten, mit denen Robert gerechnet hatte, aber nicht mit dieser. Und diese Antwort jagte ihm Angst ein. Es war einfach gewesen, sein Handeln mit der Begründung zu rechtfertigen, Kathy liege nichts mehr an ihm, und dass es, selbst wenn sie dahinterkommen würde, kein derart großes Tamtam geben würde. Klar, sie würden sich streiten, aber dann würden sie sich trennen und schließlich scheiden lassen. Aber es würde alles recht freundschaftlich ablaufen, weil Kathy nicht mehr viel für ihn empfand. Es hatte Zeiten gegeben, da hatte er gedacht, ohne ihn wäre sie eigentlich besser dran.

Aber sie liebte ihn.

Liebte ihn noch so sehr, dass sie um ihn kämpfte.

Stephanie beobachtete das Paar, sah die Angst in Roberts Gesicht und die Entschlossenheit in Kathys. In diesem Augenblick stellte sie fest, dass sie Roberts Frau genau genommen bewunderte. Es war für jede Frau ein Alptraum, der Geliebten ihres Mannes gegenüberzutreten, und Kathy hatte den Mut dazu aufgebracht. Stephanie hatte den Eindruck, hier nicht mit einem Paar zusammenzusitzen, das nur noch Hass füreinander empfand.

Sie wusste, dass Kathy Robert noch immer liebte.

Und Robert … liebte er Kathy noch? Er hatte nie ausdrücklich gesagt, dass er sie nicht mehr lieben würde.

Sie hatte ein Paar vor Augen, das sich noch immer liebte, das sich aber verrannt hatte – alle beide. Sie hatten sich von Heim und Haushalt, von den Kindern und dem Job ablenken lassen und ganz vergessen, was alle diese Dinge überhaupt erst geschaffen hatte: ihre Liebe, ihre Beziehung, ihre Hingabe.

Und was blieb dann für sie? Was blieb ihr von Roberts Versprechen?

»Liebst du mich, Robert?«, fragte Kathy schließlich.

Noch bevor er antwortete, wusste Stephanie, was er sagen würde. Sie erkannte es an der Art und Weise, wie er sie anblickte, erkannte es an seinem Gesichtsausdruck. Sie wusste, was er antworten würde, ob dies allerdings wirklich die Wahrheit war, blieb die Frage. Sie erinnerte sich, wie verzweifelt er versucht hatte, ihre Beziehung vor Kathy geheim zu halten. Damals hatte sie es für Feigheit gehalten – was es vielleicht auch tatsächlich war –, aber es war eben auch Liebe. Er wollte nicht, dass seine Frau es erfuhr, weil er ihr nicht wehtun wollte. Hatte er aus dem gleichen Grund vor ihr geheim gehalten, wie schlecht es um die Firma stand? Das war falsch: Er hätte ihr beides sagen müssen. Stephanie wusste, dass Kathy viel robuster war, als Robert glaubte.

»Ja«, sagte er einfach, »ich liebe dich.«

»Und Stephanie, liebst du sie auch?«, wollte Kathy wissen.

Es verging ein Augenblick – nicht mehr als ein paar Sekunden –, der sich aber endlos hinzuziehen schien, bis Robert nickte und antwortete: »Ja, ja.«

Die beiden Frauen schauten einander an. Sie waren in ein Gefühlschaos gestürzt. Sie liebten den gleichen Mann; er hatte mit ihnen beiden geschlafen. Aber sie wussten beide, dass er sich aufgrund eines Irrtums von Kathy zurückgezogen hatte – weil er dachte, sie liebe ihn nicht mehr. Aus dem gleichen Grund war er eine Beziehung mit Stephanie eingegangen, und sie wiederum hatte sich auf diese Beziehung eingelassen, weil sie geglaubt hatte, er habe sich emotional von seiner Frau distanziert.

»Es ist möglich, mehr als einen Menschen zu lieben«, sagte Robert bedächtig.

»Das weiß ich«, antwortete Kathy. »Das wissen wir«, fügte sie hinzu und schaute Stephanie an, die zustimmend nickte. »Aber du musst dich jetzt entscheiden, Robert, weil du uns nicht beide haben kannst.«

Sie könnte dem Ganzen auf der Stelle ein Ende bereiten, überlegte Stephanie. Sie könnte dafür sorgen, dass er bei ihr blieb.

Wenn Kathy erfahren würde, dass Robert ihr einen Heiratsantrag gemacht hatte, dann würde Kathy aufspringen und aus dem Zimmer stürmen. Ihre Ehe konnte die

Affäre vielleicht überleben, nicht aber diese schlimmste Form des Verrats. Aber was hätte sie davon, wenn Kathy ging? Stephanie hätte Robert. Doch Stephanie war gerade ein flüchtiger Blick auf die gemeinsame Zukunft mit Robert vergönnt gewesen, und diese war ganz anders, als sie sie sich vorgestellt hatte.

Dies aber war ihre Chance, ihr Glück zu finden.

Von dem Moment an, als Robert ihr den Heiratsantrag gemacht hatte, hatte sie sich wie im siebten Himmel gefühlt. Sie hätte sich niemals vorstellen können, dass ein so schlichter Satz sie in eine solch alberne Begeisterung versetzen könnte. Sie hatte die letzten Stunden in heller Aufregung verbracht, hatte Pläne für eine Zukunft geschmiedet, die jetzt – auf einmal – in Gefahr war.

Kathy war hierher gekommen und kämpfte um ihren Mann.

Was würde Stephanie ihrerseits tun? Wie würde sie kämpfen? Würde sie das überhaupt?

Der schlichte Satz *»Robert hat mir einen Heiratsantrag gemacht«* würde dafür sorgen, dass Kathy am Boden zerstört nach Hause fahren und Robert ihr gehören würde. Aber als sie ihn jetzt ansah, wie er mit weit aufgerissenen Augen Kathy anblickte, fragte sie sich plötzlich, wie er wohl dazu stünde, falls es ihr gelingen sollte, seine Frau zu vertreiben. Sie hatte ihn beobachtet, als er Kathy erklärte, dass er sie liebte. Er hatte es ehrlich gemeint. Würde er ihr, Stephanie, je vergeben können, wenn sie seine Frau vertrieb?

Aber sie liebte ihn.

Und manchmal muss man jene, die man liebt, loslassen.

»Ich habe einen Fehler gemacht«, sagte Stephanie unvermittelt. »Einen schrecklichen Fehler.«

Robert und Kathy schauten sie verständnislos an.

Auf einmal hatte Stephanie den Wunsch, den Arm auszustrecken und Kathys Hand zu berühren. »Ich schwöre Ihnen, dass ich nicht wusste, dass er Sie noch liebt.

Ich dachte, er wäre im Begriff, Sie zu verlassen. Ich habe mich getäuscht.« Sie stand auf, und die anderen beiden erhoben sich automatisch ebenfalls. Sie trat vor und legte die Hand auf Roberts Brust. Kathys Augen blitzten empört auf, aber sie blieb stehen und rührte sich nicht vom Fleck. »Ich liebe dich, Robert, ich liebe dich so sehr wie Kathy. Aber ich kann dich nicht haben. Geh zu deiner Frau zurück. Das heißt, falls sie dich aufnimmt.« Sie spürte, dass in ihr etwas zerbrach, als die Zukunft, die sie geplant hatte, zersprang und davonwirbelte. Was übrig blieb, war eine große Bitterkeit – die weder gegen Robert noch gegen Kathy gerichtet war, sondern gegen sie selbst. Wie hatte sie nur so dumm sein können?

Weil sie ihn liebte.

Kathy blickte von Stephanie zu Robert. Sie wusste, dass ihr etwas fehlte, irgendeine Nuance, die ihr entgangen war. Außerdem spürte sie etwas, was beinahe wie Erleichterung in Stephanies Stimme klang. Mit einem Mal machte Stephanie kehrt, ging aus dem Zimmer und ließ Robert und Kathy allein. Kathy drehte sich um und blickte ihren Mann an. »Nun?«

»Nun?« Seine Stimme zitterte, und er fühlte sich, als habe er einen schlimmen Kater. In der letzten halben Stunde hatte er das ganze Spektrum der Gefühle durchgemacht. Er hatte seine Frau zurück und Stephanie verloren. Am Samstag hatte er daran gedacht, wieder ganz von vorn anzufangen; na ja, gerade hatte er eine Chance bekommen, genau das zu tun. Wieder an den Anfang zurückzugehen und wieder von vorne anzufangen, dieses Mal aber mit Kathy.

»Ich nehme dich zurück, aber nur unter bestimmten Bedingungen«, sagte sie. »Es muss sich einiges ändern. Das weißt du, nicht wahr?«

Er nickte. Er war sich nicht sicher, was soeben passiert war. Vor einer Minute hatte Stephanie ihn noch geliebt, in der nächsten behauptete sie, sie habe einen Fehler gemacht.

»Und ich werde mich ebenfalls ändern«, versprach sie. »Wir fangen noch einmal von vorne an, lassen uns beraten, versuchen unsere Ehe, unsere Beziehung neu aufzubauen. Aber eine Frage musst du dir selbst stellen: Willst du zu mir zurückkommen?«

»Ich habe dich nie wirklich verlassen«, sagte er und lachte unsicher.

Kathy gab ihm wieder eine Ohrfeige. »Du hast mich vor langer Zeit verlassen! Du sagst, ich hätte mich von dir zurückgezogen, aber das gilt für uns beide. Gib mir eine Antwort!«

Wo kam diese Kathy nur her, diese resolute, willensstarke und entschlossene Frau? Das war die Frau, die er einst geheiratet hatte, die Frau, die er für sich verloren geglaubt hatte. Und warum hatte Stephanie ihn zurückgewiesen? Als er ihr den Heiratsantrag gemacht hatte … wenn Kathy wüsste, dass er ihr einen Heiratsantrag gemacht hatte …

Und da verstand er.

Er nickte. »Ja. Ja, ich will zurückkommen. Wenn du mich haben willst. Wir können noch einmal von vorn anfangen.«

»Es könnte sein, dass es nicht klappt und wir am Ende doch getrennte Wege gehen, aber ich glaube, wir sind es einander schuldig, es wenigstens zu versuchen.«

»Ja, ja, das sind wir.« Er breitete die Arme aus. »Was das hier anbelangt …«

Kathy hob die Hand, um ihn zum Schweigen zu bringen. »Du hast mir gesagt, dass du mich liebst. Meinst du das ernst?«

»Ja.«

»Mehr brauche ich im Moment nicht zu wissen.« Sie schob ihn in Richtung Tür. »Jetzt fahr nach Hause. Ich komme gleich nach.«

Robert ließ sich von ihr in den Flur drängen, dann blieb er zögernd stehen. »Stephanie …«, hob er an, aber der Ausdruck in den Augen seiner Frau ließ ihn verstummen, und er ging aus dem Haus. Er überlegte, dass er auf der Heimfahrt einen Umweg machen, das Weihnachtsgeschenk für seine Frau besorgen und vielleicht kurz mit der Weihnachtsgratifikation bei Maureen vorbeischauen könnte.

Kathy stellte sich an den Fuß der Treppe. »Wir gehen jetzt«, rief sie hinauf.

Stephanie erschien oben auf dem Treppenabsatz. Ihre Augen funkelten, aber sie weinte nicht. Noch nicht. Langsam kam sie die Treppe herunter, und als sie beinahe unten angelangt war, zuckte sie die Achseln und sagte: »Ich dachte, er sei der Richtige.«

»Ich auch«, flüsterte Kathy und schaute durch die offene Haustür hinaus, wo Robert gerade davonfuhr, »und das war er, früher einmal. Danke«, sagte sie schließlich.

»Wofür?«

»Dafür, dass Sie mir nichts von den Versprechungen erzählt haben, die er Ihnen gemacht hat.« Sie beugte sich rasch vor und nahm Stephanie in den Arm. »Passen Sie auf sich auf – aber ich möchte Sie nie wieder sehen, und das sollten Sie mir nicht übel nehmen.«

»Das werden Sie nicht«, antwortete Stephanie mitfühlend.

Die beiden Frauen gingen gemeinsam zur Tür. Mrs Moore auf der anderen Seite des Hofs dachte, sie seien Schwestern, was komisch war, da sie wusste, dass Stephanie in Irland keine Verwandten hatte, aber wahrscheinlich war eine Schwester über die Feiertage herübergekommen. Sie winkte, und beide Frauen winkten zurück. Amerikaner waren ja so freundliche Menschen!

»Was werden Sie über die Feiertage machen?«, fragte Kathy, als sie in den bitterkalten Dezembersonnenschein hinaustrat.

»Ich fahre nach Hause zu meiner Familie«, antwortete Stephanie. »Und Sie?«

»Ich ebenfalls.«

Dank

Die Schriftstellerei gilt als einsame Beschäftigung, und das ist sie auch. Bis zu dem Moment, in dem das Manuskript dem Verlag übergeben wird. Dann wird daraus eine Gruppendiskussion. Die Aufgabe dieser Gruppe ist ganz einfach: Sie soll das Buch viel, viel besser machen.

Deshalb muss ich der gesamten Belegschaft von Poolbeg für ihre Unterstützung und Ermunterung danken, insbesondere Paula und Gaye, aber auch Brona.

Außerdem gilt mein Dank den vielen Menschen, deren Rat ich gesucht und (in der Regel) befolgt habe, vor allem C. S., J. C. und G. W., die alle nicht mit vollem Namen genannt werden wollen. Warum, ist mir schleierhaft.

Die Affaire ist beendet – doch die außergewöhnliche Dreiecksgeschichte geht weiter. Lesen Sie, was passiert, wenn die **Tage der Wahrheit** kommen.

Ann Dillon, Tage der Wahrheit, Krüger Verlag, ISBN 978-3-596-17109-5

Buch I

Die Geschichte der Geliebten

Dienstag, 24. Dezember

Kapitel 1

Vor der Passkontrolle drehte sich Stephanie Burroughs um, schloss Sally Wilson in die Arme und drückte sie fest an sich. »Danke«, flüsterte sie ihrer Freundin ins Ohr. »Ich weiß nicht, was ich ohne dich getan hätte.«

Sally schlang die Arme um Stephanie. »Du musst nicht wegfahren«, sagte sie schnell und unterdrückte die plötzlich aufsteigenden Tränen. »Du könntest die Feiertage zusammen mit mir und Dave verbringen. Dann wärst du nicht allein.«

Stephanie zog sich von der kleineren Frau zurück und schüttelte den Kopf. »Wie bitte? Und dir dein Weihnachtsfest verderben? Nein, ich muss fliegen. Außerdem dachte ich, dein Freund macht dir heute um Mitternacht einen Heiratsantrag?«

»Pssst!« Sally presste die Finger auf Stephanies Lippen und schaute sich zu Dave um, der traurig und verwirrt aussah, wie er in der Buchhandlung stand und eine Zeitschrift durchblätterte. Er blickte auf, bemerkte, dass die beiden

Frauen ihn ansahen, und setzte sein Zahnlückenlächeln auf, dann wandte er sich wieder der Zeitschrift zu. Aber erst, nachdem er ostentativ einen Blick auf seine Uhr geworfen hatte. »Er glaubt, dass ich keine Ahnung habe, was er für heute Abend geplant hat«, erklärte Sally, »und das, obwohl er alles vorbereitet hat – fehlte nur noch eine Annonce in der Zeitung.«

»Aber ein Heiratsantrag an Heiligabend ist sehr romantisch«, stellte Stephanie fest.

»Bleib bei uns«, bettelte Sally. »Bitte! Ich kann den Gedanken nicht ertragen, dass du fortfliegst.«

»Mir wird es schon gut gehen«, protestierte Stephanie. »Danke für das Angebot. Aber nein, ich muss weg. Das weißt du. Ich will fort. Ich will nicht noch einmal an Weihnachten allein sein. Das habe ich mir letztes Jahr geschworen.«

»Wann kommst du zurück?« Sally beobachtete, wie Stephanie nach ihrem übergroßen Beauty-Case griff und es auf ihren kleinen Handkoffer stellte.

»Ich weiß nicht. Ich habe nur den Hinflug nach New York gekriegt. Ich kann nicht sagen, wann ich zurückkomme. Ganz bestimmt vor Neujahr, aber ich rufe dich an.« Sie drückte ihrer Freundin hastig einen Kuss auf die Wange, dann stellte sie sich in der Schlange vor der Sicherheitskontrolle an. Sally ging ein paar Schritte, blieb vor der Buchhandlung stehen und winkte noch einmal, als Stephanie dem uniformierten Angestellten am Eingang gerade ihren Pass und ihre Bordkarte zeigte. Stephanie hielt kurz inne, um zurückzuwinken, dann wandte sie sich um und war hinter den Glasscheiben nur noch verschwommen zu sehen. Sally, die ein vages Gefühl von Traurigkeit empfand, drehte sich um und ging zu ihrem Freund, hakte sich bei ihm unter und schob sich mit ihm durch die dichte Menschenmenge auf den Ausgang des Flughafens von Dublin zu.

»Wir werden Stunden brauchen, bis wir zu Hause sind«, murrte Dave. »Sie hätte sich ein Taxi nehmen können.«

Obwohl Sally neben dem großen und massigen Dave wie ein Zwerg wirkte, ließ sie sich von ihm nicht einschüchtern.

Sie grub ihm die Fingernägel in den Arm, dass es ihm wehtat, und sagte schnippisch: »Nein, das konnte sie nicht. Sie ist meine Freundin, und sie hat gerade ein ganz furchtbares Erlebnis hinter sich. Ich will mir gar nicht vorstellen, wie es war, als sie die Tür aufgemacht hat und Roberts Frau vor sich stehen sah!«

»Na ja, wenn deine Freundin sich nicht mit dem Mann dieser Frau eingelassen hätte, dann wäre sie auch nicht in diese Situation geraten«, stellte Dave fest und spannte seinen Körper, um sich gegen einen Rippenstoß zu wappnen, der erstaunlicherweise ausblieb. Dave warf Sally einen Blick aus dem Augenwinkel zu und dachte, dass sie vielleicht tatsächlich seiner Meinung sein könnte. Und das war, soweit er wusste, wirklich das allererste Mal der Fall.

Stephanie Burroughs hatte vorgehabt, Heiligabend ganz anders zu verbringen.

Sie nahm ihr Beauty-Case und ihre Handtasche vom Band der Sicherheitskontrolle, stellte den Koffer auf den Boden und zog den Griff heraus. Dann wandte sie sich nach rechts und steuerte auf die Duty-free-Shops zu.

Sie hatte gehofft, Heiligabend in Gesellschaft – und in den Armen – ihres Geliebten zu verbringen. Etwa um diese Zeit hätten sie vor dem knisternden Kaminfeuer sitzen und sich eine sehr gute Flasche Rotwein teilen sollen. Das Haus sollte nach Kiefernduft riechen, den die Kerzen verströmten, während leise gedämpfte Weihnachtslieder aus der Stereoanlage drangen. Nach ein oder zwei Gläsern Wein hätten sie sich geliebt, dann ihre Weihnachtsgeschenke ausgepackt und dann vielleicht gleich noch einmal miteinander geschlafen.

Vor ein paar Wochen hatte sie angefangen, dieser Traumvorstellung nachzuhängen. Sie hatte sogar schon den Rotwein gekauft – eine unverschämt teure Flasche Cabernet Sauvignon für fünfundzwanzig Euro – und eine Ewigkeit damit zugebracht, die passende CD und die Duftkerzen auszusuchen, um die richtige Stimmung zu erzeugen. Doch noch während sie die verschiedenen Zutaten für ihren perfekten

Heiligabend besorgte, wusste sie – tief in ihrem Inneren –, dass er nie stattfinden würde.

Ihr Liebhaber würde es nie schaffen, sich an Heiligabend von seiner Frau und seinen Kindern loszueisen. Er würde den Abend mit seiner Familie verbringen wollen. Aber das hatte sie in der Gewissheit akzeptiert, dass Robert Walker, mit dem sie seit achtzehn Monaten ein Verhältnis hatte, endlich beschlossen hatte, seiner Frau zu sagen, dass er sie verlassen würde. Er wollte es ihr nach Weihnachten beibringen, und dann würde er Silvester zusammen mit Stephanie feiern. Deshalb konnte sie, wenn sich ihr Weihnachtswunsch nicht realisieren lassen sollte, immerhin ihren Neujahrstraum wahr werden lassen. Und mit dem Mann, den sie liebte, ins neue Jahr starten.

Das war selbstverständlich vor ihrem Treffen mit Kathy Walker, seiner Frau, gewesen.

Was blieb ihr da noch übrig …?

Ihr blieb nichts anderes übrig, als durch den Flughafen von Dublin zu laufen, ihren kleinen Koffer hinter sich herzuziehen und mit weniger als fünfzig Dollar in bar in ihrer Tasche nach Hause zu ihrer Familie zu fliegen, der sie noch am vergangenen Abend am Telefon erklärt hatte, dass sie über Weihnachten definitiv nicht nach Hause kommen würde.

Stephanie ging in den Duty-free-Bereich. Sie musste etwas typisch Irisches nach Amerika mitbringen. Sie hatte ihren Eltern, den vier Brüdern und zwei Schwestern ihre Weihnachtsgeschenke bereits per Post geschickt, aber sie konnte doch nicht mit leeren Händen aufkreuzen. Die meisten Regale waren leer, und vor den Kassen hatten sich Schlangen gebildet. Immerhin gab es noch die beiden klassischen Mitbringsel, die sie jedes Mal nach Hause in die Staaten mitnahm: Bushmills Whiskey und Pralinen von Butler's. Es gab nichts, was für Irland typischer war. Dann ging sie hinaus und steuerte auf Gate B zu.

Noch vor weniger als sechs Stunden war dies ein ganz normaler 24. Dezember gewesen – falls man diesen Tag je als normal bezeichnen kann. Sie war glücklich gewesen – nein, vielleicht nicht wirklich glücklich, aber sie war zufrieden gewesen. Gestern war sie sich nicht sicher gewesen, was sie davon halten sollte, dass er seiner Frau endlich sagen wollte, dass er sie verlassen würde. Einerseits wusste sie, dass es unumgänglich war. Es war an der Zeit und richtig: Robert hatte die beiden Frauen an der Nase herumgeführt, hatte beide und sich selbst belogen. Deshalb musste er es Kathy erzählen. Laut seiner Aussage war ihre Beziehung schon lange zerrüttet, und Stephanie ging davon aus, dass die Ankündigung für die andere Frau nicht überraschend kommen und vielleicht sogar mit Erleichterung aufgenommen werden würde. Sie hatte ungeheures Mitleid mit der Frau gehabt, die bald erfahren sollte, dass der Mann, mit dem sie seit achtzehn Jahren verheiratet war, im Begriff stand, sie zu verlassen.

Dann, vor sechs Stunden, hatte Kathy Walker vor Stephanies Tür gestanden. Fünfundvierzig Minuten später war Robert aufgekreuzt.

Und zwischen Kathys und Roberts Erscheinen hatte Stephanie ein paar Dinge in Erfahrung gebracht. Sie hatte festgestellt, dass Kathy Robert noch immer liebte – ihn über alles liebte – und dass Robert Kathy noch liebte, was sie richtig schockiert hatte. Außerdem hatte Stephanie einen flüchtigen Einblick in ihre Zukunft als Roberts Partnerin bekommen. Und was sie da sah, hatte ihr gar nicht gefallen. Ihr war klar geworden, dass sie als Roberts Geliebte glücklich gewesen war, solange sie geglaubt hatte, dass seine Beziehung zu seiner Frau endgültig zerstört war. Aber jetzt, wo sie wusste, dass Robert und Kathy noch immer Gefühle füreinander hatten, musste sie sich von ihm trennen. Sie wollte ihn nicht mit einer anderen Frau teilen.

Und erst jetzt, nach ein paar Stunden, wurde ihr richtig bewusst, wie gewaltig die Entscheidung war, die sie getroffen hatte: Sie hatte Robert und Kathy gesagt, dass sie einen Fehler, einen schrecklichen Fehler gemacht habe. »Ich liebe dich, Robert, ich liebe dich so sehr wie Kathy. Aber ich kann dich nicht haben. Geh zu deiner Frau zurück.«

Und das hatte er getan. Ohne zu widersprechen. Ohne zu kämpfen. Er hatte eigentlich gar nichts gesagt.

Aber sie hatte gelogen: Sie liebte ihn nicht genauso sehr wie Kathy. Sie liebte ihn noch mehr.

Vor Gate B herrschte ein großes Gedränge.

Stephanie schaute die düster dreinblickenden Männer und Frauen an, die ungeduldig auf den letzten Flug von Aer Lingus heute nach London warteten, und sie fragte sich, wer sie wohl waren und warum sie verreisten. Da Weihnachten in die Wochenmitte fiel, vermutete sie, dass die meisten von ihnen Geschäftsleute und dazu verurteilt waren, bis zur letzten Minute zu arbeiten und dann zum Flieger zu hetzen, um rechtzeitig zur Bescherung bei ihren Familien zu Hause zu sein. Sie hätte nie gedacht, dass sie einmal eine von ihnen sein würde.

Sie griff in ihre Manteltasche und zog ihr Handy heraus. Sie sollte ihre Mutter lieber anrufen und ihr Bescheid geben, dass sie über die Feiertage doch nach Hause kommen würde.

Nachdem Kathy und Robert Walker gegangen waren, war Stephanie ein paar Minuten durchs Haus gewandert, die Arme fest vor dem Bauch verschränkt, weil sich ihr Magen plötzlich vor Anspannung zusammenkrampfte. Sie fühlte sich benommen und atemlos, und kleine schwarze Punkte tanzten vor ihren Augen.

Sie ging in die winzige blitzblanke Küche und machte sich eine Tasse Kamillentee – im Moment brauchte sie ganz bestimmt kein Koffein –, und sie wusste, dass ihr schon ein einziges alkoholisches Getränk sofort zu Kopf steigen und sie schläfrig machen würde, und gerade jetzt musste sie klar denken können.

Sie nahm die dampfende Tasse Tee in beide Hände und schlenderte ins Wohnzimmer zurück. Sie konnte die Vertiefung in den Kissen an beiden Enden der Couch sehen, wo ihr Geliebter und seine Frau – getrennt durch sechzig Zentimeter Stoff und zu viele Jahre – noch vor wenigen Minuten gesessen hatten. Roberts Weihnachtsgeschenke für sie lagen auf dem Boden, und die Blumen seines Straußes ließen in der Wärme schon die Köpfe hängen. Darüber hing ein rosafarbener Luftballon unter der Decke.

So, was sollte sie jetzt tun? Sie blickte sich im Zimmer um. Mit Ausnahme der Geschenke, die Robert gebracht hatte, und des kleinen Christbaums in der Diele, auf den sie einen Blick erhaschen konnte, hatte ihre Wohnung so gar nichts Festliches. Sie hatte dieses Jahr einfach keine Gelegenheit gehabt, zu dekorieren, und die wenigen Weihnachtskarten, die sie erhalten hatte, hatte sie in der Küche auf den Kühlschrank gestellt. War sie jetzt dazu verdammt, über die Weihnachtsfeiertage zu Hause zu hocken? Das hatte sie letztes Jahr getan, und es waren entsetzlich einsame Tage gewesen.

Was sollte sie nur tun?

Sie hatte sich von Kathy mit den Worten verabschiedet, dass sie nach Hause zu ihrer Familie fliegen würde. Sie hatte es schnell und beiläufig gesagt, doch noch während sie den Satz aussprach, dachte sie, dass das wohl kaum klappen würde. Es war zu spät, sie würde sicher keinen Flug mehr bekommen. Aber vielleicht war es doch einen Versuch wert? Wie viele Leute wollten schon an Heiligabend unterwegs sein?

Jetzt wusste Stephanie plötzlich, was sie tun wollte: Nach Hause, nach Long Island fliegen und Weihnachten umgeben von Licht und Leben, von zu viel Essen und zu vielen Kindern verbringen.

Alles, nur nicht über Weihnachten allein in einem leeren Haus in Dublin sitzen.

Sie ließ ihre Teetasse auf der Armlehne des Sessels stehen, hastete in die Diele und kramte das Handy aus ihrer Handtasche. Schnell scrollte sie durch das Menü, bis sie den Namen des Reisebüros fand, das immer für ihre Firma tätig war, und gab die Nummer ein.

»International Travel Arrangements. Danke für Ihren Anruf. Unser Büro ist über die Feiertage geschlossen. Wir öffnen wieder am Montag, den 30. Dezember. Wir wünschen Ihnen …«

Stephanie rannte nach oben und zog ihren Laptop unter

dem Bett hervor. Sie setzte sich auf die Bettkante, schaltete ihn ein und schloss ihn an das Breitband-Modem an. Nun, da die Entscheidung gefallen war, war sie entschlossen, über Weihnachten zu verreisen und, so Gott wollte, nach Hause zu fliegen.

Schon nach wenigen Augenblicken hatte sie sich bei Aer Lingus eingeloggt. Stephanie buchte ihre Flüge selten selbst – wann immer sie verreisen musste, arrangierte die Firma alles, und die Flugtickets und ein Reiseplan landeten auf ihrem Schreibtisch. Sie brauchte nichts anderes zu tun, als ihren Ausgangsort, ihr Reiseziel, den gewünschten Zeitraum der Reise und die Angaben zu ihrer Kreditkarte mitzuteilen. Ganz einfach. Vielleicht würde sie es ja schaffen, rechtzeitig zum Weihnachtsessen zu Hause zu sein. Ihre Eltern wären sicher begeistert.

Sie fand rasch heraus, dass kein Flug mehr nach New York ging. Die letzte Maschine von Aer Lingus in die Vereinigten Staaten war vor zwei Stunden gestartet.

Ihr Handy klingelte, und sie erschrak so sehr, dass sie den Laptop beinahe auf den Boden hätte fallen lassen. Es war Sally Wilson, ihre beste Freundin.

»Frohe Weihnachten, frohe Weihnachten! Dave und ich gehen auf einen Drink, und wir wollten wissen …«

»Ich kann nicht.«

Durch Stephanies Tonfall war Sally augenblicklich alarmiert. »Was ist passiert?«

»Kathy Walker war gerade hier. Sie weiß Bescheid über Robert und mich.«

Durch die Leitung war deutlich zu hören, wie Sally entsetzt nach Luft schnappte.

»Dann ist Robert aufgekreuzt.«

»Oje, Stephanie!«

Plötzlich ertappte sich Stephanie dabei, dass sie lächelte. »Ein wirklich alptraumhaftes Szenario.«

»Was … was ist passiert?«

»Genau das, was du mir immer vorhergesagt hast: Er ist zu seiner Frau zurückgekehrt.«

»Mistkerl!«, stieß Sally grimmig hervor. »Das tun sie doch alle. Mistkerl!«

»Na ja, um die Wahrheit zu sagen, ich habe ihn ein wenig in diese Richtung gedrängt. Sally, mir ist klar geworden, dass ich ihn nicht will. Jedenfalls nicht unter den gegebenen Umständen. Mir ist klar geworden, dass ich nicht wie Kathy Walker werden will.« Erschaudernd holte Stephanie tief Luft. »Er ist also weg.«

»Und du? Was ist mit dir? Was machst du jetzt?«

»Ich sitze gerade da, checke die Website von Aer Lingus und versuche, noch einen Flug nach New York zu finden, damit ich die Feiertage mit meiner Familie verbringen kann. Aber es gibt von Dublin keine Flüge mehr«, sagte sie traurig, »deshalb sitze ich hier wohl fest.«

»Na, gib nicht gleich auf. Kannst du noch nach England oder aufs europäische Festland kommen?«

Stephanies Finger tanzten über die Tastatur. »Ja, ich kann mit Aer Lingus noch nach London fliegen, und von dort gehen heute noch Flüge nach New York.«

»Okay, du machst jetzt Folgendes: Du schaust nach, ob du von London oder Paris irgendwie nach New York kommst«, erklärte Sally entschieden. »Das bedeutet ein paar zusätzliche Flugstunden, und es wird dich ein wenig mehr kosten ...«

»Sally, ich buche First Class, wenn es sein muss.«

»Dann kriegst du ganz bestimmt einen Platz. Hör zu, du organisierst dein Ticket. Dave und ich sind schon auf dem Weg zu dir – wir fahren dich zum Flughafen.«

»Sally, das müsst ihr doch nicht! Das verdirbt euch doch euren Heiligabend. Ich nehme mir ein Taxi.«

»An Heiligabend!«, sagte Sally empört. »Da wirst du ja Stunden warten. Wir sind schon unterwegs.« Und sie legte auf.

Bis Sally mit dem missmutigen Dave im Schlepptau bei Stephanies Haus auftauchte, hatte diese es geschafft, einen Flug nach London und einen Anschlussflug nach New York zu buchen. Für den Transatlantikflug hatte sie First Class gewählt – für einen Wahnsinnspreis von beinahe dreitausend Euro –, aber sie war der Meinung, dass sie sich diesen Luxus verdient habe. Ihre einzige Sorge war, dass die Zeit zum Umsteigen unglaublich knapp war. Wenn die irische Maschine nur eine Stunde Verspätung hatte, dann würde sie ihren Anschluss verpassen und dazu verdammt sein, Heiligabend und womöglich auch den ersten Weihnachtsfeiertag in einem düsteren Hotel in der Nähe des Flughafens Heathrow zu verbringen.

Zum Packen brauchte sie weniger als zehn Minuten, sie warf Unterwäsche, ein Paar Hosen, ein halbes Dutzend Pullis und eines ihrer weniger auffälligen Partykleider in ihren kleinen Handkoffer. Sie musste nicht mehr mitnehmen; auf Long Island hatte sie einen Schrank voller Kleider. In den ersten zwei Jahren nach ihrem Umzug nach Irland hatte sie überraschenderweise großes Heimweh gehabt und jede Gelegenheit genutzt, nach Hause zu fliegen, zwei oder sogar drei Mal pro Jahr. Es hatte einfach keinen Sinn gehabt, ständig Klamotten über den Atlantik zu transportieren, deshalb hatte sie am Ende einen riesigen Koffer voller Kleidungsstücke in einem Wandschrank deponiert. Ihre Mutter war hocherfreut gewesen, und als sie das letzte Mal zu Hause gewesen war, hatte sie festgestellt, dass ihre Mutter die Kleider aufgehängt und den Rest in einer Kommode verstaut hatte.

Als Sally ankam, war sie gerade in ihr Lieblings-Reiseoutfit geschlüpft: schwarze Jeans, einen schwarzen Rollkragenpulli und den dreiviertel langen schwarzen Ledermantel.

Nachdem Stephanie die Eingangstür aufgerissen hatte, schloss Sally sie in die Arme und gab ihr einen Kuss.

»Versteh mich nicht falsch«, sagte die kleine blonde Frau leise, »aber ich bin froh, dass es vorbei ist. Du musst es von dieser Warte sehen: Endlich bist du ihn los. Jetzt kannst du dein Leben selbst in die Hand nehmen.«

»Ich bin auch froh«, flüsterte Stephanie. Und in diesem Moment meinte sie das ehrlich.

KAPITEL 2

Stephanie machte es sich gerade auf ihrem Fensterplatz bequem, als sie spürte, dass das Handy in ihrer Hosentasche vibrierte. Noch stiegen Passagiere ins Flugzeug ein, deshalb zog sie, nachdem sie sich umgeblickt hatte, um sich zu vergewissern, dass die Stewardess nicht sehen konnte, was sie tat, das Handy heraus, lehnte sich zum Fenster und drückte auf die Empfangstaste. Den Klingelton hatte sie zuvor schon abgestellt. Wahrscheinlich war es Sally, die sich vergewissern wollte, dass sie den Flieger noch erwischt hatte.

»Ja?«, flüsterte sie, die Hand vor den Mund haltend.

»Stephanie? Stephanie? Bist du's?«

Die Stimme ließ sie erstarren. Es war Robert. Sie spürte, dass es ihr der Atem verschlug. Ihr Mund war plötzlich vollkommen trocken.

»Steph…«

Sie unterbrach die Verbindung, weil sie sich mit einem Schlag bewusst wurde, dass ihr Herz ins Stocken geriet. Noch vor wenigen Stunden war er, als er aus dem Zimmer geschlichen war, nicht in der Lage gewesen, ihr ins Gesicht zu sehen. Und jetzt besaß er die Frechheit, sie anzurufen!

Wieder vibrierte das Handy.

Stephanie drückte den Anruf weg. Was wollte er nur? Sich entschuldigen? Vielleicht. Bei ihr wieder gut Wetter machen? Höchstwahrscheinlich.

Das Telefon vibrierte erneut, aber dieses Mal wusste sie, dass es die Mailbox war; als sie seinen Anruf abgewiesen hatte, war dieser direkt auf ihren Anrufbeantworter umgeleitet worden. Dort konnte er bis nach Weihnachten gespeichert bleiben, entschied sie. Genau genommen konnte sie ihn ebenso gut löschen, ohne ihn sich anzuhören, weil sie inzwischen mit Robert fertig war. Fertig mit seinen Lügen und seinen leeren Versprechungen.

Mit einem Mal schnürte sich ihr die Kehle zusammen, und Tränen standen ihr in den Augen. Waren das alles Lügen, waren das wirklich alles leere Versprechungen gewesen? Und trotzdem hatte er ehrlich geklungen, als er ihr am Freitag, erst vor drei Tagen, den Heiratsantrag gemacht hatte. Sie hatte ihm geglaubt.

Sie hatte ihm auch geglaubt, als er ihr sagte, dass seine Frau ihn nicht mehr liebe. Da hatte sie sich getäuscht.

Stephanie griff in die Tasche und zog das Handy heraus.

Ein Anruf in Abwesenheit.

Es wäre die einfachste Sache der Welt, das Handy abzuschalten und wegzustecken. Die Flugzeugtüren wurden bereits geschlossen, und bald würde die Stewardess die Passagiere daran erinnern, sich zu vergewissern, dass die Mobiltelefone ausgeschaltet waren. Aus Erfahrung wusste Stephanie, dass der Empfang in Heathrow äußerst schlecht war, dass sie den Anruf dort also nicht würde abhören können. Und ihr Telefon war kein Tri-Band-Handy, deshalb würde es in den Staaten nicht funktionieren. Wenn sie nur noch zehn Minuten durchhielt, dann würde es technisch unmöglich sein, den Anruf vor ihrer Rückkehr nach Irland irgendwann im neuen Jahr abzuhören.

Zehn Minuten.

Stephanie wandte den Kopf zum Fenster, duckte sich ein wenig und gab 171 ein.

»Sie haben eine neue Nachricht. Nachricht von heute …«

Dann hörte sie seine Stimme: »Stephanie? Stephanie, ich bin's, Robert. Hör zu, wir müssen miteinander reden. Über heute. Über uns. Über alles. Bitte ruf mich zurück. Ich bin auf dem Handy erreichbar.«

Selbstverständlich war er auf dem Handy erreichbar, dachte Stephanie wütend. Er würde wohl nicht wollen, dass sie bei ihm zu Hause anrief, oder? Sie löschte die Nachricht und schaltete das Handy aus.

Es gab nichts mehr zu reden. Ihre Beziehung war beendet. Sie hätte sich erst gar nicht mit ihm einlassen sollen. Stephanie lehnte sich in den Sitz zurück, neigte den Kopf nach hinten und steckte sich zwei weiche Ohrstöpsel in die Ohren. Augenblicklich war die Welt gedämpft und schien sich zurückzuziehen. Sie schloss die Augen und atmete tief durch. Sie spürte, dass sich jemand auf den Platz neben sie setzte, weil sie angerempelt wurde, aber sie schlug nicht einmal die Augen auf. Auf dem nächsten Abschnitt der Reise würde sie einen Sitz in der ersten Klasse und jede Menge Platz haben.

Wenn sie jetzt die letzten achtzehn Monate ihrer Beziehung Revue passieren ließ, war es schwierig, sich daran zu erinnern, was sie in ihm gesehen hatte – und in Wahrheit war die Sache ja erst in den letzten sechs Monaten wirklich ernst geworden, in denen sie allmählich überlegt hatte, dass er tatsächlich der Richtige sein könnte. Er sah relativ gut aus und war sieben Jahre älter als sie. Allerdings hatte sie mehrfach den Eindruck gehabt, sie sei in ihrer Beziehung die Reifere. Er führte sein eigenes Unternehmen, eine kleine TV-Produktionsfirma, die inzwischen kleine Beiträge, Füller und Werbung drehte anstatt der bahnbrechenden Dokumentarfilme, von denen er einst geträumt hatte. Sein großartiger Titel »Geschäftsführer« konnte Stephanie gewiss nicht beeindrucken, die deutlich mehr verdiente als er.

Was war es also gewesen? Was hatte eine fünfunddreißig Jahre alte, ungebundene, attraktive Frau mit eigenem Haus und Auto an einem Mann mit all diesem Ballast am Hals nur anziehend gefunden – dem Ballast einer Frau, zweier Kinder im Teenageralter und einer Firma, die ums Überleben kämpfte?

Das war eine Frage, die sie sich in der Vergangenheit nicht allzu häufig hatte stellen wollen, obwohl Sally sie oft genug aufs Tapet gebracht hatte, wobei sie die Frage gewöhnlich ein bisschen anders formulierte und ihre Freundin daran erinnerte, wie einseitig diese Beziehung war. Stephanie brachte weit mehr in die Beziehung ein als Robert; sie war eine jüngere, hübschere und schlankere Ausgabe seiner Frau, der man inzwischen die Sorgen und Anstrengungen, die die Erziehung zweier Kinder gekostet hatte, deutlich ansehen konnte.

Und außerdem war Stephanie in der Lage, seiner Firma Aufträge zu vermitteln. Sie schüttelte langsam den Kopf. Nein, es war nicht nur das. Sie weigerte sich zu glauben, dass es nur das gewesen sei. Sicher, in Roberts Augen war es ein weiterer Pluspunkt gewesen, der für sie sprach, aber das alles hatte sich ja erst später abgezeichnet.

Wenn sie sich jetzt an die Anfänge erinnerte, war sie diejenige gewesen, die ihm aktiv nachgestellt hatte, und in jedem Fall hatte sie den ersten Schritt getan.

Was hatte sie an ihm, mit all seinen Minuspunkten, also anziehend gefunden?

Als sie ihn vor über sechs Jahren kennen gelernt hatte, war er einsam und allein gewesen. Sie war als Rechercheassistentin für eine Dokumentation, mit der R&K-Productions gerade beschäftigt war, eingestellt worden. Während sie zusammen durch Irland fuhren und nach Drehorten suchten, hatte sie nach und nach seine Geschichte erfahren. Obwohl die Firma ihm und seiner Frau zu gleichen Teilen gehörte, kämpfte er allein darum, sein Unternehmen weiter auszubauen, weil Kathy sich aus dem Geschäft zurückgezogen hatte. Er arbeitete vierzehn, manchmal sechzehn Stunden am Tag, um über die Runden zu kommen. Damals hatte Stephanie nichts für ihn übrig gehabt; sie hielt ihn für ungebildet und arrogant und meinte, er ginge völlig in seiner Firma auf. Aber Robert hatte ihr den Einstieg ins Geschäft ermöglicht, und dafür würde sie ihm ewig dankbar sein. Diese erste Anstellung hatte ihr den Weg für ihre weitere Karriere geebnet.

Als sie ihm vor etwa achtzehn Monaten wieder begegnet war, hatte sie erneut die Einsamkeit gespürt, die ihn umgab. Und es schien sich nichts geändert zu haben. Er schuftete noch immer von früh bis spät, hangelte sich von Auftrag zu Auftrag, und nach seinen Äußerungen zu urteilen und dem, was sie zwischen den Zeilen herauszulesen glaubte, schien die Beziehung zwischen ihm und seiner Frau unwiederbringlich zerrüttet zu sein. Außerdem hatte er ihr zu verstehen gegeben – auch wenn er es nicht direkt aussprach –, dass er Kathy, sobald die Kinder erwachsen wären, verlassen und noch einmal von vorn anfangen würde.

Sobald Stephanie das erfahren hatte, hatte sie keine Skrupel gehabt, Robert wissen zu lassen, dass die Möglichkeit einer Beziehung zwischen ihnen bestand, falls er das wollte. Und das wollte er. Selbstverständlich.

Aber das war immer noch keine Antwort auf die Frage, was sie eigentlich an ihm gefunden hatte. Stephanie nahm vage wahr, dass die Triebwerke aufheulten und sich das Flugzeug in Bewegung setzte. Es sah also so aus, als würde es pünktlich starten. Das war ein gutes Omen. Vielleicht würde sie ihren Anschluss in Heathrow ja doch kriegen.

Was hatte sie an ihm gefunden? Diese Frage würde ihr jetzt keine Ruhe mehr lassen, bis sie zu einer zufrieden stellenden Antwort gelangte.

Als die Maschine startete, spürte sie es an den Füßen und im Magen, und mit dem plötzlichen Abheben fiel ihr die Antwort ein: Es waren die Traurigkeit und die Einsamkeit gewesen, die er ausstrahlte. Als sie ihn nach beinahe vier Jahren wieder getroffen hatte, hatte sie erneut den Schmerz, die Verzweiflung gespürt, die ihn umgab. Das hatte sie gereizt. Hier war jemand in Schwierigkeiten, und sie konnte ihm helfen.

Wie hatte sie sich getäuscht!

Sie hatte nicht geholfen, sie hatte die Lage verschlimmert, gewaltig verschlimmert. Ihretwegen – und wegen Robert, den man nicht vergessen durfte! – würde seine Familie jetzt ein schwieriges und trauriges Weihnachtsfest erleben. Sie hatte ihrer Freundin bereits den Heiligabend vermasselt, und jetzt tat sie etwas, was sie eigentlich nicht hatte tun wollen: Sie flog über den Atlantik zu ihrer Familie, die sie gar nicht mehr richtig kannte. Sie war bei der Arbeit wegen ihrer Beziehung zu Robert bereits scharf kritisiert worden, und sie wusste, dass sie jede Menge Brücken würde wieder aufbauen müssen, um den Schaden gutzumachen.

Alles hatte seinen Preis, das wusste sie. Man musste nur bereit sein, den Preis zu bezahlen.

Und sie hatte den Eindruck, dass sie gerade erst anfing, für ihre Beziehung mit Robert Walker zu bezahlen.